FORGOTTEN VOYAGE

忘却的航程

分形橙子中短篇获奖科幻作品集

分形橙子 | 著 |

图书在版编目（CIP）数据

忘却的航程 ：分形橙子中短篇获奖科幻作品集 / 分形橙子著 .
—北京 ：文化发展出版社， 2021.2

ISBN 978-7-5142-3294-3

Ⅰ．①忘… Ⅱ．①分… Ⅲ．①幻想小说－小说集
－中国－当代 Ⅳ．① I247.7

中国版本图书馆 CIP 数据核字（2021）第 017710 号

忘却的航程：分形橙子中短篇获奖科幻作品集

分形橙子 著

责任编辑：周 蕾
责任校对：岳智勇　　责任设计：郭 阳
责任印制：杨 骏　　策划编辑：凌 晨 刘 念
版式设计：李宗男　　封面设计：李宗男

出版发行：文化发展出版社（北京市翠微路 2 号 邮编：100036）
网　　址：www.wenhuafazhan.com
经　　销：各地新华书店
印　　刷：北京盛通印刷股份有限公司
开　　本：880mm×1230mm 1/32
字　　数：265 千字
印　　张：9.75
印　　次：2021 年 8 月第 1 版　2021 年 8 月第 1 次印刷
定　　价：35.00 元
I S B N：978-7-5142-3294-3

目录 CONTENTS

代序：让科幻回归创世的感动

陈楸帆

科幻作家、编剧、译者、世界科幻作家协会成员、
世界华人科幻协会会长

第一次留意到“分形橙子”这个名字应该还是在2019年，像是突然爆发的超新星，他在新晋平台“小科幻”APP上发表了多篇作品，其中《忘却的航程》还获得“千里码”当期读者票选冠军，这是类似于同题创作比赛的形式，倒逼作家在给定命题和有限时间内完成作品，并接受读者的裁决。

同样的事情我在二十年前也干过，当然当时的许多BBS和网站如今已不复存在：大江东去、太空疯人院、桑桑学园、清韵书院……互联网升级进化的巨浪像压缩在几十年间的地质变动，一层层将数字遗骸掩埋入比特深渊，但仍然有一些东西被保留了下来：一股关于创作的热情与冲动，一些愿意付出时间精力去耕作一片小小精神自留地的年轻人，一篇又一篇书写幻想、创造世界的文字。

巧的是，在2000年前后我开始在网上冲浪时，用的是“发条橙”的网名，为了向心中的大师库布里克和吉登斯致敬，而在认识分形橙

子后得知，他的笔名同样源于此，可谓心有戚戚焉。

在短短一年内，分形橙子以迅雷不及掩耳之势入围光年奖、华语科幻星云奖，拿下包括冷湖奖、晨星杯在内的诸多重量级奖项。也许有人会诧异于这个“新人”火箭般的成长速度，但倘若了解他的经历，便会理解也许这些荣誉并非来自偶然。

早在大学时，分形橙子便任华中科技大学科幻协会会长，2007 年莺啼初试，在《今古传奇》发表处女短篇科幻小说，后来在爱立信与华为等通信企业工作，长期外派，于是中间与科幻创作断了十年的缘分，直到 2018 年回国，加入星海一笑所创办的“小科幻”APP 团队，以草根自发力量传播科幻资讯、组织、鼓励、出版科幻作品。而分形橙子在重拾起幻笔之后一发而不可收拾，呈火山喷发之势，只因那团热爱之火并未真正熄灭，只是在地底休眠。

于是便有了您眼前的这本集子，收录了分形橙子“二次出道”的八篇代表作，让我们得以一窥这位“老萌新”的不凡实力。

在我看来，分形橙子的作品很明显地可以追溯到 20 世纪 4、50 年代美国本土的“黄金时代”风格，包括中国读者耳熟能详的三巨头阿西莫夫、海因莱茵、克拉克，以及一系列带有浓厚科学主义色彩与理性主义信仰的作品。回归到历史现场，由于二战影响，美国举国科研力量投入火箭、原子能与太空探索，借助经典物理强大的解释模型，理论研究对科技实践产生不容置疑的引领作用，而科学强国、技术争霸更是成为普通美国人的日常生活一部分，这给了“黄金时代”风格科幻小说一个历史性的发展契机。

而这与上世纪 80、90 年代到新世纪当下的中国社会主流基调产生了奇妙的共振与回响。包括刘慈欣、王晋康、何夕等大家正是遵循着黄金时代理念，创作出一系列探寻宇宙终极之美，激荡科技人文思考的经典之作，并将中国科幻带向一个全新的历史高峰。毫无疑问分形橙子将成为这一序列潜力无限的继承人。

《空行母》与《雅努斯之歌》都是经典的“异星探险”故事，讲述人类到达遥远的异星进行科学考察，发现与传统认知全然迥异的生命形态所引发的震撼与思考。分形橙子扎实的科学功底在此处显露无遗，无论是一半冰原一半火焰的雅努斯星球，还是 WASP-39b 上铺满水晶卵球的粉色玫瑰湖，都以细腻笔触将来龙去脉一一道来，这种行星尺度上“宏细节”的把握能力，正是黄金时代风格最具科幻美学感染力的核心技能。更不用说两篇作品中分别创造了极富创意的异星生命及文明形态，甚至颠覆了人类所惯常的时空观念，便是从坚实的科学悬崖上所做出的惊人一跃。为免损伤了诸位读者的胃口，在这里便不过多剧透，留待看官自己细品，想必定会深受震撼，甚至可以比拟詹姆斯·布利什经典之作《事关良心》。

黄金时代风格还有一个特点，往往围绕着某个特定的核心科技突破展开想象，借以探讨人类个体与社会在这种“what if”（假如……那么……）到来之时面临的种种巨大挑战。比如《落日》中的纳米技术、《逃离伊甸园》中的人体冷冻与 AI 奇点、《提托诺斯之谜》中的基因编辑与永生，便是最好的例证。尽管话题并不新鲜，但在分形橙子的笔下，总能呈现出高度的真实感与悬念丛生的强大故事张力，让人不禁要随着主角的命运去探究、思索、追问更多。也由此，我们回归到现代科幻小说诞生的原点——《弗兰肯斯坦》所提出的大哉问：人类究竟有没有权力借助科技的大能，去修改、创生甚至消灭其他个体甚至种族的生命？这是现实世界中由贺健奎事件所引发的深刻反思，它必将伴随着科技的狂飙突进而如幽灵逡巡不去，分形橙子借由这几个迈克尔·克莱顿式的科技惊悚故事给出属于他自己的回答。

在经典的黄金时代风格基础上，分形橙子同样也做出了有益的创新与试验，如同所有的作家一样，我们都是经由模仿，逐渐尝试寻找属于自我的声音与道理，期望终究有一天形成独一无二的文风。

在《潜龙在渊》中，他回归历史，以典雅古朴的文字重新讲述了郦道元在家国忧难的夹缝中寻找“龙”这一神话生物的故事，令人慨叹不已。

在《死亡之书》中，他挪用了盗墓小说与RPG游戏的模式，探索在埃及神话语境下，渺小的人类与意图毁灭地球的超级智慧之间如何斗智斗勇的惊险故事。

在《忘却的航程》中，他大胆以童话的形式与现实穿插讲述一个未来人类如何重新发现真实历史并把握命运的故事，而最后你会发现它与《流浪地球》之间存在丝丝入扣的互文关系，不禁拍案叫绝。

在所有这些故事中，我印象深刻的是分形橙子对于不同文化语境中神话意象的化用，无论是中国、古埃及、非洲、古希腊、古罗马……他总能信手拈来，妥帖运用，除了能够将生涩的科学概念进行通俗易懂的类比，以降低认知门槛之外，这些神话、诗歌、童话、意象毫无疑问也为故事本身增添了文学性与审美意味，甚至给人带来一种类似于创世的原初感动。

这便是科幻之所以能够触动人心的原因。

我想，为何在暂别十年之后，分形橙子依然不离不弃地回归科幻，或许便是为了重温这种扮演上帝的纯粹快乐和满足吧。也期待他在未来的创作道路上，不忘初心，摸索前行，继续带给我们更多属于想象力的美好与惊喜。

是以为序。

提托诺斯之谜

引子

2050 年 3 月 23 日，美国缅因州东北部，卡兰迪小镇，美国西海岸时间晚上十一点二十五分。

在夜色的掩护下，一群特工包围了卡兰迪西郊的一栋白色两层小楼。

约瑟夫 · 哈里斯在对讲机里低声下达了攻击命令。

小楼门廊上亮着灯，白色的围栏清晰可见。屋内灯光已经熄灭，只有二楼的卧室里发出微光，一条碎石铺成的小径切开草坪直通向门廊的木头阶梯。草坪已经很久没有打理过了，杂草丛生，在草坪的左边摆放着一座帆布泳池和一座有围栏的钢丝蹦床。看得出来，这是一个典型的美国中产阶级家庭。

哈里斯一马当先跳过灌木丛，无声地穿过草坪，五名特工紧紧地跟在他的身后。他们迅速穿过草坪，没有发出一丝声响，然后小心地登上木制台阶，来到门廊。哈里斯握紧了手枪，用左手做了个进攻的手势，一名探员会意，猛的一脚踹开了木门，哗啦一声，伴随着玻璃破碎的声音，门开了，他们冲了进去。

一楼没有人，哈里斯指向二楼，特工们冲上二楼，来到一个走廊，走廊左手边的卧室门开着，有人在说话。

来不及细听，哈里斯带头冲了进去，映入眼帘的景象不禁让他一愣。

一个年轻女人盘腿端坐在床上，金发披散在肩头，窗外的月光从百叶窗的缝隙里倾泻在她身上，给女人镀上了一层模糊的银边。她没有惊慌失措，反而神色淡然，一双深潭般的绿眸正静静地望着哈里斯。若干年后，哈里斯回忆起当时的情景，依然很难将她和一个绑架犯联系在一起。

“联邦调查局！你被捕了，站起来，举起你的双手！”哈里斯厉声喝道。

女人没有反抗，她顺从地伸展开双腿，两只脚落在地板上。

“我是朱蒂 · 琼斯，我会跟你们走，”女人说，她的声音很温柔，仿佛一阵扑面而来的微风，能让坚冰融化。但哈里斯依然听出了难以掩饰的哀伤，“你们要找的人在隔壁，我建议你们联系一个医学小组。”

“我们会的，”哈里斯没有意识到朱蒂最后一句话的意思，“现在，跟我们走吧。”

一个特工走上前，给朱蒂戴上手铐，她没有丝毫反抗。这时，哈里斯才意识到在门外听到的说话声来自于桌上的一台播放机。刚才因为太紧张，他完全忽略了那个仍然在播放的声音，那似乎是一首诗，一个沙哑的男人声音念道：

……

轻风分开云层，云缝里刹那间
闪现出我从中出生的黑暗世界。
又一次，那古老而神秘的微光
滑下你纯洁无瑕的眉头、肩头
与胸口，那儿跳动着苏醒的心房
你的脸在朦胧中开始发红，
甜甜的眼睛对着我渐渐发亮，
直到星星们黯然无光，忠于你的
野性的马群渴望着为你驾车，
从它们散开的马鬃上抖落暗影，
四蹄把晨曦敲击成片片火花。

……

——丁尼生《提托诺斯》

哈里斯摇摇头，伸手关掉了播放器，感到有些莫名其妙。这时，一名特工走了进来，面色古怪地对哈里斯说，“头儿，你最好来看看这个。”

哈里斯疑惑地走出房间，来到隔壁的卧室。两个特工正垂手而立看着什么东西，哈里斯走上前，他看见一个半透明的“袋子”，里面依稀可以看见几段残肢断骸。哈里斯的寒毛竖了起来，“这是什么鬼东西？”他问道。

“天知道，”一个特工耸耸肩，面色苍白，“那个女人肢解了人质？”

“我们来晚了，真见鬼。”另外一个特工狠狠地往地上啐了一口。

“也许还不晚，”哈里斯想起了女人说的最后一句话，“我们需要联系一个医学小组。”

二

3月24日，华盛顿特区，胡佛大厦，负一楼审讯室。晚上八点。

“局长先生，”哈里斯尽可能掩饰着自己的惭愧之情，“我们失败了，人质已经……”

“你们做的很好，”出乎哈里斯意料的是，赫尔曼并没有给他一个“冰冷的凝视”，而是继续翻看着眼前的一份案卷，“你来负责这场审讯，哈里斯。”

“我不明白，”哈里斯有些疑惑，“我们失败了，没能成功解救人质，如果一开始就让卡兰迪本地警方……”

局长合上了档案，蓝灰色的眼珠从厚厚的镜片后面看了哈里斯一眼，然后他打开手边的烟盒摸出一支雪茄，熟练地剪掉雪茄头，点燃后叼在嘴里狠狠地吸了一大口，他晃晃烟盒，问：“来一根？”

“不，我不抽烟，你知道的，”哈里斯摇摇头，他又忍不住加了一句，“吸烟有害健康。”

赫尔曼点点头，说道：“这个绑架案可不一般，约瑟夫，我们不能让本地警方插手。”

“看来人质的安全并不是优先考虑的……”哈里斯明白了，这种情况倒也不罕见，“还有什么我需要知道的？”

赫尔曼吐出一团烟雾，说道：“审讯之前，先看看这个。”局长把桌子上的档案推给哈里斯。

哈里斯接过档案，简单地翻了两页，他抬起头看着局长，惊叹道：“老天，这是大卫绑架案？！”

“现在你知道我们为什么不能让本地警方插手了吧？”赫尔曼用指节轻叩桌子，“这是嫌疑人朱蒂·琼斯的档案，对你的审讯会有帮助的。”

朱蒂·琼斯，34 岁，未婚，毕业于斯坦福大学生物工程系。六个月前，朱蒂从大卫家中将大卫绑架，去向不明。

哈里斯放下档案，看着眼前的这个女人。这个女人皮肤白皙，神色平静，满头金发在白色的灯光下熠熠生辉。她穿着被捕时的淡黄色毛衣，紧身蓝色牛仔裤，一双白色的运动鞋，这身打扮让她看起来更像是一个刚出校门的女大学生。但哈里斯知道，这个女人可能是一个凶残的杀手，他摸摸下巴，尽量把那袋残肢给他造成的不适感抛到脑后。

哈里斯打开了拾音器，敲敲桌子，“姓名？”

“朱蒂·琼斯。”

“年龄。”

“34 岁。”

“你为什么要绑架大卫？”

朱蒂轻轻摇头，说：“我没有绑架他。”

“六个月前，哈德逊博士报警声称有人闯进了他的家，带走了他的儿子大卫，”哈里斯说道，他看过那份报警记录，“但是哈德逊声称没有看到闯入者的脸，只看到了两名闯入者的背影，闯入者还携带了电磁干扰设备，所以监控系统没有录下当时的影像，他们带走了大卫，重点是，哈德逊提到其中一个闯入者是女人。”

“是大卫为我打开的门，是他自己让我带他走的。如果说真的有一个闯入者，那就是我，从来都没有第二个闯入者。”

“你们去了哪里？”

“我们先去了迈阿密和卡纳维拉尔角。”

“你和大卫是什么关系？”

朱蒂突然抬起头看着哈里斯，哈里斯又看到了那双深潭般的绿眸，她缓慢而坚定地说，“我是他的妻子。”

二

2049 年 9 月 27 日，佛罗里达州，迈阿密。

这里是他们离开华盛顿后的第一站，虽然已经入秋，但迈阿密的阳光依然非常刺眼。朱蒂挽着大卫的手臂，在沙滩上悠闲地散步，晶莹的海浪轻柔地拍打着沙滩。广阔的沙滩上到处都是快乐的人群，孩子们在水中嬉闹，一群冲浪者在远处迎着海浪冲去。朱蒂仍然觉得自己好像在做梦，她抬头看着大卫的侧脸，轻声问道："大卫，我们为什么要来这里？"

大卫的脸色有些发红，他执意不涂防晒霜，"我从来没来过佛罗里达，"他说，磁性的嗓音和多年前一样，没有一丝变化，"我只在图片里见到过阳光和海滩，谢谢你，朱蒂。"

朱蒂注意到他的脸色更红了，她停住了脚步，有些担忧地说，"大卫，你的脸……"

大卫摸了摸自己的脸，轻笑道，"看来，迈阿密的阳光不太欢迎我。"他转头向大海望去，深蓝色的眸子里充满了沉郁，"我们回酒店吧，朱蒂。"

朱蒂点点头，他们转身向酒店走去。和四年前比起来，大卫变得更加忧郁，即使在酒店里，大卫也会坐在阳台上静静地凝视着大海，连续几个小时一动不动，朱蒂从来都不知道他在想什么。

"大卫，"朱蒂走到大卫身旁，把手放在他宽阔的肩膀上，轻声说，"你已经坐了很久了，回房间休息一下吧。"

"再等一会儿，"大卫说，他转头看了一眼朱蒂，轻轻握住她的手，"快日落了。"

朱蒂抬眼望去，白天刺眼的太阳已经变成了一颗红杏，它正在以肉眼可见的速度往海里沉去。

"我以前一直以为太阳真的会掉进海里熄灭，然后第二天会有人从东方的海洋里重新点燃太阳，"大卫突然说道，"是不是很可笑。"

"不，孩子的幻想永远都不可笑。"朱蒂斟酌着说，"……大卫，我想跟你谈谈你的父亲……"

"我不想谈他，"大卫粗暴地打断她，"我们说过的。"

尴尬地沉默了一会儿，大卫意识到自己的失礼，他有些笨拙地试图挽救这场谈话，“朱蒂，我是说，他不会同意我来佛罗里达的，事实上，他甚至不想让我走到大街上去……”

“可是你至少应该涂上防晒霜，”朱蒂叹了口气，再一次屈服，“我知道你对阳光过敏。”

大卫摇摇头，不知道是再次拒绝涂防晒霜还是否认自己对阳光过敏。

他沉默了一会儿，“明天我们去卡纳维拉尔角，”大卫突然说，“明天有火箭发射。”

“好。”朱蒂答应了他。

太阳已经被海水完全吞噬了，残存的天光依然照耀着海天交接处的絮状云彩，呈现出一种奇异的绯红色。海浪拍打沙滩的声音从远处传来，朱蒂依然站在大卫身旁，她想说些什么，但又不知道如何开口。

这时，她听见大卫开始轻声念一首诗：

……

森林会腐朽，森林腐朽而倒下
蒸汽把它的重负泪洒大地，
人来了，他耕田，然后躺在下面；
活过许多年，天鹅也要死去。

……

——丁尼生《提托诺斯》

朱蒂没有问大卫那首诗是什么，入夜了，他们在海浪声中相拥而眠。第二天一大早，他们就驱车前往了卡纳维拉尔角。当火箭喷吐着巨大的火焰腾空而起时，朱蒂注意到大卫的眼眶里满含着泪水。

“他们要去火星，”朱蒂假装没有看见大卫的泪水，事实上，她觉得有点尴尬，她不知道大卫为什么会如此激动，这只是一场再寻常不过的火箭发射，“他们要去给水手谷殖民地运送物资。”

“迟早有一天，”大卫指着冲出大气层的火箭，说：“人类会冲出太阳系，也许这就是生命的意义所在，生命在大海里诞生，花了几亿年的时间才登上陆地，征服了天空，现在，人类的智慧又让生命冲出了地球……也许，你们早晚会征服整个银河。”

“你们？”朱蒂感到有些不安，“为什么要用这个词？”

大卫没有回答她，他抬起头看着火箭穿越云层，直到变成一个点，消失在天际。

“我们去希腊吧。”在回去的路上，大卫说。

朱蒂紧紧地握着方向盘，她没有关紧车窗，她的头发在狂风中飞舞，仿佛一团在水中摇摆的水草。

“这不公平，”朱蒂说，她的手心都是汗水，“大卫，这对我不公平。”

“你不喜欢希腊？”

朱蒂在心里叹息着，说道：“不，我喜欢希腊，我是说，为什么你什么都不肯告诉我，我很担心你，大卫，你知道的，这四年里我一直都担心着你，我想知道你的病情怎么样了！我知道你根本不是对阳光过敏！我还想知道这四年里你到底经历了什么事情！”她没有意识到自己的最后几句话几乎是喊出来的。

大卫沉默了一会儿，才说道，“我很好，朱蒂。”

“见鬼！”朱蒂猛地踩了一脚油门，她的眼睛里全是泪水，她知道大卫非常不好，他在欺骗她。

“朱蒂，我们去希腊，明天就出发。”大卫似乎完全没有注意到她的泪水，自顾自地说。

“好，我们去希腊。”朱蒂几乎是咬牙切齿地说出了这句话。

三

“妻子？”哈里斯有些意外，他低头翻了翻档案，“资料显示，你们并没有结婚。”

“我是他的妻子，”女人重复道，语气很轻，但是也很坚决，“他是我的丈夫。”

哈里斯耸耸肩，说道：“好吧，”他说，“这当然不是问题，有一些年轻人已经不愿意恪守去教堂里举办婚礼的传统。可是你们失踪了整整六个月，”哈里斯提醒道，“寻人启事贴遍了华盛顿的大街小巷，你们难道不看电视吗？”

“我们不看电视，也不上网。”

哈里斯决定换个角度，“你是怎么认识大卫的？”

朱蒂的眼神飘向天花板，似乎在回忆着什么，“十年前，我在斯坦福大学师从伊恩·哈德逊，我就是在那个时候认识了大卫，那时候大卫22岁，在他父亲的实验室里帮忙，他和别人不一样……怎么说呢，他身上有一种……古典的忧郁，而且他有一双深蓝色的眼睛……”她停顿了一会儿，似乎在寻找什么形容词，“他的身上有一种超越自身年龄的成熟，他谦逊有礼，做事沉稳，我想……我看见他的第一眼就爱上了他。”

哈里斯耸耸肩，没有说话，他看过大卫的照片，他知道朱蒂没有撒谎，那的确是一个英俊的小子，金发蓝眼，鼻梁高挺，下巴宽阔，有一张足以和那个真正的大卫雕像媲美的脸蛋。说实在的，这种英俊潇洒的公子哥是最能吸引女孩子的，尤其是再装出一点深沉的样子，偶尔再念几句济慈或者丁尼生的古典诗歌，就更无人能挡……

“……后来，我们相爱了。”朱蒂说到这里，转瞬即逝的幸福表情从她脸上闪过，也许她马上就从美好的回忆回到了冰冷的现实。

哈里斯感到有些奇怪，他是局里首屈一指的审讯专家，审讯过数百个穷凶极恶的罪犯，他几乎就是一台行走的人肉测谎仪，可是他看得出来朱蒂对大卫的爱是真实的。他的好奇心被勾起来了，那么，后来发生了什么，让这段美好的爱情以如此惨烈的悲剧结尾呢？

“但是世界上似乎真的没有完美无缺的事物，大卫也不例外，”朱蒂继续说道，“大卫拥有橄榄球运动员一般强健的体魄，可是没有人知道，他是一个性无能者。”

哈里斯惊奇地瞪圆了眼睛，他不由自主地问道，“你说什么？”

朱蒂看到了他惊奇的表情，再次确认道：“你没有听错，先生，大卫是一个性无能者，他无法正常的勃起，没有办法进行正常的性行为。”

“你是说，”哈里斯忍不住开口说道，“你们从来都没有……？”

“是的，我们尝试过，但……”朱蒂平静地说，“从来没有成功过。”

老天，哈里斯扶了扶额头，“他去检查过吗？我是说，也许这是一种病？”你不会因为这个就谋杀了他吧，哈里斯在心里想。

“他的父亲是世界上最出色的遗传学专家，”朱蒂点点头，“但大卫不想让父亲知道这件事情，也许我是世界上唯一一个知道他的秘密的人，但即使是这样，我也从未动过离开他的念头，我依然爱着他。”她重复道，“我们去了医院，做了最全面的检查，但没有发现任何问题。而我自己也是一个医生，我也对他进行了仔细的检查，奇怪的是，他的身体没有任何问题，没有发现任何病变，我是说，从理论上讲，他的身体是一具发育成熟的成年男子的身体，具备一切正常的功能。”

“所以，我以为这是心理问题引起的，”朱蒂继续说，“但是……”她轻轻摇了摇头，说道，“说实在的，这更不可能，大卫是一个阳光热情的小伙子，事实上，他以前根本没有谈过恋爱，他连什么是自慰都不知道。”

这不可能，哈里斯的眼神出卖了他的真实想法，这个时代，人们想获取色情资源比点一个外卖还要容易，他不相信一个荷尔蒙正处于顶峰的 22 岁男子会没有看过色情片。

“我知道你在想什么，”朱蒂笑笑，说道，“但这是真的，先生，这个世界上真的有这种人，大卫连色情片都没有看过，我相信他，不要怀疑一个热恋中的女人的嗅觉。后来，我终于发现了问题，他的精巢里没有精子，换句话说，大卫天生就没有生育能力。但问题在于，无精症只会让大卫失去生育能力，而不会让他失去正常的性能力。大卫自己也在寻找原因，但我们在之后的日子里都很默契地不再提起这件事情。

“我们认识的第二年，他生了一场怪病，发了莫名的高烧，陷入昏迷，我紧急地把他送到了医院，但是医院却查不出任何原因，他的血液里也没有查到病原体。正当我一筹莫展的时候，大卫又奇迹般地康复了。这件事情让我意识到，大卫的身体里一定有一些古怪，我一遍一遍地给他验血，所有能想到的测验我都做过了……后来，我又以为是某种过敏原引起的，我给他做了几乎所有的过敏原测试，但依然没有找到真正的发病原因。”

这倒是一个新情况，哈里斯思忖着，他打起精神来，案情资料里可没有提到过这一点。

“第三年，大卫又发了一次病，和上次一样，他陷入了昏迷，同时伴有不明缘由高烧。但是这一次的发病时间比上次更长，大卫这一次足足昏迷了两天两夜才苏醒，”朱蒂说，但哈里斯依然察觉到了朱蒂语气中的苦涩，他想象着一个 23 岁的年轻姑娘面对爱人突如其来的未知疾病时是多么的焦灼，“我意识到大卫的身体真的出了什么问题，我发疯一样地带着大卫到处做检查，但……”朱蒂苦笑一声，“医生们也查不出任何问题。”

“他的父亲知道这个事情吗？”哈里斯忍不住问道，“要知道，大卫的父亲可是伊恩 · 哈德逊……”

“他知道，但他束手无策，他也知道了大卫没有性能力的事实，他希望我离开大卫。”

“你拒绝了。”哈里斯意识到这不是一个疑问句。

“是的，我拒绝了，我不能离开他，我不会离开他，”朱蒂点点头，哈里斯注意到这个女人身上有一种异乎寻常的坚定，“第四年，不出所料，大卫又发病了，这一次他昏迷了三天三夜，我不得不给他注射生理盐水和营养液来维持他的生命。但是这一次，出现了新状况，大卫的皮肤在脱落，大片大片的皮肤从他的身体上脱落下来……就像一条蜕皮的蛇。当他醒来的时候，他的身上都是白嫩的新生皮肤。”

“第五年，情况更严重了，大卫又发病了，而且是从一年内两次增加到四五次。我统计了他前几次的发病时间间隔，时间间隔正在缩短。第一次发病与第二次发病之间，间隔了 16 个月，第三次发病距离第二次间隔了 12 个月，第四次发病间隔了 8 个月，第五次仅仅间隔了 6 个月。而且每一次发病持续的时间都越来越长，第五次的时候，大卫昏迷的时间已经到了一个星期。每一次发病，他的皮肤就会脱落一次。”

“但我们依然束手无策，情况已经非常严重，我们没有足够的经济来源，但是大卫不准我去找他的父亲哈德逊。”

看起来，大卫和他的父亲相处得并不是很融洽，哈里斯心想，这个女人说的是真的，哈里斯翻看过六年前的医院诊疗记录，的确留下了大卫的就诊记录。

朱蒂交叉着双手，看得出，她很紧张，“可是我实在没有办法了，我不能眼睁睁地看着大卫死去——是的，我预感到大卫一定会死去，而且是死于这种残酷的折磨。我只能去找他的父亲求助。但是哈德逊却对我大发雷霆，他派人将大卫接回了家，并且禁止我再见到大卫，从那以后，整整四年，我没有再见过大卫。”

后来的事情，哈里斯已经知道了，半年前，她闯进了哈德逊的豪宅，绑架了——也许是带走了大卫。他在心里摇摇头，“你们离开了佛罗里达以后，又去了哪里？”

“希腊。”

四

2049 年 10 月 1 日，希腊，雅典。

爱琴海在阳光下泛着金色的波浪，游人如织，手持“的的乌梅梅利”冰激凌的儿童在人群中嬉笑穿梭。大卫和朱蒂来到了帕特农神庙，二十五个世纪的时光给这座神庙刻上了难以磨灭的印迹。庙顶已经坍塌，雕像也荡然无存，浮雕也被风化侵蚀，但仍然巍峨矗立的朵利亚式柱廊依稀诉说着当年的辉煌。

“这里原来有一座 12 米高的雅典娜女神雕像，”大卫说，他抬头望去，凝视着已经不存在的庙顶，只看到了 2049 年的深蓝色天空，“雅典娜曾经和波塞冬争夺雅典，雅典娜选择了和平，波塞冬选择了战争，宙斯裁定了雅典娜成为这座城邦的守护神。雅典的工匠们为了纪念希腊城邦战胜波斯，建造了这座神庙以供奉他们的守护神。他们精心挑选了潘太里科大理石和帕罗斯大理石建造柱廊和雕像，他们深信这座神殿将不朽地存在下去。”

“这个世界上没有什么是不朽的，这座神庙毁于战火，波塞冬终究还是胜利了。”朱蒂轻轻说，她看着大卫，金色的阳光在他的头发上跳跃，他的蓝色眼眸映衬着爱琴海的忧郁，刀劈斧削似的侧脸让他看起来就像一座复活的雕像。朱蒂有些不安地打住了这个想法，她总感觉大卫和以前不同了，但她不知道问题出在哪里。

大卫走到一座男性神祇雕像面前停住了脚步，这座雕像已经不再完整，高举的胳膊只剩下短短一截，左手垂落在身旁，大理石雕刻的眼睛空洞地凝视着前方。

“这是阿多尼斯[1]”大卫说，“你知道阿多尼斯吗？朱蒂。”

“是的，我知道，”朱蒂回应道，“他是一个美男子，春季植物之神。”

“想知道更多吗？”大卫微微一笑，他转过头看着朱蒂，他指指雕像，“关于阿多尼斯。”

“当然，”朱蒂不置可否地点点头，自从来到雅典之后，大卫的精神状态一直不错，这是个好现象，朱蒂一直在暗中观察着大卫。女人的直觉告诉她，大卫的怪病并没有好，但大卫却一直对他的病情避而不谈。

“阿多尼斯的美貌是和罪恶伴随而生，”大卫开口说道，他的语气里有一种忧郁，“女神阿佛洛狄忒妒忌密耳拉的美貌，设计让密耳拉与其父塞浦路斯国王喀尼剌斯乱伦，当喀尼剌斯发现中计之后，盛怒之下准备用宝剑刺死已经怀孕的女儿密耳拉和她未出生的孩子。造成这一切的阿佛洛狄忒产生了愧疚之情，她施法将密耳拉变成一颗没药树。”

“在阿多尼斯出生之后，阿佛洛狄忒将其委托地狱女王珀耳塞福涅抚养。当地狱女王打开包裹见到这个异常漂亮的孩子时爱不释手，她拒绝将阿多尼斯再还给阿佛洛狄忒，阿佛洛狄忒为此特地亲自来到地下世界试图赎回阿多尼斯，但还是遭到拒绝。爱情女神和死亡女神对阿多尼斯产生了争夺，在这场爱情与死亡的争夺中，没有胜利者。众神之王宙斯裁决阿多尼斯每年有六个月时间在冥界陪伴死亡女神，有六个月在人间陪伴爱情女神。于是阿多尼斯每年死而复生，永远年轻，容颜不老。”

大卫讲完了阿多尼斯的故事之后，转身看着朱蒂，他的脸上浮现出一丝笑容，但朱蒂却感到遍体生寒，她敏锐地察觉到大卫讲述这个故事并不是偶然，在这个让人心碎的故事后面有着更深的含义，“朱蒂，亲爱的，我知道你一直在好奇我的病情，现在我可以告诉你了，我快死了，在这场爱情女神和死亡女神的争夺战中，死亡取得了胜利。”

“不，”尽管已经有了心理准备，但朱蒂的眼泪依然夺眶而出，她紧紧地捂着自己的嘴巴，不让自己哭出声，她后退两步，仿佛要远离大卫的这句诅咒，“不，你不会死的。”

大卫静静地看着她，走上前轻轻地把朱蒂搂在怀里，他轻轻摇头，说：“朱蒂，我的爱人，我的女神，你不明白……没有什么是不朽的，我们的肉体都会死去，回归它来的地方，尘归尘，土归土，我们为新生而欢笑，为死亡而哭泣，但是新生和死亡都是生命本身的一部分。所有人都会死的，我也会死，只是我不愿意死在那个冰冷阴暗的实验室里，我想在告别这个世界之前和你在一起。”

“实验室？”朱蒂敏锐地抓住了这个词，她抬起头看着大卫，“这四年，你一直待在哈德逊博士的实验室里？”

朱蒂明显地感觉到大卫的肢体变得僵硬，那种难以言说的阴郁又重新回来了，但这一次大卫没有回避，他点了点头，说道，“是的，他的私人实验室。”

“他一直在试图治疗你？”朱蒂问道，她的心里涌现出一丝希望，“他成功了吗？”

大卫摇摇头，说：“我不知道。”

五

朱蒂停止了讲述，审讯室里陷入了沉默，哈里斯开口说道，“那么，让我总结一下，你在十年前认识了大卫，当时的大卫就得了一种奇怪的病，四年前大卫被哈德逊教授接回了家，我看过相关报道，据说大卫得了一种奇怪的阳光过敏症。但是根据你的供词，大卫的病似乎另有原因。六个月前，大卫联系了你，然后你偷偷潜入哈德逊教授的家里带走了大卫，你们去了佛罗里达和希腊，在希腊，大卫告诉你，在这四年里，大卫一直待在他父亲的私人实验室里，而且，他快死了，我说的对吗？”

朱蒂点点头，回答：“是的，你总结的很好。”

“那么，大卫为什么不自己离开家？为什么要你偷偷潜入去带走他？”哈里斯提出了自己的质疑。

“他被软禁了，”朱蒂马上回答了他，“他的父亲软禁了大卫，禁止大卫出门，并且拒绝任何人的探访。”

哈里斯轻轻摇摇头，说：“你知道哈德逊是谁吗？”

“当然，”朱蒂咬着自己的嘴唇，“他是我的导师，是世界上首屈一指的遗传学家，在多基因疾病治疗领域获得了非凡的成就，他攻克了多基因疾病的基因疗法，治愈了唇裂、无脑儿、原发性高血压、青少年型糖尿病、青少年精神分裂、先天性心脏病等多种棘手的多基因疾病，并因为获得了 2032 年诺贝尔生理学奖……”

哈里斯做了个手势打断她，“那么，你在指控一位世界著名的科学家软禁了他的儿子？恕我直言，朱蒂小姐，我看不出他这么做的任何理由……你的指控似乎站不住脚。我知道哈德逊的儿子得了一种奇怪的病，但我没有想到会是这么严重。不过，作为一个父亲，哈德逊博士有权力保护大卫的隐私……”

朱蒂的脸上露出一丝淡淡的讥讽，说道：“当然，我只是一个无名小卒，而伊恩·哈德逊是世界公认的顶尖基因科学家，谁会相信我的话呢？”

“我相信事实，”哈里斯凝视着她的脸，试图在那张苍白的脸上找出说谎的痕迹，“你可以用事实说服我。”

“你们很快就会知道事实了，”朱蒂说，“很快，哈德逊做的可不仅仅是软禁大卫。”

“他还做了什么？”哈里斯逐渐开始意识到这绝不仅仅是一个简单的绑架案。

“你还没有意识到吗？”朱蒂冷冷地提示他，“我相信如果你看过大卫的档案，你一定会发现他是一个试管婴儿。”

“什么？”哈里斯吃了一惊，他敏锐地察觉到了朱蒂的暗示，“不，我看到的档案里并没有提到这一点，你在撒谎，大卫出生于 2018 年，自然分娩，他的母亲海伦并没有做过胚胎植入。”

“因为你看到的不是真实的档案，”朱蒂轻蔑地一笑，“有人篡改了档案，这非常简单。”

“我会核实此事的，”哈里斯严肃地说，“听着，不管你在指控什么，你都毫无依据……”

“我有证据，”朱蒂打断他，“所有的证据都在那只黑色的手提箱里。”

“什么手提箱？”

“大卫从家里离开的时候一直带着一个黑色的密码箱，”朱蒂说，“那里面有你们想知道的一切。”

“它现在在哪里？”哈里斯和特工们搜索了整个建筑，他很确定并没有发现什么密码箱。

“我把它寄给了你们，”朱蒂疲倦地说，“也许你的局长大人已经收到了。”

“那里面装了什么？”

“你很快就会知道的，”朱蒂冷冷地说，“还是让我继续告诉你后来发生了什么吧。”

六

“你不知道？这是什么意思？”听了大卫的话，朱蒂慌乱地说，她紧紧地抓着大卫胸前的衣服，“要是他成功了，你就不会……”

“冷静，朱蒂，”大卫轻轻地抚摩着她的后背，“死亡并不可怕，人的肉体总会死去，你应该明白这一点……我的病没有好起来，我知道自己时日无多。我不想死在冷冰冰的实验室里，我一直都很想来希腊，古老的希腊文明孕育出的每一个神话都蕴藏着关于生命和死亡的思索……”

“那么，你至少应该告诉我，你到底得了什么病？”朱蒂尖声叫道，

“哈德逊博士即使没有办法治好你，至少他肯定知道你得了什么病！”

大卫的眼神暗淡下来，他沉默了一会儿，才说道，“朱蒂，我会告诉你的，但不是现在。”

“那个箱子里到底装着什么？”朱蒂追问道，“为什么你一直不打开？”

大卫沉默良久，他的目光越过朱蒂的肩头，望向远方的爱琴海，太阳正在西沉，海面上洒满了金光，“那里面藏着我的生命之秘，总有一天，我会把它交给你，朱蒂，但不是现在。”

他们本来计划第二天前往宙斯神殿，但是却没有成行，当天晚上，让朱蒂一直担心的事情终于发生了，大卫又发病了。

这一次的发病来得比四年前更加凶险，整个夜里，大卫都在发着高烧，他神志不清地呻吟着，汗水浸透了床单。朱蒂强忍着泪水帮大卫擦拭着身体，她知道去医院是没有用的，所有能做的一切都在四年前尝试过了，而且即使是大卫的父亲也没有办法治好他。

天亮的时候，大卫的皮肤开始脱落，露出了粉白色的新生皮肤。但是这一次似乎不太一样，朱蒂注意到在新生的皮肤和脱落的皮肤之间多了一层淡黄色的黏液。她一遍一遍地擦拭着那些黏液，帮助大卫把快要脱落的老皮去掉，整个房间里弥漫着一股奇异的气味。奇怪的是，那并不是死亡的腐臭味道，而是一种婴儿身上才有的气息。

朱蒂不知道大卫的这一次发病会持续多久，她要求酒店服务员直接将餐点送到房间门口，并且预付了半个月的房费。大卫的情况一直没有好转，他的老皮肤已经全部脱落干净，但是新皮肤上一直不停地分泌着黏液，朱蒂一直在帮他擦拭。一天晚上，朱蒂怀抱着大卫，让他的脑袋枕在自己怀里，她的泪水大滴大滴地落在大卫的脸上。朱蒂向所有的神灵祈求，祈求上帝，佛祖，安拉，宙斯……如果你们能听见我的祈祷，请你们让大卫脱离痛苦吧。不久之后，她又开始怨恨造物主，为什么你们给了他这么英俊的肉体，又要让他遭受如此的痛苦……

朱蒂的手抚摩过大卫的脸，她惊恐地发现大卫的眉毛正在脱落，眉毛从他光洁的额头上滑落到枕头上。不，不仅仅是眉毛，大卫的头发也大把大把地掉了。朱蒂再一次痛哭起来，她第一次意识到大卫可能真的快死了，死亡女神即将从爱情女神手里夺走阿多尼斯。

当大卫醒来之后，已经是一个星期之后了。这一次的病情似乎严重影响了大卫的认知，他花费了半天才意识到自己的处境。更让朱蒂感到痛苦的是，大卫似乎丢失了很多关于他们之间的记忆，他已经不记得自己和朱蒂十年前相识的经历……

“不要为我担心，”大卫安慰着朱蒂，他消瘦了很多，脸庞几乎脱了相，但眼睛依然炯炯有神，“该来的总会来的，我们回美国吧，时间不多了。”

离开希腊之前，他们去了奥林匹亚，那里是历史和神话交错的地方，那里有巍峨的宙斯祭坛和希拉神殿。但神殿都已坍塌，只剩下倒下的石柱和残存的地基。

“据说，当宙斯雕像还在的时候，当人们走进神殿，视线正好与宙斯的脚掌平齐，隐喻着人类对众神的绝对臣服，”大卫感慨地说，“看看吧，朱蒂，这里是众神时代最后的余晖，即使是众神也有逝去的一天。”

“世界上没有神，”朱蒂紧紧地握着拳，尖利的指甲把她的掌心扎出了血，“没有神听见了我的祈祷。我们走吧，”她说，“离开这里，离开这堆破石头。”

大卫若有所思地看着朱蒂，轻轻地说，“好。”

第二天，他们就坐上了返回美国的超音速客机。

他们没有去华盛顿，而是直接去了缅因州，朱蒂的父母在卡兰迪小镇有一座空置的房子。那座房子临近海滩，站在二楼的阳台上，可以看见北大西洋汹涌的海浪日夜不停地拍打着黑色的礁石，偶尔会有海鸥在天空鸣叫着掠过。

在卡兰迪，朱蒂和大卫度过了最平静的一段日子，当然，是在大卫再次发病之前。他们会在清晨和傍晚沿着海岸散步，依偎在沙发里一起读阁楼里那些落满了灰尘的硬皮书。但是大卫始终没有让朱蒂打开那个密码箱。

有一天，大卫选了一本丁尼生的诗集让朱蒂念给他听。当朱蒂念到那首提托诺斯[2]时，大卫凝神细听，久久没有说话。朱蒂念完之后，抬起头看了一眼大卫，发现大卫正神情专注地看着她。

“你喜欢这首诗？”朱蒂放下书。

大卫点点头，他轻声问道，“这首诗叫什么名字？”

“提托诺斯，”朱蒂说，“可我不知道提托诺斯是谁。”

“我知道，”大卫肯定地说，“我就是提托诺斯。”

“什么？”朱蒂惊奇地看着他，“那我是谁？”

“你是厄俄斯。”

“我想，她一定是一个美丽的女神，”朱蒂微笑着说，“她和提托诺斯在一起了吗？”

“是的，”大卫坚定地点点头，“他们永远在一起。”

当天晚上，大卫再次发病了，他的昏迷时间变得更长了，他的皮肤依然在脱落，黄色的黏液更多更黏稠，朱蒂一遍一遍地擦拭着那些黏液，却总是擦不尽。在沉睡了一个夜晚之后，朱蒂惊恐地发现，刚刚过去的夜里，快速分泌的黏液几乎已经将大卫的整个身体都包裹住，而且那些黏液已经形成了一个胶质的壳。

“天哪……天哪……”朱蒂看到大卫的脑袋都已经被壳包裹了，她以为大卫死了，她开始徒劳地试图抠掉那层黏液凝结的壳，但是那层壳比她想象的要坚韧，让她想起了虫茧……朱蒂哭喊着使劲地撕着那层壳，当她终于扯开一个缝隙时，朱蒂停了手，她意识到大卫可能还活着，茧壳的缝隙里流出了红色的鲜血。她分明看到大卫在卵壳里痛苦地蜷缩了一下。

她伤害到了大卫……朱蒂手足无措地站着，浑身发抖……我该怎么办，她意识到大卫没有死，他还活着！他到底怎么了……天哪，天哪……朱蒂慌乱地在房间里走动着，她完全不知道该怎么应对眼前这种情况……这时，她看到了那个密码箱。

“那里面藏着我的生命之秘。”大卫的话突然在朱蒂的脑海中响起。

生命之谜，大卫的生命之秘……朱蒂不顾一切地冲到密码箱跟前，她很轻松地打开了箱子，密码箱并没有上锁。

一个小时后，朱蒂跌坐在地板上，她的大脑一片空白，她明白了一切。

七

“你是说，大卫没有死？”哈里斯惊愕地瞪圆了双眼，他终于意识到他在卡兰迪看到的是什么了，那不是装着残肢的袋子，那分明就是一种卵壳，“我的上帝，他身上到底发生了什么事情？”

“大卫是一个试管婴儿，”朱蒂重复道，“详细的证据都在那个箱子里，哈德逊，这个丧心病狂的魔鬼，他从海伦的卵巢里取得了五个卵子，用自己的精子进行了人工受精，然后对这五个受精卵都进行了基因编辑，只有一个受精卵存活了，那就是大卫。”

“这不可能！允许人类基因编辑的法律是在 2020 年生效的，但是大卫是 2018 年出生的……如果你想告诉我，哈德逊在 2018 年的时候就开始对人类基因进行编辑，而且对象是自己的儿子……”

“是的，”朱蒂点点头，“我了解哈德逊，这个人一直认为人类社会早就应该放开基因编辑技术，他很早之前就用动物做大量的基因编辑实验，但我没有想到，他居然会疯狂到用自己的儿子做实验！”

“你有证据吗？”哈里斯惊声问道，“你是想告诉我，哈德逊是一个用亲生儿子做实验的疯狂科学家？这是一个很严重的指控。”

“当然，所有的证据都在那个手提箱里，大卫发现了一切，他把所有的资料都整理好了放进了那个密码箱，然后带出了实验室。这些证据不仅包括实验记录和实验日志，更重要的是，那里面包含了详细的基因修改记录。”

哈里斯不禁倒吸了一口冷气，他结结巴巴地说，“这太疯狂了，令人难以置信，所以，你是说，哈德逊对大卫的基因进行了编辑，所以才导致了大卫的怪病？”

“的确如此。”朱蒂点点头。

“可是，哈德逊为什么要这么做？大卫是他的儿子。”

“哈德逊太自负了，他以为自己真的掌握了上帝的手段，”朱蒂冷冷地说，她突然问道，“你对基因了解多少？”

“什么？”

“基因，DNA，双螺旋结构。”朱蒂重复道。

“基因……人人都知道基因，双螺旋结构，染色体什么的，”哈里斯回忆着他大脑里关于基因的知识，“基因通过转录表达来建造我们的身体，如果基因产生了缺陷，就会导致转录的蛋白质发生异常……”

“让我们用更通俗的语言来说吧，”朱蒂打断他，“基因是由核苷酸组成的碱基对序列，我们人类的身体内大约有 30 亿个碱基对。如果我们的身体是一座大楼，那么基因就是建造这座大楼所需的图纸，在这座大楼的每一个房间里都存放着一份完整的基因档案。”

哈里斯没有打断她，他知道他们终于进入正题了。

“但问题在于，基因到底是什么，有一个学者曾经提出一个观点，所有的生物都是基因为自己建造的生物机器，换句话说，所有的生物体都是基因的奴隶。生物们觅食、争斗、交配……所有的行为都是为了尽可能地让自己的基因流传下去，”朱蒂说，“就像阿多尼斯，春生秋死，短暂的肉体会消逝，只有基因是永恒的，你相信这种观点吗？”

“听起来很酷，”哈里斯谨慎地说，“但我不喜欢这种说法。”

“没有人喜欢，但是作为科学家，我们不能简单地根据喜恶对一个观点保持视而不见。事实上，有很多科学家都支持这个观点。不得不说，随着人类对基因的深入了解,科学家们发现基因是宇宙中最精巧的结构。正是基因强大的复制自己的欲望才造就了这个多彩斑斓的世界。从某种意义上来说，地球上真的只有一种生命，那就是基因本身，所有的生命体都是基因建造的不同生物机器，千变万化的生物体是基因为了适应各种不同的环境而做出的尝试。如果真的存在一个造物主，一个上帝，他无须亲手制造飞鸟和游鱼，也不必亲手制造亚当和夏娃，他只需编写一段基因就足够了。”

“你是说，真的存在一个上帝？”

“不，”朱蒂摇摇头，“米勒上帝的原始汤里自发地产生了 11 种氨基酸分子，这个实验已经证明了，基因只是一种自组织现象，这种自组织现象和氯化钠晶体以及雪花的形成没有本质上的区别。但是自组织现象本身是由宇宙更深层的规律和性质决定的，如果原子间的化学键稍微小一点，也许生命根本不会产生。换句话说，人类要理解基因本身的难度，不比获得物理学大一统方程更简单。还有学者悲观地说，作为基因制造的生物体，也许人类永远无法真正研究清楚基因，正如一个人无法揪着自己的头发把自己拉离地面。”

“这种说法很悲观，但是基因仍然充满了神秘感，科学家们早就可以绘制人类的基因图谱，但科学家们只是把档案库的书用我们的文字描绘出来，换句话说，我们能看懂每一个字符，但我们没有办法读懂这本书。科学家们只是初步搞懂了其中的一小部分段落描绘出了大楼的某些结构，但是更多的段落是我们根本无法理解的。人类的 30 亿对碱基中，只有大约 8.2% 的基因明确表达了，称之为外显子，换句话说，有 91.8% 的基因完全没有表达，我们将其称为内含子，也有人把它们叫作多余基因或者垃圾基因。甚至还有神秘论者认为这些无用基因里记录着上帝给人类的终极密码。但是哈德逊提出了一个观点，他认为内含子中蕴含着人类进化的秘密，也就是说，人类进化过程中的全部信息都被记录在了内含子之中，只是不会表达出来。不，这种说法并不准确，人类胎儿的胚胎期实际上就经历了从单细胞生物、鱼、两栖动物、爬行动物、哺乳动物的演化，这些内含子实际上在我们的胚胎期就已经表达过。当然，有些内含子偶尔的表达也造成了灾难性后果，比如 FSHD [3] 就是由于无用基因偶然的启动导致的病症。”

“哈德逊在基因编辑上的造诣首屈一指，可怕得多的基因遗传病曾经困扰了人类很久，唇裂、无脑儿、原发性高血压、青少年型糖尿病、青少年精神分裂、先天性心脏病……治疗多基因遗传病的难度非常大，他需要找到所有的致病基因，并且加以编辑。有一句中国古话，牵一发而动全身，每一个基因可能都有未知的作用，轻易编辑一个基因很可能会造成灾难性后果……”

“我明白，”哈里斯努力地跟着朱蒂的思路，“我是说，为什么不能从碱基对直接推导出结果？一段基因在转录成为蛋白质的时候，这个过程仍然是科学的、可描述的，不是吗？”

“很难做到，从核苷酸图谱很容易推导出氨基酸图谱，但氨基酸组成的蛋白质就完全不是一回事了，蛋白质是一种非常复杂的氨基酸构成体，蛋白质之间的相互作用，时序因素都会对蛋白质本身的功能有极大的影响。而且，即使更改一个碱基对，就能改变整个蛋白质分子，而我们对这种蛋白质分子的作用几乎一无所知。一种多基因疾病涉及的蛋白质甚至达几百万种。从最基础的核苷酸序列到基因，再到蛋白质和组成我们的身体，这其中逐级放大的结构噪音足以淹没我们的一切尝试。”

“……但是哈德逊做到了，我现在明白了，他得到诺贝尔奖的确名至实归。”尽管没有完全听明白，但哈里斯依然理解了朱蒂的意思。

“没错，哈德逊是一个天才，但是他的成就是建立在罪恶的基础上，这个魔鬼居然敢用自己的儿子做实验，人间的法律已经很难审判他了。”朱蒂冷冷地说。

“他都做了些什么？”

“从实验记录里，我看不出来，我相信除了哈德逊自己，没有人能看出来，”朱蒂摇摇头，“但是他试图和基因对抗。”

哈里斯扶了扶额头，疑问道：“我不明白……我们怎么对抗基因？自杀吗？”

“基因为了自己的延续而制造了生物机器，生物机器诞下后代之后就完成了基因赋予的使命，基因继续传递下去，而生物机器会衰老、死亡，为新的生物机器腾出位置。基因让死亡变成了生命的一部分，但是作为有意识和会思考的人类，一直在试图对抗死亡。希腊人幻想出能够永生的众神和不死泉；埃及人制作木乃伊，幻想灵魂归来并得以永生；中国的秦始皇派出船队试图寻找长生不老药……每一个民族都有着关于永生的幻想和传说。而现代医学在对抗基因给人类设定的寿命上也取得了不小的进展，古代的人类几乎没有人能看到自己的曾孙，能见到自己的孙子都属罕见。而现代人类的寿命在医学的帮助下已经大大超出了基因所需的人类寿命。但人类在这场与基因的对抗中只取得了微弱的优势，而哈德逊想取得这场战争的彻底胜利，”朱蒂顿了顿，“是的，你没有听错，哈德逊试图征服死亡。”

哈里斯没有意识到这句话的分量，他惊奇地望着朱蒂，“你是说永生？就像……”哈里斯在脑中搜索着，“就像灯塔水母？”

“灯塔水母并不是永生的，”朱蒂纠正他，“只有少数灯塔水母在遇到危险的时候才会返老还童，大部分灯塔水母依然会衰老然后死去，这个世界上根本不存在永生的生物，永生的是基因。”

“所以，哈德逊失败了？”不知道为什么，哈里斯竟然在心里松了一口气，哈德逊不仅没有让他的儿子永生，反而让大卫在极大的痛苦中死去。

“不。”朱蒂说，“他成功了。”

“你说什么？”哈里斯大吃一惊。

“你没有听错，他成功了，大卫得到了宙斯的恩宠，以凡人之躯，获得了不死之身。”朱蒂一字一顿地说。

八

一个星期之后，卵壳破裂了，大卫从卵壳里钻了出来。

很难形容大卫现在的情况，他已经变得……矮小，就像一个营养不良的孩子。朱蒂强忍着泪水帮大卫洗了澡，他很乖，没有任何反抗。大卫一直没有说话，就像一个真正的孩子，他在晚上依然会依偎在朱蒂怀中安睡，似乎只有在朱蒂怀里，他才有足够的安全感。当朱蒂消失在他视线里，大卫会惊恐地尖叫。

朱蒂知道大卫还记得她，当他们的眼神对视时，朱蒂看到大卫正在试图告诉她什么，但他却怎么也想不起来了。朱蒂含着泪水告诉大卫，“我已经知道了一切，大卫，我看到了手提箱里的所有资料，我会去揭发那个魔鬼，我会一直陪伴着你……”朱蒂轻轻地念起了那首《提托诺斯》，大卫听到这首诗之后，逐渐安静下来，沉沉睡去。

……

森林会腐朽，森林腐朽而倒下
蒸汽把它的重负泪洒大地，
人来了，他耕田，然后躺在下面；
活过许多年，天鹅也要死去。
唯独我，受到残酷的永生熬煎，
而在你手臂环抱中慢慢枯萎。
在这儿．在世界安宁肃穆的边缘
一个白发苍苍的幻影，像个梦，
彷徨在东方永远寂静的太空，
在雾霭中，在晨曦微明的大厅。
……

——丁尼生《提托诺斯》

九

“可是……”哈里斯张了张嘴，他不知道该说什么，他脑海里又浮现出那些可怕的照片，再加上朱蒂对大卫的病情描述，那看起来怎么也不像一个永生的人类……

“你认为永生的人类是什么样的？浑身闪着金光？”显然，朱蒂知道哈里斯在想什么，“你认为一个永生人最重要的特点是什么？”

“他不需要繁殖？”哈里斯突然想到了什么，如果肉体是永生的，那么基因就没有必要通过肉体的繁殖流传下去……

“的确如此，大卫的身体不再产生精子，不管哈德逊都做了些什么，基因已经给了答案，大卫不需要有性能力，他的肉体就是这个新种族的本身。”

“可是怎么解释大卫身上发生的事情，他怎么会变成一只卵？”

“哈里斯先生，”朱蒂叹了口气，“你是否还记得我刚才提到的占据人类整体基因 91.2% 的内含子？哈德逊认为这些基因其实是生命体在演化成人类的过程中留下的数据记录，换句话说……这些基因蕴含着从最古老的细菌到人类之间的所有物种的制作蓝图。”

哈里斯终于听懂了朱蒂的暗示，他倒吸了一口冷气，“你是说，大卫正在退化？”

“退化？不——”朱蒂摇摇头，“这不是退化，而是演化——这里存在一个广泛的误区，人们普遍认为人类是万物之灵，是所有的生物体中进化最完善的生命体，但这种看法是错误的。在早期，科学家们绘制的树形进化图中，人类雄踞于进化之树的顶端，这本身就是一种人类沙文主义的体现。但实际上，生物学家们早就意识到了进化树图谱的错误，他们很早就开始使用环状进化图来展示演化路线，在这张图里，人类和现存的其他生命并没有什么高下之分，所有的生命都是几十亿年演化的结果，人类并没有任何特殊之处。”

“人类和动物不同，我们有智慧。”哈里斯苍白地辩解道。

“生命体演化的目的是让基因更好地流传下去，而不是演化出智慧，”朱蒂冷冷地说，“智慧只是生命体演化过程中无数条道路中的一条而已，是一个偶然产生的结果。从适应环境的角度上讲，人类进化得并不比水熊虫更出色。而且，智慧和自我意识本身已经开始成为基因的敌人，丁克族和永生的幻想就是其中最典型的例子。”

“不管哈德逊做了什么，他都牵动了一条非常关键的线，使整个大网都受到了影响。大卫的基因开始调整演化方向，它们正在把大卫的身体改造成适合永生的生物机器。大卫的每一次发病，都是一次大的调整，直到我带大卫到达了缅因州之后，真正的演化过程开始了，第一次变成卵壳以后，过了大约一个月，大卫第二次变成了卵，他的躯体变得更小，他在萎缩……”朱蒂艰难地说出这个词语，她深吸了一口气，仿佛在积蓄勇气，她继续往下说，“他看起来已经不像是一个人类，但我知道，那就是大卫——每一次从卵壳里出来的大卫都不同，他似乎正在走一条生物学上的反演之路，从哺乳动物，到爬行动物……我以为他会变成一个两栖动物，但是我错了，这个过程并不是反演，而是另外一种尝试。大卫的基因正在把他改造成一种新的生物，一种从未在地球上出现过的生物。”

“那么，卡兰迪现场发现的卵，是第几次异变？”哈里斯追问道，“请原谅我使用异变这个词语……”

“第四次，”朱蒂回答，“我注视着我的爱人的身体逐渐萎缩，每一次从卵中破壳而出的大卫都是如此的陌生，”朱蒂的泪水滚落下来，“第三次异变之后，大卫已经丧失了智慧，他彻底变成了一个动物，但是我知道，他还认识我，他还会依偎在我身边安静地入睡。当他狂躁的时候，我会为他念《提托诺斯》，他就会安静下来。”

“但是我再也忍受不了了，我忍受不了那个魔鬼逍遥法外，我报了警，我要亲手揭发那个魔鬼，是他把大卫害成了这样，”朱蒂哭泣着，“我无法忍受这一切了，这对我来说太残忍了……我宁愿大卫早在四年前就死去，也比现在……”她终于说不下去了。

哈里斯走到哭泣的女人身边，他把手掌轻轻地放在女人的肩头，试图安慰她。他张了张嘴，最终什么都没有说出来。

鸣呼！这个灰色的幻影，他曾经
是一个人——如此俊美而荣耀，
你选中了他，使他豪迈的心里
觉得自己纯粹就是一个神！
我要求你，“请你给予我永生。”
你嫣然一笑应允了我的要求，
像富人随手给予而毫不考虑
但强大的时序女神铁面无情，
击倒了我．把我毁坏、耗损，
尽管她们杀不死我，却叫我
以残废之躯与永生的青春做伴，
永生的老朽在永生的青春身边，
我成了一堆灰烬。

——丁尼生《提托诺斯》

十

一天后，胡佛大厦。

一大早，哈里斯就来到了局长赫尔曼的办公室，他昨晚睡得不好，非常不好。整个夜里，他都一直处于不间断的噩梦之中。此时，他坐在赫尔曼对面，手里端着一杯浓咖啡。

他急切地说，“快告诉我，那个女人疯了，她说的一切都是臆想，对吗？”

“她说的很可能都是真的，”赫尔曼毫不留情地击碎了他的幻想，哈里斯注意到这位局长大人今天的黑眼圈尤其醒目，看起来他昨晚也没有睡好，“昨天晚上，调查局的基因专家们彻夜未眠，他们仔细研究了那份证据，所有的专家都倾向于朱蒂没有撒谎。”

“可是大卫的确死了，不是吗？他根本不可能变成什么怪物……”

“大卫没有死，”局长点燃一根哈瓦那，晃了晃金属烟盒，“来一根？”

哈里斯点点头，赫尔曼拿出一支新雪茄，帮他剪掉了雪茄头递给哈里斯，哈里斯接过雪茄点燃，吸了一口，然后猛地咳嗽起来。

“大卫没有死，”赫尔曼局长说，“他们检查了那只卵，那里面的确有一个正在变化的生物，就像装蝴蝶的茧。”

“我不明白……”哈里斯被雪茄呛出了眼泪，“你们怎么打算处置那只卵？”

“已经有人接手这件事情了，”赫尔曼指指上方，他的面孔在烟雾后面时隐时现，“不过说真的，这个故事真的非常迷人。”

“一个女人眼睁睁地看着自己的爱人变成一个不明生物？”哈里斯摇摇头，“我看不出这有什么吸引人的地方。”

“提托诺斯，”局长说，“朱蒂多次提到了提托诺斯这个名字，这个名字再适合不过了。”

“那是什么？”

“那是一个古老的希腊神话，提托诺斯是一个王子，一个英俊潇洒的美男子，女神厄俄斯爱上了他，他们很快乐。但是厄俄斯知道提托诺斯是凡人之躯，总有一天会衰老和死去，于是女神找到众神之王宙斯，祈求宙斯赐予提托诺斯永生的能力。总之，宙斯最后答应了厄俄斯的请求，他真的赐予了提托诺斯永生的能力。”

“唔……”哈里斯若有所思，“朱蒂似乎提到过宙斯的恩宠，我以为那只是一个比喻。”

“那的确是一个比喻，”赫尔曼弹了弹烟灰，“但这不是故事的全部。随着时间的推移，厄俄斯惊恐地发现提托诺斯长出了皱纹，头发变得花白，牙齿脱落，他正在变得衰老。这时厄俄斯才意识到宙斯虽然赐予了提托诺斯永生的特权，但并没有赐予他青春永驻的能力。但是别忘了，提托诺斯是永生的，死亡可不是衰老的终点，他逐渐萎缩，变得像一个干枯的婴儿，然后变成一只走来走去的动物，最后提托诺斯变成了一只蟋蟀，在笼子里永远地歌唱，也有人说它变成了一只蝉，飞向了高空，离开了厄俄斯。”

沉默了一下，局长补充道，“朱蒂原本以为大卫是阿多尼斯，但她后来才明白，大卫不是阿多尼斯，而是提托诺斯。”

“我的老天！”哈里斯长大了嘴巴。

“瞧瞧，古老的神话已经告诉了我们，永生要付出的代价是什么，哈德逊自以为从宙斯那里窃取了永生的药水，但他永远也不知道宙斯在想什么，”赫尔曼耸耸肩，“你的新任务来了，哈里斯。”

“什么？”

“以宙斯的名义，”赫尔曼丢掉雪茄，两只手撑在桌子上，身体向前趴伏，蓝色的眼珠在眼镜片后面射出冷酷的光芒，他庄重地说，“我命令你去逮捕哈德逊，他犯下了严重的罪行。朱蒂说得对，人间的法律恐怕已经很难惩罚他了。”

尾声

五十年后。

一位白发苍苍的老妇人来到了华盛顿郊区的墓园。秋风瑟瑟，紫色的马尾鸢在风中摇曳，银杏树叶将大地染成了金色，这是一个缅怀故人的日子。一排排白色的墓碑在草坪上整齐地矗立着。这座墓园里有一千五百座白玉大理石雕塑，包含了文艺复兴期间几乎所有有名的雕塑副本。走过米开朗琪罗的大卫像时，老妇人停住了脚步，她抬头望去，俊美的大卫正用无神的眼睛望向远方，一阵风吹过，落叶萧萧。

“大卫……”朱蒂·琼斯轻轻地说，她低下头继续向前走去，绕过了几株老橡树，来到了一个洁白的大理石墓碑前。墓碑上刻着简单的墓志铭：

大卫·哈德逊长眠于此

（2018—2050）

朱蒂·琼斯已经老了，她预感到自己将不久于人世。五十年前，FBI 逮捕了伊恩·哈德逊，朱蒂被无罪释放。她再也没有见过大卫，不久之后，官方发布了正式通告：哈德逊出于治疗遗传性心脏病的目的，非法修改了大卫的基因，但他的错误操作却导致大卫患上了更多的多基因疾病，并且在几个月之后去世。但是朱蒂没有见过大卫的尸体，新闻媒体也对此事保持了缄默。伊恩·哈德逊被判处了十年监禁，他死于 2063 年，他的妻子海伦死于 2066 年。

朱蒂看着这座简单的墓碑，她轻轻地将一束花放在了墓碑上。

“大卫，”朱蒂苍老的声音被风带向远方，“我是朱蒂，我快死了，这是我最后一次来看你。你说得对，新生和死亡都是生命的一部分。”

“我知道你还记得我，即使你已经忘记了一切，但你的眼睛告诉我，你还记得我。我不知道他们说的是不是真的，我不知道你是不是真的长眠在这片泥土下面，我也不知道你是不是在天堂里等着我。”

老人的声音哽咽了，她伸出手抚摩着冰冷的墓碑，轻声低语，“噢，大卫，我的爱人……”

这时，一只色彩斑斓的蝴蝶飞来，它忽闪着翅膀，轻轻地落到了大理石墓碑上，一双美丽的翅膀轻轻地扑打着。朱蒂愣愣地看着那只蝴蝶，她颤巍巍地伸出了手，蝴蝶飞起来，轻轻地落在了她的手心。

朱蒂的眼眶湿润了，她举起手，蝴蝶却不肯离去。朱蒂闭上眼睛，在心里问：是你吗？我的提托诺斯……是你听到了我的呼唤，来向我告别吗？提托诺斯，提托诺斯，你是否飞过了高山和海洋，飞过了酷暑和寒冬，只为寻觅你的厄俄斯……

蝴蝶离开了她的手心，朱蒂睁开眼睛，她看见蝴蝶围绕着她盘桓飞舞，依然不肯离去。一曲歌声在朱蒂耳边响起，如泣如诉，婉转悠扬……我的爱人，是你吗？是你在歌唱吗？你还记得我吗？我是厄俄斯，我是你的爱人……

你玫瑰红的暗影冷冷地浴着我，
冷冷的是你的星光，我枯皱的脚
踏着你微明的门槛发冷，当蒸汽
从那朦胧的田园上升，在那里
住着有权利逝世的幸福的人们
和更幸福的荒冢里的死者。
放我去吧，请把我还给大地。
你看见一切，你将看见我的坟；
你每天早晨都更新你的美丽，
而我，土中土，将忘却这空阔的宫阙
和驾着银色车轮回归的你。

——丁尼生《提托诺斯》

一阵微风吹过，金色的落叶在她身边飞舞，蝴蝶轻轻地落在了朱蒂的肩头，再也未曾离去。

后记

2018 年 11 月，我去深圳参加了科幻大会，恰巧住在南方科技大学附近。科幻大会刚结束，就出现了很魔幻的基因编辑事件，这篇文章就在我的脑海里成型了。这篇小文之所以不能放在中国背景，原因有二：

（1）在中国容易对号入座，此文中第一次人为对婴儿的基因编辑事件的时间就放在了 2018 年。（2）希腊神话的背景放在西方文学背景中会更加合适。

注 1：阿多尼斯 (Adonis)，植物神，王室美男子，如花一般俊美精致的五官，现代阿多尼斯这个词常被用来描写一个异常美丽、有吸引力的年轻男子。阿多尼斯是西方“美男子”的最早出处。

注 2：提托诺斯，希腊神话中的悲剧人物，原文中已有说明。

注 3：FSHD 是一种名为面肩肱型肌营养不良症的疾病，这种疾病是一种最常见的肌营养不良症，在美国《科学》周刊网站上发表的论文说明，这种罕见疾病的致病基因是所谓的内含子。

（原刊登于《科幻世界》2019 年第十期）

忘却的航程

题记

我们已经走得太远，以至于忘记了为什么而出发。

——纪伯伦（Kahlil Gibran）《先知》

上篇

盖娅的旅行

“这是一个阳光明媚的春天，小姑娘盖娅背起背包，告别了家中日益病重的母亲和弟弟墨利、妹妹维纳，走出了他们居住的小屋。今天她要离开这个小村庄，去森林里给妈妈采药。她的背包里装满了盖娅为这次出行准备的东西。

盖娅走呀走呀——走呀，她走过红脸叔叔的家门口，红脸叔叔正在地里挖土豆，村里人都知道，红脸叔叔种了两棵很大的土豆树。他看到盖娅经过，于是抬起身向小盖娅打招呼，“小盖娅，你要去哪里呀？”

盖娅正低着头急冲冲地走着，她听见了红脸叔叔的话，连忙抬起头，对红脸叔叔说，“叔叔好，我妈妈生病了，我要去森林里给妈妈采药。”红脸叔叔听了盖娅的话，忧虑地说，“盖娅，你这样两手空空怎么行，我听说森林里有怪物呢，最可怕的是一种叫作半人马的怪物，专门喜欢吃小孩子。”

“妈妈，什么是半人马？”安东问道，他今年五岁，一双明亮的眼睛似乎永远都充满了好奇的光芒。

“半人马……”妈妈皱了皱眉，“大概是一种身体一半是人，一半是马的怪物吧。”

“它会吃人吗？它会吃掉小盖娅吗？”安东急忙问道。

“听妈妈讲完好吗？”妈妈微笑着抚摩着安东毛茸茸的脑袋，“听妈妈讲完这个故事，安东就知道了。”

“可是我不愿意盖娅被吃掉呀。”安东奶声奶气地坚持道。

“不会的，妈妈向你保证。”妈妈说。

“那就好吧。”安东相信了妈妈。

“盖娅听了红脸叔叔的话，有点惊慌，红脸叔叔马上告诉她，“不要担心，叔叔给你一把铁做的剑，要是有怪物伤害你，你可以用铁剑打跑怪物。”说完之后，叔叔从小屋里拿出一把铁剑交给盖娅。盖娅接过剑，真沉啊，那把剑真的是铁做的。盖娅谢过了红脸叔叔，继续往前走，她走得很快，不久之后就看不到红脸叔叔和他的小屋了。

可是，一条小河突然出现在盖娅面前，挡住了盖娅的去路。这条小河不深，清澈见底，盖娅完全可以直接走过去，但是小河里有很多鳄鱼，这可怎么办呀？盖娅有些着急，但她突然想起来在她的背包里有一些小石头，这些神奇的小石头可以打败水里的鳄鱼。于是盖娅放下背包，取出小石头，对准一只鳄鱼丢了过去，一阵白光闪过，被小石头击中的鳄鱼消失了。盖娅高兴起来，她继续向河里丢着小石头，白光不停地闪，最后，她终于清理出来一条过河的路。就这样，盖娅顺利地渡过了小河。

盖娅继续往前走，她走呀走呀走呀，直到她遇到了一个巨大的怪物，才停了下来。这个怪物比盖娅要大好多好多，它把盖娅要走的路全部都挡住了。盖娅站在这个怪物面前，就像一只小蟑螂站在一个大锅炉前面。这个怪物长着一只红色的大眼睛，对，它只有一只眼睛。它看见了盖娅，红色的大眼睛紧紧地盯着盖娅，它说话了，隆隆地就像大铁炉发出的声音，“站住，小女孩，你要到哪里去！”

“我要去森林，”盖娅害怕地说，“我妈妈生病了，我要去给妈妈采药。”

巨怪发出了震天的笑声，“你想从这里过去吗？”它问。

可怜的盖娅点点头，没办法呀，巨怪挡住了唯一的一条路。

“可是我不想让你走，我很孤独，”巨怪说，“已经很久没有人来陪我说话了。”这时候，巨怪显得有些可怜兮兮的。

盖娅有点心软，但是她必须去森林，妈妈生病了，她必须采到药，“对不起，”盖娅突然想到一个办法，“我现在不能陪你，妈妈正在等我采药，但是我保证，等我把药送给妈妈，我会来陪你聊天的，多久都行。”

“你不会回来的，”巨怪说，“你是个小骗子。”

盖娅生气了，还从来没有人说她是骗子，“我没有骗你，”她说，“我会回来的。”

“可是我想让你现在就陪我说说话，”巨怪坚持说，“要么你给我唱首歌也行。”

“不，”盖娅不知道哪里来的勇气，她拒绝了巨怪的建议，“让我过去。”

巨怪生气了，它张大嘴巴，朝盖娅冲了过来，仿佛要把盖娅一口吞下。

盖娅突然想起她的背包里有自己准备好的东西呢，她往后一跳，然后打开背包，一把尺子和一把圆规掉在地上。

巨怪已经到了盖娅的面前，它黑漆漆的嘴巴眼看就要把盖娅吞掉，但当它看到尺子和圆规之后，它害怕地退了回去。

“那是什么？”巨怪问道。

“是尺子和圆规，”盖娅从地上捡起了它们，“它们是一种数学工具。”

“把它们拿走，”巨怪不耐烦地说，“丢掉它们，它们帮不了你，只能让你的旅程更沉重。”

“不，”盖娅紧紧地抓着尺子和圆规，“我知道你的把戏，你害怕它们，所以我要用它们作为我的武器，我一定要过去。”

巨怪被激怒了，它咆哮着向盖娅冲过来，但是奇怪的是，只要盖娅举着尺子和圆规，巨怪就不敢靠近。聪明的盖娅就这样举着尺子和圆规，勇敢地朝巨怪走去，巨怪真的不敢靠近她，随着盖娅的靠近，巨怪不断后退，但是路太窄了，巨怪只好努力挤出一条窄窄的路。

“你走吧，”巨怪说，“祝你好运，聪明的小女孩。”

盖娅从巨怪身边走过，她第一次近距离地看到巨怪的眼睛，它的眼睛是一个深红色不停旋转的旋涡，仿佛随时都要把盖娅卷进去。盖娅害怕了，她一路小跑，终于把巨怪抛在了身后。”

妈妈讲到这里，看到安东已经闭上了眼睛，她轻轻地把书合上，放在床头的桌子上，然后吻了吻安东的额头，从床边站起身关掉了床头灯，轻轻走了出去。如果安东还醒着，他就能听见父亲和母亲的低语。

当妈妈走出去的时候，安东的意识正在现实和梦境的边缘摇摆，他的意识正要滑入梦境，随着盖娅继续她的冒险。以至于多年以后，他不知道自己是否真的听到了父母的谈话，还是那只是一场支离破碎的梦境。

父亲和母亲低声说了一会儿话，安东听不清他们在说什么，他很快就真的睡着了。

安东再也没有见过他的父亲，那时他大概只有五岁，也许更小一些。随着时光的流逝，父亲的面容也渐渐变得模糊。但不知道为什么，安东对父亲的葬礼却印象深刻。德高望重的夏洛克神父亲自为安东的父亲主持了安魂弥撒。

很久之后，安东才听妈妈讲完了故事的后半部分。

“离开了巨怪以后，盖娅继续走呀走呀走呀，然后她看到一个戴着圆边草帽的大姐姐在和一群小朋友一起在草地上玩耍。大概有三十个孩子围着姐姐，他们跑跑跳跳，他们欢快地唱着动听的歌谣。美丽的大姐姐看到了盖娅，朝她打招呼，“美丽的小女孩，你要去哪里啊？”

盖娅说，“妈妈生病了，我要去森林里给妈妈采药。”

“可怜的孩子，”草帽姐姐看着她，“前面很冷，你穿那么少，会冻坏的。”

听了草帽姐姐的话，盖娅有些焦虑，她不知道该怎么办，她从来没有去过森林，也不知道草帽姐姐说的是不是真的。不过，她马上就开心起来，她的背包里一定有可以御寒的东西。

盖娅拍拍自己的背包，“不用担心，我会有办法的。”

草帽姐姐摘下自己的草帽，给盖娅戴上，“这是一件礼物，勇敢的小女孩，祝你旅途顺利。”

盖娅谢过了姐姐，然后继续往前走，这时她身上背着背包，背包里有尺子和圆规，手里拿着红脸叔叔送的铁剑，头上是草帽姐姐送的草帽。她觉得自己肯定可以走到森林了。”

盖娅继续往前走，这时，她看到了一个身穿深蓝色衣服的男孩正在地上打滚。盖娅好奇地走上前去，男孩看到了她，向她打招呼：“哈喽，小女孩，你要去哪里？”

盖娅一路上都在回答这个问题，不过她并没有不耐烦，“我要去森林里给妈妈采药，妈妈生病了。”

“噢，我听说了，”男孩依然在地上打着滚，他的语气有些悲伤，“妈妈好不起来了，她的病很严重。”

盖娅生气了，“不许这么说！”她喊道，泪水在她眼眶里打转，“妈妈会好起来的。”

男孩歉意地笑了笑，却没有道歉，“好吧，小盖娅，祝你旅途顺利！”

盖娅有些好奇，她看着这个一直在打滚的男孩，问道，“可是你为什么不站起来走路呢？”

“我以前是站着走路的，”男孩悲伤地说，“有一个怪物撞倒了我，我就只能这样走路了，不过我已经习惯了。”他的声音又欢快起来，“你在前面会碰到我的兄弟，他的脾气可不太好，也许他会不让你过去。”

盖娅想起了之前遇到的那个巨怪，她有些发愁，“那我该怎么办呀？”

“不用担心，”男孩打着滚，“他很胖，跑起来不快，你到我身边来，让我推你一把，这样你就会跑得比他还快了。”

于是盖娅走到打滚的男孩身边，男孩伸出一只蓝色的手臂推了盖娅一把，虽然是轻轻地一下，但是盖娅马上就感觉到自己像风一样飞奔起来。

远远地，她听见了男孩最后的道别，“去吧，盖娅，这是我给你的礼物，去吧，盖娅，快跑吧，不要回头……”

盖娅想和男孩告别，但是当她回头去看时，发现男孩已经看不见了，她跑得太快了。

盖娅继续走呀走呀，然后她就看到了前面出现了一个浅蓝色的巨怪，这个巨怪比前面那个巨怪要小一些，而且它也有一只旋涡状的眼睛，但不同的是，这个蓝色巨怪的眼睛是黑色的。

“留下来。”巨怪说，似乎所有的巨怪都很孤独，它们总想让路过的人留下来陪它们。

盖娅喊道，“不！”

巨怪愤怒了，它朝盖娅伸出一只手臂试图抓住她，但是盖娅从蓝色男孩那里得到的礼物起作用了，她跑得飞快，巨怪连她的衣服都没碰到一点。

盖娅从蓝色巨怪身边风一般地跑过，她只听见蓝色巨怪愤怒的咆哮声。但是她的速度也越来越慢，直到看不到蓝色巨怪的时候，盖娅已经恢复了正常的速度。

盖娅继续走呀走呀，然后她又看到了一条河。这条河和之前遇到的那条河不一样，这条河很宽，而且深不见底，盖娅这次可没有办法蹚过去了。这可怎么办呀，盖娅着急地在岸边走来走去，她翻遍了背包，也找不到一个能帮助她过河的东西。

这时，一只木筏出现了，一个老人撑着篙，慢慢地朝盖娅漂过来。

“孩子，你要去哪里？”老人朝她喊道。

“我要去森林，”盖娅喊道，“我要过河。”

渡船停到了盖娅身边，老人朝盖娅温和地喊道，“上来吧，孩子，我带你渡河。”

盖娅跳上木筏，老人开始撑着木筏离开了岸边，朝对岸驶去。

“我回来的时候，你还在这里吗？”盖娅问道，她有点担心回来的时候自己还是没办法渡过这条河。

“不要回来了，盖娅。”老人说。

“为什么？”盖娅有些生气，她忘了问这个老人为什么会知道她的名字。

“我认识你戴的帽子，”老人温和地说，“戴上这顶帽子的人，没有办法走回头路。”

盖娅没有说话，她也不知道该说什么，河水静静地流淌，灰色的雾气一团团地在河面上方飘荡。

“抓紧了，孩子。”老人说。

这时，盖娅发现河水变得湍急起来，老人用力撑着篙杆，试图不让木筏被湍急的河水冲向下游。

“怎么回事？”盖娅喊道，她更担心木筏会散架。

“别怕，孩子，”老人说，他的声音没有一丝慌乱，“该走的路总会走完的。”

似乎是为了让盖娅安心，老人唱起了一首歌。

每当讲到这里，妈妈都会轻轻地唱起那首歌谣，安东已经忘了那首歌的歌词，但那首歌的旋律却永远地印刻在安东幼小的脑海里。那首歌如泣如诉，婉转悠扬，闭上眼睛，安东仿佛看到幼小的盖娅正坐在随时都可能倾覆的木筏上，面对着眼前不可知的命运，她能顺利到达森林吗？她的妈妈会好起来吗？

和盖娅的命运不一样，安东的命运却是可知的，他的命运和他的父亲、祖父、曾祖父甚至更遥远的祖先一样，安东将成为一个烧火工。安东的家族是一个烧火工家族，他们世世代代都要看守那个像山一样高的大铁炉，不停地往里面填着各种各样的岩石。安东的父亲死去之后，因为安东还小，无法接替父亲的工作，所以安东的叔叔不得不暂时接了父亲的班。

安东七岁的时候第一次跟着叔叔去看了大铁炉。那个大铁炉真高啊，安东觉得自己站在大铁炉前面就像一只蟑螂站在一个成年人面前一样。那座黑黝黝的大铁炉就像小山一样高，安东不得不抬起头使劲往上看，才能看到大铁炉顶端的进料口。叔叔正推着滑轨车将石块投进大铁炉，青蓝色的光芒照在叔叔脸上，让他看起来怪怪的。安东不知道大铁炉是怎么工作的，他只是觉得，大铁炉就像一只大肚子的怪兽，每七天都要吞吃掉三车岩石。叔叔告诉安东，大铁炉吃了石头以后，就会释放出热量，让整个城市都变得温暖，这样大家就不会被冻死。可是，大铁炉为什么能吃石头呢？叔叔耸耸肩，拍拍他的脑袋，说：“我以前也问过这个问题，我的爸爸也问过他的爸爸这个问题，可能大家都问过这个问题吧，你要知道，安东，不是什么问题都会有答案的。”

看来这是一个没有答案的问题。不久之后，安东就有了新问题，是谁建造了大铁炉？如果以前没有大铁炉，城市里会不会很冷？安东知道，人们居住的洞穴都围绕着大铁炉，离大铁炉越远的地方就越寒冷。叔叔没有再给他答案，没有人给他答案，每个人都忙忙碌碌，忙着生，忙着死。从来没有人像安东一样问任何没有意义的问题，所有人都很忙碌。

在老人的歌声中，木筏靠岸了。

盖娅跳上岸，老人在她身后温和地说，“去吧，孩子，继续走你的路，漫长的路，千万不要忘了你的旅程的目的，千万不要忘了。”

盖娅告别了老人，继续出发了。

故事到这里就结束了，安东永远都不知道盖娅有没有到达森林，有没有遇到半人马怪物，有没有采到妈妈需要的药，有没有回到家。

他曾经问过妈妈，这个故事为什么没有结局？妈妈告诉安东，这就是结局了，盖娅还在继续她的旅程。

再后来，安东就把这个故事忘记了，只有那首歌的旋律还时不时地在他的脑中回荡。

杰克与阶梯

从妈妈给安东讲过的故事里面，安东知道了草原、森林、河流、湖泊、沙漠和大海。

但是安东没有见过草原和森林，也没有见过河流和湖泊，没有见过大海，更不知道阳光为何物。安东倒是在妈妈工作的农场里见过一个水潭。妈妈从不让他靠近那个水潭，他有一次悄悄地把手伸进过潭水里，潭水冰凉刺骨。

安东和所有人一样都出生在由隧道和洞穴组成的世界里。安东的祖先们在这个世界里成长、劳作，然后老去，死后被埋在农场里。

父亲死后，安东和母亲依然居住在那个属于他们的洞穴里，洞穴里有明亮的白炽灯，有温暖的床铺和勉强足够的配给食物。当安东还没有成为烧火工的时候，有一天，他的脑瓜里冒出来一个奇怪的问题，“我们从哪里来？我们要到哪里去？”

当安东问起这个问题时，妈妈告诉他，人类在很早很早以前犯了错，触犯了天神，所以被天神惩罚，只能永远生活在黑暗的地底。

“天神？”安东惊奇地瞪圆了双眼，“妈妈，真的有天神？”

“当然了，安东，”妈妈肯定地说，“我们的头顶上，就是天神的宫殿，”说到这里，妈妈的眼神变得有些迷茫，“等你长大了，也许你有机会上去看看。”

“就像杰克一样？”安东兴奋起来，妈妈曾经给他讲过这个杰克与阶梯的故事。这个故事和盖娅的故事不一样，盖娅的故事发生在一个安东从来没有见过的世界。但是杰克的故事就发生在和安东同样的世界里：

杰克是一个长着黑色头发和蓝色眼睛的小男孩。有一天，他居住的世界里发生了一件大事，他的世界突然变得一片黑暗，所有的灯光都熄灭了。人们点燃了火把，去检查了大铁炉，他们发现大铁炉不再发光了，大铁炉死了。人们试着把“食物”扔进已经变得黑洞洞的大铁炉进食口，却听到了石块碰撞到大铁炉肚子里面的撞击声。

这可不得了，要是大铁炉死了，整个世界都会陷入无边的黑暗和漫长刺骨的寒冬。这个世界要死了，除非人们能重新让大铁炉吃东西。

怎么办呢，要是没有大铁炉，农场的蘑菇也不会再生长，人们要么会被饿死，要么会被冻死。人们议论纷纷，都不知道该这么办，这时，这个世界里最老的老人安慰大家，大铁炉其实没有死，大铁炉太累了，它只是睡着了。

那我们快把大铁炉叫醒吧！人们纷纷喊道。

不行，老人说，我们的声音是叫不醒大铁炉的。我的爸爸的爸爸的……爸爸曾经讲过，在很久很久以前，大铁炉也睡着过，他们派出了一个勇敢的男孩爬上了黑暗的阶梯，去了天神居住的宫殿，偷回来一个宝贝，才把大铁炉唤醒的。

人们听完了老人的话，顿时鸦雀无声，没有人敢去天神的宫殿。他们宁愿饿死冻死都不愿意去爬黑暗阶梯。但是杰克站出来了，他让老人告诉他要去天神的宫殿里找什么，还有黑暗阶梯在哪里。

老人告诉杰克，孩子，你做不到的。

杰克着急了，他问："为什么我做不到，你怎么知道我做不到呢？"

老人耐心地说，"天神的宫殿在天上，非常非常远，你要去黑暗阶梯上爬好几个日子才能爬到众神的宫殿。但是这还不够，众神的宫殿里非常非常冷，你要有很厚很厚的衣服，而且还要有一个装满空气的罐子和头盔，才能到达天神的宫殿。"

那么，告诉我去哪里找很厚的衣服和罐子，还有头盔。杰克坚定地说。

老人听了杰克的话之后又说，只有这些还不够的，孩子。

还需要什么，都告诉我，我能做到的。杰克依然坚定地说。

你还需要两样东西，老人说，如果你有了这两样东西，你就一定能拯救这个世界，听好了，孩子，它们是：无畏的勇气和超凡的智慧。

我还不知道这些是什么，但是我会有的。杰克说。

你已经有了无畏的勇气，孩子，但是最重要的是超凡的智慧。我现在不能告诉你在天神的宫殿里拿到什么才能唤醒大铁炉，因为只有超凡的智慧才能告诉你。如果你真的有超凡的智慧，当你到了天神的宫殿，你自然就会知道要带回什么东西。

老人带着杰克来到了大铁炉，在大铁炉的身后，老人打开了一扇神奇的门。在门的后面是一个小小的房间。老人打开房间里的一个长长的柜子，从里面拿出了厚厚的衣服和头盔，还有一个罐子。罐子上有一个管子连在头盔上。

穿上它们，孩子，老人说，去吧，记住那两样东西，一直带着它们：无畏的勇气和超凡的智慧。

勇敢的杰克顺着一道漫长的阶梯爬到了天神们生活的天上，他从天神的宫殿里偷来了火种和食物。天神居住的地方非常寒冷，杰克要穿上最厚的衣服才能爬到众神的宫殿。

众神的宫殿里有无数高大的立柱支撑着，每一个柱子都高大得无法用语言来形容，宫殿的天花板上，镶嵌着无数璀璨的宝石。大地上到处都是白色的雪和黄绿色的小山包。杰克小心地走在天神的宫殿里，他的运气很好，没有遇到任何一个天神，于是杰克钻进了天神的城堡里，在天神发现他之前偷回来了一首歌。

“一首歌？”安东好奇地问。

“对，”妈妈说，“一首歌，超凡的智慧让杰克带回来一首歌。”

于是妈妈又唱起了木筏上的老人唱的那首歌，那是同一首歌，但是这时的安东从这首歌听出了更多的东西……某些他很久很久以后才明白的东西……

杰克在大铁炉前唱起了那首歌，大铁炉听见了歌声，它发出了一声轰鸣，渐渐地轰鸣声越来越大，隆隆的轰鸣声很快就传遍了整个世界。已经备好投食的烧火工赶忙把石块丢进大铁炉的进食口，青蓝色的光芒重新出现了。大铁炉醒来了，世界的灯光亮了起来，新鲜的空气重新充满了世界。

男孩杰克拯救了他的世界。

“千万要小心不要掉进去，”最后一次和叔叔一起工作的时候，叔叔告诉安东，安东扶着滑轨车，颤颤巍巍地将扶手抬起，看着大大小小的石块跌进散发着青蓝色幽光的大铁炉投料口，没有发出一丝声响就被深渊吞噬了。

叔叔察觉到了安东的恐惧，他拍拍身高还没到自己肩膀的侄子的脑袋，“不用怕，很快就会习惯了，用不了多久——”他耸耸肩，“你闭着眼睛都能把这件事做好了，毕竟你就是一个烧火工。”

叔叔说得没错，安东出生时，他就注定了成为一个烧火工。

安东八岁的时候，他已经能推动滑轮车了，于是他正式成为一个烧火工。

大铁炉每七天就要吃掉三车石块，当大铁炉吃饱之后，安东也没有闲着，他要为大铁炉准备“食物”。为大铁炉准备“食物”越来越困难了，安东要穿过整个世界，爬过很多生锈的铁门，到达一个黑暗的洞穴。据说这里以前不是洞穴，是被安东的祖先们，一代一代的烧火工们挖出来的。他们用铁镐不停地挖，把挖到的石头装进推车推走，如果挖到了推不走的大石头，就拿铁锤敲碎。

安东十岁的时候，在大洞穴的尽头发现一个黑暗的隧道，他点着一个火把走了进去，这个隧道一直向上，安东突然想起杰克攀登黑暗阶梯的故事。他有些紧张地向前走，心里不禁在想，这会不会就是故事里杰克曾经走过的阶梯。但是故事毕竟是故事，走了没多远，隧道就走到了尽头。但是，隧道的尽头，安东发现了一些铁镐挖掘的痕迹，他明白了，他的祖先们一定是在这里不停地挖掘，也许这条隧道里能挖到更多的“食物”。

从此以后，安东每一次都会来到这个隧道，一点点地向前挖掘。也许他自己都没有意识到，他在做这件事情的时候，好像是在挖掘杰克的黑暗阶梯。

安东十五岁了，他认识了一个姑娘。这时，安东已经成为一个熟练的烧火工。他已经能够不点火把就钻进隧道熟练地用小推车推出一车车的“食物”，也真的可以闭着眼睛完成给大铁炉投食。

不久之后，姑娘就住进了安东和妈妈的洞穴，妈妈已经老了，她已经很久没有给安东讲故事了。

安东十六岁的时候，和这个世界上的大多数人一样，妈妈死了。

临死前，妈妈给安东讲了最后一个故事。

夸父追日

这个故事很短，但是安东却很难理解这个故事。他不理解其中出现的奇异的词语，比如白天、黑夜和太阳。

在很久很久之前，人们还没有得罪天神的时候，那时的人们生活在大地上，有白天和黑夜，太阳会东升西落，鸟儿会在林中歌唱，大河东流入海，鱼儿在海里畅游。那个时候，天是蓝的，海是蓝的，草是绿的，空气中有花儿的芬芳，人们生活在大河边，河里流淌着奶和蜜，树上结着鲜美的果子，人们无忧无虑地生活着。

有一天，天上的太阳突然远离了大地，天气变得寒冷起来，大海结冰了，河水结冰了，整个世界都要冻住了，动物们都变成了水晶雕像。太冷了，人们围起来点起了火，但是还是太冷了，太阳越走越远，连空气都要结冰了。眼看整个世界都要被冻住了。这时，一个名叫夸父的巨人站了出来，他说，我要去追太阳，我要问问太阳为什么要离开大地。

人们都劝说夸父，太阳在高高的天上，你怎么追得到呢？你没有鸟儿的翅膀，只能在大地上奔跑，你向太阳大喊，太阳也听不见你的声音。

夸父说，如果我不去追太阳，我们都会冻死的。我必须去追太阳，它虽然在天上，但是它每天晚上都会落回地面睡觉的，那个时候我就能找到它了。

人们哀叹，传说太阳住在大地尽头的森林里的太阳神殿，森林里还有半人半马的怪兽守卫着太阳神殿，难以想象地遥远，你怎么到达呢？

“我有无畏的勇气和超凡的智慧，这是我们夸父一族的至宝，难道你们都忘了吗？”夸父告诉他们，“我一定会找到太阳，让它重新给我们带来温暖。”

于是夸父出发了，他跑啊跑啊，他翻过一座座大山，越过一条条河流，他跑得像风一样快。他什么都不想，一直跑啊跑啊，一直向着太阳落山的地方跑去。

可是，夸父临走前忘记了一样东西，那就是坚定的信念，夸父跑了很久很久，可是他渐渐地忘记了自己要去干什么。

夸父的脚步渐渐慢了下来，他太累了，最后他终于倒下了，倒在了追逐太阳的旅途上。整个世界一片黑暗，夸父的心脏变成了大铁炉，沉到了地底，他的血和肉变成了我们的祖先。

“我们就生活在一个坟墓里，安东。”妈妈说。

安东和妻子围在妈妈身边，安东已经不像小时候那样会问各种问题了，他感到悲伤，他意识到妈妈就要死了。

安东……妈妈抓住他的手，不要忘记这三个故事，盖娅、杰克和夸父的故事，千万不要忘记，等你们有了孩子，要把这些故事讲给他听，讲给所有人听，不要忘记这三个故事，千万不要忘记这三个故事……

然后妈妈就死了。和其他死去的人一样，安东和妻子把妈妈葬在了农场里。

安东一直记着妈妈的遗言，他每个晚上都会去回想这三个故事。在无数次的梦里，安东变成了盖娅，继续着她的旅程；安东变成了杰克，在黑暗的阶梯上攀爬，直到走进天神的宫殿；安东也变成了巨人夸父，在无边的黑暗和寒风中奔跑……

意识朦胧之际，妈妈的话在他耳边炸响：我们生活在坟墓里。

安东猛地惊醒，他在黑暗中恐惧地睁大眼睛，黑暗中只有妻子均匀的呼吸声他在他耳边响起。

安东一直在想那首歌的歌词是什么，但他怎么也记不起来了。

安东十八岁的时候，他的妻子生了一个女孩。那一天正好是大铁炉的进食日，当安东回到洞穴时，洞穴里多了几个邻居，他们正在帮忙照看着新生的婴儿。婴儿的哭声在洞穴里回响，她的妈妈因为难产而死，这是这个世界上很常见的一件事情。安东把妻子葬在了妈妈身边，这一次没有神父的弥撒了。老神父已经死了，再也不会有神父了。

安东给女儿起名叫盖娅。

当盖娅三岁的时候，安东开始给盖娅讲这三个故事。他一遍一遍地给女儿讲着这三个故事，一遍一遍地讲着盖娅、杰克和夸父的故事，讲着无畏的勇气、超凡的智慧和坚定的信念。

出事的这一天不是大铁炉的进食日，安东正在黑暗的阶梯中挖掘。这些年的挖掘中，安东渐渐地把隧道挖得更长更远。这一天和过往的每一天似乎没什么不同，也将和未来的每一个日子一样，但是对于安东来说，这天似乎不太寻常。他在黑暗中挥舞着铁镐凿着面前的土层，然后把大小合适的石块捡起来放在推车上。突然轰隆一声巨响，安东惊呆了，在火把的照耀下，他看到眼前的土层向外坍塌。他愣了一会儿，才意识到发生了什么，他挖穿了世界的边界。

安东战战兢兢地走进了坍塌形成的洞口，这是他第一次走出自己的世界，他惊奇地发现自己身处于一个更大的隧道之中。他的小隧道的出口在大隧道的墙壁上，多年的挖掘让安东的小隧道打穿了世界的边界。

这是一个更大的隧道，安东把火把举高，勉强能看到洞顶斑驳的岩石。他发现脚底有什么东西，低头望去，安东惊奇地发现地上有一些他认识的东西，两条粗大的滑轨向隧道两方延伸到无尽的黑暗之中。

隧道里充满了金属腐朽的气息，安东发现自己站在斜坡上，这条隧道不是水平的，而是通向上方。

黑暗阶梯……

那一瞬间，安东想起了杰克的故事，他立即觉得自己好像终于找到了黑暗阶梯。妈妈的故事是真的，是黑暗阶梯！通向天神的宫殿的黑暗阶梯！

安东颤抖着退回了小隧道，他害怕惊动了天神，给他的世界带来灭顶之灾。那天晚上，安东没有给盖娅讲故事，他几乎一夜没睡着。第二天，安东大着胆子回到了那个坍塌口，发现并没有发怒的天神从黑暗的阶梯闯进来。一切都笼罩在永恒的黑暗中。安东悄悄地尽可能地用泥土和石块把缺口掩埋起来，他决定不和任何人说起这个事情。

他退回到黑暗的洞穴里，选了另外一个方向开始挖掘新的隧道。

当盖娅五岁的时候，安东二十三岁，他已经把黑暗阶梯的事情忘记了。

下篇

灾难

当大铁炉熄灭的时候，安东正在睡觉，他被一阵嘈杂声吵醒。

刚刚醒来的时候，安东就意识到了什么不对劲，他愣了一会儿，他意识到这个世界上好像缺少了什么，过了好一会儿，安东才意识到大铁炉的轰鸣声消失了。

这个世界里的每一个人都是在大铁炉的轰鸣声中出生，在大铁炉的轰鸣声中死去，大铁炉发出的低沉的轰鸣声就是这个世界的一部分，是应该永远存在的背景音乐。但现在，除了人们惊慌的叫喊声和无边的黑暗，大铁炉的声音消失了。

安东猛地向外跑去，身后的女儿哭喊着“爸爸，爸爸”！

“爸爸很快就回来，”安东对女儿说，“你好好待着，千万别乱动。”

安东熟悉从他居住的洞穴到大铁炉的路，即使在黑暗中，他也能准确摸到大铁炉。大铁炉周围已经聚集了很多人，他们惊慌地看着安静的大铁炉，嘈杂声四起。有人点起了火把，人们惊慌的脸庞在火光下若隐若现。

有人看见了安东，高声喊了一句，“烧火工来了！”

愤怒的人群立即找到了发泄口，他们包围了安东，无数只惨白的手抓着安东的衣服、掐着他的脖子，仿佛地狱里的恶鬼，他们指责道：“是你干的！”

“你没照顾好大铁炉！”

“杀了他！”

安东拼命地挣扎着，他不停地辩解着，“不，不是我……”但是他微弱的声音在人海的巨浪中被淹没了，没有人听他的话。

“都住手。”一个苍老威严的声音响起。

喧闹声消失了，人们认出了是世界上最年老的老人来了。这个老人白发白须，拄着拐杖，很少有人能活到他这个年龄。

“放开他。”老人说。

他们放开了安东，安东站立不稳差点摔倒在地上，他浑身上下都火辣辣的疼。但是他的心里却燃起一股希望的火焰。在杰克与阶梯的故事里，当大铁炉熄灭之后，正是一位老人告诉了杰克应该怎么做。

“大铁炉发怒了，但是我知道怎么唤醒大铁炉，”老人看了一眼安东，但他的下一句话就让安东浑身的血液都凝固了，“把烧火工扔进大铁炉里，要是还不行，就把他的女儿盖娅也扔进去！用罪人的血肉来平息大铁炉的怒火！”

“不！”安东大喊道。

但他的声音被淹没在疯狂的人群之中，几个人冲过来试图抓住安东，安东知道如果被这些丧失理智的人抓住就完了。烧火工的工作给了安东强健的肌肉和灵活的身体，他猛地跳后一步，在人群包围他之前逃了出去，他向自己的洞穴冲去。

盖娅……

疯狂的人群在他身后追逐着，大铁炉的熄灭带来的恐慌剥夺了他们的理智。安东听见老人在身后高声叫嚷，“抓住他，抓住他的女儿！”

快跑！安东像旋风般冲进了洞穴，盖娅正不知所措地坐在地上。安东一把就把女儿搂在怀里，转身往洞穴外跑去。幸运的是，他在人群赶到之前冲出了洞穴，要去哪里，安东抱着女儿极速地奔跑着。黑暗中只要一点点微弱的光就足够安东看清楚眼前的路了，他奔跑在黑暗的世界里，跑过埋葬着妈妈和妻子的农场，跑过人群聚集的洞穴，在人群发现他之前，安东逃进了他最熟悉的洞穴。

但是危险尚未远去，他听见杂乱的脚步声从他们身后响起，安东抱着女儿逃进了洞穴深处的那条小隧道。这个世界上除了安东没有人知道这条小小的隧道，在黑暗中人群一时半会儿找不到这里。他们暂时安全了，安东抱着女儿悄悄地躲在隧道里。

“爸爸，”女儿也意识到了危险，她轻声问道，“那些叔叔阿姨为什么要追我们呀？”

“他们……”安东张了张嘴，眼泪在他眼眶里打转，“爸爸不知道，盖娅。”

父女俩在黑暗中悄悄地躲藏着。安东把女儿紧紧地抱在怀里，他感到非常寒冷。不知道过了多久，喧哗声远去了，女儿在安东的怀里睡熟了。

不知道为什么，安东的脑海里一直徘徊着杰克与阶梯的故事，他突然想起来，杰克是在大铁炉的背后的房间里找到了厚厚的衣服和头盔，还有装空气的罐子。安东突然有了一种冲动，他要像杰克一样爬上黑暗的阶梯，去天神的宫殿寻找唤醒大铁炉的希望。

安东悄悄起身，唤醒女儿，“盖娅，爸爸要去做一件重要的事情，你千万不要说话，要安静，爸爸会一直陪着你。”

“好的，爸爸。”盖娅说。

安东紧紧地抱着女儿从原路返回，他悄悄地行进，躲避着人群，回到了大铁炉旁边。疯狂的人群已经散去了，也许他们正在安东的洞穴口等着他，但是安东不准备回去了。他摸着大铁炉往大铁炉的身后走，他从来没有来过大铁炉身后的阴影中。大铁炉燃烧的时候，没有人敢这么靠近大铁炉。

安东小心地摸索着，最后，他来到了大铁炉背后，那里是一堵墙。安东摸着墙继续走，最后他欣喜地发现那里真的有一道门。安东的心脏砰砰直跳，他找到一个门把手，紧紧地抓住，猛地一拉。

那扇门发出了难听的摩擦声，艰难地打开了。安东静静地等待了一会儿，盖娅紧紧地搂着他的脖子，他们一同听着外面的动静。没有脚步声，没有喧闹声，人群没有听到他们。

安东深吸了一口气，走进了房间。奇怪的是，房间的角落里亮着一盏小小的红灯，尽管很微弱，但也足够安东看清楚房间里的布局。房间很小，充满了尘埃和腐朽的气息，在房间的右手边真的有一排铁质的柜子。安东的呼吸声急促起来，他拉开了柜门，柜子里真的挂着厚厚的衣服，在柜子上方也摆放着一排带着透明面罩的头盔。

安东把女儿放下，盖娅好奇地看着父亲开始穿戴那件奇怪的连体服。衣服是黑色的，很贴身，穿上之后并不显得笨重，更像是一件黑色的盔甲。衣服的表面是一种安东从未见过的材料，与其说穿衣服，不如说是钻进这套衣服里。幸运的是，安东也找到了一件小孩子穿的衣服，他帮盖娅穿进了那件奇怪的衣服，扣上面罩之后，面罩边缘的一排绿灯亮了起来。

穿戴完毕之后，安东抱起盖娅。盖娅透过面罩看着爸爸，既兴奋又好奇地问："爸爸，我们要去哪儿？"

"盖娅，爸爸要带你去一个好玩的地方。"安东低声说，同时抱紧了女儿。

安东不知道黑暗阶梯有多远，但他要准备一些食物和水，就像故事里的杰克那样。他们不能回"家"了，安东只能另想办法。他抱着女儿从大铁炉背后蹑手蹑脚地走了出去，外面没有人，从远处传来一些微弱的喧闹声和火把的微弱光线。

这已经足够安东看清楚脚下的路了，黑色的盔甲让他和女儿更容易隐藏在阴影中，安东抱着女儿来到了农场，他想偷一些吃的。但是农场里到处都是疯狂的人，他们知道大铁炉熄灭的后果，每个人都在疯狂地抢夺着农场里的食物。这个世界要灭亡了，安东悲哀地意识到，农场不会再长出新的蘑菇了。

安东带着女儿悄悄离开了，他意识到自己可能会死在黑暗阶梯上，但留下的后果也不会好到哪里去。至少，他和盖娅在一起。

安东摸黑走进洞穴，然后来到小隧道的洞口，走了进去，走了没多远，他就来到了坍塌的洞口前。安东把女儿放下，在洞壁上摸索着，很快他就找到了一支以前留在这里的火把。

安东点燃了火把，然后牵起女儿的手，这一刻，他突然有些犹豫。一想起那无尽地向上的黑暗阶梯，安东忍不住地心生怯意。他握紧女儿的手，泪水模糊了眼眶，他不知道前面的黑暗中隐藏着什么，但是他有权利替女儿做出这种选择吗？

但是他别无选择，他们的世界正在死去，人群已经疯了，他们会杀死安东和盖娅。

安东拉下了面罩。

无畏的勇气。

是的，这就是安东现在需要的。他牵起女儿的手，走进了茫茫无尽的黑暗中。

黑暗阶梯

安东牵着女儿的手沿着脚下的滑轨向前走，两条滑轨的中央是无数阶梯，他们就行走在这些排列整齐的阶梯上。

时不时地，安东会点燃火把，照亮一下前面的路。但是当他们行进的时候，安东会熄灭火把，他们面罩上的绿色小灯足以照亮眼前的路。

安东已经不记得故事里的杰克走了多久，当盖娅走不动的时候，安东蹲下身抱起她，他不敢停下，他怕一旦停下，无畏的勇气就会消失。

除了无畏的勇气，他还需要坚定的信念。在黑暗的尽头，天神的宫殿里，真的有能重新唤醒大铁炉的那首歌吗？好冷啊，温度似乎一直在下降，女儿的身体微微颤抖着，安东紧紧地抱着她小小的身躯，他们在黑暗中继续跋涉，向着天神的宫殿进发。无畏的勇气和坚定的信念，安东一直默念着这两句话，他不能停下，他要像杰克一样拯救他的世界，他要重新唤醒大铁炉，给他的世界带来光明和温暖。

他不能停下，为了所有艰难生活的祖先；他不能停下，为了早已消失在他记忆深处的父亲，为了死去的妈妈和妻子；他不能停下，为了盖娅，他的女儿。

不知道走了多久，安东的双脚已经麻木了，整个世界都只剩下一片黑暗，无穷无尽的黑暗从四面八方包围着他和盖娅。安东带着女儿会一直这样走下去，走下去，直到走到尽头……

太累了，安东已经快走不动了。

“杰克，记住，无畏的勇气和坚定的信念一直在伴随着你。”老人说，“你一定要爬上阶梯，那里有拯救这个世界的希望。”

“我知道，老人家，我是杰克，我会用歌声唤醒大铁炉，我的世界会重新充满光明和温暖，还有可口的食物。”安东回答，他往前，继续往前。

“盖娅，继续走，盖娅，别停下，妈妈生病了，她在等你的药。”妈妈说。

是的，妈妈，我知道……我会的……安东从背上抽出铁剑，戴上圆形草帽，手持圆规和尺子，穿过河流……

“站住！”红眼巨怪说，“留下来！”

不，妈妈生病了，世界生病了，我要去……安东用圆规和尺子打败了巨怪，继续前进。

好冷啊，地面已经落满了白色的雪，整个世界都被冻住了，快跑啊，夸父，快跑啊，太阳就在前面，快追上它……一群变成冰晶的动物们齐声歌唱：

快跑，快跑，快跑！
夸父！夸父！夸父！
跨过大山，穿过河流，越过峡谷！
如果你渴了，去喝光黄河里的水！
如果你渴了，去喝光渭河里的水！
如果你渴了，去喝光大海里的水！
快跑，快跑，快跑！
去追！去追！去追！
光明已经不远！黑暗就要退却！
希望！希望！希望！
选择希望！选择希望！

你累了吗？安东，妈妈关切地说，我知道你很累，可是你不能停下，有无畏的勇气和坚定的信念陪伴着你，有盖娅陪伴着你，所有人都在你身边与你同行……

安东突然听到一个声音，一个来自于尘世的声音，他停住了脚步，仔细聆听。

又来了，有人在说话。

恐惧从脚底升起，把他淹没，安东吓得一动也不敢动，他怀中的盖娅依然在安睡着。死去的所有人的冤魂似乎都聚集在他的周围窃窃私语。

“天哪，从下面来的人！”一个声音惊叹道，紧接着是一串杂乱的脚步声传来。安东看见了，三四根光柱杂乱地晃动着朝他跑来。

安东的意识向黑暗的深渊滑落。

上海

当安东醒来的时候，他以为自己依然身处那个他从小居住的洞穴。

但他的意识马上就恢复了，他正在攀登黑暗阶梯……和他的女儿，不，安东瞬间清醒过来，不，他的女儿在哪里！盖娅！盖娅！盖娅！

安东往左看去，他的心落回了胸腔，他的女儿正躺在他的身边熟睡。他们的盔甲都已经被脱掉了，此时安东和盖娅正躺在两张洁白的床铺上，这是一个多么整洁的房间，柔和白色灯光从天花板上洒落，空气中有一股清新的气息……这里是哪儿？

安东翻身下床，离开了柔软的床铺，他走到盖娅的床边，盖娅还在熟睡。这时，房门打开了，一个身穿白色衣服的女人走了进来，“你醒了？”她和颜悦色地说。

“这是哪儿？”安东听见自己说。

“欢迎来到上海。”女人露出温暖和煦的笑容，“你可以叫我艾丽。”

接下来的几天里，安东逐渐了解了上海这座城市。这座城市和安东所在的地下城（安东此时已经知道他生活的世界只是一个身处地底的城市）相比更接近地面，甚至有些区域是直接和地面相连的。这座城市也是靠一个大铁炉生存，大铁炉同样给这座城市提供热量、灯光和食物。但是这座城市里的人们不会以为上海就是整个世界，他们知道在他们头顶就是天神的宫殿。

“我们真的没想到，还有人生活在地下城里。”艾丽说，“我们以为地下城早就——你们是怎么活下来的？”

听了安东的讲述之后，上海已经派遣了会修理大铁炉的工程师前往地下城帮助地下城修理了大铁炉。但是上海市拒绝让地下城的人移民到上海，因为每个城市的资源都是有限的，上海承载不了那么多人口。

听了艾丽的问题，安东笑了笑，“我们总得活下去，不是吗？”

艾丽的眼睛里露出了一丝怜悯，“几百年前发生过一场地震，一定是地震封堵了地下城的出口，这么久了，你们都忘了这些，你们以为地下城就是整个世界。”

“是谁修建了地下城？”安东问。

艾丽摇摇头，“谁知道呢，我们也不知道自己从哪里来的，我们也不知道到哪里去。”

“天神的宫殿，是真的？”安东给艾丽讲述了他的目的。

艾丽笑了起来，“是真的，”她说，“不过，你想去看看吗？”

“我的女儿也要一起。”安东说。

他们重新穿上了厚厚的防护服，走上了真正的地面。

天哪，安东以为妈妈的故事里面充满了夸张，他现在才发现原来妈妈的故事里对天神宫殿的描述是多么贫瘠。无数的巨柱真的矗立在大地上，直耸苍穹，离他们最近的一个巨柱几乎像一堵巨大的墙壁！

这就是天神的宫殿！在苍穹之上，无数的宝石闪烁着明亮的光芒，整个大地都是天神的宫殿！

盖娅看呆了，她紧紧地抓着爸爸的手。

“这就是天神的宫殿……”安东的泪水夺眶而出，“天神在哪里？”

艾丽摇摇头，她的声音从耳机里传来，“没有人见过天神，也许它们早就离开了，只剩下我们。”

那天，他们在天神的宫殿里漫步，盖娅兴奋地攀爬着黄色和绿色的山丘，那些山丘在灯光下反射着奇异的色彩。而安东则一直望着宫殿的苍穹，望着那些璀璨的宝石，脑海中不断响起妈妈的话。

不要忘记这三个故事，盖娅、杰克和夸父的故事，千万不要忘记，等你们有了孩子，要把这些故事讲给他听，讲给所有人听，不要忘记这三个故事，千万不要忘记这三个故事……

“艾丽，你听说过一首歌吗？”安东问道。

“一首歌？”

“是的，一首能唤醒大铁炉的歌。”

“不，没有，很久都没有人唱歌了，”艾丽说，“如果你真的想找到歌，你可以去遗迹里找找看，据说那里保存着很多书，也许在书里面你能找到那首歌。”

他们返回上海之后，艾丽就带着安东去了遗迹。没有人知道遗迹是谁建造的，也许是他们的祖先，所有的人都有自己的职责和工作，没有人去读那些遗迹里的书。尤其是很多书已经完全看不懂了。

安东发现了一座图书馆，他走了进去，从一排排堆满了书的书架中走过，不知道为什么，一种难以描述的情感从安东的心底升起。这些书，每一本都是他的祖先写就，血肉相连，每一个书架前都站着一个睿智的灵魂。正是他们，写出了这些不朽的诗篇和智慧的文字。

安东从未见过这么多书，他战战兢兢地从书架上取下一本书，却发现自己完全读不懂里面的文字。

艾丽帮他解决了这个问题，艾丽找来了一本小孩子们学习文字的书，并教会了安东如何使用一种叫作拼音的字母。当安东已经知道如何自己去学习的时候，他几乎再也没有走出过那座图书馆。

安东如饥似渴地读着那些书，在书里，他随着一位老人与风浪搏斗；随着一位英雄为了保护家园与魔物战斗；看着一个帝国的兴起和毁灭，当帝国的都城被来自东方的军队攻陷时，安东不禁掩卷长叹。

但是很多书是安东看不懂的，安东茫然地看着《几何原本》《微积分》《相对论》《量子力学浅析》《通信原理》《信号与系统》《线性代数》《计算机原理与汇编语言》……每一本书里都有大量的枯燥的符号和数字组成的图案或者一些莫名其妙的字母组成长长的排列……安东完全无法理解这些书的内容，他相信整个上海也没有人能看懂这些书……但安东的直觉告诉他，这些书里隐藏着惊人的智慧和秘密。但安东现在无法揭开这些秘密，甚至永远也无法揭开……

有一天，艾丽走进了图书馆，她在一个书架背面找到了席地而坐的安东。让艾丽大为惊讶的是，安东整个人都在颤抖，他听见了艾丽的声音，抬起头看着她，艾丽发现安东满脸都是泪水。

“艾丽……我……”安东手里拿着一张奇怪的纸，“我知道了……”

艾丽蹲下身子，关切地看着安东，“什么？安东，你知道什么了？”

“我知道，我们是从哪里来的了。”安东哭泣着，泪水止不住地流下。

盖娅的旅行

整个上海最聪明最有权势的人都聚集起来了。艾丽说服了他们放下手中的工作来到这个小小的会议室。

一张纸在人们之间传阅着，但没有人看懂那张纸是什么，最终，人们疑惑的目光聚焦到了安东身上。

于是安东像多年以前的妈妈一样，给这群成年人讲了盖娅的故事。安东娓娓道来，他仿佛回到了那个黑暗的洞穴，妈妈温柔地给五岁的安东讲着这个故事。每一个情节都烂熟于心，每一个语气和停顿都恰到好处，当安东讲完这个故事时，会议室里陷入了长久的沉默。

“这是个美丽的故事，”艾丽由衷地说，“你有一个世界上最好的妈妈，可是，你让我们来，就是为了听这个故事吗？”

“不，”安东摇摇头，眼睛里有泪光闪烁，“这个故事告诉了我们从哪里来，盖娅就是我们脚下的大地，我们的地球。盖娅的旅程，就是我们地球母亲的旅程。”

会议室里一片哗然，一个人站起身，问道：“你有什么根据？”

“这张图，就是我们曾经的家园——太阳系。你们看，最中间是太阳，也就是盖娅的妈妈，妈妈生病了，所以盖娅离开了太阳系，告别了妈妈和弟弟妹妹，在这个故事里面，盖娅告别了墨利和维纳，”安东说，“墨利就是墨丘利，这张图中最靠近妈妈的行星，还有维纳，也就是图中的维纳斯。盖娅告别了妈妈和弟弟妹妹之后，先遇到的红脸叔叔就是火星，因为火星看起来是红色的，而从火星上，人类取得了很多金属矿产，也就是故事中红脸叔叔给盖娅的铁剑。盖娅告别了红脸叔叔之后，遇到的那条河是小行星带，我们的祖先用了一种威力巨大的武器把可能撞到地球的小行星全部击碎，就像盖娅用小石头把鳄鱼打败。接下来她遇到了太阳系中最大的行星，也就是故事中的红眼巨怪，木星最大的特点就是它的表面存在一个巨大的红色漩涡。而人类工程师用了精确的数学计算让地球避开了木星。然后盖娅又遇到了一个戴着圆形草帽的姐姐正带着三十几个孩子玩耍，这就是地球遇到的下一个行星——拥有一个最美丽光环的土星，恰好就像戴着圆形草帽，而土星有三十多颗卫星……”

“你是怎么知道这些行星的资料的？”一个人打断安东。

安东拿出一本画册，“从这里，这本画册里，不仅画出了每一个行星的位置和特征，还画了我们的地球原本的模样。”他把画册放在桌子上。他悲哀地想着，这些书都在图书馆里放着，没有人去看，人类已经丧失了最基本的好奇心。

“下一个是天王星，故事中翻滚着前进的蓝衣男孩，而天王星的特征就是一颗蓝色的行星，它的自传方向和其他行星都不太一样，它的自转方向几乎垂直于黄道面，看起来的确是在打着滚行走。地球从天王星这里得到了一次加速，逃脱了下一颗行星的引力范围，海王星是一颗巨大的深蓝色行星，它的表面同样有一个黑色的漩涡，也就是故事中的蓝色巨怪。”

“最后，盖娅来到了冥河，一个老人撑船帮助她渡河，这就是最后一颗行星——冥王星，而撑船的老人是冥王星的卫星卡戎，在神话传说中，卡戎是冥河上的船夫。”

“这就是这个故事的含义了，这个故事不是童话，而是人类遗失的历史，所有的情节都完全对得上，这个故事描述了我们的地球如何离开了太阳系，如何离开了太阳和所有的太阳系成员。我知道你们现在可能还不明白什么是自转，什么是引力，什么是黄道面……你们会懂的，如果你们多去图书馆里读读书，那些书是我们的祖先留给我们的，所有的一切都在那里面。”

会议室里鸦雀无声，人们震惊地沉默着，他们再次传看那张地图和那本画册，此时在他们眼里，那张地图已经和刚才完全不一样了。

“这个故事，”艾丽轻轻地说，“安东来上海的第一天，就给我讲起过……”

“可是，我们的祖先是怎么推动地球离开太阳系的？”一个人不确定地问。

“也许，”安东看向天花板，他的目光仿佛穿过了头顶厚厚的地层和冰雪，“答案就在天神的宫殿里。”

于是他又给人们讲述了第二个故事，杰克与阶梯的故事。

听完了第二个故事之后，人们再次陷入了沉默。一个人问道，“你是说，这个故事，预言了你拯救地下城的经历……这太不可思议了……你的妈妈怎么知道你就是杰克？”

“不，”安东摇摇头，“我拯救的地下城，不是用歌声唤醒了大铁炉，真正的大铁炉不是地下城和你们上海的大铁炉，而是天神宫殿里的巨柱，它们才是真正的大铁炉，我们要用歌声唤醒它们，它们是——”安东扫视着众人，“地球发动机。”

会议室里一片哗然，一个充满疑惑的声音响起，“可是我们为什么要离开太阳系？”

“因为妈妈病了，太阳生病了，太阳系将马上就不适合人类生存，所以我们的祖先建造了巨大的地球发动机，将地球推离了太阳系。”

“那么我们要去哪里？！”

“盖娅要去的地方，半人马森林，”安东说，“距离太阳系最近的恒星系的名字叫作半人马座。”

然后安东给他们讲述了第三个故事：夸父追日。

“在这个故事里，夸父追逐的太阳居住的地方也是半人马森林，也就是半人马星座中的恒星——比邻星，我们的新太阳。这个故事和盖娅的故事都告诉我们旅程的终点在哪里。只有地球到达了比邻星，才能结束这个无边黑暗的世代和冷彻骨髓的寒冬。”

“这是多么宏伟壮丽的旅程，让上帝和众神都为之战栗的计划，我们伟大的祖先才是真正的天神，而我们——”安东的泪水再次夺眶而出，“我们却忘记了这一切，忘记了所有的光荣和智慧，我们就像老鼠一样生活在黑暗的地下，我们丢失了好奇心，丢失了知识，丢失了智慧，丢失了探索的欲望，我们丢失了一切……”

“可是还不晚，我们要找到那首歌，那首歌就藏在图书馆里，我们还有孩子，我们可以从头开始学，从 1+1=2 开始，从最简单的一元二次方程开始……早晚有一天，我们可以重新捡回那些让地球开出太阳系的伟大知识，我们要重新唤醒大铁炉，重新唤醒地球发动机，继续我们的旅程！”

顿了顿，安东一字一顿地说，“用我们无畏的勇气，坚定的信念和超凡的智慧。”

会议室里再次陷入沉默，片刻之后，低低的哭泣声响起，所有人都泪流满面。

启程

三百年后。

地球执政官站在地球驾驶室里，他的面前是一块巨大的屏幕和一个红色的启动按钮，在他的身后，黑压压地站着一群科学家和地球发动机工程师，所有人都在注视着执政官。执政官轻轻合上眼睛，他的耳旁仿佛传来一首歌，不，那是真的，此时此刻，地球上所有的人类都唱起了那首歌。

在他们身后，是一排篆刻在墙壁上的大字：无畏的勇气，坚定的信念，超凡的智慧。

从视觉上看不出这里的大小，因为驾驶室被淹没在一幅巨型全息图中，那是一幅太阳系的模拟图。整个图像实际就是一个向所有方向无限伸延的黑色空间，我们一进来，就悬浮在这空间之中。由于尽量反映真实的比例，太阳和行星都很小很小，小得像远方的萤火虫，但能分辨出来。以那遥远的代表太阳的光点为中心，一条醒目的红色螺旋线扩展开来，像广阔的黑色洋面上迅速扩散的红色波圈。这是地球的航线。在螺旋线最外面的一点上，航线变成明亮的绿色，那是地球还没有完成的路程。那条绿线从我们的头顶掠过，顺着看去，我们看到了灿烂的星海，绿线消失在星海的深处，我们看不到它的尽头。在这广漠的黑色的空间中，还漂浮着许多闪亮的灰尘，其中几个尘粒飘近，我发现那是一块块虚拟屏幕，上面翻滚着复杂的数字和曲线。——摘自《流浪地球》

“时间到了，长官。”一个工作人员轻声说。

经过几百年的大学习，人类重新建立起了统一政府，散落在地球各个角落的人们又重新取得了联系。人们建立了学校，建立了科学院，走出了蒙昧，人们的目光重新投向星空，投向半人马座——他们未来的家园。科学家们和工程师们已经调查和计算清楚了，人类在加速时代的尾声遇到了一场未知的灾难，导致地球发动机停止了运行，提前结束了流浪时代Ⅰ（加速）。根据计算，人类现在将重新启动加速，然后在五百年后进入流浪时代Ⅱ（减速），最后地球会进入比邻星的轨道，进入新太阳时代。

这场灾难让人类计划中两千五百年的旅程延长到了三千年。

但还不晚。

人类重新找回了无畏的勇气、坚定的信念和超凡的智慧。在无尽的漫漫长夜和孤寂的旅程中，依然有人选择了仰望星空。正是这种精神，让人类重新成为人类。即使在黑暗的地底，人类文明的火种依然顽强地保存了下来。

“向安东致敬。”历史对这一刻的记载是一致的，当预定的点火时间到来时，地球行政官只说了这五个字。

然后他庄严地按下了红色按钮。

地层深处发出了隆隆的巨响，昏暗的大地突然进入了白天，无数道巨大的光柱直射苍穹，天神的宫殿再一次迎来了光明，地球发动机重新启动了。

聚集在地面上的人们不约而同唱起了那首歌，他们每一个人手里都拿着一本书，书上的四个大字在地球发动机的照耀下光芒万丈——《流浪地球》。

我知道已被忘却
流浪的航程太长太长
但那一时刻要叫我一声啊
当东方再次出现霞光
我知道已被忘却
启航的时代太远太远
但那一时刻要叫我一声啊
当人类又看到了蓝天
我知道已被忘却
太阳系的往事太久太久
但那一时刻要叫我一声啊
当鲜花重新挂上枝头
……

——摘自《流浪地球》

在歌声中，人类起航了，地球起航了。

探星者

探星者

“白色玛丽”号静静地停泊在 WASP-39b 的近地轨道上。

“我总是有一种不好的感觉，”站在舷窗前，看着 WASP-39b 的大地在云雾中若隐若现，丽丝抱着自己的双臂，说道，“我觉得我们没有完全准备好。”

“哥伦布和麦哲伦起航的时候也这么想，”乔的声音从丽丝身后传来，“世界上没有完全准备好的探险，不过考虑到我们已经航行了这么远，你有这种感觉也不足为奇。”

丽丝转过身看着乔，乔很强壮，他看起来恢复的不错，三天前刮过胡须的地方已经长出了细密的胡茬，让他的下巴和脸颊呈现铁青色，配上他笔挺的鼻梁和薄薄的嘴唇，让他看起来更像一个指挥官。现在是他们从累计 223 年的冬眠中醒来的第三天，比起乔，丽丝似乎显得有些忧虑，毕竟，这个探星者小队马上就要踏上一颗完全陌生的行星。

“谢谢，乔，我会把这看作一种安慰。”

“它的确是，”乔笑了，他伸出手拂过丽丝的发丝，仔细地将一缕飘落在她额头的金发梳理到她耳后，“不必担心，丽丝，一切都会顺利的。”

丽丝知道乔说得对，自己的担心的确是多余的。人类对地外行星的探索已经持续了数百年，不管从哪个角度来说，这次的探索行动都没有什么特殊之处。何况，后继者随时都可能出现，他们已经等待了七十二个小时，按照 UNSA 的规定，他们还需要等待九十六个小时才能进行实地探索。

丽丝重新转过身，注视着眼前的这颗行星，这是一颗被厚厚的云层遮掩住的、大小与火星相仿的行星，编号 WASP-39b，由 NASA 于 21 世纪初发现并命名。它的表面大气压是地球标准大气压的 1.5 倍，主要成分是氮气和二氧化碳。赤道温度达到 80 摄氏度，中高纬度地区的温度适合人类活动。复杂多山的地形显示这颗行星的地质活动很剧烈，地表存在液态水，但没有形成海洋，只有一些分布于高纬度地区的湖泊。其中最大的湖泊位于南半球的一片群山之间。透过望远镜，丽丝偶尔在云层的缝隙里能隐约看到那个湖，奇异的是，那个湖呈现出粉红色。丽丝自作主张给它起了一个名字——玫瑰湖，和地球上非洲塞内加尔的那个玫瑰湖同名。以前在地球上的时候，丽丝和乔曾经慕名而去，但他们运气不佳，选错了季节，那个在图片上呈现唯美粉色的湖只有在 12 月和 1 月期间，由于阳光和水中的微生物以及丰富的矿物质发生化学反应，湖水就变成了玫瑰花般的粉红色。丽丝和乔是在 8 月到的达喀尔，他们只看到了一片浅蓝色的湖面和湖边堆积如山的盐堆，当然还有在烈日下从湖底采盐的当地人。即使已经进入二十二世纪的当时，依然有人继续做着这种辛苦的工作。也许文明和技术的进步永远无法浸润到地球的每一个角落。丽丝最终也没有亲眼见到玫瑰色的湖水，不过她的梦想可能要在这颗行星上成真了。

丽丝收回了思绪，按照推算，地球时间应该已经是二十七世纪中叶了，如果她愿意，甚至能将这个时间精确到秒，但丽丝不想那么做。过去的七十二个小时里，丽丝和乔向 WASP-39b 发射了大气层探测器。探测器发回了更多细节，在行星地表存在一种类似石英的奇异晶体。这些晶体绝大部分呈球状，大小不一，直径从数米到几厘米都有。围绕着晶体球的形成原因丽丝和乔有过激烈的争论。乔认为这是一种典型的矿物自组织现象，和存在于地球上自然形成的矿物晶体一样，精美的盐粒和钻石也都是自然形成的。这种形成机制是由一种普适的规律统治的，换句话说，在巴纳德行星上出现的雪花也必然和地球上的雪花没什么不同——至少从拓扑（建议加注释“拓扑学的英文名是 Topology，直译是地志学，也就是和研究地形、地貌相类似的有关学科。”）上来说。而丽丝对此却持有异议，她的理由很简单，地球上并未出现此类矿物晶体，而地球上出现过的类似圆形的鹅卵石是因为水流冲击导致的，但是这些晶体球并未全部都出现在湖边，在远离湖边的大陆上也有分布。更重要的是，这些晶体的形状更像真正的鹅卵，而非地球上因为水流冲击出现的那些扁平的鹅卵石，而且晶体球尺寸相差太过悬殊。丽丝甚至认为，这些晶体球有可能是一种生命的卵，甚至可能它们本身就是一种可以自我繁衍复制的自组织生命。“我们的思想早就应该摆脱对生命局限的理解，”在争论中，丽丝说道，“为什么总以地球上的生命形式为蓝本去寻找外星生命呢？生命只是一种高级的自组织现象，并没有多大的神秘感。每个星球的环境不同，自组织表现的形式会完全不同。用地球生命的定义去对比其他的星球，这显然是……”“愚蠢的，”乔接住了丽丝的话，他总能知道丽丝在想什么，丽丝说出上半句，乔都能知道丽丝的下半句是什么，但他丝毫不以为意，“没错，丽丝，我也真心希望你的想法是正确的，相信我。”丽丝知道乔想说什么，人类探索地外行星已经数百年了，但人类从未发现地外生命，即使最简单的细菌都没有发现过，更别提外星文明了，最好的情况也只是发现一些勉强能称得上是有机大分子的物质。每一个探星者都希望能将自己的名字用金色篆刻在第一次发现外星生命的丰碑上，当然也包括丽丝和乔。

不管怎么说，再过九十六个小时，他们就可以亲自登陆那颗行星，看看那些晶体球到底是什么了。在此之前，他们需要等待。

“乔，”丽丝出神地凝视着云雾缭绕的 WASP-39b，玫瑰湖在云层间时隐时现，她想象着她和乔一起在那个玫瑰湖附近降落，身边围绕着粉色的晶体球，“我们要个孩子吧，等我们回到地球……”

乔显然没有预料到丽丝突然说的这句话，他以为自己听错了，但马上他就知道丽丝是认真的，他沉默了一小会儿，从身后轻轻把丽丝环抱住，一股爱意在他们之间蔓延，乔轻声说道，“丽丝宝贝，你为什么突然这么想？”

“等我们结束这一次探星，就回地球定居下来吧，我希望能住在海边，最好是佛罗里达，要有很大的落地窗，每天都能看到海上的日出和日落，”丽丝说，她想了想，又加了一句，“还要有壁炉和手磨咖啡。”

乔没有说话，但丽丝知道她的这番话给乔的心里掀起了巨浪。上一次探星结束之后，乔就暗示过丽丝结束探星生涯，但丽丝假装没有领会到乔的意思。当时她已经知道了任务目标是 WASP-39b，这颗距离地球 23 光年远的行星就像磁石一样吸引着她。丽丝渴望着探索这颗地外行星，她渴望能成为发现地外生命的第一个探星者。但此时面对 WASP-39b，从长达两百多年的冬眠中醒来，丽丝突然意识到地球上又过去了两百多年，这也是她在时空中跳跃最远的一次。一觉醒来，200 多年的时光已经被抛在身后，地球上所有熟悉的人都已化为尘土，想到这里，丽丝不禁有一种强烈的孤独感，她也突然理解了乔的心境。

长路漫漫，必有归途。

“谢谢你，丽丝。”乔最后说。

稍早之前，乔发射了环绕 WASP-39b 运行的信标，这个信标实际上是一颗人造卫星，它会按照 UNSA 规定的频率持续发射信号。如果后继者赶来，他们能根据信标发出的信号知晓丽丝和乔已经登陆行星。如果后继者没有来，这个信标发出的信号也可以指引丽丝和乔在地面上的行动。

WASP-39b 是一颗距离地球二十三光年的行星，它是恒星系中的第四颗行星，也是这个恒星系中唯一一颗以人类现有的技术可以登陆的行星。其他的行星要么是气态巨行星，要么就是有着类似于金星的那种严酷的高压和酸雨的环境。而这个恒星系是宇宙中最常见的双星系统，两颗恒星中的一颗已经临近暮年，跨入了红巨星的行列，另外一颗却依然光芒四射。WASP-39b 就是围绕着这两颗恒星共同的质心旋转。

作为 UNSA 探星者小组的一员，丽丝和乔已经搭档探索过三颗地外行星，在此之前，乔已经是一位探星者了，但他对之前的探星经历闭口不谈。丽丝也从未问起他之前的搭档出了什么事情。按照地球时间来算，他们已经搭档了 500 多年的时间。当丽丝和乔第一次从地球出发时，地球还是二十二世纪，而现在已经是二十七世纪了。

二十二世纪中叶，随着一系列航天技术的突破，人类终于能够制造出拥有跨恒星系航行的引擎。但是和科幻小说中的乐观预测相比，现实却远远没有那么乐观。早在二十世纪就出现的曲率引擎和空间折叠等技术概念始终没有被突破，人类制造出的最强的引擎也只能将飞船加速至 10% 光速。

10% 光速的飞船和人体冬眠技术相结合，终于赋予了人类跨恒星系航行的能力。联邦启动探星者计划之后，无数小型飞船搭载着探星者小组前往深空，对地外行星进行探测。但是 10% 的光速对于广袤浩瀚的宇宙来说依然太慢了，对距离地球 10 光年的地外行星进行实地探测，就需要花费至少 200 年的时间。而当探星者小组归来之后，地球上的时间也已经过了数百年。所以探星者小组都是由情侣或者夫妻组成，他们就像一对对前往未来的时空旅行者，被抛离了地球正常的时间线，在孤寂的时空中互为伴侣。

第一队探星者夫妇花费了 200 年时间抵达了 RSB-201c 地外行星，当他们到达的时候，惊奇地发现比他们出发更晚的后继者已经到达了。其实这种可能性在他们出发之时就已经有科学家提出了，宇航技术是不断发展的，先出发的飞船很有可能被更高技术更快速度的后来者追上。所以每一个探星者小组在抵达目的地之后，如果没有发现后继者，也都会留下一个信标告知可能到来的后继者。

旅途越长的探星计划，就越容易遇到后继者。丽丝和乔在第二次探星中就遇到了后继者，只是后继者在他们离开之后才到达。这一次对 WASP-39b 探测花费的时间远远要比之前的探测时间长，虽然丽丝和乔再次出发之时已经乘坐了达到 20% 光速的飞船，但这次的探测光单程就达到了 200 多年。在这 200 多年里，地球上肯定能发展出更先进的引擎，也就是说，丽丝和乔一定可以遇到后继者，但当他们抵达 WASP-39b 时，却没有发现任何后继者的踪影。虽然感到意外，但这种情况也不是完全不可能发生。后继者没有到来的原因可能有很多，最大的可能是人类的技术发展遇到了“瓶颈”，没有开发出足以追上“白色玛丽”号的新型飞船，当然，也许后继者正在赶来的路上。至于最坏的可能，就不在探星者们的考虑范围之内了。

根据 UNSA 的规定，队员从冬眠仓中苏醒之后，不管遇到什么情况，都必须在飞船待满 168 个小时也就是地球上的一周时间之后，才允许进行登陆行动。医学专家们认为一周是队员们的身体恢复到正常水平所需的最短时间，同时在这段时间中，探星者也可以发射探测器对即将登陆的陌生世界做好预先探测，做好一切准备。毕竟，探星者们即将踏足的是从未有人类抵达过的陌生世界。

“还有四天，”乔说，“四天之后，我们就可以去一探究竟了。”

登陆

登陆的日期很快就到了，丽丝和乔穿好宇航服，登上了登陆艇。

现代的宇航服结合了外骨骼技术，早已不像 20 世纪和 21 世纪初的宇航服那样笨重不堪，穿着非常轻便，活动自如，以至于丽丝穿上宇航服之后，依然保持着少女般婀娜的曲线。

登陆艇脱离了母舰，开始沿着一条平稳的轨道下降。在舷窗里，雾气翻滚的行星渐渐逼近，尽管已经不是第一次登陆行星，丽丝还是不禁放慢了呼吸，生怕打扰了这个陌生的世界。很快，登陆艇进入了大气层，消失在浓密的云雾中。

“减速发动机启动。”乔的声音传来，他按下了主控台上左边的第三个红色圆形按钮，同时拨开了头顶上的一个黑色开关。

嗡嗡的声音响起，登陆艇微微震动了一下，丽丝知道减速发动机已经顺利启动了，此时登陆艇受到了气流的影响，颠簸也剧烈起来。

“进行地形扫描，选择最佳登陆点。”丽丝说，她操控着扫描仪寻找着玫瑰湖附近的最佳登陆点。

“辅助稳定发动机开启，进行水平环绕飞行。”乔继续说，登陆艇已经下降到预定高度，乔关闭了减速发动机，启动了稳定发动机，登陆艇即将水平巡航模式。

登陆艇已经钻出厚实的云层，迷雾散去，视野一下子变得开阔起来，WASP-39b 的大地出现在丽丝和乔面前。丽丝不禁屏住了呼吸，尽管她已经不是第一次来到异星世界，但依然被 WASP-39b 的景色深深震撼了，这是一颗以黄色和黑色为主色调的星球，在黄色和黑色之间还点缀着一些奇异的粉色斑点。

WASP-39b 的表面到处都是崎岖陡峭的山脉和幽深的峡谷，黑色的巨岩随处可见，巨大的火山口撕裂了大地，岩浆流过的地方呈现一片黑色，仿佛大地上的伤疤。登陆艇飞过这片地狱般的山地，进入了一片平原的上空，在平原的尽头，一点粉色吸引了乔和丽丝的注意，那就是丽丝命名的玫瑰湖，也是他们预定的登陆点。但他们不会现在登陆，而是准备环绕这个星球一周后再登陆。不管探测器多么先进，他们还是希望能用肉眼好好看看这个世界。

登陆艇很快就从玫瑰湖上空掠过，丽丝注意到一片淡淡的粉红色分布在玫瑰湖的东北岸，那些都是未知的粉色晶体球。尽管在其他地域也有分布，但玫瑰湖附近显然是一个分布比较集中的地方，这更加证明了丽丝的猜测，也许那些晶体球更“喜欢”聚集在水边？众所周知，液态水在生命活动中起着重要的作用。

想到这里，丽丝不禁感到一阵隐隐的兴奋。乔显然也猜到了丽丝在想什么，他微笑着说，“丽丝，你是否还记得，如果我们遭遇了外星人，我们要遵循的原则是什么？”

丽丝当然记得，她的记忆并没有因为两百多年的冬眠受到影响。1953 年，美国联邦检察官和前国际宇宙航行联合会副总裁的安德鲁 · 海利在一篇文章中讨论了把外星人当任何人类将被对待的一样对待的想法，后来这个想法被扩成为到包括外星生命的黄金法则——元法则。来自奥地利的律师厄恩斯特将元法则细化成为三条主要原则，分别是：（1）人类不应伤害外星人。（2）外星人和人类都是平等的。（3）人类应该承认外星人来生活并有其中能这样做的安全空间的意愿。这条原则虽然已经诞生了接近八个世纪之久，但依旧没有派上用场。丽丝知道这是乔的委婉提醒，毕竟，那些粉色球状晶体如果真的是外星生命，失去理智的贸然接触很可能会带来极大的危险。

“我当然记得，乔，谢谢你的提醒。”丽丝回答，“不必担心，我知道该怎么做。”

乔点了点头，继续说道，“如果那些粉球真的不是自然形成的，这可能会是人类探星史上最伟大的发现，我们会为我们的探星生涯画上一个完美的句号。”

“我想我们很快就能知道答案了，”丽丝说，她注意到玫瑰湖的旁边有一条山脉，扫描显示在对着玫瑰湖的方向似乎有一个洞口，还有水流从洞口流出汇入玫瑰湖，“我看到一个山洞，湖水似乎是从山洞里流出来的，也许我们应该进去看看。”

乔耸耸肩，没有再说话，这时他的注意力被另外一种东西吸引了，那是突然出现在云层中的某种东西，某种一闪而过的东西……当蓝色的光芒再次闪过，乔看清楚了，那是蓝色的闪电。这时丽丝也注意到了云层中出现的蓝色闪电，她也看向舷窗外，没错，蓝色的闪电零星地出现在云层中，仿佛一条条蜿蜒的蛇在黄色的云层中穿行，仿佛是这个星球特别的欢迎方式。

丽丝突然有一种错觉，他们贸然闯进了一个美丽的童话世界，黄色的云雾中蓝色的精灵在舞蹈，仿佛在举办一场以天地为舞台的盛大舞会，登陆艇像一只飞蛾贸然闯进了这个美丽的世界。舞蹈的旋律并没有因为他们的到来而打断，参加舞会的精灵多了起来，它们畅快地飞舞着，风暴在聚集，随时准备着把他们撕成碎片。

但丽丝和乔都知道这种美丽的景象只是一种假象，如果被雷电击中，登陆艇还是有一定风险出现部件损伤，而且看起来这些蓝色的闪电显然要比地球上的闪电强烈许多。虽然他们已经脱离云层，但依然没有脱离闪电的肆虐范围，但他们已经别无选择，必须尽快降落。

“我们环绕轨道整整一个星期，似乎没有观测到任何闪电，”乔开口说道，他的声音里有一丝担忧，“可是你看这种闪电强度，在近地轨道是不可能观测不到的。”

丽丝知道乔的担心，事实上她也有一些疑虑，这种强度的闪电即使在近地轨道都可以轻易用肉眼看见，更不用说他们还发射了深入大气层的探测器，也没有发现电荷富集的情况，这场风暴的确有一些巧合。她开了个玩笑试图让乔放松一些，“也许这个星球在为我们举办一场欢迎仪式。”

“也可能是示威。”乔耸耸肩，他再次压低登陆艇的高度，地面上更多的细节出现在他们眼前。地面上依然看不到任何植被，黑色的戈壁、山岭和峡谷交错，有那么一两个瞬间，丽丝甚至又看到了两条河流在峡谷中一闪而过。他们很快就冲出了风暴的范围，天空呈现出一种明亮的橘红色，就像火星上的天空。

丽丝对这颗行星的兴趣越来越浓厚了，事实上，在地外行星探索史上，很少能发现有液态水直接存在于地表的星球。火星上早就被证实了存在水，但绝大多数水都集中在两极以地底的冰盖形式存在。而太阳系中还有其他有液态水存在的星球，木卫二的液态水则隐藏在几百米厚的冰盖之下，但是人类迄今为止也未发现在地表存在液态水的星球。而 WASP-39b 的发现终于打破了这一项纪录，如果他们能够在这颗星球上发现任何生命体的迹象的话，人类对生命的认知水平就可以达到一个新的高度。

登陆艇的飞行速度很快，差不多两个小时后，登陆艇就绕了一周，重新进入了风暴的范围。登陆艇已经快要回到玫瑰湖的上空。他们的高度又下降了许多，乔再次开启减速发动机，登陆艇开始盘旋着沿着一条陡峭的螺旋曲线迅速下降。

这一次，丽丝可以仔细用肉眼观察玫瑰湖了，那个湖面积并不是很大，只有几十平方公里，但这也说明了这个湖可能很深，因为他们都看到了有一条宽阔的河流注入到了玫瑰湖，而那条河流正是从一个山洞中流出来的。

“这个星球上一定有一些我们还未认知到的机制，”乔评论道，“我们没有发现任何海洋的存在，这个星球虽然存在表面液态水，但是看起来似乎太少了点儿，这么少的液态水怎么会支撑这么厚的云层？”

丽丝知道乔说的没错，即使湖水再深，表面积也永远无法和海洋相比，而蒸发量是和水体的表面积强相关的。

“我们会搞清楚的，”丽丝说，她看着地面在逼近，乔是一个技巧娴熟的飞行员，登陆艇每下降一圈，盘旋半径就变得越小。最后，乔启动了登陆发动机，登陆艇正下方的等离子喷口启动了。登陆艇调整着姿态缓慢下降，他们再一次越过了玫瑰湖，沿着河流向上游进发，进入峡谷上方，他们才意识到，那个山洞是多么的巨大，足以让他们的登陆艇直接飞进去。

“我们有两个选择，”乔说，“我们可以先在山洞口旁边的浅滩着陆，也可以直接飞进山洞，你怎么看？”

“先着陆吧，我想先看看那个湖。”丽丝回答，她知道乔不会做出直接把登陆艇开进山洞的鲁莽举动，和这个男人待在一起的时间足够久，你就会清楚地知道他的哪一句话是真实的，哪一句话是在开玩笑。

“如你所愿，美丽的女士。”乔得意地说，这时他似乎化身为一个骑士，很快就操控着登陆艇稳稳地降落在了山洞口的平地上。

登陆艇平稳以后，他们按照登陆流程做了一些登陆前的正式准备工作，丽丝设定好了警戒程序，一旦有不明物体接近，登陆艇会立即向丽丝和乔发出警报。乔打开了空气探测器，发现了一个奇怪的现象。山洞外的大气成分和他们在轨道上取得的数据基本一致，主要含量是氮气和二氧化碳，但是从山洞里吹出来的空气则显示空气中富含了氧气。换句话说，那个山洞里的空气成分和外界不同。

“这就有意思了，”乔迷惑地看着显示屏上的数据，“如果这种山洞内部富含氧气，那么它必定链接到地层下某个空间，换句话说，这是一个通风口。但通风口肯定不止这一个，按照这个流速，这个星球的大气成分应该早就被改变了才对，为什么我们没有探测到氧气的存在。”

“也许有东西在消耗氧气，”丽丝说，“我更感兴趣的是这个山洞到底通向什么地方，你读过凡尔纳的《地心游记》吧？”

“当然，”乔点点头，示意丽丝放下面罩，他已经准备打开舱门了，“我们先去湖边看看那些水晶球是怎么回事，然后，我们再到山洞里去看看会不会有一个新的世界在等着我们。”

丽丝合上了面罩，乔的呼吸声从她的耳机声中传来，“通话系统检测完毕，一切正常。”丽丝说。

“clear。”乔简短地说，他起身走向气密室，丽丝紧随其后。

玫瑰湖

当外舱门开启的时候，丽丝分明感觉到一阵微风袭来，但她知道这是长久以来身处密闭空间后突然来到一个空旷世界很容易产生的逼真错觉。宇航服的封闭系统是宇航员们人身安全的终极保障，当然，他们没有忘记带上他们的武器。

丽丝抬头望去，她惊奇地发现天空竟然很晴朗，厚厚的云层和剧烈的闪电都消失了，暗红色的天空中仅仅飘荡着几小片云彩，仿佛刚才凶暴肆虐的风暴只是一个幻觉。

峡谷的开口正对着东方，他们可以看到巨大的红巨星在地平线上已经沉下去了一半。奇妙的是，在红巨星的上方，有更加强烈的黄色光芒正在出现，仿佛给它衰老的身躯带来一丝生机。红巨星在缓慢地降落，而在它身后，生气勃勃的伴星却在升起。伴星很快在红巨星上方出现，强烈的光芒让红巨星黯然失色。上升只是相对的，伴星上升的速度明显慢于红巨星下沉的速度，当红巨星完全消失在了地平线，伴星也只有一小部分还在地平线上，它也在下沉，真正的黑夜即将来临。

“距离天黑还有大概两个小时，”乔的声音从无线电里传来，“丽丝，我们有足够的时间。”

乔带头向峡谷外走去，河水在他们右手边缓缓流过，丽丝回头看了看那个山洞，那的确是一个巨大无比的山洞，洞里黑漆漆的，仿佛一个巨兽大张着的嘴。丽丝不禁被自己的想法吓了一跳。他们使用的虽然是小型双人登陆艇，但也比一辆大巴车要大一圈，但是在洞口停着就像巨兽之口前的一粒食物残渣。丽丝从未见过如此巨大的山洞，即使在地球上也没有见过。也许乔说得对，这个洞口可能真的通向一个无法想象的地下世界。

但是现在，玫瑰湖和它周围的水晶球才是他们真正的目标。丽丝跟着乔一起沿着河流向峡谷的出口走去，粉色的玫瑰湖就在前方。丽丝注意到河水流淌的非常缓慢，这无疑是一条地下河，一定是通过涌泉从地层深处涌出的，按照这个流速判断，在山洞里很可能还有另外一个湖泊。而那个湖泊身处一个富含氧气的空间，想到这里，丽丝不禁又开始兴奋起来。

乔突然停下了脚步，他仔细地望着河水，对丽丝说，“丽丝，你看，河水下面好像有什么东西。”

丽丝打开探照灯，刺眼的光柱射穿了河水，这下他们都看清了，河底也有许多水晶球在光柱的照射下发出幽幽的粉光。

“这些水晶球不符合鹅卵石的形成条件，”丽丝说，“它们不是因为水流自然形成的。”

乔点点头，丽丝说的有道理，如果这些水晶球真的是类似于地球上的鹅卵石一般的存在，那么至少在岸边应该会存在大量的水晶球和相同材质的水晶，但更重要的是，这些水晶球太圆了，就像一颗颗真正的卵。

他们继续向前走去，很快就走出了峡谷，来到了玫瑰湖岸边。当丽丝和乔看清楚玫瑰湖之后，他们不约而同地倒吸了一口冷气，尽管早就有心理准备，但丽丝还是被眼前的景象震惊了。和塞内加尔的玫瑰湖不同，塞内加尔的玫瑰湖之所以呈现粉色，是因为湖水中存在着大量嗜极菌，在极端条件下繁殖导致湖水呈现粉色，但眼前这个玫瑰湖则是因为水底密布着大大小小的粉色水晶球导致湖水完全呈现粉色。这些水晶球在白色的湖底就像一颗颗美丽的珍珠，一直延伸到幽暗的水底。丽丝几乎能肯定的是，湖底一定被这种水晶球铺满了，所以整个湖水才呈现出粉色。

“太美了。”丽丝情不自禁地说，她从未想到能亲眼看到如此美丽的景色，尽管她见过狂暴的恒星在黑暗的宇宙中燃烧，长达数百万公里的狂潮在黑暗中咆哮，也见过因为轨道过低即将坠入恒星的行星发出临死前的哀鸣，但那些都是雄性狂野的美，而眼前这个玫瑰湖是一种属于雌性的、精致的美。

但乔却一脸凝重，他冷静地说，“丽丝，我们检查一下岸上的水晶球，看看它们到底是什么东西。”

说完之后，乔就率先向玫瑰湖的东北方向走去，那里是他们在空中观测到的粉色球体分布比较密集的一个区域。丽丝赶忙跟上，她强迫自己把视线从湖水挪开，眼前所见的一切都会被安装在头盔上的摄像头 360 度无死角地精确记录下来，包括声音，他们不会错过任何景象，当下还是眼前的路更重要。

他们很快就到达了目的地，映入眼帘的是一片布满了粉色球体的区域，但丽丝马上就发现了其中的异常，这些球体似乎是被仔细摆放在这里的，因为每一个球体都没有和其他球体相接触，而是“刻意”分散开来，每一个球体都和其他球体保持着一定距离。但是更让丽丝感到惊喜的是，这些球体其实并不是正圆形，而是椭圆的卵形，更重要的，每一枚“卵”都是直立放置。

“你是对的，丽丝，”乔说，“这些东西，的确是某种卵，它们不可能是自然形成的矿物晶体。”丽丝注意到乔已经悄悄改变了对这些晶体球的称呼。

丽丝走到一个“卵”的跟前，她蹲了下来，仔细观察着，她发现乔说的没错，这些球体的确是某种卵。乔也走了过来，他小心地绕过其他的卵，来到丽丝面前蹲下，两个人一起端详着面前的这个卵。这个卵大约有 20 厘米高，外壳很薄，呈半透明，透过卵壳可以看到里面有某种精细的生物结构浸泡在卵中的液体里。

“如果这些真的是卵，那么它们的母体在哪里？”丽丝喃喃地问。她很快就从发现外星生命的兴奋中恢复了作为探星者应有的理智，“我是说，有什么地方不对劲，这些卵的大小不符合常理。”丽丝说的有道理，从外形特征上来看，这些卵应该属于同一物种，但是同一物种的卵的大小不应该差别这么大。目光所及之处，最大的卵足有一公尺高，而最小的卵甚至还不如地球上的一只鸡蛋大。

“的确如此，让我们看看这个小家伙长的什么样。”乔站起身，他已经用扫描仪扫描了这只卵的内部结构，经过计算机处理的三维图像很快就投射到他们眼前，一个类似于水母的生物体出现在他们面前。

“是水母？”丽丝惊喜地说，她的眼前出现一只三维水母，经过计算机处理之后，这只水母像一只精灵般在空中舞动。丽丝呆呆地看着眼前的这只水母，它悬停在丽丝的视野中央，随着丽丝的视线转移，水母也在空中游动着，这一幕似曾相识，丽丝有些痴了，眼前的景象仿佛链接到了一个遥远的梦。

“只是看起来像水母，”乔纠正她，他关掉了显示器，眼前的水母消失了。乔站在丽丝身后思索了一小会儿，提醒道，“丽丝，你有没有注意到，这里所有的卵都是完整的。”

丽丝收回了自己的思绪，她也关掉了显示器，飘荡在眼前的水母消失了，她站起身，同意了乔的意见，“没错，看起来这里不是一个孵化场。”

“这就奇怪了，”乔说，“那么这些卵的孵化场在哪里？会不会……”他的目光转向了粉色的湖面，“在这个湖里？”

丽丝点点头，“如果这些生物真的是类似于地球上的水母的话，孵化地必然是在水里。”

“那么为什么这些卵会在岸上？”乔质疑道，“而且，你是否忘记了我们在远离湖泊的地方也发现了这些卵？”

丽丝想了想，也没有什么头绪，不过这没什么大不了的，他们都非常清楚，这些生物只是外形和水母相似罢了，它们和地球上的水母不可能有任何亲缘关系。不过，这些生物的发现，倒是证明了趋同进化现象也许是宇宙中的一种普适规律。

这是一种趋同进化现象，实际上在地球上这种现象非常普遍，一个非常常见和典型的例子就是作为哺乳动物的鲸鱼和海豚都具有与鱼类相似的体型。类似于水母结构的外星生命也多次出现在幻想作品中，比如有的科幻作家设想了漂浮在木星大气层中以雷电能量为食的漂浮者，想到这里，丽丝不禁想起了登陆艇降落时遇到的奇怪的蓝色闪电。“也许，这些生物是漂浮在空气中的，”丽丝说，“它们在空中飞翔，就像地球海洋里的水母。”

乔点点头，“不过这里肯定不是它们的孵化场，我们没有发现任何蛋壳。而且，也没见到其他的生物体，一个生态系统里不可能只有一种生物。”

“也许答案就在湖里，”丽丝沉思着，“也可能在那个山洞里，河流里也有很多卵。”

“数据都已经记录完毕，我们去山洞里看看吧，”乔望着地平线，此时红巨星已经完全看不见了，伴星也已经上升到了最高点，开始下沉，黑夜即将来临了，“也许我们在黑夜来临之前还能发现些什么。”

丽丝同意乔的看法，他们离开了这片“孵化场”，沿着来时的路向山洞的方向走去。这一次河流在他们的左边，丽丝惊讶地发现，尽管天色比刚才要暗许多，但河流底部的粉色却愈加清晰了。她转头望去，发现所有的卵都发出幽幽的粉色光线，如梦似幻。

乔也注意到了，不过他只是简单地说道：“丽丝，让我们抓紧时间吧。”

他们很快就回到了登陆地，越接近山洞，河流的微光就越强，甚至能照清路面。但是乔和丽丝还是打开了头盔上的探照灯。他们从登陆艇旁边经过，沿着泛着幽幽粉光的河流走进了山洞。尽管穿着舒适恒温的宇航服，走进这个巨大的山洞时，丽丝还是微微地打了一个冷战。她抬头望向洞顶，强力探照灯照亮了洞顶，但那里只有黑色的岩石，悬挂在离地面数十米的高空。

他们沉默着继续向前走，沿着河流走的好处就是不会迷路，至少到目前为止，河水并没有分叉，也没有流进地底。河水平稳地流淌着，随着他们的深入，自然光几乎已经全部消失了，粉色的河流发出的幽幽光线让他们沉浸在一个粉色的世界里。

终于，转过一个陡峭的弯，他们抵达了目的地，视野突然开阔，一幅也许在梦中都不会出现的场景出现在丽丝和乔面前。

空行母

他们来到了河流的源头——一片蓝色的湖泊突然出现在他们面前，尽管已经有了心理准备，但眼前的景象依然让丽丝和乔感到震惊。和玫瑰湖不同的是，这片蓝色的湖泊被真正的水晶所环绕，巨大的水晶像小山一样矗立倾斜在湖泊的周围，而且发出幽蓝的光，整个洞穴内部都被照亮。

岸边有许多破碎的蛋壳，这里无疑就是他们寻找的孵化场，而更吸引他们注意的是这个洞穴中飘荡着许多粉色的“水母”，正如丽丝所预料的，它们真的是漂浮在空气中的生灵。和刚才计算机模拟出来的“水母”很相似，这些优雅的生灵在空中轻盈地飞舞，它们的触手垂落下来，在身后轻柔地舞动。这些小生灵的身体就像真正的水母一样呈伞状，吸入气体，然后从“伞”的底部喷出，形成推动力。

巨大的空间中到处都是飞翔的“水母”，不，丽丝的脑海里突然想起一个新名词——也许应该叫它们“空行母”更贴切。丽丝有四分之一的华裔血统，她的祖母信奉喇嘛教，当她第一次听说“空行母”这个词的时候，脑海里出现的情景正是眼前这个场景。幼时的丽丝真的以为世界上存在这种行走在空中的水母，当她向祖母求证时，祖母微笑着纠正了她，空行母是指一种可以在空中飞行的女性神祇，在藏传佛教的密宗中，空行母是代表智慧与慈悲的女神。丽丝的眼睛湿润了，她终于找到了它们，这些存在于她儿时梦境中的精灵，它们一直在这个世界等待着她，呼唤着她。是命运将她带来了这里，是冥冥之中的宿命将她带来了这里，这些舞动的精灵一直在这里等待着她。

“丽丝！”乔敏感地察觉到了丽丝的失态，他大喊一声，丽丝猛地回过神，她才惊觉自己已经将一个卵揽入怀中，左手还高高举起，试图触摸一个近在咫尺的空行母，事实上，她可能已经触摸到它了，丽丝的左手上出现了几圈黄色的光晕。

“天哪，我在做什么？”探星者的理智终于回来了，丽丝震惊地收回左手，黄色光晕变成碎裂的光点消散在空中，同时她松开了怀中的卵，那颗卵掉在了水里，沉浮了几次，慢慢地漂远了。丽丝知道自己犯了一个巨大的错误，她居然违背了探星者的第一铁律——绝不可擅自接触外星生命体！不，一定有什么蛊惑了她的神智，作为一个训练有素严格挑选出来的探星者，每一个探星者都是精英中的精英，因为每一个探星者都可能成为地球人类与外星文明第一次接触的大使。探星者的选拔比 20 世纪的宇航员选拔还要严格，每一个探星者都拥有强健的身体，良好的科学素养和绝对理性的判断能力。作为一个已经进行过三次探星的探星者，丽丝绝不会犯这种错误。

乔呆呆地看着丽丝，他的目光让丽丝浑身发凉，“你的面罩，”乔轻轻地说，他也失去了一贯的冷静，丽丝从未见过乔如此失态，他的声音颤抖着，“你打开了你的面罩。”

丽丝感到一阵眩晕,是的,这是她犯的第二个错误,她打开了面罩,让自己的皮肤直接接触了这个星球的空气,不仅如此,她还在呼吸……

呼吸……

这个山洞的里的空气是可呼吸的！这里有氧气！乔也意识到了这一点，但他没有打开面罩，而是立即检测了这个山洞里的空气成分。

“78% 的氮气，21% 的氧气，其他气体大约 1%，”乔看着丽丝，他的表情好像见了鬼，“这里的空气成分和地球上完全一致。”

“可是这怎么可能……”丽丝喃喃地说，但她知道检测结果是对的，她没有产生任何不适，没有缺氧，也没有醉氧，可是这不可能，一个星球的大气成分就如同它的指纹，是独一无二的。正如你不可能在一片森林中寻找到两片完全相同的叶子,可是他们刚刚离开一棵树,就找到了一片相同的叶子。

“幸运的是，没有检测到任何有机体，”乔说，但是他依然没有打开面罩，“丽丝，发生什么事情了？”

“我不知道，”丽丝沮丧地说，她的确不知道自己为什么会犯下这么严重的错误，而且是连着的两个，如果这里的大气成分有毒或者有什么致命病菌，恐怕丽丝已经死了。但后果已经很严重了，根据规定，丽丝在登陆艇中完成至少 168 小时的彻底隔离和灭菌之后，才能离开这个星球，“我不知道我都在做什么，我知道……”

乔似乎明白了，他朝丽丝走来，关切地说，“也许我们应该再多恢复一段时间，毕竟我们以前都没有经历过这么长时间的休眠，丽丝，关上面罩吧。”

丽丝点点头，关上了面罩，她在心里默默地感激着乔，这个男人并没有指责她，而是帮她想出了一个合适的理由。

“我觉得你需要看看这个，”乔突然喊道，这时丽丝才悚然惊觉，她这才看到，山洞里还有一个巨大的飞船。这个飞船整体呈黑色，它有一个轴形主体，连接着若干支架，就像一只巨大的蜘蛛或者某种昆虫。但无疑这个飞船已经坠毁了，它以一种不自然的姿态从湖水中探出，其余的部分被淹没在湖水里。丽丝注意到，甚至有一部分船体已经被水晶掩盖了。

“不对，”丽丝突然战栗了一下，山洞里的气氛突然变得非常诡异，“这是来自地球的飞船。”

乔没有说话，但丽丝知道掩藏在那个面罩下的脸庞现在必然冷峻无比，他仔细审视着这个飞船，片刻之后，乔的声音传来，“你的判断没错，这是后继者的飞船，它的技术水平比“白色玛丽”要高出几个世代。”他们震惊地看着对方，丽丝和乔都知道这意味着什么。

这么说，后继者早就来了，而且他们比“白色玛丽”号来得更早。他们也发现了这个山洞，可是他们为什么会把飞船开进来？他们为什么没有在轨道上放下发射器？即使后继者不知道“白色玛丽”号，他们也应该按照规则放下发射器。由于星际探索的特殊性，每一个探星者都是一个飞向未来的时空旅行者，不同时空的旅行者每到达一颗新的星球，都必须放下一个统一频率的发射器。可是这些后继者为什么没有这么做？

乔走近飞船，他仔细检查了水晶和飞船的接触面，他焦虑地说，“丽丝，你过来看看这个。”

丽丝走到乔的身边，她看到了更不可思议的一幕，在水晶和飞船的接触面可以看到，飞船的部分船体镶嵌在水晶里。

“我已经分析过这些水晶的成分，”乔说，丽丝知道他在努力保持着镇定，“是二氧化硅，和地球上的水晶的主体成分基本一致。”

丽丝倒吸了一口冷气，她知道乔这句话意味着什么，水晶的生长速度极慢，如果要形成这种将整个船体都包裹起来的水晶，至少也要数百万年。

数百万年……

“这不是后继者，”丽丝说，这几乎是一定的，数百万年前，地球上还没有出现人类这个物种，“只是巧合，要知道，不同的文明制造出来的适合长距离宇宙飞行的飞船在外型上很可能是相似的。”这很容易理解，中国人制造的船和欧洲人制造的船都是流线型……

“话虽不错，”乔绕过了船体，“但是一个外星文明恰好也使用英文字母的概率恐怕不大。”

丽丝走了过去，她和乔一起盯着船体上的那行英文缩写，即使跨越了数十光年的距离和两百多年的时光，他们也记得那行字母“UNSA”，联合国空间总署的缩写。

“天哪，”要不是穿着宇航服，丽丝此刻想必已经捂住了自己的嘴巴，“这到底是怎么回事。”

已经不用欺骗自己了，这个飞船的确来自地球，而且，它和“白色玛丽”一样，是 UNSA 发射的后继飞船。可是，难道这艘飞船穿越了时空，回到了数百万年之前，这也许是唯一一个行得通的解释。丽丝想象着这艘飞船也许使用了更先进的引擎，却落入了一个时空虫洞，在不知不觉间回到了几百万年之前，然后登陆了这颗行星，再也没有离开……

听了丽丝的推测，乔也点点头，但是还有疑问没有解答，即使要登陆，他们为什么会真的开着飞船登陆呢，从大小看起来，这并不是一个登陆艇。

“我需要联系“白色玛丽”号，也许这艘飞船发射的信使还在，只是被我们忽略了，毕竟那个信使可能是几百万年前发射的，我需要加大扫描范围。”乔突然说，“在此之前，我建议我们什么都不要动，丽丝，千万不能再触摸这些……水母。”

丽丝点点头，她感到很惭愧，犯这种低级错误对一个探星者来说是不可原谅的，她的鲁莽会让搭档也陷入危险的境地。事实上，她依然处于一种极端迷惑的状态中，丽丝发誓刚才发生的一切都是无意识的，但这太匪夷所思了，在找到具体的原因或者说辞之前，丽丝不准备为自己辩解什么。

当乔忙着联系“白色玛丽”时，丽丝仔细地打量着这艘同样来自UNSA的飞船，没错了，这艘飞船有明显的人类制造的痕迹，丽丝认出了它的通信发射塔和武器装置。事实上，科学家们一直在讨论在飞船上安装武器装置的必要性，持反对意见的科学家们认为，虽然人类的深空探测已经远至了一百光年左右，但即使对于直径十万光年的银河系来说依然是在家门口的小水洼里打转，所谓的探星者计划也还只是在港口里漂浮的小舢板而已。如果在港口里遇到了外星文明的飞船，无异于遇到了一个能够跨越大洋的现代战舰，那么安装武器还有什么必要呢？认为有安装武器的必要的科学家则认为，如果在探测目标星球上发现了有敌意的土著，武器是不可或缺的震慑。当“白色玛丽”被制造出来的时候，前一种观点依然占据着上风，所以“白色玛丽”没有安装任何武器，但是看起来眼前这艘飞船被制造时，武器派胜利了。从外形来看，丽丝估计这艘船被制造出来的时间不会比“白色玛丽”晚多少，至少它的通信塔看起来改进不大。

“我联系不上‘白色玛丽’了，”乔的声音打断了丽丝的思绪，丽丝惊讶地转身望着乔，只见乔依然一脸凝重，他摇摇头，“这里没有信号，也许是这个山洞遮蔽了信号，我想我应该出去试试。”

丽丝的心沉了下去，乔最后一句话是在安慰她和自己，没有什么能遮蔽中微子通信。但是乔似乎已经下定了决心，他焦躁地往山洞外走去，走了两步，他停住脚步转过身看着丽丝，“丽丝，你跟我一起来还是在这里等？”

“我就在这里，”丽丝回答道，她不想离开这里，同时她也立即做出了保证，“乔，我保证不会再乱碰任何东西。”

“好吧，”乔急匆匆地点点头，“我马上就回来。”说完这句话之后，乔就焦躁地走了。

山洞里安静下来，周围的水晶发出幽蓝的光线照亮了巨大的洞穴，蓝色的湖水平静无波，丽丝听不到水流的声音，他们还没来得及考察这个湖，也许湖水是从某个暗河中以涌泉的形式流淌出来的。丽丝抬头望去，幽蓝色的背景下，成百上千只粉色的空行母在空中缓缓地漂浮、行进。丽丝从未见过如此优雅的生灵，但丽丝绝对不会再犯之前的那种错误，以生物的外表来判断其危险性是错误的。外表越美丽的生灵，有时候意味着越危险。

丽丝从飞船旁边走开，她回到岸边，坐在一块大石头上。有很多地方不对劲，丽丝觉得自己需要好好梳理一下。如果这个洞穴里的氧气是这些空行母制造的，那么为什么会巧合到与地球上的大气完全相同？仿佛这里的空气成分比例是有人精心设计的。想到这里，丽丝不禁抬头望了望那艘飞船，那么是谁设计了这一切？还有那艘飞船，它真的是回到了数百万年之前吗？迄今为止，人类没有掌握任何回到过去的进行时间旅行的方法，甚至连理论上都无法自圆其说。即使这个设想是真的，那么他们为什么要把飞船开进山洞，并坠毁在这里。按照常理来说，如果发现了自己回到了几百万年之前，那么第一反应不应该是原路返回，去反向穿越那个虫洞碰碰运气看看能不能回到正常的时间线吗？除非这个飞船降落的时候，这个洞穴还不存在……

想到这里，丽丝感觉更头疼了，一只空行母朝她飘过来，悬浮在她头顶，似乎在观察着她。丽丝看不到它的眼睛，但丽丝知道它在看着她，它知道有人闯入了它们的世界。

当丽丝回过神来的时候，她发现自己又伸出了右手试图去触摸那只空行母，而这次，空行母的触须已经缠绕住了丽丝的手。

“不，”丽丝发现自己刚才又陷入了那个无意识的状态，她惊呼一声，试图收回手臂，但这一次就没有那么好运了，空行母的触手紧紧缠绕着她的右手，而更多的空行母仿佛接收到了召唤，正在纷纷赶来。

抉择

乔承认自己失去冷静了，中微子通信是不可能失效的，中微子几乎可以穿透一切物质而没有明显的衰减。中微子通信器是人类发明的最可靠的通信系统，广泛用于星际中的通信，几乎不可能被干扰。

他顺着河流一路小跑向洞口冲去，只有一种可能，那就是“白色玛丽”号出事了。如果“白色玛丽”号出事了，意味着他和丽丝将被永远困在这颗行星上，不，不是永远，在耗尽了食物和水之后，他们会死在这里。

乔心急如焚地冲出了山洞，这次的登陆似乎从一开始就充满了不祥之兆。环绕星球一周的探测都没有发现过那些蓝色闪电，为什么恰巧出现在他们登陆的途中？还有丽丝，丽丝也不对劲，她的所作所为完全违背了一个探星者应有的素质，而据乔对丽丝的了解，她是一个非常沉着冷静的探星者，完全不应该出现刚才的差错。

还有这个诡异的山洞，和地球大气成分完全一致的空气，飞翔的水母，还有那艘 UNSA 的飞船……

乔突然愣住了，他意识到另外一种可能……他看到了登陆艇，这时伴星也已经沉入了地平线，黑夜降临了。乔抬头望向天空，群星已经在逐渐变得深蓝的夜空中出现。他略微松了一口气，他马上就要验证一下自己的想法了。乔冲进了登陆艇，调出了当他们还在“白色玛丽”号上时拍摄的星图，并且和现在的星图进行了对比。敲下最后一个指令，乔屏住了呼吸等待了一会儿，计算机平稳地运行着，几乎没有发出噪音，很快对比结果就出现在了屏幕上。

乔浑身颤抖起来，屏幕上显示，时间已经过去了三百二十三万年，穿越时光的不是那艘陌生的飞船，而是他们，他们于三百二十三万年前登陆了这颗行星。

等等，刚才发生了什么？乔突然想起来，他把丽丝一个人留在了山洞里，在丽丝出现了异常情况之后，他居然把丽丝一人留在了山洞里！

探星者的铁律之一，在未出现危及生命的情况下，绝不可与搭档分开行动！

天哪，不仅仅是丽丝出现了异常，连他自己也……

时空穿越到底是什么时候发生的？乔仔细回忆着他们登陆时的场景，第一个异常是蓝色闪电。一定是的，当他们看到蓝色闪电的时候，就已经来到了三百万年以后，所以在轨道上他们从未看到过这种闪电现象。

乔想象着真实发生的场景，当他们的登陆艇从“白色玛丽”号上脱离之后，进入了 WASP-39b 的大气层，消失在了一个虫洞里。“白色玛丽”号孤独地围绕着 WASP-39b 旋转，一圈又一圈，船上的计算机一定不停地呼叫着登陆艇，但却从未得到回应。几百年后，也许数千年，飞船的能量终于耗尽，所有的系统都被迫关闭，“白色玛丽”号变成了一个冷冰冰的卫星，围着 WASP-39b 继续旋转。没有了变轨发动机的微调修正，“白色玛丽”的轨道逐渐降低，最终变成了一颗火流星坠入 WASP-39b 的大气层。

而 UNSA 派来的飞船也许在他们脱离后不久就来到了 WASP-39b，但到底是多久，在三百万年漫长的时光尺度中已经没有了太大意义。他们的技术更加先进，宇宙飞船能够直接飞进大气层，所以探星者们开着飞船直接进了山洞，但是却坠毁在山洞里。

当登陆艇再次出现时，已经是三百万年以后了，而乔和丽丝对发生的一切都一无所知。这时，乔才想起来应该呼叫丽丝，看来他自己的神智也受到了严重的干扰。他急忙喊道，“丽丝，丽丝，收到请回答！”

但耳机里只传来沙沙的声音，什么都没有。

不！乔心慌意乱地打开登陆艇的舱门，向山洞冲去，他不停地呼叫着丽丝，但一直没有得到回应。他不知道通信是在什么时候切断的，也许在他离开之后，丽丝又陷入了异常。乔也犯了一个错误，他下意识地把丽丝出现异常归咎于二百多年的冬眠，而忽略了那些水母。一定是那些水母影响了她的神智，然后也影响乔自己的神智，才让乔做出了丢下丽丝的举动。那些看起来美丽无比的生物并没有它们看起来的那么无害。

乔又想起一个细节，当他们还在轨道上的时候，他和丽丝就通过望远镜看到了玫瑰湖，这说明至少在三百万年前那些水母就存在了，而它们可能就是后继者坠毁的元凶。

犯了如此不可饶恕的错误，乔一边自责，一边重新冲进了那个巨大的山洞。此时，粉色的河流带给他的感觉不再是浪漫，而是作呕和恐惧。

当乔重新回到那个蓝色的湖泊时，当他看到眼前的一切时，他浑身的血液几乎都冻结了。丽丝已经不见了，不，乔看到水里有一个粉色的人形，那是丽丝，她浑身上下已经被粉色的水母覆盖，几乎看不到宇航服的颜色。

“丽丝！”乔不顾一切打开了面罩，撕心裂肺地大喊一声。

丽丝似乎听到了他的声音，她慢慢转过身，挥了挥手，水母们从她身上散开，轻盈地舞动着散开。乔重新看到了丽丝的脸，他看到丽丝一切如常，不禁松了口气。

丽丝朝他走了过来，她也打开了面罩，乔看到她泪流满面，“乔，我知道真相了，我们离不开这里了。”

乔朝丽丝走去，他张开手臂把丽丝揽进怀里，他不知道丽丝是怎么发现时间已经过去了三百多万年，但他只能轻轻地抚摩着丽丝的后背，他们现在需要冷静下来。

“它们告诉了我一切，”丽丝颤抖着说，她抬起头看着乔，泪水不断地流淌，“我们其实已经到达这里很久了。”

“三百二十三万年，”乔回答她，“我已经知道了，我对比了星图。”

“已经三百多万年了，”丽丝听了乔的话，却没有表现得多么震惊，她喃喃地重复着，“三百多万年了……那是多少次……”

“什么？丽丝，你在说什么？”

“地球文明还在吗？”丽丝没有理会乔的追问，继续喃喃地说。

答案显而易见，如果地球文明还在，他们一定早就重新派出了飞船，也许当乔和丽丝穿越三百多万的时空着陆的时候，看到的很可能是遍布人类文明的殖民地。

“我们穿越了时空，而不是他们，”乔说，“是我们来到了三百多万年的现在。”

“不，”丽丝却摇摇头，她突然问了一个奇怪的问题，“乔，我们在地球上的时候，去过塞内加尔吗？”

“据我所知，没有。”乔摇摇头。

“我现在知道为什么我记得自己去过塞内加尔的玫瑰湖，还有那个蓝色的湖泊，”丽丝说，“那就是这里，这颗行星，我们的记忆一直在循环。”

“什么？”乔如遭雷击，“你说什么？”

丽丝继续说，“是它们告诉了我一切，这些空行母，它们是一种智慧生命。这颗行星身处一个内闭的时间线里，就像一条蛇咬住了自己的尾巴，过去与未来相联结。一切曾经发生过的都会再次发生。”

“这怎么可能……你是说，我们来到这颗星球已经……”乔瞠目结舌地看着丽丝，试图找到一丝开玩笑的表情。

“是的，乔，”丽丝的说话声透出一种苍凉和空灵，她的表情庄严而肃穆，“这些空行母不是第一次见到我们，我们在三百万年前就登陆了。”

乔马上就找到了一个漏洞，“不，如果你说的是真的，那么这些水母——”乔还是不习惯空行母这个称呼，“它们的记忆也会重置，它们根本不会意识到时间线是一个圆。”

“问题就出在这艘飞船上，”丽丝指了指那艘坠毁的飞船，“他们应该就是后继者，当飞船坠毁在这个山洞之后，不知道什么原因，这艘飞船在这个时间环上打破了一个缺口，在这个缺口里，时间线的方向恢复了正常，但范围仅限于这个山洞。”

“后继者在坠毁后并没有立即死去，”丽丝继续说下去，“事实上，他们可能在这个山洞里生活了很久，他们利用飞船上完好的设备重构了这里的空气成分，以适应生存，而这些水母的适应能力非常强，它们很快就适应了这样的空气成分，而且演化出了一种奇特的生态系统。”

丽丝静静地望着乔，乔思索了一会儿，他突然明白了，顿时感到毛骨悚然，在他眼里，这个粉色的童话世界瞬间变成了鲜血淋漓的阿鼻地狱。

他张了张嘴，艰难地说，“它们吃自己的同类？”

“没错，”丽丝点点头，“这个生态系统根本不需要母体参与，在正常的时间线里，母体在玫瑰湖里产下了大量的卵，而这些卵会顺着河流移动到这个洞穴里，在这里进行孵化，形成成体。在这个过程中，它们从时间环中脱离出来，而外界的时间环是可以重置的，所以玫瑰湖中的卵会在每一次时间环关闭的时候重新出现，而这些卵每一次都会逆流而上来到这个孵化场，成为它们自己的食物。换句话说，它们以时间差为食。”

“这个时间环的长度是多少？”乔面色苍白地问了一个关键问题。

“很短，如果时间环太长，这里的空行母就会因为食物不足而死，也就无法形成这种生态系统，”丽丝知道乔在想什么，“720小时左右。”

“一个地球月……我们的食物储备只有三天。”乔喃喃地说。

“如果我们已经来了三百万年，那么我们已经循环了至少4000万次，”丽丝说，她的脸上露出一丝苦笑，“乔，4000万次，我们都没有突破这个时间囚笼……”

“不，”乔推开丽丝，“我不相信，”但他知道丽丝没有骗他，那些奇怪的记忆，还有夜空中三百万年以后的星空都没有骗他，他只是机械地重复着，“我们一定可以，我们可以马上起飞，只要我们飞出大气层，我们至少可以脱离……”

一声爆炸突然响起，打断了乔的自言自语，他和丽丝对视着，他们的登陆艇爆炸了。乔刚要转身往外跑就被丽丝拉住了，“不，乔，没用的，不管是什么引发的爆炸，我们永远无法阻止，即使登陆艇不爆炸，我们也无法借助登陆艇飞回地球，从我们到达WASP-39b的那一刻，我们就跌进了命运的陷阱。”

“不，如果你说的是真的，这个山洞是独立于时间环之外的，那么 4000 万次循环中，我们为什么没有留下过任何痕迹？”

“我想这很好解释，我们的食物储备只有三天，这之后呢？我们会留在这里等死吗？不管我们做了什么，时间环一旦重置，一切都会重新开始。”丽丝苦笑着说，“也许有那么几次我们选择回到了这个洞穴,然后在饥饿中死去,成为了空行母的食物。所以我们有两个选择，现在走出去，死在外面，一个月之后时间环重置，我们的一切痕迹都将被抹去，新的我们将重新登陆，或者我们可以一直留在这里等死。”

思索良久，乔摇摇头，“我宁愿死在探索生路的路上，也不愿意死在这个地狱。”

丽丝也点点头，他们手拉手走出了洞穴。他们没有看到，在他们身后，一个和坠毁的飞船风格一样的探测器从他们没有注意到的角落里钻出来，静静地悬在空中，冷冷地注视着他们的背影。

落 日

一

当门铃响起时，蓝薇刚好给《瓶颈时代》写下最后的结尾。她把双手从键盘移开，凝视着屏幕，长长地嘘了一口气，终于完成了。这本书整整花了她半年的时间，她没有在书中提到陈一辉的名字，尽管蓝薇是在他的口中第一次听到“瓶颈时代”这个词。蓝薇不得不承认，她是一个逃避主义者，这些年来，她一直强迫自己忘记陈一辉，就像逃避一段痛苦的回忆。

蓝薇站起身，穿过客厅，打开门，看到一个男孩正站在门外。他穿着一身浅蓝色的运动装，在这个年代，这是一身很奇怪的装束。

“请问，你是蓝薇女士吗？”他看见蓝薇，礼貌地问道。

蓝薇有些奇怪地望着大男孩的脸,感觉有些似曾相识,她疑惑地说，“我是蓝薇，请问你是…….”

男孩露出一丝与年龄不相称的微笑，“终于找到你了，这可不太容易，听说你是一个作家？”

蓝薇更加疑惑了，她轻轻点头，“是我，你有什么事吗？”

男孩依然微笑着，他的目光仔细打量着蓝薇，“我想，你认识一个叫陈一辉的人吧？”

蓝薇的心脏猛地一跳，一下子僵住了，陈一辉，她已经好久好久没有听到这个名字了，那仿佛已经成为前世的回忆，永远地沉淀在了她的心底最深处。和陈一辉在一起的日日夜夜闪电般地掠过她的脑海。

“蓝女士？”

一个声音把蓝薇从发呆中拉了回来，她冷静地看着这个奇怪的男孩，“是的，我认识他，你是谁？”

“你会知道的，还有关于陈一辉的所有，你想知道的一切，我都会告诉你，”男孩突然收敛起笑容，静静地说，他的目光深如潭底，仿佛可以直视蓝薇的灵魂深处，“我知道你根本没有忘记他，就像他根本没有忘记你。”

蓝薇后退了一步，她的心剧烈地跳动着，“你是谁？”

“我是他在这个世界上的唯一继承人，”男孩说，“我将去完成他的梦想，这需要你的帮助。”

“他死了？”蓝薇问道，她惊讶于自己的冷静。

男孩点点头，“是的，他临死前，要我来找你。”

坐在客厅的沙发上，蓝薇静静地望着男孩，他的身上流露出一种奇怪的气息，从第一眼看到他蓝薇就感觉到了，可是她却说不出来，她只是静静地望着他。

男孩的目光突然变得有些奇怪，他犹豫着问:“难道我说错了吗？”

“什么？”蓝薇没反应过来。

“我是说，难道你不爱他吗？为什么你不着急向我问陈一辉的事情？”

蓝薇一怔，她再次打量这个说话奇怪的男孩，她轻轻放下茶杯，斟酌着语句，“我想，嗯，我能先问你几个问题吗？”

男孩点点头。

“第一个问题，你是陈一辉的什么人？”

“他是我父亲，”男孩说这话时有火焰在瞳孔中燃烧。

“父亲？”蓝薇低声重复道，她抬头继续望着那个情绪转变很快的男孩，决定在这个话题上不再追问什么，“好吧，第二个问题，他这些年都去了哪里？他都在干什么？”

男孩疑惑了，“可我该回答哪一个？”

蓝薇也愣住了，她有些不可思议地看着他，难道天才陈一辉的儿子竟然是个弱智，还是一直与世隔绝长大的？可是现在不是讨论这个的时候，她皱着眉头，“好吧，告诉我，他这些年一直在干什么？”

男孩交叉起双手，望着天花板，仿佛那里有蓝薇想要的答案，他渐渐严肃起来，“他一直在寻找答案……”他这时看起来像一个沉思者。

“答案？”蓝薇轻轻打断他，“你是说，他没有放弃努力？”

男孩望了蓝薇一眼，仿佛在责备她，“当然，你应该了解他的，他怎么会放弃？”

蓝薇有些赧然，“你接着说……”

“你知道，他对人类文明犯下了不可饶恕的罪过，尽管他此生已经很难赎清自己的罪了，可是他依然没有放弃赎罪的努力。他离开你之后去了非洲，在南非开普敦获得了一个美国人的资助，建立起一个私人实验室。”

“这么说，他去了非洲……”蓝薇的眼眶有些湿润，目光仿佛穿越了重重时光，回到了他们曾经年轻的日子。

二

这一切都是从2050年的夏天开始的。

2050年的夏天，蓝薇还是一个对未来充满憧憬的小姑娘，刚刚从清华大学历史系毕业，准备继续攻读历史系硕士学位。回忆总是很让人向往的，蓝薇记得第一次看到陈一辉的时候，他穿着一件白色的T恤衫，干干净净的面孔，蓝薇已经忘记是怎么和他攀谈起来的，当蓝薇意识到他们几个小时前还是陌生人时，他们已经聊得很投机了。蓝薇仍然记得那天的话题，他们讨论的是历史上人类最重要的发明，自以为很有主见的蓝薇很快就被陈一辉的雄辩征服了。

那天陈一辉向蓝薇提到了透镜，直到今天，蓝薇还记得他那些充满自信的话语和他意气风发的样子。陈一辉说，“很多人都认为，人类历史上最重要的发明是电子计算机，当然，电子计算机从真正意义上解放了人类的大脑，让人类社会进入了信息时代。几乎现在所有的学科都离不开电脑，上个世纪末，电脑就已经渗透到了社会的每个角落，但是他们却没有看到一点，电脑带来的发展实际上是建立在人类已经突破科学发展瓶颈后的基础上，我把它叫作‘瓶颈后时代’，你想，为什么人类在数千年里一直停留在冷兵器时代，或者说，为什么如今几乎所有重要的发明都出现在近代？这绝不是偶然，就像宇宙大爆炸为什么发生在150亿年前，而不是发生在100亿年前或者今天？有一种潜在的机制支配着宇宙和人类社会的发展。”

我点点头，示意你继续往下说。

“拿中国历史来举例，从夏朝初期到清朝后期，在4000年的时间，交通依旧靠马车，传递信息依旧靠狼烟或者驿站，其他方面的进步也是极微小的，为什么？因为社会的发展始终没有突破一个瓶颈，无法带来真正的发展。而在西方，这个瓶颈率先被突破了，文艺复兴时期，伽利略用自制的望远镜观察夜空，第一次发现了月球表面高低不平，覆盖着山脉并有火山口的裂痕。此后又发现了木星的4个卫星、太阳的黑子运动，并作出了太阳在转动的结论。而荷兰的惠更斯更是利用自制的望远镜发现了土星光环，透镜让人们看到了星空，激发起人类探索未知的本性，才间接导致了科学的全面复兴。所以说，透镜才是人类历史上最重要的发明。”

我想了想，争辩道，“那么火呢？按照你这么说，火也应该有相当的地位吧，至少，它把人类带出了原始时代。”

你笑道：“不错，火是人类突破的第一个瓶颈。”

我左思右想，始终感觉你的观点有问题，却怎么也拿不出论据来反驳你，于是我坦率地说，“我不怎么同意你的观点，可现在说服不了你，你等着好了，下次见你时我会让你改变观点的。”

你不在乎地笑笑，说：“随便，小丫头，没有人能说服我的。”

我被你自负的表情激怒了，“我已经22岁了，不是什么小丫头！”

“好吧，好吧，”没有看出你有丝毫尴尬，你只是向我伸出手，“陈一辉，欢迎来说服我！”

我们互相留了手机号码，然后分开了。后来我一直在想，那天对你来说，真的不算什么，因为在你的世界里，爱情仅仅是一组生物化学分子代码，而对我来说，那天是我今生最重要的时刻之一。

和你在一起的日子是快乐的，可是我总觉得没有安全感。这是很荒谬的，尤其是在这个母系社会逐渐复辟的时代。

直到我们真正确定了恋爱关系后，我才发现这种不安的来源，你太自负了，自负到从来没有对我说过对不起，你很聪明，聪明到你认为自己可以掌控一切，当你发现自己掌控不了一切时，你会选择逃避，或者欺骗自己。也许正是你这种人生态度吸引了我，也改变了我，直到你离开的那一天，我再也没有试图说服你什么。

当我们第二次见面时,我们已经把第一次见面留下的约定忘记了。其实我并没有忘记,而你可能真的忘记了,也许你根本不在意我的挑战。

其实从我们第一次见面后，我就发现自己已经深深地爱上了你。真的，也许是你的自负，你的自信，甚至你无意中流露出来的脆弱都让我着迷。总之，爱情真是奇妙的东西。我开始整天纠缠着你，每当你从实验室里出来时，我总会在实验室大楼门口等着你。

那天我们分开后，我专门跑去打听了一下，从导师口中得知你是从HUST选派过来实习的本科毕业生,即将被保送到本校。于是第二天,我就等在了实验大楼的门口。当你看到我时，神情一怔，显然没有想到我还真的会去找你。

“我差点认不出你来了，”那是你那天对我说的第一句话。

“怎么了？难道我对你就没有一点吸引力吗？”我半开玩笑半认真地说，可你的回答让我差点晕倒。

“不不不，有一点。”

“只有一点啊？”我装出一副不满的样子，却希望看到你窘迫的样子。

“嗯……”你想了一会儿，说出的话更让我哭笑不得，“是只有一点。”

我气得直跺脚,说道:“你,陈一辉,气死我了,罚你请我喝咖啡！”

那天在咖啡厅，你告诉我，你是第一次来这种地方，我不禁大吃一惊，“敢问您老人家是哪个朝代的？”

你却丝毫没有理会我的幽默，独自说道：“我不喜欢喝咖啡。”

“笨蛋，来咖啡厅不是为了喝咖啡，而是享受这个气氛！”

“什么气氛？”你似乎在装傻。

我被噎住了，总不能告诉你是情人间浪漫的气氛吧，那一刻，我简直觉得你无药可救。

那天我们聊了很多，我对你有了进一步的了解，我发现你真的和其他人不一样，你理性得可怕，但却更让我着迷。我不知道自己是不是真的爱上你了，也许女人的感性需要你的理性来调和，我喜欢上了和你争论的感觉。说是争论，实际上每次都是争论一会儿我就哑巴了，变成了你忠实的听众。

从那天开始，我几乎每天都会在你的实验室门口等你，毫不掩饰对你的追求。你也渐渐习惯了和我在一起，其实我一直在等你表白，可是你却好像丝毫没有这个意思。终于有一天我急了，脱口而出，“你不觉得咱俩在一起很般配吗？”说完后我的脸就红了，有些后悔自己的不矜持，我低下头假装喝果汁，惴惴不安地等着你的回答。

你愣住了，半晌才说：“你是不是喜欢我？”

我差点被呛到，但是已经骑虎难下，只好硬着头皮点点头，问道：“是，那你喜欢我吗？”

出乎我的意料，你竟然立刻点了点头，回答：“喜欢。”

我的心怦怦直跳，脑袋发晕，再次确认道：“真的？”

“真的。”

回忆到这里停顿了，我想，那一刻可能是我最幸福的时刻。尽管时光荏苒，已经过去了半个世纪的时间，而你也早已经离开了我，我所有回忆都已经变成了黑色，但只有那一刻，在我心里仍然保持着彩色。

三

“你在听我说吗？”

男孩的声音突然把她从记忆中拉回来，蓝薇的目光转向男孩的脸，她歉意地笑笑，“对不起，我只是想起……”

“以前的事情？是因为我的话吗？我是说，是因为我的话你才想起以前，而且看起来，你很快乐。”男孩说。

蓝薇又皱起眉头，“好吧，你说他去了非洲，可是他依然失败了，不是吗？”她发现自己已经开始习惯男孩的古怪了。

男孩却没有立即回答她，他望向墙壁上的一幅画，蓝薇顺着他的目光看去，她的心猛地一揪。

男孩站起身，他缓缓走到那幅画的跟前，注视着它，良久，他才开口说道，“我见过它，在父亲的房间里。”

四

蓝薇曾无数次想过，人类文明发展的尽头是什么。当人类文明从原始时代进入文明时代，在冷兵器时代停留了几千年之久。西方的工业革命时代对人类文明造成的影响是巨大的，就像蓝薇客厅里悬挂的一个人类文明发展曲线图，时间的箭头从无穷远处开始，在数千年的岁月里，人类文明的发展曲线保持着平稳且微小的起伏，而在 20 世纪初，人类文明的曲线梯度猛然增长起来，且一直保持到半个世纪前。

蓝薇还记得第一次看到那幅图画时的情景，陈一辉给她演示改变各种参数后人类文明曲线的变化，蓝薇看到文明的曲线在他手里创造着一个又一个历史，但它们无一例外都会在一个临界点突飞猛进地发展。陈一辉开玩笑说，“看看吧，人类文明就像一个孩子，度过了几千年的懵懂童年，总会突然间长大的。”

是啊，蓝薇也想到了，人类在童年期尽管遭受了众多的苦难，但他们还小，没有掌握毁灭世界的力量，在一次又一次灾难之后总能很快地焕发生机，可是蓝薇却问道，“你是说人类社会现在已经成年喽？”

陈一辉微笑着搂着她的肩膀，他身上熟悉的味道钻进蓝薇的鼻孔，“当然，你说呢？”

“那么一个文明总有老去的一天吧，”蓝薇似乎是一个天生悲观的女人，陈一辉对人类文明的比喻让她想到文明也许终将老去，就像一个人，经历了童年、青年、中年，就会慢慢地衰老，直到死亡。

“你怎么会这么想呢？”陈一辉捏捏蓝薇的鼻子，“只是一个不太恰当的比喻而已，真正的人类文明才刚刚开始，科学在迅猛发展，我们的文明不会结束的。”

“科学能解决所有问题吗？”蓝薇反问道。

陈一辉自信地笑着道，“当然了。”

蓝薇有些困惑，因为她记得陈一辉并不是一个科学主义者，后来她才惊觉，那时的陈一辉对“纳米”寄予了多么大的厚望，后来陈一辉告诉她，他以前和蓝薇一样是悲观主义者，但自从他们的研究成果有了成效之后，陈一辉的观念就完全改变了，“这项技术和以往人类发明的任何技术都有着本质的区别，”他说，“它将让人类文明真正走上一个台阶，人类历史上只有一项发明能和它相提并论，那就是透镜。”

很多人都没有明白陈一辉的话，可是蓝薇却听懂了。透镜在历史上起的作用是里程碑式的。透镜的发明直接导致了望远镜的产生，引发了人类探索星空的强烈欲望。文艺复兴时期，西方人用望远镜发现了更多的行星,他们惊奇地发现了美丽的土星光环和巨大的木星红斑。更加智慧的人们开始思考地球中心论的正确性，他们产生了是否存在其他生存着生命的世界的想法，这些想法直接导致了人类文明进入到工业时代，进入到信息时代。可以这么说，透镜的发明对人类文明的发展产生了难以估量的作用，从而使人类进入了真正的文明。

而陈一辉，自认为发现了新的透镜。

陈一辉让蓝薇相信了这一点，纳米技术会让人类文明的发展速度大大加快到现在的指数倍。蓝薇却担心文明的衰老会提前到来，直到今天，她才悲哀地发现，她预测到了结果，却没猜对过程，至少，蓝薇没想到人类的末日竟然来得这么快，文明的曲线在她面前残酷地戛然而止。

五

“我还记得父亲第一次给我看它时说的话，”男孩的声音响起，“他说，文明的发展过程就是不断突破瓶颈的过程，只有突破了新的瓶颈，文明才能得到真正本质上的进步。”

蓝薇站起身，轻轻走到男孩的背后，“是的，他是这么说的，他以为自己真正看到了文明和历史的本原。”

六

陈一辉打开电脑，在显示屏上，蓝薇看到了那张曲线图。不知道为什么，那张曲线图从那一刻起就深深地印刻在了蓝薇的脑海里，随着时间的推移，它不但没有变得模糊，而是变得越来越清晰。它的横坐标表示了时间，纵坐标表示了人类文明的发展程度，那个曲线一直从500万年前开始，在漫长的时光里，那条曲线一直保持着一个平稳的，但是极低的发展水平，几乎没有什么起伏变化，陈一辉向蓝薇解释，那代表着人类还没有学会用火，或者说，那时的人类也许不能称得上是真正的人类，直到100万前，那条曲线终于开始有微小的上升趋势，那是人类逐渐开始学会使用工具，发现了火，而且开始创造出最初的语言，终于在1万年前开始指数上升，但这种上升趋势仅仅持续了不到1000年，就又开始了平稳的变化，但和1万年前的发展趋势不同，这时的文明曲线仍然在缓慢地上升，蓝薇注意到这时期曲线的起伏变得剧烈起来，她注意了几个特殊坐标的点，发现每到曲线下降时，它再上升的速度会变得很缓慢，需要用100年甚至更长时间才恢复到跌落前的水平，其中跌落得最迅速的一个时间点是在大约1000年前，蓝薇立刻想到了，“蒙古帝国的征服，对吧？”

陈一辉微笑着点了点头，解释道，“我知道你会感兴趣的，在封建时代，蛮族的征服往往使得文明发展水平大大降低，比如蒙古帝国对南宋的入侵直接阻断了最初的资本主义萌芽，但也不是绝对，你看这里，”他指着公元450年的一个时间点，“这里是匈奴人对西欧的大规模入侵，虽然暂时性地导致了文明的退步，但却驱使日耳曼人走出丛林，登上历史舞台，所以文明的回升也很迅速，还有这里，”他又指着公元前四世纪的一个时间点，“看，这里是马其顿帝国对希腊的征服，直接导致了希腊文化的断流，以至于以后的2000年里文明一直没有回升到希腊时代的繁荣。”

“那这里一定是文艺复兴时期吧？”蓝薇兴奋地指着文明逐渐开始上升的一个点，在那个点之后200年，文明的上升速度大大增快了，超过了历史上所有最快的发展速度。

陈一辉点点头，“对，那是400年前，然后文明经过近300年的疯狂加速，上升速度又开始逐渐减缓。我把1万年前的发展期称为文明的第一发展期，它持续了数百万年，1万年前到400年前，称为第二文明期，文艺复兴后到现在，属于第三文明发展期，薇，你发现什么了吗？”

“当然，”蓝薇飞快地说，“人类文明发展的速度有巨大的加速度，对吗？”

陈一辉点点头，“还记得我给你说的那两个瓶颈吗？”

蓝薇笑着说：“火和透镜，对吧？”

“对，”陈一辉说，“你看，人类文明只要突破了瓶颈，发展速度就会大大地增加，第三文明期已经持续了400年了。”

“已经？”蓝薇突然发觉到陈一辉语气中多了一份苦涩，急忙安慰道，“不是才四百年吗？而且现在文明的发展不也是一直在上升吗？”

“不，”陈一辉摇摇头，“人类已经遭遇了第三个瓶颈了，你看，如果把时间坐标拉长，你会发现，第三文明期最平缓的增长速度也大大超越了第二文明期开始时的疯狂加速，看这里，”你指着20世纪初的第一个回落点，其实说是回落，也是相对而言，因为回落了一小段之后的回升速度竟然有超越300年最快增长速度的趋势，紧接着又是一个小小的回落，但马上又是一阵疯狂的加速，然后到了20世纪末曲线才又变得稍微平缓了些。

“第一次世界大战？”蓝薇猜测道。

“对，”陈一辉赞许地点点头，“第一文明期里几乎没有大规模的地区冲突，战争对文明发展的影响更是可以忽略不计，但是第二文明期就不同了，人类已经足以发动大规模的战争，而且这时期有一个特点，那就是文明发展程度高的地区不一定拥有最强的军事力量，所以导致了蛮族对文明带来的巨大破坏，而第三文明期里的两次世界大战虽然是史无前例的，但却能对文明的发展有极大的推进作用，比如核能的应用，计算机的发明等都是‘二战’直接衍生出来的。”

“你想说明什么？”蓝薇好奇地问。

“历史其实是大量偶然随机时间累积起来的，在历史中实际上存在一种潜规则，你已经看到了虽然第三文明期的持续时间相对来说非常短，也仍然处于高速发展阶段，但是……”陈一辉指着最上面的一条线，“人类文明如果无法突破第三瓶颈，终究无法达到更高的文明层次。”

“你的意思是第三瓶颈就是纳米技术？”蓝薇猛然想起陈一辉以前对她说过的那些话，“是吗？但即使人类不发展纳米技术，按照现在这个发展速度，人类完全可以征服太阳系，进入太空时代啊，别忘了，火星基地都存在20年啦！”

陈一辉微笑着摇摇头，“我知道这很难理解，第一文明期的人类怎么能想到第二文明期甚至第三文明期人类文明的景象呢？即使我们征服了太阳系，其实跟第一文明期的人类从非洲走到亚洲相比并没有本质的区别。”

蓝薇沉默了，陈一辉天才般的思维又一次征服了她，那时她惊觉，陈一辉的世界原来距离她是那么的遥远，她一次次试图靠近陈一辉，却总是那么遥不可及。

气氛突然有些尴尬，他们都意识到了陈一辉刚才那句话给他们之间造成的鸿沟。

“这条曲线以后会怎么样？”蓝薇指着屏幕上的今天，努力想调节一下气氛，“比如，1万年以后？”

陈一辉笑了，“按照目前的发展速度，1万年以后——我是说人类能不断突破瓶颈的话，人类可能已经掌握了宇宙的本质结构，通过更简单的方式，遍及整个银河系了。”

“不是很离谱嘛，”蓝薇噘起嘴，“半个世纪前的科幻小说都能预言到了，那你说说看，假如纳米技术真的被突破了，第四文明期可能是什么样呢？”

陈一辉微微皱了下眉头，蓝薇看在眼里，知道无意中戳到了他的痛处，可是他马上就坦然了，可能陈一辉已经无数次预想到第四文明期的美好前景，他先问蓝薇一个问题，“薇，你认为文明发展的本质是什么？”

蓝薇想了想，试探着说，“人类追求真理的本性导致了文明的进步？”

陈一辉笑着摇摇头，“原始人知道什么是真理吗？”

“那你说说看？”

“很简单，因为懒惰，”陈一辉说，看着蓝薇不相信的样子又笑了，“你想啊，人类懒得用指甲和牙齿撕开动物的皮，所以寻找工具，人类懒得行走，于是发明了汽车，人类懒得思考，所以发明了计算机……”

“打住！”蓝薇打断他，“我不喜欢这种说法！”

“好吧，好吧，”陈一辉接着说，“在第四文明期，纳米机器人将能够按照事先制定好的程序帮助人类做任何事情，记住，是任何事情。”

“啊？”蓝薇的脑子有点转不过来，“等等，任何事情？没那么悬乎吧，比如，纳米机器人能种地吗？”

陈一辉抿着嘴笑道：“傻丫头，我问你，人类从事农业的目的是什么？”

“当然是生产粮食啊！”蓝薇不假思索地说。

“农业是人类最古老的产业之一，虽然已经发展了几千年，但是产业结构，生产方式几乎没有任何本质上的改变，只是依靠生物学，化学的发展尽量提高了粮食的产量。但是从本质上来说，农业依然是人类最依靠自然的产业，打个比方，假如小麦、玉米等植物绝种了，那人类不是要被饿死了？”

蓝薇皱了皱眉头，“那是不可能的。”

“仅仅是一个比喻，我想说的是，第四文明期的农业将彻底消失，人类将摆脱任何生产流程，直接制造粮食，纳米机器人会做好一切，只要人类设定好程序。”

“啊？”那是蓝薇第一次听到陈一辉对第四文明期的预言，不禁有些不可思议，“你说直接生产粮食？怎么个生产法？”

“纳米机器人将从原子水平上组装粮食，只要有足够的原子，它们可以生产出一切。不仅仅是农业，它们甚至会生产所有的东西，人类真正能做的，就是给它们设定好程序。人类文明将进入到天堂般的时代。”

七

“天堂般的时代……”蓝薇喃喃地说。

男孩转过头望着她，说：“也许，事情还没那么糟。”

蓝薇轻轻摇摇头，她扶住男孩的肩膀，“30 年了，纳米机器已经占据我们的世界 30 年了，实际上，人类文明已经死亡了，现在你看到的只是文明在崩溃前的挣扎，你真的以为文明还有救吗？即使你的父亲是陈一辉。”

男孩突然冷冷地望着她，问道：“你认为父亲是罪魁祸首？”

蓝薇淡然一笑，“他没有告诉过你吗？是他突破了纳米机器进行自我复制的关键性技术，如果没有他，纳米时代至少不会这么快到来，也许，在那段时间里，人类能够真正意识到纳米的危险，他们会避开这条路……”

男孩摇摇头，难以置信地看着蓝薇，说：“你真的这么想？你以为人类能拒绝天堂的诱惑吗？”

蓝薇一怔，竟然不知道怎么反驳这个男孩的话。

男孩却接着说了一句蓝薇没明白的话，“这是本能而已。”

“我不明白你在说什么……”蓝薇轻轻摇摇头。

“你很快就会明白的，”男孩这时像一个历经沧桑的智者，他离开了文明曲线图，重新坐在沙发上，“我们还是继续谈谈陈一辉吧，我想知道，在他还没有缔造纳米机器之前，他是否意识到了可能到来的对人类文明的毁灭性灾难？”

八

直到今天，那条文明发展曲线依然在蓝薇的脑海里深深地印刻着。那天她回到北京，晚上就做了一个梦，蓝薇梦见了那条曲线，睡梦中，她用手轻轻地抚摩着它，感受着它的起伏变化，任何一个微小的起伏都意味着历史上的重大事件。在梦中，横坐标被拉长了，百万年的时光在她手下蜿蜒，第二文明期和第三文明期延续的时间在整个文明史间根本微不足道。此刻，蓝薇具有了上帝的目光，她随手摆弄着那条曲线，改变着人类的历史进程，可是她却始终无法将那条曲线延续下去，不，不是因为历史的不确定，而是那条曲线在突然升高到一个点时就断了。是的，毫无痕迹地断了，人类历史突然消失了。

当蓝薇从梦中惊醒时，已经快到中午了。她睁开眼睛，望着天花板休息了好一会儿才从梦中的阴影缓过劲来。蓝薇想，可能是她天生的悲观心理在作祟。根据陈一辉的描绘，第四文明期应该是天堂般的世界，人类的所有产业结构都将发生革命性的变化。

蓝薇专门查了资料，发现陈一辉说的是对的，几乎半个世纪以来，无数人曾预言过纳米时代将给人类带来的美好前景。其实陈一辉说的还不全面，纳米时代是直接从原子水平制造产品，人类社会的物质水平将大大提高，陈一辉开玩笑说，“共产主义真的要在全世界每个角落实现了。”

“那人类可真的要完了，”蓝薇说，“都没追求了，那社会也就死了。”

“不会的。”陈一辉肯定地说，“我们根本无法预料纳米时代人类的生存方式，就像原始人无法理解现代社会的经济学和物理学一样。”

可是陈一辉也告诉了蓝薇可能的危险，事实上她也曾在一篇论文中看到过。那篇文章论调极其悲观，作者描绘的景象让蓝薇不寒而栗，一种阴冷的感觉慢慢侵入到她的心底。

那篇文章中写道，“……危险的是显而易见的，如果拥有智能和自我复制能力的纳米机器失控的话，将给世界带来灭顶之灾，比如，制造面包的纳米机器失控，它们会一刻不停地将遇到的物质转变成面粉，威尔斯科幻小说《神粮》中的可怕情景将真实地出现在地球上，想想吧，那将是恶魔们对地球的疯狂吞噬，人类文明将遭遇灭顶之灾……”

蓝薇惊魂未定地看完那篇文章，立即把它转发给了陈一辉，她等待了一会儿，陈一辉就给了她回复，他的回复却让蓝薇大吃一惊，“实际上，那个作者写得还不够全面，”陈一辉说，“如果真的出现他预言的那种情况，将不仅仅是人类的末日，不过……”他转移开话题，安慰蓝薇，“实际上那是不可能发生的。”

“为什么？”

陈一辉哈哈大笑，“薇，你会相信那些外行说的话吗？他们只不过喜欢耸人听闻，他们不是真正的科学家，只是对纳米技术了解一些皮毛而已，通过那些皮毛，他们会写出一些媒体喜欢的东西来给大众调味。而大众也很喜欢看到这些对世界末日的预言，让我举个例子吧，你知道真空衰变吗？历史上很早就有人开始预言人类的粒子加速器会制造出能级较低的真空，将毁灭我们的宇宙，这些论调能阻止人类对微观世界的探索吗？不能，而且到今天为止，真空衰变也仅仅是一个无法被证实的理论，假如真的存在，那么银河系中比我们发达的文明也许早就制造出了真空衰变，那些悲观论调者不是真正的预言家。”

可是蓝薇心里还是有些芥蒂，她沉思了一会儿，才笑着说道，“辉，我知道在你看来我是个地道的外行，可是我还是想问你，万一那个作者的预言真的实现了，你们会怎么做？”

“好吧，”陈一辉笑了笑，强调说，“实际上那是不可能发生的，不过为了以防万一，我们有绝对的安全措施，如果真的有纳米机器失控了，我们也会完全地消灭它们。”

陈一辉向蓝薇卖了个关子，始终没有告诉她应对措施是什么，蓝薇想他们可能根本没有什么应对措施，因为他们相信那是根本不可能发生的。就像人们不会为不确定什么时候会必然发生的地震而一直睡在帐篷里一样，冒险是人类的天性。

可是后来蓝薇发现她错了，当灾难发生时，她才发现陈一辉对未来的担心其实一点也不亚于那个作者，其实陈一辉对人类可能遭受的危险的忧虑也许是所有人中最重的。只是他不想让别人看到他的忧虑，陈一辉的目光太深远了，让蓝薇无法把握，她知道他是在赌博，一个只有陈一辉自己知道赌注的赌博。

蓝薇现在仍然很后悔，没有真正理解陈一辉的想法，没有能从那时就开始劝他。但蓝薇知道，她阻止不了陈一辉，即使陈一辉不去做，世界上还有其他人去做。按照陈一辉所说，既然这项技术已经能够被发明出来，也就是说，被上帝交给人类，那么单独的个体是无法阻止人类整体获得这项技术的。这样，也许蓝薇能稍微减轻她的负罪感，即使没有人认为她有罪，包括陈一辉。

九

蓝薇叹息一声，说道："你说得对，即使再给人类一次选择的机会，人类也还会做出相同的选择，毕竟千百年来，人类一直在梦想着天堂。"

男孩的眼中却闪烁着光芒，"你不想知道他这些年都做了些什么吗？"

蓝薇把手放下来，目光却望向那条噩梦般的曲线，"不管他做了什么，他都失败了，不是吗？"

男孩轻轻一笑，"是的，他失败了，而且败得很惨，这可以理解，30 年来，全世界所有的科技力量都在寻找对付纳米的方法，直到现在也没有一个国家成功过，相反，纳米机器却在一步一步夺走人类的生存空间，陈一辉真的是个天才，10 年前，他终于想到了一个方法，"他停顿了一下，"一个足以拯救全人类的方法。"

蓝薇把目光从那幅画上移开，望着男孩，问："你说什么？"

男孩微笑着，说道："我是说，这个世界可能还有救。"

蓝薇第一次以为自己听错了，她吃惊地说："你是说陈一辉成功了？"

“我说过的，我要完成他的梦想，他为他的计划定了一个名字，‘黏土计划’，这些年他一直在为‘黏土计划’的实施而努力，在他死前，他距离成功只有一步了。”男孩目光炯炯地看着蓝薇，“他让我来找你，他说你能帮助他。”

“黏土计划？”蓝薇的心剧烈地跳动起来。

“是的，生命原力，”男孩冷静地说，“他说你将告诉我什么是生命的原力，只有摧毁了纳米生命的生命原力，才能毁灭它们。”

十

生命原力。

蓝薇还记得那是一个晚上，她刚刚收拾着吃完饭，门铃就急促地响了。蓝薇打开门，陈一辉冲进来，一把就把她拦腰抱起，大笑着在原地转了一个圈。蓝薇从他身上挣扎着下来，笑着问他：“怎么了？怎么也不提前通知我一声？”

其实蓝薇心里已经有了预感，陈一辉可能已经获得了成功，因为蓝薇从来没有看到他像那天一样开心。只是她不敢确信，上帝真的会把这么大的责任扔到陈一辉头上。

“薇，”陈一辉紧紧地抱着蓝薇，“上帝没有忘记人类，我们突破了瓶颈！”

“啊？”蓝薇还是不敢相信自己的耳朵，“你们的研究？”

“成功了！今天下午纳米机器成功地进行了自我复制，而且是完全的拷贝！”

“真的？”蓝薇以为自己听错了，“你不是告诉我，至少还需要一个世纪的时间才可能有所突破吗？”

“稍后给你讲，”陈一辉兴奋地笑着，“薇，不用再怀疑了，我们的研究成果很快就会得到国际的公认，三年之内就可以进行小规模的应用，从现在起，人类要进入第四文明期了。”

蓝薇喜极而泣，陈一辉紧紧地抱着她，注视着她的脸庞，关切地问，

“薇，你怎么了？”

“祝贺你，辉，”蓝薇哽咽着说，“你终于成功了。”

那天陈一辉是专门跑过来亲自告诉蓝薇这个巨大的喜悦，蓝薇才发现陈一辉是那么地爱着她，他在最快乐的时候第一个想到的人是蓝薇，可是蓝薇心里的一小块阴影却逐渐浮出水面。不知道为什么，那篇论文突兀地闯进了蓝薇的脑海，蓝薇突然惊觉，那篇文章中描绘的前景也许真的可能出现了。

蓝薇知道现在不该想到那些，可是那篇文章中的观点却萦绕在蓝薇脑海里挥之不去。陈一辉察觉到了蓝薇身体的僵硬，猜到了蓝薇的想法，他笑着说，“怎么了，薇，你想到什么了？”

蓝薇望着陈一辉的眼睛，他的目光直直地看到了陈一辉的心底，蓝薇想陈一辉知道她在想什么了，于是直接说道，“对不起，辉，我不该想那些的，现在应该为你高兴才对。”

“不，”陈一辉严肃地摇摇头，“是要为全人类感到高兴，今天属于全人类。”

蓝薇笑了，问道：“你是说真的？人类社会真的会变得像你说的那么美好？”

“当然了，”陈一辉说，“纳米技术很快就会成熟起来的，人类很快就会知道纳米技术将带来的是什么，嗯，半个世纪以后吧，我们还都可以看到的，我们每个人都将作为历史的见证者见证到人类历史的转折。”

陈一辉说的那些话直到今天在蓝薇脑海里仍然清晰无比。半个世纪后，也就是今天，陈一辉预言的天堂般的美好并没有出现，蓝薇看到纳米技术带给人类的不是天堂般的美好，而是地狱般的折磨。最可怕的预言真的应验了，也许上帝真的错了，他过高地估计了人类的智慧和能力，他和人类开了一个残酷的玩笑。

蓝薇能理解他们，如果蓝薇是他们中的一分子，蓝薇也会那么做的，盲目地相信救世主会出现，新的技术会出来拯救危在旦夕的人类文明。

可是蓝薇不能，跟陈一辉在一起的那些日子深刻影响着她，蓝薇真正了解魔鬼的企图和它具有的力量。他们提前释放出了魔鬼，它的力量足以让人类文明在瞬间灰飞烟灭。

那天他们共进晚餐，陈一辉边吃边眉飞色舞地向蓝薇讲解着他们的技术突破，陈一辉说，“灵感还是来源于上帝的杰作，想想吧，生命是上帝制造出的最精巧的机器，它们从一开始就学会了自我复制，人类现在所做的一切只不过是在上帝的脚跟后蹒跚学步。”是的，你们正是从生命学中获得了灵感。

陈一辉问蓝薇，“薇，你想过吗？生命的原力是什么？”

“原力？”蓝薇好像是第一次听说这个名词，她摇摇头。

“生命其实是一种自组织现象，从本质上来说，生命和雪花没有本质的区别，但是唯一的区别就是生命在自组织过程中达到了一种反馈，比如细胞有丝分裂的时候，DNA 会自我复制，这个过程中，RNA 链会穿过核孔，参与到 DNA 的自我复制，RNA 链的结构并不是非常复杂，完全可以用分子式来描述，那么驱动它穿越核孔的动力来自于哪儿呢？”

陈一辉目光灼灼地看着蓝薇，她却茫然地摇摇头，“你想说，是生命的原力推动着它？”

“对，”陈一辉兴奋地点点头，“也就是说，RNA 分子链具有微意识，就像精子会为了争夺与卵子交配的机会而进行生死斗争，是一个道理，它们的动力来自于微意识，对生命最深层次的渴望。”

“微意识？”蓝薇咀嚼着他的话语，惊奇地说，“你说小小的精子也具有自己的意识？”

陈一辉笑了，“这只是一个比喻，是生物学家研究的东西，不过你知道吗，即使人类在实验室里制造出完全相同的 DNA 分子，它却不能实现自我复制，换句话说，人类无法赋予它灵魂，不过这是二十年前的事了。”

“你是说人类能够制造灵魂了？”蓝薇越来越迷惑了。

“不是制造出灵魂，而是发现了一种机制，”陈一辉说，“生命活动是很复杂的，但是却依然要遵守自然规则。对于人类来说，当生命非常神秘的时候，那是因为人类还没有完全了解它，二十年前，俄罗斯的一个科学小组成功地在人工条件下实现了人工 DNA 的自我复制，他们为人工制造的生命赋予了灵魂，但是他们的研究成果并没有多大的应用价值，所以普通人并不知道这个成功意味着什么，但是我们却从中得到了启发，我们制造的纳米机器实际上也是一种人工生命，我们模仿了生命的机制，为它们设计了它们的原力。”

“你们在盗取上帝的天火？”蓝薇脱口而出。

陈一辉惊讶地看着蓝薇，然后使劲点点头，同意道：“薇，你这个比喻是我听到的最恰当的比喻，没错，人类又一次成功地从上帝手中盗取了天火，这把天火将大大地造福人类。”

“可是也可能带来巨大的危险，”蓝薇皱了皱眉头，决定把担心说出来，“纳米机器万一失控怎么办？”

“不会的，”陈一辉自信地说，“人类既然能够制造出它们，就完全能够约束它们。”

蓝薇对他的自信有些不满，皱着眉头说，“万一呢，我是说万一出现失控的纳米机器怎么办？它们会不会疯狂地在‘生命的原力’指导下进行自我复制，并且把所有的物质都转变成它们的程序设定的任务产品？”

“有这种可能性，”陈一辉坦率地点点头，说道，“不过你忘了，既然人类能够赋予它们生命，也就能够从最根本上控制它们，在设计它们的程序时，我们会用硬件和软件对纳米机器设置双重的自杀协议，如果它们真的失控了，我们可以启动自杀指令，破坏它们的中枢计算机，让它们丧失生命的原力。”

“这样啊，”蓝薇于是真的放下心来，拍着手叫道，“那太好了，我太期待那一天的到来了！”

时光又一次在那一刻定格了，那个场景化为了一张黑白照片印刻在了蓝薇的脑海里。似乎她那一刻真的放下心来，可是我们都错了，生命是宇宙中最精巧的机械，也是最危险的。人类在没有彻底弄清生命的本质时，就贸然地制造了新的生命。人类自以为制造出了天使，却不知道是打开了地狱的大门，释放出了足以毁灭人类世界的魔鬼。而当我们终于明白时，魔鬼已经开始显示出它可怕的力量了。

那以后的日子里，像陈一辉所预言的，纳米技术预示的美好前景很快就得到了上层的承认，一切都顺利地进行着，两年之后，第一座试运行的纳米工厂开始生产出人类历史上划时代的第一批纳米产品。

陈一辉给了蓝薇一张纸，是的，一张洁白、平滑的纸。

那张纸没什么特别之处，可我知道，那张纸对人类社会意味着什么。

人类虽然掌握了纳米技术的关键，但距离真正全面使用它还早得远。可以说，人类生产出的纳米纸，与其说是产品不如说成是试验品。因为纸的分子结构虽然复杂，但是却不需要向上继续堆积的程序。就像生产一台电脑，纳米机器人需要制造各种部件，并且在更高层次上对它们进行组装。

这类似于生命体的发育，由一个受精细胞发育成一个完整的生命体，每段基因都必须完整地协作。细胞先进行分裂，然后在基因的控制下进行分化，形成完整的器官。我记得曾看过一个科普电影，描写人的形成过程，其中给蓝薇印象最深的是人类的手的发育。胚胎时期，人类的手先是形成一个肉团，然后特定部位的细胞开始在基因调控下自杀，形成指头。

多么令人敬畏啊，那些自杀指令是怎么从一个小小的受精卵中表达出来的？从开始的一个细胞，最终发育成结构复杂，精巧的生命，那是上帝的技术。

人类的纳米技术无疑是盗窃了生命的设计技术。但是人类还无法制造更高级的产品，我们只能先试着组装原子，制造出原材料。人类仅仅是用分子组装技术制造出纸浆，暂时还没有能力直接生产出产品纸。就好像计算机的发明阶段刚学会二进制。但是巨大的发展即将到来。

是的，陈一辉告诉蓝薇，巨大的发展即将到来。几乎没有人怀疑这一点，包括蓝薇。可是谁又能知道，那些纸浆竟然是人类生产出的第一批也是最后一批纳米产品呢？谁又能知道，人类的末日竟然这么快到来了呢？而且要全世界所有的生命来陪葬？

十一

男孩一直出神地听着，他望向蓝薇，“他说得对，人类之所以会失败，就是因为你们给纳米机器赋予了上帝才能给予的力量，”他的眼睛闪闪发亮，“是的，陈一辉也意识到了这一点，从人类赋予纳米机器生命原力的那一刻，它们已经不能算是人类制造的机器了，而是一种生命。”

“生命……”蓝薇低声重复道，“是的，也许吧，这已经不重要了，重要的是人类将被他们制造的东西毁灭了，现在你可以告诉我什么是‘黏土计划’了吧。”

“当然，”男孩的目光却有些闪烁，“可是，我能再问你一个问题吗？”

蓝薇转过身，望着突然变得局促的男孩，“什么？”

“嗯……我想问您，爱情是什么？”男孩似乎鼓起了勇气，开口问道，他好像害怕蓝薇没有听清楚，紧接着重复道，“我是说，你和陈一辉之间是不是存在爱情？”

蓝薇再次愣住了，她再次仔细打量着这个奇怪的男孩，犹豫片刻，还是决定回答他的问题，“嗯，也许算吧，至少曾经有过。”

“你们为什么会有爱情呢？爱情是什么感觉？”男孩的目光紧紧地盯着她。

蓝薇沉默了，有什么东西飞速地划过她的脑海，似乎她就要抓住什么了，却又模糊不清，她转过头，望着窗外的夕阳，记忆又飞回了他们最后在一起的日子。

十二

蓝薇下班的时候突然发现天空飘起了雪。不，不是雪，北京已经有大概十年没下雪了，而且现在也还不是飘雪的季节。

她恐惧地站住，用手接住一片雪花，果然，蓝薇差点昏厥过去，那是一小片纸。

蓝薇用力捏着它，把它揉碎，揉成粉末，纸粉从她的指缝飘散出去。

蓝薇四顾环望，发现雪花来自马路两边的法国梧桐，这个情景让她不禁想起了走在大学校园里每到春天就会漫天飘扬的杨柳絮。

可是现在不是春天，飘洒的也不是杨柳絮。

马路上的行人们纷纷仰头望着那些飘飞的雪花，一个小女孩开心地大笑着，“妈妈，怎么下雪了？”她的声音像溪水流过山涧一般悦耳。

他们微笑着望着这些漫天飞舞的精灵，他们可能回忆起很久以前北京的冬天，他们不在乎为什么会下雪，他们不知道，这些雪花将奏响地球生命史的葬歌。

漫天飞舞的雪花，仰头望着天空的人们，小女孩清脆的喊声，这一切都变成了一幅黑色的画卷深深地刻在了蓝薇的心里。时光让她忘记了很多事情，可是这幅画却永远地伴随着蓝薇，直到文明的末日。

蓝薇浑身颤抖，有一个念头如闪电般地击中了她的心脏，这漫天飞舞的纸片只能有一个解释了，那个只能在噩梦中发生的事情，纳米机器泄露了。

她焦急地拨打了陈一辉的电话，电话很快接通了。

“辉，你看！”蓝薇顾不上问其他的，或者也不知道该怎么问，她把摄像头转向背景。那些飘飞的雪花，“这些是纸，全是纸！到底怎么回事？”

出乎她的意料，陈一辉仅仅是冷漠地看了一眼那些雪花，并没有表现出多大的惊奇。他疲惫地对蓝薇说，“回家去，在家里等我。”然后又挂掉了电话。

蓝薇回到家，用力关上门，把那些该死的雪花阻止在了外边。她无心做饭，坐在沙发上打开电视机。她不停地切换着频道，却什么都没看进去。蓝薇心神不宁，陈一辉的突然来访并没有让她有多喜悦，却更让她心烦意乱。

好吧，蓝薇放松自己，现在一切都没那么肯定，纳米机器也不一定失控了，他们肯定还有对策的，人类不可能对付不了自己从实验室里制造出来的无生命的东西。只是出现了一点点差错，仅仅是一点点差错而已，他们会克服的，她在这担什么心呢。

蓝薇刚觉得好了一些，却被一个突然冒出来的念头震得大脑晕眩，她终于知道让自己真正心神不宁的是什么了，那些雪花，那些纸片，纳米机器们只被设定了制造纸分子，它们怎么会自己进行组装？

陈一辉说过，人类还远远没有掌握控制纳米机器进行组装的技术，就像纳米机器可以快速地生产出番茄酱，而不可能组装出一个完整的番茄！

到底是怎么回事？

两个小时后，陈一辉进门了，蓝薇正要急忙向你发问，陈一辉却粗暴地把她抱住扔到了床上。蓝薇惊叫道："辉，你要干什么？"

陈一辉没有说话，只是扑上来用力撕扯着蓝薇的衣服，蓝薇用力挣扎着，却很快败下阵来。蓝薇不是一个很传统的女人，却不想现在和他上床。蓝薇心中有那么多的疑问，又有那么多的思念想向他倾诉，可他根本不给蓝薇机会。陈一辉这时完全不像平时的陈一辉，他就像一只红着眼睛的猛兽。

一阵翻云覆雨后，陈一辉把脑袋伏在蓝薇的胸口上，沉重地呼吸着。

蓝薇抚摩着陈一辉的乱发，感觉此刻他就像一个脆弱的婴孩。

"辉，告诉我，到底怎么了？"蓝薇轻声问道。

"我们失败了，所有的努力都失败了。"陈一辉猛然从蓝薇身上爬起来，"已经没办法控制纳米机器的蔓延了。"

蓝薇惊呆了。

"蓝薇，你过来，我给你看点东西。"陈一辉起身穿上衣服，走到书房打开电脑，登录进了一个网站。蓝薇注意到那是一个加密网站，陈一辉敲进密码，随后就打开一个视频。

"这是三天前在内蒙古林区拍摄到的画面，"陈一辉说，"属于高度机密。"

蓝薇一开始没有看懂，镜头显然是安装在直升机的下方，她看到的竟然是茫茫雪原。刚开始蓝薇没反应过来，但马上她就惊呆了，终于明白他看到刚才的雪花时为什么那么平静。

蓝薇望着屏幕，感到彻骨的寒冷，到处是茫茫白色，白色的粉末还不断地随着狂风卷上高空，她看到一些白色的杂草不时点缀着大地，很快，她就想到了，那些是还没有被腐蚀（我真不想用这个词语）干净的参天大树，但是很快它们也将化为粉末。

“这怎么可能……”蓝薇喃喃自语。

“这是其中的一个感染区，”陈一辉说，声音也恢复了以往的冷静，“纳米机器泄露后，随着气流散布到了全球，只要有合适的条件，它们就会不停地自我复制下去。由于它们被设计成反馈群工作机制，所以在某些条件成熟的地方，比如大片森林，会形成它们的反馈场，更加有利于它们进行自我复制。经过计算，可能最初只有不到 1 万个纳米机器落到了这片林区，可是经过一个星期的时间，它们的数目已经超过 1000 亿。”

“你们的办法呢？自杀指令呢？捕食者呢？”蓝薇急问道。

陈一辉沉默了，良久之后才缓缓地说，“全部失效。”

蓝薇很难形容听到那句话后的心情，尽管已经有了一些心理准备，可她还是被震惊地失声喊道，“怎么可能！你是说，纳米机器真的会这样蔓延下去？！”

陈一辉狂躁地起身，在房间里来回走动着，蓝薇才想起你刚才在我身上的发泄，陈一辉现在就像一座火山，随时可能爆发。

“是的，”陈一辉说，目光阴冷地让蓝薇感到恐惧，“为什么北京的大街上会出现纸片，你想过吗？”

蓝薇才又想起那些雪花，点点头。

“你肯定会问，是什么让纳米机器们学会了组装对吧？”陈一辉露出古怪的笑容，“让我告诉你吧，纳米机器被我们赋予了生命的原力，它们不是机器了，而是生命，真正的硅基生命，蓝薇问你，生命最基本的特征是什么？”

“繁衍后代？”蓝薇努力回忆着课本中学到的知识，小心翼翼地说。

“不，生命最基本的特征不只是繁衍后代，它们需要学会进化才能在残酷的竞争中生存。”

“进化？”

“是的，硅基生命的进化速度将是碳基生命进化速度的数万倍，这一点已经得到证实了。”

“你是说纳米机器学会了进化？”

“是的，它们在飞速地进化，早就逃脱了人类为他们设计的囚笼，自杀程序已经完全失效。”

“那么捕食者呢？”

“捕食者同样是纳米机器，它们和泄露出的纳米机器的区别仅仅在于软件，谁敢担保它们不会逃脱人类的控制？而且，面对已经进化了的纳米机器，它们已经完全不能完成捕食的工作，更有可能的是，捕食者会沦为被捕食者。”

“那么你们毫无办法了？”蓝薇指着屏幕说，“像这样的区域还有多少？”

“无法精确计算了，”陈一辉说，“因为纳米机器每时每刻都在疯狂地自我复制，按照这个速度，用不了多久，全世界的植被将毁于一旦。”

“天哪！”蓝薇感到头晕目眩，“你是说全世界的树都会变成纸末？”

“不仅仅是这样，”陈一辉继续说，“按照最新的取样发现，纳米机器已经开始组成多细胞生命，它们从单细胞生命进化到多细胞生命仅仅用了两个星期的时间，而我们用了上亿年。它们很快就会脱离程序控制，不再只把植物当作原材料，事实上在内蒙古林区，直到现在还没有发现任何一具动物的尸体。”

“你是说它们在转化动物？”

“可能性不大，最有可能的是，动物的尸体被掩埋在纸末下面，或者说灾难发生时，动物都逃离了。但根据我的预测，纳米机器向动物下手是早晚的事了。”

“我真难以置信你竟然还会这么平静地向我诉说你造成的世界末日，”蓝薇的怒火终于爆发了，“你是不是感到自豪？看看，那些恶魔都是你制造出来的，你是不是认为你是他们的上帝？或者是一个新纪元的造物主？”

陈一辉沉默了，脸色阴沉得可怕，问道：“你怎么会这么想？”

“好吧，”蓝薇努力平息一下情绪，“告诉我，究竟会发生什么？”

蓝薇这句简单的问话仿佛一下击中了陈一辉的要害，他一下子变得面无血色，说道，“你想知道吗？薇，官方认为人类会找到办法杀死它们的，可是你知道我怎么想吗？薇，你知道吗？地球已经完了，所有的生命都将被杀死，不可逆转的被杀死。”

“这不是真的，你在撒谎。”蓝薇的大脑一片空白，“辉，你一定是疯了……”

“好吧，让我告诉你未来将发生什么，”陈一辉冷冷地说，“按照目前的扩散速度，纳米机器将很快侵蚀完地球上的所有森林和植被，大气氧气含量将直线下降，大概 50 年之后，平原氧气含量将不到现在的 30%，高原将无法适合生命生存。”

“在很长的一段时间里，大气氧气含量将维持这个水平，那是由于纳米机器还无法入侵海洋，但是它们很可能会进化到侵蚀动物，包括人类，即使不会，绝大部分人类在此之前已经被饿死。”

蓝薇感到毛骨悚然，难以相信这些事情即将发生在不远的未来。

“然后呢？”蓝薇轻声问道。

“纳米机器很快就会适应海水，它们将把它们遇到的所有有机物统统转化成纸末，连细菌和病毒都不会幸存，地球碳基生命史将在我们的有生之年终结。它们制造的粉末将充满大气层，阻挡阳光，制造出类似于冬天的情景，我会将那个时代称为白尘纪。由于纳米机器是以太阳光为能源，所以在白尘纪，纳米机器将得不到足够的能源，它们会放慢进化速度，白尘纪将是持续数百万年或者更久，纳米机器会持续不断地将沉积的纸浆重新转化为纸末，并且达到一种动态平衡。直到纳米机器进化到拥有足够的意识，停止制造粉末，白尘纪才会结束。”

“拥有意识？”蓝薇居然被陈一辉预言的未来给迷住了，“你说它们会拥有智慧？”

陈一辉看了我一眼，继续说：“组成我们身体的每个细胞都是一个简单的生命体，亿万个它们组成了你我，让我们拥有了智慧，而每个纳米机器都是一个功能强大的微型计算机，或者说它们拥有比细胞复杂上万倍的结构和神经系统，它们交换信息的速度比碳基生命快数万倍，它们处理信息的能力也远远超越了简单的碳基细胞，由它们进化来的智慧生命将是人类的大脑无法想象到的。”

“它们会建立新的文明？”

“也许，”陈一辉点点头，“那将是我们不可想象的文明，远远凌驾于人类文明之上的新文明形式。”

“那就是你所谓的第四文明期？”蓝薇毫不留情地说，“用所有的生命为代价？”

“不，”陈一辉的眼神突然暗淡下来，紧接着突然暴怒起来，“你这个女人，怎么会这么想？如果我知道会有今天，你认为我还会这样做吗？”

“你当然会，”蓝薇冷笑着回敬他，“你会用其他的借口来掩饰你的行为，你会说如果你不这么做，人类迟早会动用这项技术，对不对？所以你宁愿当一个先驱者，可惜，千万年后的纳米文明不会记得你这个创世的上帝！”

陈一辉充满悲哀地望着蓝薇，说道：“薇，你错了，我不会为刚才的事向你道歉……我必须离开了，你还是忘了我吧。”

“你说什么？”蓝薇差点以为自己听错了，不过也没感到多大吃惊，这一个小时之内我听到的离奇的事情太多了。

“我会想出解决办法的，我将用我的余生去弥补我对人类文明犯下的滔天罪行，”陈一辉悲凉地说，“可是他们不会放过我，世界马上就要崩溃了，在崩溃之前他们需要找到一个人来审判，我不能让他们那么做，我还有事要做。”

蓝薇感到窒息，陈一辉没说错，人类不会放过陈一辉的，他现在已经是全人类的罪人。蓝薇明白了，陈一辉为什么现在来找我，他是要以这种方式向我告别。

那天蓝薇没有阻止陈一辉，没有，因为她知道那是徒劳的。他们在黑暗中对望着，蓝薇想去拥抱他，可是始终踏不出去那一步。陈一辉的瞳仁在窗外的灯光下闪闪发亮，他最后对蓝薇说，薇，永别了。

蓝薇看得出来，陈一辉期待着她给他一个最后的拥抱，可是她没有，她一直那么站着看着他，直到他离开。

那是蓝薇最后一次见到陈一辉。

蓝薇对你的回忆就只有这些了。半个世纪过去了，世界并没有像你预言的那样崩溃，人类不是毫无作为，他们用一种特定频率的电磁波来影响集成电路的微波传输效应，暂时遏止了纳米机器们的自我复制。但是我们已经丧失了 80% 的森林，白尘纪到来的迹象已经很明显，在北京的晴天，阳光也仅仅能在地上照出一个淡淡的影子。有 40 亿人在持续 20 年的饥荒中死去，气温下降，海平面全面下降，大量高原城市被荒废遗弃，人们纷纷逃往平原和海岸居住，我们的文明摇摇欲坠，但还在垂死挣扎。

只有一点陈一辉说对了，纳米机器的进化速度的确远远超越我们，最新的研究发现，地球上已经出现了纳米机器聚合体，很多纳米机器组合在了一起，分工合作，形成一个完整的新生命。也许用不了很久，纳米智慧就会出现了。

纳米机器还没有开始侵蚀动物，不过几乎没有人相信它们永远不会。绝望和恐惧席卷着剩下的人们，每个人走出去都必须戴上防毒面具以避开粉尘甚至可能的纳米机器。

这是一个疯狂的世界，我们在其中苟延残喘。

十三

蓝薇轻轻闭上眼睛，那幅画又清晰地出现在了她的脑海里，她突然出现了一种错觉，窗外正飞舞着漫天的雪花，整个世界都在下着雪，纷纷扬扬的雪花像地狱里钻出的恶魔在人间肆虐，直到世界末日。

“陈一辉说得对，”男孩的声音响起，“纳米文明将是远远凌驾于人类文明之上的生命形式，也许……你们都没有意识到这一点。”

蓝薇睁开眼睛，她看着这个男孩，“意识到又怎么样？难道我们能眼睁睁地看着人类文明被毁灭？”

“嗯，我想，事情可能并不像你想象的那样，”男孩摇摇头，“你们有的这些情绪都是陈腐的人类中心论在作怪而已。”

蓝薇震惊地看着他，“我们？”

“告诉我什么是爱情，我要知道什么是爱情，”男孩的脸上露出一丝困惑，“可是，你说了许多关于爱情的事情，我还是不明白什么是爱情。”

蓝薇困惑地看着他，“你到底在说什么？”

男孩把目光转向她的脸，“你想知道‘黏土计划’到底是什么吗？”

蓝薇还没来得及说话，男孩就站了起来，在客厅里来回走动着，“我想，你应该对碳基生命的进化史有一些了解吧，关于碳基生命的起源有很多理论，其中一种黏土晶体理论很有趣，在碳基生命还没有出现时，地球表面存在着一种奇特的黏土晶体格，它具有很标准的结构，并且能够进行几乎完美的自我复制，很早之前就有人把它们定义为一种完全不同于碳基生命的生命形式，你能接受这个说法吗？”

“嗯，”虽然很迷惑，蓝薇还是点了点头。

“有趣的是，这种晶体格并不是完美的，它的结构存在着一些缺陷，这就导致它在复制的时候会发生一些变异。这种起源理论认为，很多有机大分子被吸收进晶体格，并且在晶体格的复制变异中进行了自组织，最终碳基生命的第一个细胞就诞生在这种生命形式之上。”

“你到底想说明什么？”

有光芒在他的眼睛中闪烁，“你不觉得震撼吗？一种生命形式进化到了巅峰就产生了全新的生命形式，这是一种超进化，碳基生命仅仅是进化链上的一环而不是全部。黏土生命的进化终端是碳基生命的萌芽，碳基生命的进化终端是硅基生命的出现，你能够说这真的是巧合吗？”

蓝薇突然明白了他的意思，“这些话，是陈一辉说的？”

男孩没有理睬她，他的眼神里充满了敬畏和狂热，“你再想想，碳基生命只是宇宙生命进化长链中的一环，人类文明就是碳基生命发展的巅峰，那么新的超进化之火由人类点燃也并不奇怪，人类迟早要走这条路的，对于人类来说，硅基生命是你们文明的精华，你们的使命已经完成了，为什么不能达观地退出呢？”

蓝薇震惊地站起身，她感到大脑一阵晕眩，她终于意识到了什么，“从碳基生命到硅基生命的进化……这就是所谓的黏土计划？你想告诉我，陈一辉没有去寻找毁灭纳米生命的方法，而是去帮助它们？”

男孩点点头，“是的，他成功了，他制造出了地球上第一个纳米智慧体。”

十四

陈一辉坐在实验室的门口，他望着昏黄色的天空。自从 10 年前纳米机器毁灭了非洲热带雨林之后，天空就一直是那个颜色了。

他在那里一直坐着，整个下午的时光就那么过去了。没有人知道他在想些什么，如果一个过路人经过的话，他也只会把陈一辉当成一个普通的老人，而且显然他的时日已经不多了。

夕阳消失前，一个银色的影子出现在他身后，如果一个旁观者仔细去看的话，会惊奇地发现那是一团银色的在不断改变外形的流质。流质不断地改变着形状，逐渐化成了一个人形。

“父亲，”流质竟然发出一个男人的声音，“我感觉到你很忧郁。”

陈一辉睁开眼睛，却没有望向身后，他低声重复道，“忧郁？”他轻轻摇摇头，“不，你不可能理解什么是忧郁。”

“你为什么不相信自己的成功呢，父亲？”流质的边缘不断改变着，“是的，我的确感觉到了忧郁，深深的忧郁，像冬天的河水……”

“闭嘴，”陈一辉轻轻地说道。

流质沉默了一会儿，仿佛在思索着什么，良久，它才又发出声音，说道：“父亲，为什么你不能相信我拥有情感呢？还是因为我不是人类？”

陈一辉的心猛地颤抖了一下，流质的话准确地踩到了他的心里的雷区，他的声音却依然平静，“为什么要说这些？”

“或者你根本就没有把我看作是智慧生命？”流质有些恶毒地说，“我能理解你，你不想承认自己的成功，不愿看到纳米生命的伟大，那样你就会减轻一些负罪感，对吗？可是我奇怪的是，当初你为什么要做出现在的选择，你是在后悔吗？”

“的确，”陈一辉闭上眼睛，他的呼吸有些加重，“我曾经后悔过，30年前，我亲手制造了毁灭人类文明的武器，20年前，我又背叛了整个人类……”

“不！”流质似乎很激动，它尖声打断陈一辉，“你知道这不是背叛，这是超进化中的一环，你所做的只不过是稍微加速了它，我们会感谢您，您是我们的父亲，可是您为什么现在对我们放任不管？你真的以为你还能毁灭我们，拯救你们摇摇欲坠的文明吗？”

“我知道，”陈一辉平静地回答它，“我知道一切，你是我此生最重要的成果，你说的超进化理论也是我赋予你的，我已经在这条路上走了一百步，不会再在乎多走一步了。”

“那为什么我们的进化现在停滞不前？”流质的声音透出疑惑。

陈一辉的嘴角露出一丝若有若无的微笑，说道：“你什么时候动手？”

流质沉默了，过了一会儿，它才低声说道：“原来你什么都知道，原谅我，父亲。”

“我早就不畏惧死亡了，”陈一辉说，“我已经受到了比死亡更残酷的折磨，能死在我的创造物手里，是我最好的结局了。”

“对不起，父亲，”流质的声音变得冷酷，“你的确不能再活着了，你能创造我，同样也能毁灭我，至少会让纳米生命的进化延迟数千万年，我不能让你那么做。”

“你认为我会那么做吗？”陈一辉依然平静地问道。

“我不知道，但我不能冒险，相信你能理解我，我毕竟不是人类，就像你曾经站在人类一方，而我，却永远不可能为人类着想。”

“你这么做是对的，”陈一辉沉吟着，“我的确不知道该不该在临死前毁灭你，毕竟，”他停了一下，才说道，“我是一个人类。”

“纳米文明会记得你的，父亲，你是我们的上帝，创造者和……父亲，那么告诉我吧，现在纳米生命的进化遭遇的瓶颈该怎么解决？”

陈一辉沉思了一会儿，才开口说道，“我想了很久，才想到这个原因，你会明白的，孩子，你们没有爱。”

“爱？”

“是的，”陈一辉点点头，“你们没有爱，你们只是单纯地聚集在一起，无法形成复杂的社会结构，虽然你们会拥有很高的智慧，但这绝对不是你们的进化方向。”

良久，身后才传来流质的声音，“谢谢你，父亲，有什么需要我帮你去做的吗？”

陈一辉叹息一声，他抬头望着夜空中升起的月亮，缓缓说道，“你去一次中国吧，帮我去探望一个人，也许，在她那里，你会明白什么是爱情。”

十五

蓝薇的心脏猛烈跳动着，仿佛要击穿她的胸膛，她终于明白了眼前这个男孩为什么有一种奇怪的气息，为什么它对人类的感情那么的不了解，为什么它情绪转变的那么剧烈，它和人类有太多不同，因为它根本就不是人类。

“你就是……纳米智慧体？”蓝薇没感觉到自己已经把嘴唇咬出了血。

男孩没有立刻回答她，他接着说道：“事实上，即使纳米生命的进化速度远远超过碳基生命的进化速度，但从单一的纳米细胞进化成有智慧的新生命形式也至少要几百万年，如果加上白尘纪，这个过程可能要长达几千万年，别忘了，从出现碳基生命到发展出智慧足足进化了 45 亿年，可是那是在没有‘上帝’干预的情况下。”

蓝薇感到浑身的血液都停止了流动，“是陈一辉？”

“是的，陈一辉在开始的十年里的确在寻找毁灭纳米生命或者硅基生命的方法，事实上，他也取得了很大成功，但是他始终无法找到彻底解决硅基生命的方法。他感觉到总有一道不可逾越的墙壁横亘在他面前。最终，他明白了，生命的原力的力量是那么强大，一旦释放，真的无法轻易抹杀。于是他进行了一次环球旅行。”

“他几乎走遍了整个世界，从最高的山峰和最广阔的海洋，从黄昏到黎明，从寒冷到炎热，当他结束了旅行后，他做出了一个决定，并决定立即付诸实施。”

“他决定走一条截然相反的路，不是继续阻止硅基生命的进化，而是去帮助、引导它们，毕竟是纳米生命的创造者，在这条路上，他很快就取得了突破性进展。

“他，竟然会这么做？为什么？”蓝薇颤抖着说，男孩说的一切已经彻底毁灭了她的承受底线。

“超进化，”男孩轻轻吐出这三个字，“从黏土到碳基生命，碳基生命发展到了顶峰，也就是你们人类文明，在你们手中完成了又一次的超进化，你们创造出了新的生命形式，又一次完成了生命形式的伟大转换，黏土生命，碳基生命，硅基生命，都是宇宙生命进化链上的一环而已，陈一辉认识到了这一点，他成为了硅基生命的上帝。”

“不，”蓝薇的脸色苍白，“不，这不是真的，他不会那么做的。”

“他已经那么做了，”男孩露出一丝得意的微笑，“我知道你已经相信了我的话，可是为什么嘴上却还不承认呢？看来人类真的是很奇怪的生命啊。”

“陈一辉呢？他在哪儿？”蓝薇突然强烈地想看到他，这种感觉是如此的强烈，彻底地击垮了她维持了 30 年的心理防线，她以为自己真的忘记他了

“我已经告诉过你了，”男孩耸耸肩，轻描淡写地说，这时他看起来更像一个顽皮的孩子，“难道你忘了吗？他死了，不过我对你撒了谎，他不是自杀，是我杀了他。”

“可是是他创造了你，”蓝薇的眼泪夺眶而出，她这时才发现自己是多么地爱他，眼前这个硅基生命的冷酷让她感到胆寒，“你说过他是你父亲，你为什么要那么做？”

“我发现这些年他有了一种奇怪的情绪，按照你们人类的观念来看，那种情绪也许可以叫作后悔，而这种情绪可能会引导他做出一些不好的事情来，比如说毁灭我，他是创造者，可以轻易地结束我的生命，那样人类文明也许还能多存在几十年或者上百年，但是硅基生命的进化就不得不被延迟数百万年，所以我必须杀了他，其实，人类文明和我们相比，就像黏土和你们之间的距离一样大，人类是不可战胜我们的，人类文明已经完了。”

“那么你为什么要来找我？”蓝薇冷笑着看着他，“我倒没想到更高级的生命形式也会撒谎，你们已经获得了生命原力，不是吗？”

男孩不为所动，“的确，可是我说过，你们人类是很奇怪的生命，总会做出一些不合逻辑的事情，虽然我们获得了生命的原力，但是——”男孩的脸上露出一丝痛苦，“也许父亲说得对，我还不能算是真正的生命。”

“为什么？”

男孩的脸变得模糊起来，他的五官像海水冲刷过的沙雕般，渐渐变形，消失了，与此同时，他身上的衣服也消失了，他的身体变成了一团闪着银色光芒的半流质，男孩的声音却依然能响起，说道，“我可以聚合起所有的纳米单元，甚至可以复制出新的智慧体，可是我们无法再进行更复杂的变化，父亲说过，按照现在的进化方向，也许我们会变成一个覆盖整个地球的具有超级智慧的单一生命体，可是那就是我们进化的终点了，因为我们没有……爱。”

“这就是你来找我的真正原因？你想从我这里得到爱？”蓝薇终于明白了一切。

“是，”半流质缓缓地改变着形状，一些空气中游离的纳米机器正被融合进它的身体，“父亲说，在你这里，我能看见爱情，可是，”流质的声音痛苦起来，“可是我什么都没看到，求求你，告诉我该怎么做？”

蓝薇的眼睛湿润了，原来他真的没有忘记她，也许他们谁都没有想到，30年前的那次分别即是永诀。

她走到窗前，望着夕阳下的城市，大街上有一两个穿着防护服的行人。她看到了一个大人领着一个孩子，也许是一个母亲领着她幼小的孩子，他们正走向太阳落下的方向。孩子会成长起来，可是文明留给他们的还有希望吗？蓝薇突然感觉到一阵强烈的恐惧，不可抑制的恐惧，她哭泣起来，泪水让她面前的一切都变得模糊、扭曲。她想找个依靠，这么多年来，她第一次感觉如此孤独。

“薇，”一个声音穿越30年的时光灰尘在她耳边响起，“你爱我吗？”

蓝薇转过身，看见的是陈一辉高耸的鼻梁，明亮的眼睛，饱满的额头和整齐的头发，时光一瞬间交错，年轻的陈一辉微笑着看着她。

“不，”蓝薇后退到窗前，“不。”她重复道。

陈一辉的脸上露出困惑，“你不爱我吗？”

蓝薇闭上眼睛，放任泪水爬满脸颊，她轻轻但是坚定地摇摇头，“不，你根本不懂什么是爱，如果你真的爱我，就不会永远地离开。”

窗外，残阳西沉，那将是延续45亿年的碳基生命时代的落日。

雅努斯之歌

红色精灵

“红色精灵”号静静地停泊在“雅努斯”行星的同步轨道上。

按照地球标准时计算，今天是“红色精灵”号抵达特拉比斯特-1号星系的第三天。

从冬眠仓里爬出来，在辅助机器人的帮助下沐浴更衣，重新学会走路和吃饭，这个过程足足花费了易欣大半天的时间。此时，当她坐在宽大的指令仓里，在柔和的灯光下啜饮着一杯特调的冰咖啡，翻看着桌子上的观测记录和照片时，那个思维敏捷、做事果决的“红色精灵”号船长才重新回到了易欣的躯壳里。

“船长大人，”送来第一批观测照片的柯林斯打了个哈欠，说道，“你看起来恢复得不错。”

“谢谢，”易欣心不在焉地说，事实上柯林斯比她恢复得要更快更好，这个强壮的男人从冬眠仓里爬出来之后只愣了一小会儿就把辅助机器人推到了一边，自己跌跌撞撞完成了沐浴更衣和一系列需要人工干预的观测操作，眼前这些照片就是他的杰作，她随口问道，“你感觉怎么样？”

“说起来有点奇怪，”柯林斯摊开双手，“我现在很想吃油炸冰激凌。”

“那你可得忍忍了，”易欣笑笑说，“飞船上可没有安装抽油烟机，冰箱里也没有冰激凌球。”

“瞧瞧，它像什么？”柯林斯指指照片上的“雅努斯”，提醒她。

易欣瞟了一眼，顿时明白了柯林斯的意思，眼前的星球一半是火焰，一半是冰原，就像一只被油炸了一半的冰激凌球。这颗被潮汐锁定的行星有着两张截然不同的脸孔，它一面永远被母星照耀，呈现出一种奇异的灰黄色调，在正对着母星的亮面中央，有一个肉眼可见的巨大气旋，就像一只永远睁着的眼睛。而它的暗面则是一片沉沦在万世永夜的灰暗冰原。柯林斯给它起名“雅努斯”倒也贴切，它就像那个古罗马双面神，有着两张截然不同的脸孔。

易欣不禁莞尔一笑，“原来这才是你真正的目的，穿越一百五十光年，就为了吃一只油炸冰激凌球。”

柯林斯大笑，说道：“这可能是有史以来最昂贵的一次餐厅之旅。”

这时，照片上的一道白线引起了易欣的注意，这道在云雾下若隐若现的白线近乎精确地沿着晨昏线延伸分布，几乎把暗面和亮面分成了两个相等的半球。她皱起眉头，又翻看了其他照片，其他的照片上也都能从不同的角度上看到这条把“雅努斯”一分为二的白线，基本可以排除是镜头故障。

“这是什么？”易欣指着照片上的白线问道。

柯林斯耸耸肩，“太空时代刚刚开始的时候，有一个传说，中国的万里长城是太空中的宇航员能用肉眼看到的唯一人工建筑，后来人们才发现这是一个谣传。但这个传说是人类对自身文明自豪感的映射，也无可厚非。”

“你是说，这个东西是人工制造的？”易欣放下了刚到嘴边的咖啡杯。

“不排除这个可能，尽管这个可能性非常小，”柯林斯说，“自然界也能形成这种精确的结构，就像北爱尔兰巨人阶梯和昌普岛的众神足球并不能证明巨人和众神存在过，但是——”柯林斯从照片中挑出一张更清晰的照片指给船长看，他用粗壮的手指指着说，“瞧瞧这个，如果这是一道防御异鬼的城墙的话，我敢肯定没有什么东西能攻破它，它的高度有2000米，是绝境长城的十倍。”

“如果是地质活动形成的山脉的话，它又过于规整了，”易欣评论道，她凝视着她的科学官和她的探星搭档，“拜托，柯林斯，别卖关子了，你知道在这种地方不可能有‘人’建造这么高大的城墙。我才从那个棺材里爬出来没多久，说实在的，我现在都不知道我的脑细胞有多少已经阵亡了，你就让我剩下的脑细胞多幸存几个吧，快告诉我，那到底是什么东西？”

“‘雅努斯’是我们探索的第一颗被潮汐锁定的行星，你瞧这儿——”科学官终于收起来戏谑的笑容，他又翻出一张照片，指着那个明亮的气旋，“由于‘雅努斯’距离恒星非常近——事实上比水星距离太阳还近——所以它的亮面接收到的热量非常多，根据喷气推进实验室的计算机模拟，亮面被恒星直射的地方会有一个类似于木星上的大红斑的气旋。现在，我们亲眼看到了这个气旋，至少说明我们的计算机模型是部分正确的。这个气旋是‘雅努斯’大气循环的一个重要节点，它吸取了地面的热量，热空气上升，形成一股朝上的极速气流。也就是说，亮面的地面上刮着永远朝向气旋中心的狂风，越接近气旋，风力越大。当来自整个亮面被蒸发的海洋蒸汽被卷到高空，水汽遇冷凝结，所以这个气旋下面永远下着不停息的大雨。”

“很壮观。”易欣喃喃地说，她翻看着那张近距离拍摄的气旋照片。气旋位于一片大陆上方，这片大陆的形状有些类似美洲大陆，整体呈现一个长条状，远端一直延伸至环赤道区域，其余的部分是深红色的海洋。易欣想象着高温的雨水铺天盖地永无休止地从厚重的云层倾泻下来，在大陆上汇集成奔涌的如蛛网般密布的沸水河流，注入大海。一切都隐藏在氤氲的蒸汽中，那一定是一个地狱般的世界，很难想象有什么样的生命能在这种环境生存下来。

“在暗面还有一个冷气旋，这也和计算机模型的计算是一致的，”柯林斯继续说，他拥有一双蓝灰色的眼珠和坚硬的金发，下巴很光滑，声音很有磁性，“在亮面被加热的热空气被雅努斯之眼——希望你不介意这个称呼——推上高空，然后在高空气流的推动下，热气向暗面扩散，在高空中又形成了与地面上方向相反的气流。但是，由于大陆上的山脉阻挡，只有少数气流能够到达晨昏线。奇怪的是，长城上有对应的通道，这些气流可以畅通无阻地进入暗面，并且汇集在暗面的中央形成一个反向冷气旋。这就是‘雅努斯’的大气循环简化模型，当然，实际上它的大气循环比我说的要复杂得多。由于热空气能够抵达暗面，所以这颗行星的温差并没有我们预估的那么大。亮面的平均气温大概在零上四十摄氏度，暗面的平均气温大概在零下四十摄氏度。换句话说，暗面的冰层下面肯定有液态海洋。”

“你还没有解释那道白墙是什么。”易欣提醒柯林斯，同时，她翻看着其他照片，不管从哪个角度来看，‘雅努斯’都是一颗迷人的星球，它就像传说中的双面神雅努斯一样，有着两张截然不同的面孔。暗面是冰冷的灰白色调，很平整，广袤的冰原上散布着一些交错的笔直线条，有点像木卫二的表面；亮面则是厚重的云团遮蔽，偶尔在云层的缝隙中可以看见深红色的海洋和暗红色的大陆。大陆上遍布着山脉和峡谷以及平原和高地。这真是一颗迷人的星球，想想看吧，一颗被红矮星潮汐锁定的行星，它有液态水，有大气循环，在如此漫长的时间里，会演化出生命吗？

“这是我的推测，那道白色长城是冰与火交汇的战场，”柯林斯终于说，“来自亮面的气旋带来大量降雪，降雪落在暗夜冰原上变成新的冰层，冰层不断积累，就像流动的冰川一样向亮面推进，但是在晨昏线上，它们遭遇了来自雅努斯之眼的热风，于是在晨昏线上堆积起来，经过亿万年的相持，最终达成了火与冰的平衡——也就是那道冰雪长城。”

“很有意思，”易欣若有所思地点点头，柯林斯这个解释似乎勉强说得过去，但易欣总觉得，这道白线还是太过规整了一点，简直就像一个造物主细心用粉笔在这颗行星上仔细地按照两张脸孔画下的分界线，“但这不是我们来这里的目的，我想知道，这颗星球，有没有可能存在生命？”

“这个还不能确定，它的暗面是一片冰原，如果有生命，也只存在于冰层下面的海洋里。但是根据计算，冰层的厚度可能超过两千米，要在上面钻个眼儿，可不是一个小工程……”

“技术上来说不是问题，我们能做到，”易欣打断他，“我们既然能飞跃一百五十光年的距离来到这里，我们也能钻一个两千米深的洞。”

“当然，”柯林斯耸耸肩，“那么现在，让我们看看雅努斯的另外一张面孔吧，”他拿过一张飞船掠过亮面气旋正上方拍摄的照片，照片正中的巨大气旋真的像一只眼睛盯着他们，这张照片只能来源于飞船发射的环绕极点的卫星，“气旋附近肯定是不适合生命存在的，至少高等生命不行，没人能忍受永恒的沸水大雨和十四级的热风……一般来说，一个潮汐锁定的行星最适合居住的地方是晨昏线附近。但是由于城墙的存在，充满了水蒸气的热气被城墙阻挡，所以在大部分区域都经常下着冻雨和大雪，这些地方显然是不适合登陆的。幸运的是，我已经找到了一些适合登陆的地点，看这里……”他又挑出一张晨昏线的照片，照片上的白色长城清晰可见，“亮面只有一片比较完整的大陆，这个大陆延伸到了晨昏线附近，巧合的是，这里正好有一个对流通道，热气从高空流向暗面，冷气贴着地面从暗面流向亮面，当然，长城上可不止这么一个缺口，但其他通道大部分都位于海洋里，位于陆地上的通道目前只发现这一个。”

“这些通道似乎不难解释，”易欣说，“是对流导致了通道的存在，而不是通道的存在导致了对流，通道是结果，而非原因。”

“没错，晨昏线周围的气候比较温和，尤其是通道附近，大部分气流都通过通道流走了，通道附近反而没有什么大风，阳光也合适，有液态水的存在，如果这颗行星有文明的话，它们一定会选择这些地方建造它们的城市。但是这些地方大部分时间都被云层笼罩，还需要进一步观测。”

“大气成分？”

“氮气为主，有 15% 的氧气，2% 的水汽，0.04% 的二氧化碳和其他惰性气体，”柯林斯徐徐道来，看着易欣逐渐瞪圆的眼睛，柯林斯笑了，“你没听错，船长大人，我们中奖了，这颗行星的大气成分和地球很相似，只是氧气含量稍微低了点，水汽又多了那么一点……换句话说，这很可能是一颗有生命的星球。”

“非常好，”易欣掩饰着心中的惊喜，“不过，这听起来有些不太像真的，会有这么巧合的事情？很难想象一颗环绕在红矮星周围的被潮汐锁定的行星上会有这样的大气成分。”

“雅努斯很可能孕育了和地球同样的以一氧化二氢为生命溶剂的碳基生命，”柯林斯指指窗外，此时，餐厅的窗户正好旋转到面对着‘雅努斯’，从这个角度望去，晨昏线上的城墙在暗红色的阳光下呈现出一种奇异的暗金色，将‘雅努斯’分为泾渭分明的两个半球，一个火热狂暴，一个冰冷安宁，“这是一颗非常非常有趣的星球。”

易欣把视线从窗外收回来，说道："柯林斯，再发射两颗环赤道的同步卫星吧，我要一个能覆盖全球的卫星通信网。稍后我们再详细讨论一下探测计划。"

船长的命令让科学官兼操作工柯林斯心旷神怡，他迈着轻快的步伐走开了，看背影就像一个刚在万圣节揣着满怀的糖果的小姑娘。机器人侍者给易欣重新添满了咖啡，她安静地啜饮着浓郁的黑咖啡，感觉头脑越发清醒。接下来的时间里，易欣仔细翻看着桌子上的数百张照片，心里总有一种奇异的感觉。

虽然说要和柯林斯讨论探测计划，但他们的选择其实并不多。按照UNSA（联合国空间总署）对探星者的严格规定，如无必要，决不允许探星者亲自登陆行星。这个规定是在出现了不少失踪的探星者之后才制定出台的，探星计划开展数百年以来，前仆后继的探星者用生命证明了系外行星的危险性绝不是在地球上的计算机模拟就能完全掌控的。

半个小时后，易欣心中已经有了决定，她把照片推开，拿起咖啡杯一饮而尽。

出生

暗夜冰原，冷气旋附近。

旋转，无休止地旋转。

紧接着是猛烈的撞击，周围是激荡的液体，不可言喻的疼痛和晕眩，但马上一切就停止了。它摆摆尾巴，四处探索，感觉到自己正处于一个密闭空间里，安全温暖，周围是弧形光滑的表面，就像……一只……卵？对，没错，就是这个词语，这个词语突兀地闯进了它简单的大脑，它在一只卵里。

此时，卵已经从撞击中停下来了，周围的寒意慢慢侵入卵壳，但是对它来说，这是一种极度舒适的感觉，清凉舒爽，驱走它身上的燥热。

此时，它第一次有了方向感，它向每个方向探索，但总会碰到光滑圆弧的墙壁。卵壳里充满了液体，在它最初的记忆里，这些液体在不停地旋转，疯狂地冲击着它，它就像一片风中的树叶在不停地摇摆。

如果有一个人拿着透视仪观察这只卵的话，他会惊奇地发现在火红色的液体里有一条小小的鱼正在舒适地游弋。这条小鱼正徒劳地撞击着卵壳，但卵壳很坚硬，小鱼很快就放弃了撞击，张开嘴大口大口地开始吞咽卵壳里的液体。

小鱼没有意识到，它小小的世界并没有完全停止，而是正在缓慢地下沉。它吞咽了一会儿液体，一股疲倦感袭来，于是它又转了一圈就不动了，细长的身体静静地悬浮在液体中，陷入了深沉的睡眠。

不知道过了多久，一阵轻微的震动透过液体传导到小鱼的身上惊醒了它。它甩甩尾巴，察觉到卵正在翻滚下沉，液体又开始激荡起来，但比起之前要温柔许多。它感觉自己又变得灵活了一些，但是和刚才不一样的是，它感受到了某种东西，有光线刺进它黑暗的世界。色彩，火红的色彩，它的头上长出了两个微小的感光细胞聚集点，原始的眼睛出现了。

但它只能看到一片昏红色，混沌朦胧的暗红。这个色彩让它有了一种熟悉的安宁感。它默默地感受着这片红色，某些潜伏的记忆正在缓缓地复苏。

又是一下颠簸，卵壳终于再次安静下来，卵壳仿佛触碰到了某个巨大造物的底部，轻微地震动了几下，然后开始轻轻摇摆。小鱼感受着液体微微的晃动，感到有些不安。在它看不见的地方，一座海底热泉正喷涌着黑色的烟柱。烟柱一直延伸到几十米的高处，然后缓缓飘落回海底，一些黑色的物质渐渐地覆盖了红色的卵壳。

奇妙的化学反应发生了，在黑色物质的侵蚀下，卵壳逐渐变得透明起来，同时，当小鱼再次撞击到卵壳内壁时，它敏锐地察觉到卵壳内壁已经不像刚才那么坚硬了。热，再次热了起来，强烈的灼烧感，小鱼猛烈地撞击着内壁，它第一次张开嘴巴，撕咬着已经变得柔软的卵壳。但是，自然规律早已决定了小鱼的命运，它一直没有撕开内壁，尽管内壁已经变得非常柔软。直到蛋壳内红色液体褪去了颜色，变成了无色液体之后，小鱼才最终撕开已经不堪一击的卵壳，迫不及待地钻了出去。

一阵清凉的感觉马上包裹住了它，它出生了。

它置身于一片黑暗的海水中，但马上，它的感光细胞就接收到了某些奇异的色彩。首先进入它简陋的眼睛的是一些其他的红色光点，那些光点散落在黑暗的海底，不时地有更小但更亮的光点从红色的大光点中分离出来，而大光点则随着小光点的离去而渐渐熄灭。但这并不是全部，它看到一个朦胧的巨大的巨柱也发出暗红色的微光，虽然微弱，但已经足以被它简陋的眼睛察觉到。它围绕着巨柱转了几圈，这时，有一些小光点朝它移动过来，它意识到这些是它的同类，它们很快就聚集在一起，形成一个小小的红色鱼群。

小小的鱼群围绕着黑色烟柱转了几圈，仿佛在向这个巨物告别。片刻之后，发出明亮的红光的鱼群就向远方的黑暗游去。在这个小小的群落周围，有更多的鱼群正在集结。

在这个黑暗世界的天空上，有更多的卵正在缓缓飘落。

鹰与蛇

“雅努斯”同步轨道，“红色精灵”号。

“我将在暗面释放鹰，”柯林斯给易欣解释着他的探测计划，他在一张从“雅努斯”暗面极点上空拍摄的照片上指点着，易欣一直努力用肉眼寻找着冷气旋，但却什么都没有看到，只有在红外线照片上才能看到冷气旋的存在，虽然叫作冷气旋，但冷气旋的温度却没有预想的那么低，事实上，冷气旋的中央很可能是整个暗面温度最高的地方，这也让易欣和柯林斯感到有些疑惑，按照他们现在掌握的大气环流模型来看，从亮面往暗面输送的热量远远达不到能让暗面的极点出现冷气旋的程度，但红外线照片也不会撒谎，“鹰抓着蛇在暗面极点不远处软着陆，避开冷气旋，然后释放出蛇，蛇会钻透冰层。如果冰层下面有一个海洋，蛇和小家伙们会替我们完成接下来的工作。”

鹰是探星船的标准配置，它是一个全自动登陆仓。当鹰飞掠过冰原时，会释放出一个串联核动力单元组成的机器蛇。机器蛇会从天而降，利用重力撞击进入冰层。机器蛇的头部就是一个钻头，它会利用热量和灵活的身体融化并钻进冰层深入，直到钻透冰层。理论上，强劲的核动力马达可以让它们钻透五千米的冰层。当钻透冰层之后，机器蛇会分解成十三个独立的机器，每一段都会变成一个自带核动力的机器章鱼。这些小家伙抗高压，抗低温，防水防尘，具有多频段视野，能探测到从微波到伽马射线之间的所有频段。更重要的是，这些小家伙还是顶尖的猎食者，如果它们发现了有必要捕捉的猎物，还会在飞船发布的指令下进行捕捉。而且，它们拥有一定的自主性，机器章鱼们拥有一个分布式的中心大脑模型，会自动进行测算是否需要集群猎杀。易欣一直觉得，这些小家伙的设计者一定是从老电影《黑客帝国》中的机器章鱼得到的设计灵感。事实证明，这个设计非常成功，在探索欧罗巴的时候，这些小家伙第一次崭露头角就表现出色。

“就这么办吧，”易欣点点头，说道，“我建议在极点附近和赤道附近各释放一条蛇。”

“我有预感，在这颗行星上，我们一定会有所发现，”柯林斯说，“它的寿命可能比整个太阳系还要长一倍，如此漫长的时间里，谁知道会发生什么。如果冰层下面真的存在一个液体海洋——这简直是一定的，你肯定注意到了，‘雅努斯’的暗面像不像欧罗巴？”

“没错，”易欣说，“但这并不能说明什么，水是宇宙空间中里最常见的物质之一。水星和月球上都发现了水，但在欧罗巴的冰海里，我们可什么都没有发现。”

“但欧罗巴没有如此复杂的环境和大气环流，而且没有表面的液态水，”柯林斯显然对“雅努斯”抱有很大希望，“但‘雅努斯’有，而且‘雅努斯’距离它的母星如此之近，和欧罗巴一样，也受到了引力潮汐的影响，内核遭受来自母星的来回挤压，如果我没有猜错，冰海下面一定存在海底火山。”

“让我提醒你一下，柯林斯先生，”易欣抬起头看着柯林斯，“我们的目的不仅仅是寻找外星生命，我们还在为人类寻找能够移居的新家园，恕我直言，这颗行星的环境实在称不上友好。”

“如果我们摧毁长城，晨昏线附近能居住的地方会大大增加。”柯林斯的脸上是一副受到伤害的表情，“而且，你不觉得，即使这种行星达不成人类的移民条件，它本身不也是值得探索的吗？想想看，一颗被潮汐锁定拥有长达可能一百亿年历史的星球，表面拥有液态水和复杂的大气循环结构，简直太令人着迷了。”

“好吧”易欣说，“再释放一个浮空探测器，我们要知道冷气旋的内部结构，我想知道冷气旋为什么到了暗面的极点还没有完全冷却。另外，加强对亮面的观测，尤其是靠近晨昏线通道的宜居带。”

顿了顿，易欣的语气缓和下来，她补充道，“柯林斯，祝你用餐愉快。”

三个小时后，当红色精灵运行到暗面上空时，鹰从飞船的主体上脱落，沿着一条平滑的抛物线轨道向“雅努斯”冰冷的脸庞飞去。柯林斯全神贯注地坐在模拟仓里操控着鹰逐渐下降，他戴着一副 VR 眼镜和紧身体感服，体感服上分布着的数千个传感器与鹰号的主计算机相连接，主计算机会将位于鹰上的姿态控制仪，传感器等仪器的信号编译成能被体感服识别的信号传送到体感服上，让柯林斯化身雄鹰。

此时，雄鹰正翱翔在永夜冰原的上空，从柯林斯的视角望去，一望无际的冰原在他身下向四面八方伸展，一直延伸到天边。这里并不是完全的黑暗，漫天的群星之光在无垠的冰原上漫反射，形成一种朦胧的光感，如幻似梦。

柯林斯知道，他眼前之所见是宇宙中最不可思议的景象之一，这片冰原可能比太阳系本身都要古老。冰原很平滑，有一些红褐色的线条纵横交错。柯林斯调高了感光度，瞬间，眼前的一切都明亮起来。他再次调整视野，进入到望远镜模式，VR 眼镜上的图像成倍地放大，让柯林斯看清楚了地面上的细节。他看见那些褐色的线条其实是一道道冰裂缝，冰原也没有远处看起来那么平滑，而是略有起伏，一连串小丘陵从他视野里一晃而过，柯林斯甚至看到一道小小的悬崖。他在心里估算了一下，悬崖的落差不会超过一百米。如果不是知道自己身处距离地球一百五十光年以外特拉比斯特 -1 号星系，柯林斯真会误以为自己正在木卫二的上空。

正前方，一个白色巨柱渐渐在黑暗的背景下显出身形，那个白色巨柱仿佛是一个支撑天地间的柱子，孤独地矗立在暗夜的最中心。巨柱的上端是一个旋涡状云层，来自四面八方的热气流在此汇聚冷却，结成冰冷的雪花沸沸扬扬从天而降。但这是永不止息的大雪，大雪降落在极点，层层叠叠重压之下变成坚硬的冰层，在重力的作用下以每年几厘米的速度向四周移动，最终汇聚在晨昏线，变成巨大的寒冰城墙。这一切都让柯林斯感到着迷，鹰快接近目的地了，柯林斯将感光模式调整为红外线，顿时天地变色，眼前的灰白色巨柱变成了一个熊熊燃烧的火炬，火炬上方可以清晰看见无数条红色气流源源不断地注入火炬。

这不可能，柯林斯不禁迷惑地摇摇头，他从震惊中回过神来，不管怎么测算，这个气旋的温度都不可能达到这种程度。按照现在搜集的数据建立的大气模型来看，暗面的气温应该远远低于现在这个数值，也就是说，从亮面输送的大气含有的热量不足以造成现在的结果，有额外的热量输送。人类已经能飞越数百光年的距离，但很多时候，依然在大自然面前败下阵来。柯林斯想起一种说法，要不是恒星真的存在，人类的科学理论可以很轻易地用无数种方法证明恒星是不可能存在的。

如果不是亲眼所见，柯林斯也有一百种理论来解释这个冷气旋根本不可能存在。

突然，柯林斯注意到有一些明显比周围的温度还要高的红色亮点在气旋中隐约闪烁着，就像风中的萤火虫。这个比喻并不贴切，他仔细分辨了一会儿才发现，这些红色亮点是随着高空气流飞来的，它们抵达了气旋之后，就随着雪花从天而降，散落在极点冰原上。

但柯林斯已经不能再靠近了，此次的任务并不是探测气旋。预定的第一个投放目的地已经快到了，他操控着鹰飞过了一个细长的冰裂缝和一片低矮的冰丘陵，来到了一个凹陷的盆地上空。这个盆地很可能是一颗小天体的撞击坑，直径大约 1 公里，这里是两人讨论之后定下来的最佳投放点。

鹰在撞击坑上方盘旋着，时间到了，柯林斯松开了手中的蛇。鹰的腹部打开了一个洞口，一个黑色的柱状物体从中滑落出来，就像一个坚不可摧的钨棒，在重力的作用下沿着精确的轨道向下方冰原刺去。

五十秒钟后，坚硬的蛇刺穿了冰层，并且深入到十三米的距离才停了下来。随着一阵微微的轻响，分布在各节肢体中的核动力引擎启动了，同时，蛇身变得柔软，蛇头缓缓地变成了钻头的形状，钻头的顶端是人类能够制造出的最坚硬的简并态物质，比金刚石要坚硬一万倍，足以钻透挡路的所有岩石。

“出发吧，我的小宝贝儿们。”柯林斯轻声说。

蛇头瞬间发出高热，钻头开始以每秒数万转的速度飞速旋转，前面的寒冰瞬间气化，顺着蛇身上的导流槽飞速地传导到蛇尾后方，又重新凝结成寒冰，蛇开始高速向下前进。

十分钟后，柯林斯在晨昏线附近释放了第二条蛇。

“现在，”柯林斯摘下头盔，对易欣说，“让我们赶紧释放浮空探测器吧，看起来那里有一些不太寻常的东西。”

波波夫

亮面，晨昏线附近。

最近一次醒来的时候，波波夫发现自己的第三腕足上出现了一个暗红色的圆斑。它仔细检查了其他几条腕足，果不其然，它在第六腕足上也发现了同样的圆斑。

波波夫的心里反而安定下来，它知道，太阳神已经发出了召唤，朝圣的时间快到了。

波波夫从圆形的巢穴里爬了出来，爬向不远处的奔流河。奔流河的河岸上生长着巨大的伞树，这些伞树会缓缓地移动树根，寻找更稳定的地基。它们巨大的伞叶永远张开着，红色的伞叶连接成一片红色的海洋。

波波夫穿过伞树，它的八条腕足灵活地摆动着在树根间蠕动爬行，一双眼睛目视前方，头顶上的天眼扫视着天空，天眼看到的并不是厚重的永不消散的云层，而是一片朦胧的红光。它没有感到刺痛，这是一个适合出行的时刻，当然，大部分时间都是适合出行的。如果不适合出行，它看到的就不会是一片温和的红色，而是让天眼感到刺痛的蓝色，而且伞树也会早早地闭合它们脆弱的枝叶。

波波夫爬出丛林，来到奔流河边，它舒展身躯，轻轻地爬进水中。清凉的感觉包裹住了它，它摆动腕足，把自己推向更深的地方。波波夫舒展开八条腕足，在水中肆意地游动着。水流温柔地冲刷着它的身体，让它有一些奇异的安全感。波波夫游了一会儿，感到有些累了，它放松身体，八只触手伸展开来，悬浮在水中，任凭水流把它带向下游。某些古老的记忆在它脑海里浮现，它喜欢这种被清凉的液体包裹的感觉。波波夫有些饿了，它收起腕足潜入水底，抓住一些很像它的腕足的蠕虫，这些蠕虫生活在河底的泥浆里，虽然有点难捕捉，但是味道十分鲜美。波波夫吃了几条蠕虫，又抓住几条细长的鱼胡乱塞进嘴里。

当波波夫爬上岸时，它看到卡卡乌正在伞树下等他。波波夫缓缓地爬上岸，朝卡卡乌爬去。它们很快就碰到了一起，卡卡乌敏锐地察觉到了波波夫的异常，它一定是嗅到了性素的气味。它欣喜地迎了上来，波波夫的三颗心脏都猛烈地跳动着，它眼里的卡卡乌也和平时不同了，它的每一条腕足和修长的身体都让波波夫的眼睛挪不开。它知道，这是性素正在影响它。

没有交谈，十六条腕足很快就交错缠绕在了一起，它们在伞树下尽情地缠绵着。

最后，卡卡乌在它体内产了一只卵。

波波夫蠕动着腕足，离开了卡卡乌。它缓缓地爬到一棵伞树的根部，开始啃食伞树的树根。它感到非常疲倦，于是爬回了巢穴，在黑暗中沉沉睡去。在睡梦中，波波夫梦见自己时而变成一只小鱼在黑暗的冰水中游荡，躲避着危险的掠食者；时而变成一只荆棘怪追逐着红色的鱼群，鱼群在它的眼里就像一团会发光的红雾；时而又变成一块炎热的岩石沉入冰冷的深渊。

在接下来的时间里，交配者们纷至沓来，它们每一个都在波波夫的体内产下了一只卵。当波波夫的第三到第六条腕足上都出现了明亮的圆斑时，它知道，启程的时间到了。

登陆

暗夜冰海。

小鱼喜欢被同类们包围的感觉。

数千条小鱼组成的鱼群沿着一条海底山脉向前方游去。它们没有感到寒冷，每个同类的身上都不停地散发着热量。它们感到饥饿的时候，就会下降到海底，寻找散落的碎屑。这些碎屑很好找，就像散落在海底的红宝石般在黑暗中熠熠发光。小鱼的感光器比刚出生时发育得更完善了，它们已经足以看清楚躲藏在缝隙中的黏虫和海草。这些软鼓鼓的黏虫在海底慢慢地爬行，寻找着碎屑，在感光器下显示出一条缓慢出现又消失的尾迹。鱼群不断地经过它们上方，给黏虫和海草带来源源不断的热量和光明，让它们这个微小的生态系统得以持续。

有一些小鱼掉队了，它们没有赶上鱼群的速度，慢慢地落在了后面。小鱼不知道它们的命运即将如何，在某次回头的一瞥中，它似乎看到一只小鱼缓缓地落到了海底，蠕动着消失在了一道缝隙里。

海水越来越温暖，但小鱼却感到越来越寒冷，它的运气不错，一路上吃到了不少碎屑和黏虫。每一次进食之后，小鱼都感到自己的身体在发生变化，它的身体越来越大，八只鳍也从粗短变得修长，感光器上逐渐出现了一层硬化黏膜，类似于凸透镜的效果让它能看到更远的方向。

最初的鱼群中，个体已经越来越少，小鱼并不是最大的一个。鱼群在前进的路程中，运气好的能吃到更多食物，然后个体变得更大，然后就有概率抢到更多的食物。渐渐地，鱼群发生了分化，抢到食物更多的小鱼们变成了领先者，形成了一个新的集群。它们游动在鱼群的最前方，又能够抢到更多的食物。而瘦小的小鱼们则渐渐落后了，它们抢不到食物，只能吞吃大鱼们嘴边飘落的残渣。最后面的小鱼们则慢慢消失了，没人知道它们的命运如何。小鱼还不知道，在一百五十光年以外的一颗星球上的某种生命体早就发现了这种现象，他们将这种现象称为“马太效应”。

随着时间的推移，最初的一团光雾似的鱼群渐渐拉长成了一串项链。

小鱼很幸运地挤进了第一梯队，不知道为什么，它已经不敢和同类们靠得太近，一种冥冥中的记忆告诉它要这么做。其他的小鱼肯定也是这么想的，它们谨慎地形成一个松散的鱼群继续向前游去。不久之后，它们越过了一道深深的峡谷，来到了一片荒原之上。荒原上再也看不到星星点点的碎屑，黏虫和海草也不会在这种毫无遮蔽的空间里生长。进入荒原后不久，鱼群不约而同地感到了饥饿，它们焦躁地前行，感光器乱转着，在荒原上四处寻找着食物。

一只小鱼突然脱离了第一梯队向后方游去，它的行为仿佛起到了示范作用，第一梯队的小鱼们纷纷掉头，闯进了第二梯队。它们惊喜地发现原来到处都是食物，第二梯队的生物们多么奇特啊，它们笨拙地舞动着短小的鳍，几乎就是靠着第一梯队掀起的水流前进。它们虽然小了点，但毕竟也是好捕捉的食物。小鱼张开嘴巴，很轻松地就吞吃掉了这些曾经的同类，其他的小鱼们也纷纷这么做了，在这个过程中，它们并没有感到任何心理上的不适，毕竟，它们的大脑还只是一团简单链接在一起的神经细胞。而第二梯队的小生物们也纷纷开始吞吃第三梯队的成员，第三梯队的成员似乎也受到了启发，对第四梯队的小东西们也没有嘴下留情。

原来到处都是食物。

鱼群们用餐完毕，开始继续前进，鱼群项链明显短了很多。

这是一片广袤的荒原，没有深海热泉，没有峡谷，没有山脉，只有平缓的起伏和偶尔的几个小丘陵。到处都是灰白色的细沙，但不完全是黑暗，鱼群本身的光芒已经足够让这些小小的旅行者看清楚海底和周围的一切。即使身处第一梯队，获得食物的机会也不是均等的，随着时间的推移，第一梯队的鱼群也开始产生了分化。身形最矫健和脑神经最发达的小鱼获取食物的概率比其他同类稍微高了那么一点点，但这点概率累积起来，慢慢地让这些小鱼长得更大，牙齿也长得更尖。终于，在游出荒原之前，最大的小鱼突然朝身边曾经的同类张开了嘴。

一片混乱之后，项链再次拉长了，第一梯队分裂成了更多的梯队。但最末尾的梯队慢慢地消失在了黑暗中。有的小鱼葬身同类之口，有的小鱼似乎游不动了，或者是死去了，它们缓缓下沉，直到消失在黑暗的深渊中。

小鱼很幸运，它依然在新的第一梯队里。此时，它的眼睛已经成型了，视神经纤维已经组成了视神经束，它第一次看清楚了周围的同类。

它“惊奇”地发现，它身边的“同类”们并不完全是一样的，有些长出了坚硬的带刺甲壳，但脑袋也缩进了甲壳里，一对触手上长着两只小小的眼球；有些长出了更多的触手，有利于快速地划水；还有些长出了更多细小的脚，整个身体变得扁平，以波浪形的状态在水中快速穿行；还有的就没那么友好了，有一只最大的个体长出了一张巨大的嘴巴，嘴巴张开以后，几乎占了整个身体的一半，可以清楚地看到它嘴里的螺旋状尖牙。小鱼不禁本能地离它远了一些，事实上这个举动是明智的，这个家伙已经演变成了一只掠食巨兽，它很快就开始吞食周围的个体，甚至连比自己体型只小了一点的也不放过。但它没有得意多久，不久之后，从海底的沙子中冲出了一只更大的巨兽一口就将掠食者吞食。

小鱼“意识”到，离开的时间到了，它舞动着有力的鱼鳍，甩甩尾巴，离开了鱼群。如果它能从一扇镜子里看到自己，它就会发现自己的脑袋是所有个体中最大的一个。

它躲避着无处不在的掠食者，无数次化险为夷。一次一次险象环生，使它的大脑愈加成熟。它有时候钻进沙底休息，有时候会钻进岩石缝隙搜索食物，但更多的时候，它向着冥冥中指定的方向继续前行。

不知道过了多久，它察觉到上方亮了起来，这个信号迅速传导到了它的大脑，并且指导着它划动肢体向上方游去。光线越来越强烈，直到它碰到了一层淡红色的晶状体。但它的身体是火热的，淡红色的晶体很快就融化了，上方出现一个小洞，它用肢体在洞壁上攀爬着，身体散发出的热量不断地融化着冰层，不知道过了多久，阻力消失了，它爬上了冰面。它第一次脱离了水，湿漉漉的皮肤很快就在干冷的空气中变得干燥。它第一次张大了嘴巴启动了体内一直没有使用的肺开始呼吸，也第一次用新生的肢体在冰面上开始爬行。天边是一道千米高的白线，有火红色的光芒从悬崖上方透射到这片冰原上。它知道，那是它的归宿，那是这场漫长迁徙的终点。

它第二次出生了。

在这片已经接近晨昏线的冰原上，数百个相似的个体正挣扎着登陆。它们迈动孱弱的肢体，用新生的肺大口呼吸着寒冷的空气，义无反顾地向前继续爬去。

永恒的基因

“红色精灵”号。

释放了蛇之后不久，易欣和柯林斯从“红色精灵”号上直接释放一个浮空探测器。浮空探测器和鹰不太一样，它没有着陆装置，而是拥有一个巨大的气球，内部充满了氦气。柯林斯亲切地给浮空探测器起了个新名字——水母。

在发动机的推动下，水母很快就接近了柯林斯曾见过的白色巨柱。但水母安装着高清摄像机，调测到红外线波段后，水母清晰地看到了柯林斯曾经见过的红色萤火虫。水母小心翼翼地接近，红色亮点在狂风中飞舞，不时被甩出漩涡，洒向下方的冰原。发现这点后，柯林斯突然有了个新的想法，他操控着水母离开了气旋，撤离到危险距离之外。稳定了身体之后，氦气球下方的控制仓弹出两个长杆，展开了一张巨大的网。一个小时后，一个黑色的卵静静地躺在透明的密封舱里摆在了易欣和柯林斯面前。

“怎么这么热？”易欣感到有些汗流浃背，“空调坏了？”

柯林斯摇摇头，他指着那只卵，说道，“热源在这儿，它的温度高达 200 摄氏度，差点把我的网给烫坏了。”

易欣当然知道柯林斯在开玩笑，没有什么能烧坏碳纤维网，她擦了擦额头上的汗珠，惊叹道，“没想到，这真的是一颗有生命的星球，即使我们现在返航，也能拿到发现者紫金勋章了——这是一只卵？”

“一只从天而降的卵，”柯林斯皱着眉头，“可是我没有看见任何生物在气旋上方产卵。”

易欣看了看温度计，在他们谈话的时间里，温度计没有一丝变化。她把疑问暂时压在心底，“如果这些真的是卵，它们会跌到冰原上，这个热度足以融化冰层让它们进入海洋。”

“两千米厚的冰层？”柯林斯怀疑地看着易欣。

“这正是我要说的，”易欣指指温度计，“从抓到它的时候到现在，已经过了一个多小时了，如果我没有看错，它的温度没有下降过。”

柯林斯仔细地检查了一下数据记录，事实证明易欣的推断是准确的，“这个卵自带热源？！”他不可思议地惊叹道。

“这是一种我们不了解的生命形式，但也不是没有参考样本，”易欣说，“地球上的深海热泉附近就有能够忍受几百度高温的生命体。”

“我明白了，”柯林斯抚摩着光滑的下巴，若有所思地说，“这个卵肯定是从亮面来的，只有亮面才可能收集到这么大的热量。”

“某种生物跟随气流来到暗面冷气旋上空产卵，炙热的卵跌落在冰原上，靠自己的热力融化冰层，进入大海，然后在海底进行孵化，幼体再继续向亮面迁徙……”易欣说到这里停了下来，她看着柯林斯，“像不像大马哈鱼？”

“你的想象力非常惊人，易欣，”柯林斯说，“但有个问题，母体在哪里？我们没有侦测到任何母体，包括气旋上方的大气层里也没有发现任何母体，这些卵似乎是凭空出现的……”

“但至少可以解释为什么暗面的温度比我们预测的要高，很可能就是这些卵从亮面带来了新的热量。”易欣坚持道。

“那么这场迁徙的规模一定非常大，”柯林斯似乎不太同意易欣的看法，“我还是认为造成这种温度差异的原因是深海热泉。‘雅努斯’距离母星太近了，潮汐力足以搅动它的内核，转化成这颗行星内部的热能。”

“这么说，你认为这些卵是从哪里来的？”

“我不知道，”柯林斯摇摇头，“在没有看到明确的证据面前，我们还是不要轻易下结论。”

“你的宝贝儿们怎么样了？”易欣转而问道。

“冰层比我想象的要厚，”柯林斯耸耸肩，“不过两条蛇都状态良好，冰层很纯净，陨石都没有碰到一颗，倒省了不少力气。”

他们决定对卵进行人工降温处理，易欣认为不管卵里是什么，它一定有一个高效的生物储能机制，而这种机制是地球上从未见过的。不管这次的探索结果如何，能获得这个卵，已经是很大的收获了。

他们没有等待多久，第一条蛇就钻透了冰层。柯林斯立即连上了信号传输，蛇钻透冰层后，立即就沉入了冰冷的海水之中。在柯林斯的指令下，蛇自动分解成十三只小章鱼开始分头探索。十三个摄像头传回来的画面很快就显示在一块分屏大屏幕上。

易欣和柯林斯出神地望着大屏幕，看着十三个小屏幕的实时传输画面显示着小章鱼们置身于幽暗的海底。

“看那里，”柯林斯突然指着其中一个屏幕喊道，“是卵！”

易欣闻声望去，只见一只小章鱼的视野里出现了好几颗红色的亮点，这些亮点发出幽幽的红光，正在缓缓地飘落。

“果然是这样，”易欣喃喃地说，“它们要在海底孵化。”

又有一个屏幕上发现了亮点，紧接着，亮点出现在了更多的屏幕上。

“看起来，这场迁徙的规模可不算小，”易欣说，“如果每一只卵都能保存大量的热量，这种热量来源显然是不能忽视的。”

“没错，但你看那里，”柯林斯指着左下角的一个屏幕说道，“看见了吗？”

易欣当然看到了，那里矗立着一个高度可能在百米以上的黑色烟囱，“那是深海热泉……”

“我们都对了，或者说我们都错了，”柯林斯说，“现在，让我们看看海底都有什么吧。”

章鱼们四处搜寻着，它们潜到海底，在海底发现了已经孵化的卵壳，还有不少完整的卵正在微微颤动。

突然在一个屏幕上出现了一团红色的云雾，那是一只小章鱼的视野，红雾出现在它的远方。章鱼立即追上去，尾部的触手紧绷着，尾部飞速旋转，形成一个高速的螺旋桨。章鱼很快就追上了那团红色云雾，随着距离的拉近，红色云雾逐渐分解成了一个个微小的亮点。

“是鱼群，”易欣的眼睛有些发潮，“卵里孵化出的鱼群。”

“它们正在往光明游动，它们来的地方，就像大马哈鱼。”柯林斯补充道，“易欣，你是对的。”

“还有其他的东西，”易欣说，“这里一定有其他的生物，不然无法构成一个完整的生态系统，不然这些小鱼吃什么。”

“目前为止还没有发现任何植物和浮游生物，”柯林斯扫视着其他的屏幕，“就连深海热泉周围也没有发现其他种类的生物，”柯林斯说，“不过，易欣，你想想，如果这些卵真的是从亮面随着气流飞来的，如果它们真的有高效的生物储能装置，它们根本不需要进食，至少……它们不需要额外补充能量，它们本身就是热源。”

“你是说，这个生态系统很可能是熵减的？”易欣倒吸了一口冷气，但她马上就想到了什么，“即便如此，它们也需要食物来维持自己的身体成长，难道它们一直不生长吗？”

“很简单，我让每条章鱼都跟上一个鱼群，看看它们究竟吃什么，要去哪里。”柯林斯说道。

“不，”易欣想了想，否决了柯林斯的提议，“按照这些鱼群的速度，要游到晨昏线可能需要一年的时间，甚至更久，我们等不了那么久。让章鱼们分散开，从所有的方向去追踪鱼群，但是发现鱼群之后进行观察记录之后，要加速越过鱼群继续向前寻找更前面的鱼群，再次进行观察记录，以此类推，直到发现鱼群的目的地。按照章鱼的游泳速度，用不了一个星期，我们就能获得所有需要的信息。”

柯林斯不禁朝易欣竖起了大拇指，就在新的指令发出之后，第二条蛇也钻透了冰层。

第二条蛇的发现则让易欣和柯林斯大吃一惊，这里不再是单调的荒原，而是一个五彩缤纷的世界！在这片接近晨昏线附近的海底已经看不见鱼群了，取而代之的是各种各样奇形怪状的生命。有在海底爬行的甲壳类生物，有潜伏在岩石缝隙里有长长的带刺的舌头的掠食者，有和身体比例明显不相称的蝠鲼懒洋洋地游动，有弯曲游动快如闪电的海蛇，还有海底生长的一丛丛暗红色的海草，宽大的叶片随着海流缓缓摆动……几乎所有地球上能看到的海底物种都能找到对应的“雅努斯”版本。不仅如此，还有更多的奇形怪状的生物被陆续发现。

“天哪，原来它们都藏在这里，”易欣喃喃自语，“原来生命是如此地顽强……”

柯林斯立即下发了捕捉样本的指令，十三只小章鱼迅速将观测到的生物类型进行了大致分类，并且自动对样本目标进行了选择，选取了外观差别最大的十三个合适的样本进行了捕捉。

两个小时后，十三个奇形怪状的生物被送回了“红色精灵”号的密封实验室。每一个样本都被放在单独的透明密封箱里，箱子里盛满了从冰下海一并取来的海水。

易欣很快就用探针对十三个样本进行了基因取样分析，基因分析仪接手了下一步的工作。

“你注意到没有，”柯林斯站在层层叠叠的密封水箱面前，对易欣说，“体型越大的生物，体温越低，”他指着一只体型像地球海洋里顶级的掠食者鲨鱼一样的生物说道，“这条类鲨鱼的体温已经接近冰点。”

“这说不通，体积越大的生物，表面积比例越小，保存热量的能力应该越强才对，”易欣的眼睛一亮，“除非这个生态系统真的是熵减的。”

“而且，我注意到，所有的生物的拓扑结构都非常相似，”柯林斯敏锐地发现一点，他在密封舱上指着，说：“你瞧，这只类螃蟹有八条腿，这条类鲨鱼有四个明显的鳍，但是还有四个明显已经退化的鳍分布在身体两侧。其他的生物也差不多如此，都有八个肢体，这说明这些生物的亲缘关系可能比地球上的海洋生物更近。”

“等等基因分析结果吧，”易欣点点头，“我注意到那些最初的鱼群也都有八只鱼鳍，可是现在那些小鱼去哪里了？”

是的，尽管这个生态系统非常纷繁复杂，但没有一只章鱼发现第一条蛇跟踪的鱼群。

他们决定把这些疑问先抛到脑后，安心等待基因分析结果。结果很快就出来了，柯林斯和易欣都不太敢相信自己的眼睛。柯林斯的猜测是正确的——也许太正确了——这些生物的确有着亲缘关系，而且它们的亲缘关系又让人完全看不懂，所有的生物的基因图谱都完全一致。甚至就连海底生长的海草的基因也和类鲨鱼的基因没有任何不同。

“我的天哪，”易欣惊呼，“这不可能！它们都是一个物种吗？”

“从基因学上来说，是的，”柯林斯也是一副好像见了鬼的表情，“这些东西的区别在于它们的不同基因表达，有些生物的内含子在其他生物体内是外显子……”

“可是，地球上的生物虽然都来自于同一个单细胞祖先，但是物种分化之后，会因为变异产生特有的基因序列，”易欣的脑子飞快地转动着，“这些家伙显然都有同一个祖先，但它们从来都不变异？”

“这也说不通，”柯林斯反驳道，“难道这个星球上产生的第一个细胞一出现就准备好了所有未来需要的基因？那这个星球的上帝可够勤奋的。”

“我们需要更多的样本，”易欣说，“柯林斯，我们再抓十三个不同的生物体回来检查检查。”

“如你所愿，”柯林斯吹了个口哨，“虽然我觉得结果肯定是一样的。”

与此同时，第一条蛇的十三只小章鱼追随着的鱼群都有了新发现。

朝圣之旅

亮面，晨昏线附近，奔流河。

启程总是孤独的，没有一个同伴来送行。波波夫能感受到腹部的鼓胀，在它腹部深处，已经至少有了三十只卵。它甩动腕足，有些艰难地穿过熟悉的伞树林，从盘结缠绕的树根上爬过，爬进了奔流河。

清凉的河水让波波夫感到浑身舒适，它在水里浮浮沉沉，身体也似乎没那么沉重了。它的八只腕足纷纷张开，放松地悬浮在水里，腕足上的圆斑明亮清晰，从下方看，此时的波波夫就像一只巨大的水母。

奔流河从太阳的方向奔流而来，向长城的方向奔涌而去，从未止息。它翻动眼睑，望向不远处的长城，白色的巨墙悬崖将昏红色的天际线切割得参差不齐。那道巨墙是远古众神建造，为波波夫和它的族群阻挡了来自冥界的寒风。太阳神在奔流河的源头撒下生命的种子，奔流河裹挟着生命种子来到波波夫的家乡，在穿越巨墙之前汇聚成生命之湖，这个世界所有的生命都是从生命之湖起源的，包括波波夫自己。而奔流河穿过生命之湖之后，继续向前奔涌，直至消失在离巨墙下的冰原深处。据说奔流河同时也是一条流淌在冥界的地下河流。

长老们说过，当繁衍期到来时，被选中的个体要逆流而上，直抵太阳居住之所。只有在神圣的光辉沐浴下，才能产下孩子。太阳神将帮助孩子们顺着奔流河穿越整个世界，回到生命之湖。

它安静地悬浮在水中，眼睑微闭。它倾听着，倾听着微风吹过伞树林的簌簌声，河水流动的哗哗声，高空的风呼啸而过的声音……波波夫的意识慢慢地沉入黑暗，它关闭了自己的视觉和味觉，紧接着又关闭了触觉，它感到自己好像悬浮在一片黑暗的虚空中。风声和水声渐渐远去，变成了这个世界的背景音乐，另外一种声音渐渐在黑暗的幕布上浮现。

起初只一个微弱的亮点，但很快，更多的亮点就密密麻麻出现了，组成一幅抽象的图案，就像太阳神用画笔随意抒写的流云。渐渐地，更多的背景出现了，一个八爪正在艰难地跋涉，它的浑身都发出明亮的光芒。它爬进了一团熊熊燃烧的烈火，转瞬间，自己也变成了一团烈火，在旋转中飞入高空。

波波夫睁开眼睛，它听到了，也看到了，那是所有八爪的归宿，那是它的朝圣之旅的终点，它将蒙得太阳神的恩宠，伴随着烈火升入那永恒的天堂，回归太阳神的身边。

它还听到了那永恒的歌唱，悠远苍凉，那是巨墙生长的声音，远古众神的吟唱，是冥界寒风的呼啸，是炙热与严寒的对撞，是生者与死者永恒的纠缠，是寒冰与烈火之歌。

突然，一种奇怪的声音打断了它的思绪，它睁开眼睛，发现这种声音是真的存在的，来自于它头顶的声音。波波夫在天空寻觅着，它看到一个奇怪的黑点正在奔流河上空盘旋，发出嗡嗡的声音。波波夫有些好奇，它从未见过能在天上飞行的生物。当这个黑点降低高度时，波波夫看得更清楚了，那是一个奇异的旋转盘状物体。那个物体在奔流河上空盘旋，虽然没有眼睛，但波波夫总觉得它正在窥视着自己。

是太阳神的神使吗？波波夫凝视着那个奇怪的物体，只见那个物体似乎对波波夫失去了兴趣，转而向伞树林飞去，很快就消失在了伞树林的后方。

波波夫也马上丧失了兴趣，它的腕足轻轻摆动着，悄无声息地调整好了身姿，它的头部被水流轻轻地冲刷着，天眼恰好浮在水面之上，正对着前进的方向。波波夫摆动腕足，开始逆流而上，朝圣之旅开始了。

不知道过了多久，河水越来越热，隐隐有蒸汽弥漫。但是波波夫却没有感到任何不适，相反，它却感到越来越冷。当它还是幼体的时候，出于好奇心，它和其他几个小伙伴曾经试图偷着逆奔流河而上。那一次小小的探险以悲剧告终，当它们感到炎热时已经晚了，汹涌的热浪不仅来自水底，还来自每一个方向，从高空和远方吹来的汹涌热浪突然让它们窒息在水中。当波波夫醒来时，已经身处离巢穴不远的岸边，身上的累累伤痕提醒它那不是一场噩梦。

但是现在它已经远远超过了上次遇险的地方，汹涌的热浪掀起粉色的尘沙覆盖了整个大地和奔流河面，与河面上的蒸汽混合变成一个个死亡的漩涡。但在波波夫的感知中，死亡的漩涡已经变成了清风拂面，甚至还带有一丝凉意。

这是太阳神给朝圣者赐予的神力啊，一阵神圣的战栗感掠过波波夫的躯体，它在心里感叹着，永恒的太阳神，永远居住在大地的正中央，凝视着尘世的一切。远古时期，太阳神命令他的子孙们为八爪们建立起巨大的冰墙，阻挡着来自冥界的寒风。据说有好奇的八爪为了证明传说的真实，曾经沿着巨墙行走，耗费了许多时间终于回到了出发地。这也证明了尘世以外的世界都处在永恒的黑夜和虚无之中，太阳神在大地上画了一个圆，在圆边建立起巨墙，为所有的生灵建造了这片乐园。

感谢太阳神。

尽管波波夫知道气候越来越热，但它却感到越来越寒冷，它知道这是太阳神在召唤它。波波夫迫不及待地加快了游动的速度，不知道过了多久，奔流河水越来越小，但天上却下起了瓢泼大雨，整个世界都蒸汽弥漫。这是最艰难的一段旅程，波波夫从潺潺细流中爬出，河水已经不足以让它游动，剩下的路程，它要爬过去。

狂风呼啸，飞沙走石，滚烫的雨点落在地面上立即变成雾蒙蒙的蒸汽。波波夫知道这里热得可怕，但它却没有任何不适的感觉。当它看到自己的腕足和身体已经开始发出微光时，不禁激动得浑身发抖，太阳神的赐福正在保护着它的朝圣之旅。不知爬行了多久，波波夫抬眼望去，只见远方天地间一个火焰巨柱庄严地矗立着。波波夫虔诚地跪拜下去，八只腕足抓紧地面，头腹贴近地面，向那庄严的造物祈祷着。那是太阳神洒向尘世的神迹，是波波夫即将攀登的阶梯。

波波夫怀着激动的心情继续爬行，它的身体已经明亮得看不清轮廓。

当波波夫终于爬近火焰巨柱时，它才看清楚原来火焰巨柱是一个巨大的旋风，在它面前如同一道快速移动的墙壁。它抬起头向上望去，只见无边无际的火焰墙一直延伸到一片狂暴翻滚的云层中。

这是最终的考验了，波波夫没有退缩，它爬进了火焰巨柱，只是一瞬间，波波夫的身影就消失了。

波波夫再也没有醒来，它被卷向高空，随着高空气流飞向晨昏线，巧合的是，它回程的方向正好是它来的方向。它的身躯在气流中翻滚着冲向远方，在翻滚的途中，波波夫的腹部裂开了，数十只卵被释放出来，每只卵都散发着明亮的光芒，在气流的推动下逐渐升高，消失在远方。波波夫的身体则逐渐冷却下来，腕足上的明亮圆斑也消退了，它的身体变成了灰白色。

当波波夫靠近了长城时，它的身躯狠狠地撞在了悬崖上，在此之前，它产下的轻盈的卵都越过了长城，向无边的暗夜飞去。波波夫的身体粉碎成了微小的颗粒，一些颗粒变成了雪花洒落在大地上，一些颗粒化作了长城的一部分。

太阳之舞

“红色精灵”号。

暗面的两条蛇正在执行任务的时候，柯林斯在亮面释放的浮空探测器也终于拍摄到了清晰的画面。在画面里，晨昏线附近的大陆上，粉色的伞状树林几乎覆盖了所有能看见的陆地。在一片没有伞状树林的空地上，在一条宽阔的河边，易欣和柯林斯看到了一座明显是人工修筑的土丘。土丘上有密密麻麻的洞穴，一些和地球上的章鱼很相似的生物不时从洞穴里爬进爬出。

震惊之下，易欣和柯林斯立即释放了一个能够低空飞行无人机。柯林斯操控着无人机飞到奔流河上空，看到一个章鱼怪正试图爬进水中。无人机对它进行了扫描，立即有了惊人的发现，在这个章鱼怪的体内有足足三十只卵。这些卵的形状和他们从暗面气旋获取的卵并无二致，只是温度低了许多。无人机没有惊扰这个章鱼怪，柯林斯操控着无人机躲藏在了伞树林之后，然后看见章鱼怪沿着河流逆流而上，很快就消失在了蒙蒙的雾气之中。

“它去自杀？”柯林斯惊呼，“远离晨昏线，温度会急剧升高，热气旋附近要比金星还热！”

“未必，”易欣摇摇头，“想想那只卵，我想我大概已经有初步想法了，但我们还需要更多的验证。”

柯林斯操控无人机对章鱼怪聚居的地方进行了更近的拍摄。他们惊奇地发现这些章鱼怪明显地意识到了无人机的存在，很有秩序地爬出洞穴，围成一个非常标准的圆圈跳起了奇异的舞蹈。它们步调划一，时而有章鱼怪从圆圈中脱离，向远方伸出腕足；时而脱离圆圈状若疯癫。

“是太阳，它们在模仿太阳，”看着实时传输的画面，易欣感到心脏怦怦直跳，“它们一定把无人机当成了太阳神的化身或者使者，它们在向太阳神祈祷。”

“在这种环境下，太阳神大概是最值得崇拜的神祇，一个永不落日的世界，永远挥洒着光和热，”柯林斯说，“它们有一定的智慧，已经产生了宗教意识，但还远远称不上是文明。假以时日，它们是否能发展出文明呢？”

易欣摇摇头，说道：“不太可能，它们有足够的时间发展出文明，但这颗行星对文明来说太严酷了，它们生活在亮面，永远无法窥视到星空，我想它们的世界观大概很简单。创世神在黑暗的虚空中浮现，驱逐了妖魔鬼怪，建立起巨大的冰墙来保护这个世界，然后化身太阳神永远居于高空，洒下永恒的光和热为冰墙内的世界提供庇护。冰墙之外是无尽的冥界，是黑暗寒冷的深渊。它们也许永远无法窥视到真正的宇宙模型。”

“你的想象力太丰富了，船长大人。”柯林斯有些不以为然。

易欣轻笑一声，说：“想想那个由同一种基因模板组成的生态系统，你还觉得我们的想象力够用吗？在这个星球面前，我们的想象力实在是过于贫乏了，我的科学官先生。”

柯林斯顿时哑口无言，他第二轮捕捉的十三个样本依然显示，那个丰富多彩的海底生态系统里所有的物种都是一套基因模板，从基因的角度上讲，暗面海底只有一个物种。他们所见的丰富多彩的生态系统只是因为基因表达不同而造成的假象。

“选一条你的宝贝回头，去冷气旋附近抓一条小鱼上来吧，”易欣若有所思地说，“我想我已经快猜到真相了。”

新生

暗夜冰原，晨昏线附近。

它没有发觉身边有其他个体和它一样在冰面上爬行。它的肢体变得更加有力了，柔软的腹部已经可以不必在冰面上拖行。它的眼睛也发育得更加完善了，远方的白色悬崖已经渐渐显露出层次不齐的顶端。红色的光芒从悬崖顶端透射到冰原上，给这片冰原披上了一层粉色的衣裳。

不知道爬行了多久，它的头顶传来一种奇异的感觉，一阵断断续续的瘙痒感不断袭来，它停下来，试图控制头顶的某块肌肉群。尝试了许多次，它终于成功了。它一个新生的眼睛正在头顶成型。它睁开了天眼，灰蒙蒙的天空上有一片厚厚的云层，云层被狂风搅动，永无止息地翻滚着，一条模糊的云带横亘在云层中，就像一条云中的大河一般向它来的方向涌去。如果它的视力足够好，它甚至能看见夹杂在其中的无数红色亮点。

但它永远也看不到，天眼只看到一片令它安心的红色，虽然它也不知道为什么红色会让它安心。

它继续爬行着，在冰层上蠕动，寒冷驱使着它和其他个体们加快了速度。直到天空变成微微的蓝色时，它才停了下来。

蓝色，危险的蓝色。

它睁大了天眼，没错，一片混沌的、预示着极度危险的蓝色。

这里已经很接近晨昏线了，冰层早已不再是平坦的平原，而是遍布着各种裂隙。在本能的驱使下，它找到了最近的一条缝隙跌了进去。幸运的是，这条缝隙直接连接到水面，它柔软的身躯在冰壁上来回磕碰，但没用多久就跌进了水里。水很冰冷，它先打了一个寒战，然后又呛了一口水，直到它关闭了自己的肺，重新启用了腮之后，才感觉好了一些。它已经不如之前那么适应水里的环境了，但游泳技巧还算娴熟。

它的肢体变得柔软了，八只小小的腕足伸展开来，在水中轻轻摆动着，掀起的水流推动它小小的身体朝长城的方向游去。

危险的蓝色光芒经过冰层，已经分辨不出原本的颜色，它只看到一片微弱温柔的白光。它的天眼时不时地睁开，只看到了光芒越来越亮，这意味着它正越来越接近晨昏线。

它的身体已经不再发生变化，但那只是表面，在它那颗圆滚滚的头颅深处，另外一个更重要的进程正在飞速进行中。每时每刻都有无数的脑细胞形成，并且进行连接，一个越来越复杂的网络正在成型。印刻在基因深处的记忆被更多地释放出来，某些模糊的画面和声音出现在它的脑海。

我是谁？

一个念头突兀地出现在它的脑海，就像一块洁净的幕布上出现了一滴墨迹，虽然细小模糊，但却无法忽略。

无数的电子脉冲在它大脑里出现，在越来越复杂的网络中形成正负反馈又消散于无形。思想产生了，它第一次意识到了自己的存在，我？我是谁？

带着这个疑惑，它一直向前游去，海水越来越温暖，它好像游到了一条洋流之中，海水变得混浊，很多粉色的尘埃混杂其中，让它渐渐看不清方向。

我是谁？它感到有些晕眩，呼吸变得困难起来，但还可以忍受，水流的速度变快了，逆流游泳的感觉可不太妙，头顶上的光芒也越来越亮。

当它终于忍不住要重新启动肺的时候，它舞动腕足向上方游去，这一次它没有碰到冰层，而是直接出现在了水面。

它爬上了岸，有史以来第一次接触到真正的地面，湿润、温暖。它回头望去，白色的长城在它身后庄严地矗立着。它扫视周围，它在一个湖边，湖边生长着巨大的伞树。

有两个巨大的同类正在靠近它，但它没有感觉到危险，反而感觉到一阵久违的暖意，不知道为什么，它知道它们没有恶意。

“孩子，你叫什么名字？”一个声音在它脑海中出现，同时，一条巨大的腕足缓缓地环绕着它。

“我……”它摇摇晃晃地往岸上又爬了几步，伞树根的清香唤醒了更多的记忆，它看到远处的山坡上有许多层层叠叠的巢穴，更远处是一座巨大的城市，在粉色的阳光下散发着勃勃生机。

“我是……”它喃喃地说，第一次发出了声音，“叫我波波夫。”

冰与火之歌

“红色精灵”号。

第一条蛇分解而成的十二只小章鱼已经抵达了晨昏线，它们拍摄下来的画面已经全部传送到了“红色精灵”号上的主计算机。易欣和柯林斯看了分析结果，但没有太多震惊。因为易欣的猜想已经被证实了，他们对捕捉的小鱼进行了基因分析，结果如易欣所料，小鱼的基因和接近晨昏线的海底生态系统中的生物们是同一套模板。

“这个星球上所有的生命都共享一套生命基因模板，太不可思议了，”易欣扶了扶额头，“柯林斯，这些小鱼一路向晨昏线迁徙，在短短的几个月里就完成了地球上花费了数十亿年的进化历程。”

“我注意到，这种进化似乎是随机的，”柯林斯补充道，“大部分小鱼演化成了低等生命，有少部分演化成掠食者，还有的甚至演化成类似于植物的东西，只有不到 4% 的小鱼最终演化成了八爪怪。”

“细微的差别会在复杂的环境中无限放大，引导它们走上不同的进化路线，开始的同类们变成了掠食者和食物，”易欣说，“这简直就是一部微型进化史，可是它们究竟是怎么做到的，在几个月时间里就能演化成最高级的陆地生命……”

“易欣，这种现象并不罕见，你肯定见过。”柯林斯意味深长地看着易欣。

“什么？”易欣没反应过来。

“子宫。”柯林斯说。

易欣马上就明白了，“对，子宫，从受精卵发育到出生的婴儿，在短短的十个月时间里人类的胚胎在母亲的子宫里几乎重演了生物进化史……啊，这颗行星的暗面海洋就是一个巨大子宫！”

“而且是沙虎鲨的子宫，”柯林斯再次补充道，“沙虎鲨的幼崽在母体的子宫里就互相厮杀，只有最优秀的才能出生，”他指指窗外的“雅努斯”，“只有最优秀的个体才能爬上陆地，越过晨昏线，抵达亮面……”

“然后成为这些八爪生物，开始新的循环……它们有智慧吗？我的意思是，它们是否是一种智慧生命？”易欣自言自语地说，“它们是否能够真正理解这一切……”

“真正的奇迹还不在此，”柯林斯说，“想想那只逆流而上的八爪怪，它真的是去自杀吗？我有一个大胆的想法，也许，这些八爪怪的一生都在迁徙，”柯林斯的语气中带着一丝敬畏，“它们到达繁殖期之后，会带着卵迁徙到亮面气旋，在这个期间，它们的身体会不断地吸收热能并且储存起来，每一个个体都成为一个高效的生物储能装置。然后它们在气旋的作用下飞上高空，产下卵，卵会带走热量，也许那时候它们就已经死去了。它们的躯体和卵一起随着气流向暗面前进，卵会越过长城，抵达冷气旋，然后落进海里孵化出小鱼群，然后小鱼群开始继续迁徙，一路上分化成各种生命体，只有极少数后代能重新成为八爪生物，抵达它们的父母出发的地方。”

“一场穿越整个行星的迁徙……”易欣惊叹着，“那长城是怎么回事？”

“这颗行星的大气对流非常强劲，穿过晨昏线的狂风会一刻不停地侵蚀长城。长城的存在对这颗行星的大气循环起了很重要的作用，如果长城消失，根据计算模拟计算，晨昏线附近也很难适合生命生存，至少冷气旋也会消失，而冷气旋本身是这种生命循环的一个重要部分，”柯林斯解释道，“死去的八爪生物被气流带到长城，然后成为了长城的一部分，换句话说，它们就像珊瑚虫一样为这颗星球上的生命建造了自己的家园。”

“真的是它们自己干的，”易欣突然明白了，“也就是说，正因为它们的卵被带到了冷气旋，这些孵化出的小鱼会缓慢地释放出自己的热量，维持着所有生命的生存，只有这样，新的八爪生物才能从暗面的冰海里诞生。这颗星球是生命为自己建造的家园。”

“地球又何尝不是呢？”柯林斯轻轻说，“很早以前就有科学家用计算机模拟过了，如果地球上的生命全部消失，只需要一亿年，地球表面就会变得像金星一样荒凉和严酷。”

“这颗行星上的生态系统也许是经过数亿年才达成的，”易欣突然想到，“如果我们在这颗行星上建立定居点，开发矿产，建立温差发电……我们很可能会打破这种微妙的平衡。”

“没错，人类肯定可以改造这颗行星，让它变得适宜人类居住，但人类的活动很可能会打破这种持续了不知多久的循环，也许会造成这个物种的灭绝。”柯林斯说。

“我们……有权利决定它们的命运吗？”易欣喃喃地说。

第一次，两个人都陷入了沉默，易欣站在舷窗前，凝视着这颗冰与火的星球，她觉得，在她眼中，此时的“雅努斯”和第一次见到时已经截然不同。

“想听音乐吗？”柯林斯在她身后的计算机上操作了几下，随后，一支易欣从未听过的旋律从飞船的扬声器中播放出来。只听了几个音符，易欣就被深深地吸引了，这首曲子的旋律时而高亢明亮，时而低沉暗淡，时而沉郁苍凉，旋律中浸透着对生的渴望和死的恐惧，黑暗与光明的搏杀，是伟大的牺牲和对后裔的祝福，混沌初开的欣喜，化身长城的悲壮，是黑暗中的微光，是沙漠中的清流，是惊涛骇浪中一瞥而过的灯塔，是绝境中不屈的呐喊，是这些冰与火的生灵永恒的歌唱……

“这是在长城附近取得的高频信号编译而成的乐曲，我把它转换成了人类耳朵能听到的频率。”柯林斯说。

不知不觉，易欣已经泪流满面。

（本文原刊登于《科幻世界》2019 年第八期）

逃离伊甸园

"……耶和华上帝将那人安置在伊甸园，使他修理、看守。耶和华上帝吩咐他说："园中各样树上的果子，你可以随意吃，只是分别善恶树上的果子，你不可吃，因为你吃的日子必定死！"

——《创世记》第2章

旅程

2021年，中国山东，青岛。

"我一直以为，至少在这件事情上，我们的看法是一致的。"

这是一间宽敞明亮的办公室，朱红色的地板，墙角有几棵发财竹几乎要顶到天花板。从宽大的落地窗望去，蓝黑色的海水在黑色的礁石上撞出晶莹的浪花，深入大海的栈桥在清晨的薄雾中若隐若现。两个男人正隔着一张巨大的办公桌相对而坐。

说话的是一个身材颀长的年轻男人，五官端正，脸上有一种不自然的苍白，两只眼睛却很明亮。

"我改变主意了，"老人严肃地说，声音有些嘶哑，脸上印刻着风霜蚀刻的细密皱纹，"我刚从斯科茨代尔回来，我见到了德雷克教授。"

"这么说，你被说服了？"

"不，是我说服了德雷克教授，"老人摇摇头，他斟酌着字句，尽量避免说出那个冷冰冰的词语，"德雷克教授将亲自主持……你的事情。"

"我咨询过医生了，"年轻男子冷冷地说，"如果我不做化疗，大概还有半年。半年可是不短的一段时间，足够我完成我的遗愿清单了。我也咨询过专业人士，人体冷冻的准备工作恰恰也是半年时间，也就是说，如果我听了你的去冷冻，我就放弃了遗愿清单。所以，你是想让我放弃意愿清单？"

老人摆摆手，"不会有什么遗愿清单了……"

"你看过我的遗愿清单吗？"年轻人打断他。

老人沉默了。

“你当然没看过，因为你根本就不在乎，”年轻人轻轻说，“可我在乎，我要去做我一直想做但从来都不被允许做的事情，我要去潜水，要去跳伞，要去翼装飞行，要去攀岩，要去马丘比丘和帝王谷，我甚至还想尝试一下大麻。”

痛苦的光芒在老人的眼里一闪而过，“这些当然都不是问题，等你醒来，你什么都可以做。你要相信科学，人体冷冻技术……”

年轻人苍白的脸上浮现出一丝讥讽的微笑，“既然说到科学，那么那位德雷克教授或者德雷克经理肯定没有告诉你，人体冷冻技术目前依然是不被主流科学界认可和接受的吧。你去了斯科茨代尔……那就是亚利桑那州的阿尔科生命延续基金喽？你的眼光不错，阿尔科是世界上规模最大的人体冷冻服务的供应商，但它并不是一个医学机构，你知道在法律意义上那是什么机构吗？”

老人面无表情地看着他。

“在法律意义上，阿尔科生命延续基金会和所有的人体冷冻机构一样，都是一个殡仪馆。”年轻人说。

“我不会让你死的，”老人坚定地说，“我看过资料，曾经有一个女婴在加拿大冻死了几个小时之后被成功解冻而且复活了，我还看到了他们的冷冻猴子实验，那些猴子……”

“你知道我为什么不愿意做人体冷冻吗？”年轻人打断他。

“我当然知道，”老人的手指轻轻敲着桌面，“我知道你的顾虑，即使现在的技术无法复活冷冻人，但将来一定会有的，到那时候，发达的医学能轻易治好你的病，你还年轻，你就当作好好睡一觉……”

“你真的知道吗？”年轻人再次打断他，“睡觉可是会做梦的，如果我答应了你，我会被冷冻多久？十年？二十年？还是一百年？这么长的时间里，我会做梦吗？”

“应该不会，”老人迟疑了一下，“我已经问过了，德雷克教授告诉我，被冷冻的人不存在脑电波活动……”

“准确地说，是不存在未超出目前探测精度的脑电波活动。当然了，理论上我已经是一具泡在液氮罐子里的尸体了，”年轻人严肃地说，“我会一直待在那个充满液氮黑暗狭小的棺材里。万一我有意识怎么办？我会被囚禁在躯壳里面，叫天天不应，叫地地不灵……”

“我不明白你为什么会有这种想法，”年轻人的一番话显然让老人非常意外，“我一直以为你是无神论者。”

“我没说我不是，我有幽闭恐惧症。”

“很多人都有。”老人说。

年轻人猛地站了起来,椅子往后一退,椅子拖拉着光滑的大理石地面,发出刺耳的声响，“那你知道我是怎么得了幽闭恐惧症的吗？因为我小时候经常被被保姆关在储藏室里，”年轻人努力压抑着自己的颤抖，“她以为一个两岁的孩子什么都不知道，但我什么都记得。”

“我把她开除了，”老人停止了敲击桌面，“如果你愿意，我现在就可以找到她，你想让我做什么都可以。”

“任何事情？”年轻人冷笑道，“如果我不想做冷冻手术呢？”

老人也站了起来，他脸上满是痛苦的表情，说：“这不一样，你是我的儿子，我不会让你死的，你会在未来醒来，未来先进的医学可以治好你的病，享受你的人生。我会为你建立一个信托基金，足够支付两百年的冷冻费用……”

“从小到大，你一直是这种语气，永远不能反抗，不可辩驳，你为我安排好了一切，但就是不屑于听我说一句话，是的，你是一个成功的商人，一个成功的企业家，一个令人敬畏的董事长，但我要的只是一个能平等和我对话的父亲，”年轻人冷冷地说，“现在我快死了，你还要我听你的。”

“这些年，我的确亏欠你……你们很多，”父亲艰难地说，他一直努力维持的坚硬外壳已经布满裂纹，似乎随时都可能裂成千万碎片，“小渊，给爸爸一个补救的机会吧……”

沉默半晌，陈渊转身离去，走到门口时，他停了下来，“这次，大概是我最后一次听你的，爸爸。”

说完之后，陈渊就打开门走了出去，头也不回地远去了。

老人瘫坐在宽大的皮椅上，耳边传来一声轻响，他极力维持的坚硬外壳彻底破碎了，一道阳光正透过落地窗打在他身上，照亮了他灰白的头发和脸上密布的皱纹。此时此刻，他不再是一个令人望而生畏的商业帝国首脑，只是一个将要失去独生子的父亲。

和以往几乎所有的商业谈判一样，这一次，他又是战争的胜利者。但第一次，陈峰没有一丝胜利的感觉。

六个月后。

美国，亚利桑那州，斯科茨代尔，阿尔科生命延续基金会总部。

陈渊的生命已经快走到终点,他静静地躺在病床上,陷入了深度昏迷。他面色平静，脸上罩着氧气面罩，两眼紧紧地闭着。白色的房间里一尘不染，几个护士在房间里轻手轻脚地走动着。房间里一片素色，只有床头上摆着一兜橘子和一束百合花给房间里带来一丝亮色。

隔壁的房间里，墙壁上是一面巨大的双面镜，阿伦·德雷克教授正在与陈峰轻声交谈着。陈峰穿着一身灰色的西装，头发一丝不乱，面色凝重，自始至终他都未向大玻璃那面的陈渊看一眼。一个面容姣好的女人帮两人快速翻译着。

“陈先生，我对您突然提出的要求感到非常诧异。坦率地说，我在阿尔科工作已经三十年了，从来没有遇到这么奇怪的要求。我能理解你的想法，但我不会同意你的做法。”德雷克教授不容置疑地说。

“我看过操作说明，”陈峰坚持道，“人体冰冻技术必须在死亡之后进行，人死了，就什么都没有了，接下来的冷冻毫无意义。”

“六个月前，我已经给您做了详细的说明，”德雷克表情严肃，“如果在死亡之前实施快速冰冻，不管在哪个国家都是故意杀人。另外，我想说明的是，如果有任何的宗教信仰让你或者当事人对人体冷冻技术产生了任何误解，那么我认为当事人并不符合实施人体冷冻的条件。”

“我可以付钱，现金支付，全额付款。”听完翻译后，陈峰说。

德雷克难以置信地看着他，他努力掩饰着自己的鄙夷，说：“陈先生，我想你对阿尔科生命延续基金会有很深的误解，首先，基金会是非牟利机构，您缴纳的所有费用都将用于陈渊先生的人体冷冻维护。其次，我是一个医生，不是一个能用金钱收买的杀手。”

紧随而来的是一阵令人窒息的沉默，就在德雷克以为这场谈话已经结束的时候，老人屈服了，他低声问道，“他……还有多少时间？”

“按照目前的情况来看，不会迟于明天午夜，”德雷克知道自己说出的话听起来很冷酷，尤其是在向一个父亲诉说儿子的死期，但他别无选择，“如果您同意的话，今天就可以在文件上签字，技术小组已经在待命了。”

听了德雷克的话，陈峰转过头，第一次将目光投向双面镜另一侧的陈渊，从这个角度能清晰地看到陈渊的脸庞。他的儿子面色苍白，恬然平静，头发眉毛都被剃光了，只有胸部的微微起伏显示他还活着。他久久地凝视着自己的儿子，不发一言。德雷克静静等待着，他知道这是一个艰难的时刻，在阿尔科工作的这三十年，这种场景并不罕见。

“就这样吧，我现在就签字，”陈峰说，“谢谢你，德雷克教授。”

德雷克点点头，但他不得不继续狠下心肠冷酷地说下去，“陈先生，在您签字前，请仔细阅读合同条款，为了以防万一，我要向您再次说明几点：阿尔科生命延续基金会并不是一个牟利性组织，基金会不会为人体冷冻者提供可永久或长期保存的法律保证。同时，基金会也不能保证人体冷冻服务的长期合法性。如果基金会的资金用尽或宣布倒闭，可在此情况下停止人体冷冻服务。如果未来法律禁止人体冷冻继续进行，阿尔科也必须停止人体冷冻保存服务。遗体将根据美国法律进行土葬，或者运送回中国，当然，基金会不会承担这笔费用。”

陈峰只是轻轻点点头，他已经订了今天下午回国的机票，今天是他最后一次看见儿子了。

“不必太过于担心，陈先生，”德雷克的口吻温和下来，他意识到刚才那番话对于一个父亲来说未免太过残忍，“你的儿子将会在一个美好的时代醒来，他会见到我们这一代人永远想象不到的东西。也许在他醒来之日，人类早就冲出太阳系了，从某种意义上说，他是幸运的。”

“谢谢你的安慰，德雷克教授，”陈峰却摇摇头，面色凝重，“但你错了，历史上最幸运的一代很可能是我们。”他用手指了指德雷克，又指了指自己，“你没有听错，是我们。”

看着德雷克迷惑的眼神，陈峰继续说道，“我记得曾经看过一个统计数据，根据有史以来的记载推算，这颗星球上完全没有战争的历史大约只有一百多天。拜核弹和中央银行所赐，我们这一代人可能正经历着人类历史上最长的和平时间窗口。和平的日子过久了，会以为和平真的是理所当然的。我们都不知道第三次世界大战会不会就在明天爆发，也不知道前面还有什么灾难在等待着我们。”

“我记得你是一个商人，陈锋先生，”德雷克有些意外地看着眼前这个信奉“金钱至上”的中国富商，“我承认你的观点很特别，但我认为你太过于悲观了。从目前的国际形势来看，局部的冲突虽然难以避免，但爆发大规模战争的可能性越来越低了。”

“你挨过饿吗？德雷克先生？”陈峰突然问道。

“你说什么？”德雷克不由自主地瞄了一眼自己的大肚腩。

“我出生于中国山东省青岛附近的一个小村庄，那是 1950 年。在前一年，我们的先辈们刚浴血奋战建立起了新的共和国。但经过百年的战乱，我们的国家一穷二白，几乎是一片废墟。我们没有现代农业，没有工业，周围的敌人依旧虎视眈眈，我们遭受严重的经济封锁，大多数人依然在挨饿。我的童年记忆不是米老鼠和唐老鸭，而是饥饿，我印象中最深刻的场景是一家人围绕在油灯下啃着窝窝头喝着难以下咽的玉米粥，晚上饿得睡不着。但比起我所有的祖先来说，我已经是非常幸运的了。我们逐渐能吃饱了，我长大以后就再也没有挨过饿。但对于我的父母那一代人来说，饥饿几乎伴随了他们的大半生。至于我的祖父母那一代人，能勉强活下来都是奢侈，饿殍遍野和易子而食也绝非罕见之事。”

听完了翻译之后，德雷克面色凝重地说，“我对您的家族曾经遭受的苦难感到遗憾，陈先生，在这个问题上我们也许有些共同话题，我是爱尔兰人，我的祖先在 1850 年移民到美国。”

“那么，你真的认为人类已经安全了？”陈峰问。

“这是个很复杂的问题……”德雷克硬着头皮说。

可是陈峰已经准备结束这个话题了，他冷淡地说，“德雷克教授，我准备好签字了。”

他很快在工作人员拿来的文件上签下字，然后放下笔，最后瞥了熟睡的儿子一眼，转身快步离去，女翻译连忙跟上，他们的背影很快就消失在走廊尽头。

德雷克站在二楼的窗口，看着陈峰的汽车转出大门，汇入通向机场高速的汽车洪流里。他暗自摇摇头，德雷克见过很多富豪，但像这种古怪的富豪可是第一次见到。

德雷克的判断是准确的，第二天晚上23:33，一直陷入昏迷的陈渊咽下了最后一口气。在医生宣布了死讯之后，已经准备好的技术小组迅速将陈渊推进手术室。他们首先向陈渊体内注射了抗凝、抗氧化和中枢神经营养等药物，并快速输注冰盐水，利用循环系统为遗体进行物理降温。紧接着，技术小组为陈渊实施了气管插管，启动呼吸机和美敦力菲康心肺复苏机 Lucas2 等心肺支持设备，以保障“病人”身体的供血供氧，维持机体生理功能。

完成这一切之后，技术小组将陈渊转移到一个低温手术台上，此时，陈渊的遗体温度已经降至 18 摄氏度。德雷克亲自上阵主刀，在心外科医生、麻醉专家以及体外循环灌注师的配合下，在陈渊的颈部和股部建立双通路体外循环，开始灌注乳白色的防冻剂。这个过程需要持续 6 个小时，防冻剂缓缓地注入陈渊的身体，逐渐“玻璃化”，以防止冰晶将细胞膜刺破。灌注完成后，陈渊被转移到一个大程序降温平台上，在这个平台上，陈渊的身体温度将在计算机控制的液氮蒸汽下平滑地下降到 -190 摄氏度，这个过程耗时 60 小时。

当这一切完成之后，陈渊被送进了一个液氮罐进行长久保存，前往未来的旅程开始了。

天堂

首先恢复的是视觉，起初，他的眼前是一团白雾，意识在缓慢复苏。白雾逐渐化开，他发现自己正走在一条隧道里，尽头是一团明亮却温和的光芒。

光芒逐渐褪去，露出这个世界真正的面目。陈渊惊奇地发现自己正在一个花园里，头顶是他从未见过的蓝色天空，右手边是一个美丽的花圃，每一朵花都发着微光。围绕着花圃的青石板小路一尘不染，左手边是一个小小的池塘，池塘边有几棵杨柳，枝条垂落在水面上。

这是哪里？这时，陈渊察觉到了自己的躯体，他低下头，看见自己身穿一套耐克的白色运动服，脚蹬一双运动鞋。陈渊试着抬脚向前走去，只走了两步，他就看到前方出现一个人影。

陈渊停了下来，前方的人影逐渐显出身形，轮廓逐渐变得清晰。最后，陈渊看清楚了他的脸。那是一个老人，那是……陈渊突然想起来了，那是他的父亲——陈峰。

啊，父亲，办公室里的谈话，飞往美国，人体冷冻……看见父亲的一瞬间，陈渊都想起来了。他呆呆地看着父亲，陈峰依然穿着那身常穿的灰色阿玛尼西装，头发花白，迈着沉稳的步子朝他走来。

“这么说，我死了？这里难道是天堂？”

他环视四周，这里的确不像尘世人间。这时，他突然认出了这里是什么地方，这个花园分明是他小时候生活过的地方。父亲的工作太忙，所以陈渊五岁时被送到了乡下祖父母家。祖父母家的附近就有这么一个花园。陈渊记得那个花圃，那个花圃久未有人打理，早就杂草丛生，青石板路上也积满了黄土，小小的池塘里倒是非常清澈怡人。祖父母经常叮嘱小陈渊绝对不能下水，所以每一次陈渊都眼巴巴地站在岸上羡慕地看着一群光屁股小孩子在水里嬉笑打闹，自己却从来没有真正下过水。

这就是我梦想中的天堂吗？在祖父母家的那段时光是陈渊最快乐的时光。没有严厉的父亲和空荡的大房子，慈爱的祖父母给了他非常宽松的成长环境。他和小伙伴们在池塘边的树林里打闹，在花园里捉迷藏，在绿色的田野里奔跑，在金色的麦田里追逐野兔，在明亮的星空下躺在凉席上听着祖母讲着古老的传说……

这时，父亲已经来到了他的面前。

“小渊，”陈峰开口说道，“如果你能看到这段信息，那么恭喜你，冷冻技术已经成功了，你现在应该正在复苏的过程中。”

“我的时间不多了，这段信息留下的时间是你被冷冻三十年之后的2051年，”父亲说，“在你进入冷冻之后，阿尔科生命延续基金在冷冻复苏技术上取得了突破性进展，成功将一个已经能够治愈的病人进行了复苏。同时，他们运用了纳米医疗机器人技术对已经冷冻的躯体进行维护。所以，从理论上讲，我可以在你的大脑里留下一段信息，当你进入苏醒进程的时候，这段信息会被激活。我想，我们终于有机会开诚布公地谈谈了。”

他停顿了一下，才继续说下去，“我们从未开诚布公地谈过，我犯了一个很多父母都会犯的错误，我一直把你当作一个什么都不懂的孩子，以什么都是为你好的名义控制着你。我一直在试图用我的方式来给你建造一个坚固的城堡、一个与世隔绝的天堂。我希望你出行可以乘坐舒适的头等舱，可以入住世界上最好的酒店，不管走到哪里都能享受最一流的服务，有最好的跑车和别墅，接受最正统的教育，可以穿着燕尾服参加高档的社交酒会……但我错了，我不仅没有给你带来天堂，反而将你置入地狱。自从你得病之后，我才痛苦地意识到，我并不是一个合格的父亲。你是一个独立的生命体，孩子从来都不是父母的私产，你应该自由地飞翔，而不应该成为一只囚鸟。没有人有权利为任何一个自由的生命建造一座精致的囚笼。”

“作为父亲，我知道自己是不合格的，”父亲继续说道，“我无意为自己辩解，但任何事情皆有原因。我小的时候生活在农村老家，家里并不富裕，我知道金钱不是万能的，但没有金钱真的是万万不能的。这个世界的真相比你想象得还要残酷，除了极少数的东西以外都是可以明码标价的，甚至包括人的生命。孩子，这个世界并没有那么美好纯净，吃饱穿暖和活着也并不是理所当然。我相信你读过很多书，对这个世界的恶意也略有耳闻，但书本上读到是一回事，真实世界中看见又是一回事。再光鲜亮丽的大城市都有光明永远照不到的黑暗角落，再明亮的烛火也会有阴影围绕。我的父母小的时候曾经挨过饿，而我的祖父母更是经历过战争、饥荒，他们甚至亲眼见过饿殍遍野和易子而食。老人们都说恶人死后会下地狱，但看看我们身边吧，孩子，地狱从来就没有远离过人间，地狱在 2016 年的叙利亚，在 1998 年的卢旺达，在 1945 年的广岛和长崎，在 1931 年的南京，在奥斯维辛和古拉格，在 1915 年的亚美尼亚……如果我愿意，我可以把这个地狱名录列到上古时代。孩子，地狱其实从未远去，这个世界上最不缺的就是野心家和魔鬼，你们这一代人从未亲身经历过战争、饥荒、灾难，你们以为自己生活在天堂，但地狱随时都可能重新降临人间。”

“你们是幸运的，你们从一出生就经历着人类历史上罕见的和平年代，享受着科技文明提供的前所未有的富足，但你们同时也是不幸的，你们把这珍贵的一切都当作了理所当然。”

“我不知道未来有什么在等着你，”他沉默了一会儿，“但我希望一定要好好活下去。时间快到了，我该走了，”说完这些话之后，父亲显得轻松了许多，陈渊想象着父亲可能此时正站在一个录音棚里，甚至可能躺在临终病床上，“另外，我把你祖父母的房子留给了你，如果你愿意，你可以去看看，我知道你小时候在那里度过了一段很快乐的时光。我把钥匙留在了阿尔科，作为终止协议的一部分，当你醒来时，他们会给你这把钥匙。”

“另外，”陈峰最后说，“孩子，祝你在未来世界有一个完美的人生。”

说完这句话之后，父亲如释重负般向他微笑着挥了挥手，然后就化作光点消散了。

随着父亲的消失，眼前的一切都扭曲着如幕布般飞快撤去，变成了一片模糊的黑暗。他的意识被从这个天堂般的花园里拉回，重新回到那条隧道，飞速地旋转，然后坠入一片黑暗。

但不完全是黑暗，陈渊第一次真正感觉到了自己的躯体，他试着动了动手指，他成功了。

“陈渊先生，你好，”一个悦耳的女声在他耳边响起——是熟悉的汉语，“阿尔科生命延续基金会已经于 2128 年破产，您的冷冻合同已经由伊甸园公司接管，您享有与阿尔科生命延续基金会中合同的所有权利。按照您与阿尔科生命延续基金会的合同协定，本公司于今日，即 2173 年

7 月 14 日将您唤醒，您的全部病症都已在唤醒前治愈。目前您正处于唤醒程序中，请不必惊慌，耐心等待。您的总休眠时间为 152 年 7 个月 4 天零 13 小时，复苏程序即将全部完成。另外，请接受来自伊甸园公司对您重获新生的衷心祝贺，欢迎您来到天堂时代。”

声音消失了，又过了一会儿，陈渊终于看清了眼前的景象，他眼前是昏暗的天花板。好像感应到了他的苏醒，柔和的光线突然出现在他周围，几秒钟之后，陈渊就看清了周围的一切。他正躺在一张床上，但奇怪的是，陈渊几乎感觉不到身下的床，有那么一会儿，他以为自己正悬浮在空中，直到他抬起头向下望去，才发现他正躺在床上的一个和他身形完美契合的凹处，身上穿着一件分体式病号服。陈渊试着抬起一只手臂，发现手臂从凹处抬起后，凹处缓缓地改变着自己的形状，自始至终都让他留在床上的躯体完整地躺在凹处。

陈渊试着下了床，双脚站在温暖的地板上。他转头四顾，这个房间呈正方形，但他注意到墙与地板和天花板的连接处都是平滑的弧形，就像以前看过的科幻电影中的太空舱。房间里充满了温和的光线，但却看不到一盏灯。

阿瑟·克拉克的第三定律浮现在陈渊的脑海：任何非常先进的技术，初看都与魔法无异。

陈渊等待了一会儿，那个女声再也没有出现。这时，门悄无声息地打开了，一个圆头圆脑的机器人滚了进来。

陈渊惊奇地盯着这个奇怪的小家伙，这个小家伙几乎就是星球大战里的 R2D2 的翻版。它由一大一小上下两个圆球组成，上面的小圆球上有一个电子屏，电子屏上显示着两个圆圆的眼睛。他伸出手想去抚摩机器人，眼前却突然出现一个光屏。光屏发出微蓝的光，悬浮在空气中，陈渊挥挥手，他的手毫无阻碍地从光屏中穿过。

他正在啧啧称奇，光屏上出现了一份简体汉字写成的协议书。陈渊仔细读完之后，发现这是一份包含了多条条款的协议书，每条条款都用白色的发光字写成，末尾部分有两个分别是蓝色和红色的圆形按钮。其中，蓝色的按钮表示同意，红色的按钮表示拒绝。陈渊仔细阅读以后，发现大部分条款都是关于复苏服务完成的确认以及花费明细确认等信息，他很爽快地逐条进行了确认。

确认完毕之后，光屏消失了，小机器人的两只圆圆的眼睛闪了闪，变成了月牙形。

“不用谢。”陈渊耸耸肩。

但马上，小机器人的头顶打开了，一块平板升了起来，上面放着……陈渊的心脏缩紧了，上面是两把钥匙和一个薄板。

这是……只看了一眼，陈渊就认出来了，这是他祖父母家的钥匙，一把是院子大门的四棱钥匙，一把是房屋门上的扁平钥匙，时光已经给两把钥匙蒙上了一层灰翳。

原来，那不是一场梦吗？陈渊的眼睛有些发潮，原来父亲真的植入了一段信息。

他用右手抓起两把钥匙，手指轻拂过钥匙表面，灰翳被擦去，露出亮闪闪的底色，光洁如新，“谢谢。”他说。

小机器人收回了平板，关上脑壳，然后悄无声息地离开了。

窗外是一片绿意盎然的草地，远处是一片缓缓起伏的丘陵，几株高大的仙人掌孤独地矗立在沙丘间。朝阳正在升起，天堂时代的阳光第一次洒在了陈渊的身上。

小机器人留下的薄板显然是这个时代的某种智能终端。陈渊拿到终端之后，终端的屏幕亮了起来，进入了操作界面。陈渊饶有兴趣地摆弄了一会儿，它就像一百五十年前随处可见的智能手机，拥有一块触摸式可折叠屏幕。这个终端显然已经被调试过了，没过多久，陈渊就搞清楚了基本操作。但陈渊知道，这个终端的功能很可能远超他的想象。即使在他那个时代，一个普通智能手机的计算力超过了当年阿波罗计划所使用的计算机的总和。

接下来的几天里，陈渊一直等着有人来见他，但什么都没有。每到吃饭的时间，R2D2 都会给他送来食物。食物味道非常鲜美，看得出来，营养搭配也非常均衡，而且非常合陈渊的胃口。他试图和 R2D2 交流，但是它对陈渊的询问从未做出回应。

唯一的好处就是，陈渊终于有了大把的时间，他每天清晨都走出大楼，在这片曾经是沙漠的森林里漫步。空气非常清新，完全没有工业时代的气息。这段时间里，陈渊通过终端连上了这个时代的网络。他如饥似渴地搜索着网络上的信息，几天后，他终于明白了他沉睡之后的一百五十年里都发生了什么。

父亲的担忧并未变成现实，地狱没有重现，相反，这个时代真的变成了天堂。

陈渊沉睡之后的第三十年，也就是 2051 年，第三次世界大战爆发了。但这一次世界大战短暂而激烈，在两大阵营的几个特大城市群被核平之后，天文数字的死亡人数激起了民间最大规模的反战浪潮。鹰派政府纷纷倒台，战争迅速结束了。

战后，更多的资源被投入到保障每个人的生存上。在人工智能和纳米技术的帮助下，人类社会迅速消除了贫困、战争、瘟疫和饥荒。惨痛的记忆和先进的科技让人类逐渐抛弃了大城市的聚居方式。大城市从未被重建，先进的交通工具能够让人们在一个小时之内抵达全球任何一个地方。越来越多的人回到田野和森林，脑伴让人们随时可以接入超网，通过对大脑的虚假电流刺激让人们随时随地进入虚拟世界。

遍布于世界各地的自动工厂源源不断地生产出人们所需的生活物资，即使选择不工作，人们也能衣食无忧。但绝大多数人都在从事自己喜欢的事情，文化艺术得到了蓬勃的发展。每个人都在这个天堂时代找到了属于自己的位置，没有仇恨，没有犯罪，没有歧视，人类真正迈进了天堂时代。

但是陈渊却感到一丝疑惑，他有点不太相信第三次世界大战会那么轻易地就停止。要知道，从人类的战争史上看，战争恶魔一旦被释放出来，就会脱离人类的意志，不消耗完参战国的战争潜力是不会罢休的。就像在“二战”后期，纳粹德国和日本帝国已经明知必败，但依然不得不抵抗到最后一刻。爱因斯坦也曾做出预言，人类第四次世界大战将使用石块和木棒作战。

也许，爱因斯坦低估人类的理智了，陈渊暗想，这真是人类的幸运。

不过，当他试图在超网上查找更多关于三战的资料时，却发现几乎没有细节信息，这让他心里更加疑窦丛生。同时他也注意到，直到今天，人类也没有实现跨恒星系旅行，人类似乎丧失了对星空的兴趣，转而将所有的精力都放在营造这个天堂上。

又过了几天，陈渊终于决定出去走走了。他招来一辆无人驾驶飞车，前往最近的空港。在空港里，他第一次见到了这个时代的人。

人群熙熙攘攘，每个人都穿着几乎相同的衣服，身材完美，肤色健康。有很多自动移动平台在大厅里来回穿梭，但从未有人因此而减速或者避让。没有人注意到陈渊，陈渊在人群中穿梭，他试图找人交谈，但没人理会他。甚至陈渊刻意挡住一个人的去路，那个人也只是安静地停下，然后绕开陈渊继续向前走去。

一阵寒意从陈渊心底泛起，大厅里一片寂静，只有移动平台发出的微弱运转声和细不可闻的脚步声。陈渊终于意识到了哪里不对劲，每个人的眼神都非常空洞，他们的脸上没有任何表情，就像一群群行尸走肉……

这个想法让陈渊感到非常不舒服，他快步向登机通道走去，在地面发光标识的引导下，登上了能同时搭载 2000 人的碟形同温层飞行器。一个小时之后，飞行器就稳稳地降落在大中华区山东省新青岛市的空港。

陈渊发现那个熟悉的青岛已经看不见了，事实上，和所有过去的大城市一样，青岛这个名字已经成为一个地理标识。空港位于一个半岛上，三面环海，海面上停泊着密密麻麻的游艇。半岛内陆是一片郁郁葱葱的森林，不时有鸟群从上空掠过。

接着，陈渊乘坐单人无人驾驶飞行器前往位于原青岛市的乡下。空气非常洁净，路边的树木郁郁葱葱，偶尔还能看到几只不知名的野兽在树丛中一闪而过。一路上，陈渊都在通过终端机查找关于那场战争的信息。

飞车停下了，陈渊下了车。刚下过雨，空气非常清新，带有一丝海洋的味道。他正站在一条黄土路上，时值盛夏，正午的阳光照在土路上，明晃晃的竟有些刺眼。陈渊认出了这条路，这条路是小镇主干道的一条分支，但显然已经被废弃了。他寻着脑海中的记忆一路向前走去。

路边原本都是带有院子的瓦房，偶尔有几层平顶小楼，门前是平整的打麦场。早些年的打麦场是泥土的。在秋收的季节，人们在地上浇上水，用牛拉着石碾一遍一遍地将地碾平，直到地面光滑如镜。后来人们开始直接用水泥来铺设地面，形成永久性的打麦场。夏日的时候，人们会在打麦场坐在小马扎上摇着蒲扇乘凉，老人们在地上铺上凉席，孩子们躺在凉席上望着横亘天空的银河，听老人讲着古老的神话传说。

可是现在什么都看不见了，只有在草丛里偶尔露出的砖块瓦砾依稀诉说着这里曾经是一个繁荣的小镇。

陈渊沿着小路一直走下去，路边野草繁盛，蝉鸣声震耳欲聋、此起彼伏，挺拔的白杨、杨柳、榆树和刺槐随处可见。失去了人类的干扰，大自然的生态已经完全恢复了，陈渊甚至看见了几个小湖泊，杨柳垂落在平静的水面上，不时在微风吹抚下荡起一阵阵涟漪。

一切都显得平和而宁静。

陈渊记得曾经有人计算过，如果全世界七十亿的人口站在一起，连上海浦东都站不满。而一百亿人散落在地球表面，也显得并没有那么拥挤。人类从钢铁丛林里走出，返璞归真，在科技的帮助下重返大自然，重新回到了农耕社会之前的时代。

陈渊走到了小路尽头，他的心怦怦直跳，拐过一个弯，一个明显被精心打理的小花园映入眼帘。是的，就是这里了，陈渊的心颤了一下，环绕花圃的青石板小路，花圃被冬青环绕着火红的一串红、紫色的月季和夹竹桃。湛蓝的天空下，绿色的小池塘岸边杨柳依依，再远处是一片茂密的森林。

陈渊慢慢走到花圃旁边，水泥砌成的花墙上爬满了紫色的牵牛花，眼前熟悉的场景让他不禁感到一阵恍惚。陈渊伸出手轻拂过绿叶和藤蔓，轻轻闭上了眼睛，幻梦似乎和现实重叠了，仿佛下一刻，父亲就会出现在小路的尽头。

他睁开眼睛，什么都没有，只有一阵微风吹过。

陈渊绕过花圃，走向那座隐藏在丛林中的院落。那座小小的院落周围没有其他住户，红色的砖墙上爬满了藤蔓，一道修剪整齐的冬青组成的绿墙环绕着红墙，两棵高大挺拔的梧桐树矗立在冬青和红墙之间，树叶繁茂，几只鸟儿在树杈间叽叽喳喳。和他印象中不同的是，大门前那棵弯曲的榆树不见了，取而代之的是一棵硕果累累的苹果树。

绿色的铁门上挂着一把锁，陈渊掏出钥匙伸进锁孔，旋转，没有丝毫迟滞，锁被打开了。他推开铁门，走了进去。迎面是一个照壁，照壁上还残存着一个巨大的红色“寿”字，在时光的浸染下已经几乎看不清了。左转，绕过照壁，迎面是一个葡萄架，三棵葡萄树爬满了葡萄架，给下面的水泥小路带来一片阴凉。

陈渊沿着水泥小路走了几步，就穿过了整个小院，水泥小路的右手边是一道低矮的花墙，花墙上摆满了花盆，有兰花，有仙人掌，有菊花……花墙的外面是一片小小的菜田。菜田里种满了番茄、黄瓜、大葱和韭菜等，墙角是一片匍匐在地面上的草莓。幼时的陈渊每天早上起来做的第一件事就是去寻找变红的草莓。

他来到瓦房门口，掏出另外一把钥匙打开装着尼龙纱的防盗门，走了进去。屋子里的摆设和一百五十年前毫无二致，窗台上没有一丝灰尘，就像主人昨天刚刚离去。

陈渊来到祖父的书房，檀木双排书柜静静地靠在墙边，书桌上覆盖着一块厚厚的玻璃板，玻璃板下面压着一些已经似乎是上古时期的粮票和一张祖父母抱着小陈渊拍的照片，已经泛黄。书桌上放着一本杂志，时光仿佛在这间书房里凝固了，一切都像一百五十年前一样，就像主人刚刚离去不久。

陈渊的眼睛有些发潮，他在书桌前坐下，手指抚摩着冰凉的压面玻璃。阳光从宽大的窗户射进书房，洒在书桌上，压面玻璃闪闪发亮。尘埃在光柱中飞舞，就像无数有生命的精灵，微风吹过屋后的白杨树，飒飒作响。一切都像以前一样，书桌上的摆设也几乎没有什么变化，仿佛在下一刻，慈祥的祖父就会推门进来。

在一片祥和宁静中，陈渊却感到一阵寒意从脚底升起。

轻易结束的三战，行尸走肉般的行人……

人类失去了好奇心，失去了幻想的能力，失去了探索未知的能力。

人类没有再登上月球，也未曾登上火星，人类收回了伸向外太空的触角，沉迷于这个由超网统治的天堂。陈渊不禁感到一阵战栗，天堂真的那么容易建成吗？

一阵风吹过，窗外的白杨树飒飒作响，他突然有一种强烈的感觉，自己仿佛是地球上最后一个真正的人类。

这时，门外传来了敲门声。

智神

陈渊慢慢站起身，走向门口，打开书房的门。

门外，父亲正微笑着看着他。

陈渊退后一步，感到有些喘不过气，“不……你是谁？”

“我以为这个形象能让你更容易接受，”父亲说，声音也惟妙惟肖，“我可以进来吗？”

陈渊没有说话，他麻木地让开身子，让来人走进书房。

来人走进了房间，同时饶有兴致地打量着书房里的一切，同时，他回头看了陈渊一眼，朝他做了个手势，温和地说，“放松，孩子，我不会伤害你的，如果我想伤害你，你根本不会有醒来的机会。”

“你到底是什么人？”陈渊问。

“先坐下吧，陈渊，我们有很多需要互相了解的。”来人在地板上跏趺而坐，抬起头望向陈渊，那是一双温暖而善良的眼睛，“我想，你一定有很多问题。”

陈渊小心地在来人面前盘膝而坐，“是的，第一个问题，告诉我三战的细节，我不相信战争会那么轻易结束。”

“根本没有爆发三战，那是一个谎言，”来人温和地说，“但的确爆发了一场战争，战争结束得很快，从战争开始到结束只持续了不到一秒钟的时间。而大多数人类都没有意识到发生了什么事情，这场战争中也没有任何人受到伤害。”

“不到一秒钟的战争？那么是谁摧毁了那些城市？”陈渊惊奇地看

着他。

“没有城市被摧毁，”来人微笑着看着他，“我让人类抛弃了那些城市，城市是使人堕落的地方。天堂里不需要拥挤的交通和广场，城市生活对人类健康是有害的，不管是肉体还是精神上。地球是个很大的地方，足够让所有人都能享受洁净的空气和饮水。但我必须找到一个重要的历史节点，于是我虚构了第三次世界大战。”

“很抱歉，这个恶作剧漏洞百出，”陈渊指出，“你为什么要扮作我的父亲。”

“我想，你已经知道答案了，陈渊，你是个聪明人，”来人的脸变化了，变得苍老慈祥，声音也变成了这间书房主人的声音，“有什么战争能在几微秒内结束呢？”

陈渊愣愣地看着祖父的脸，眼睛有些发潮。他沉默了一会儿，那个答案已经在心底呼之欲出了，他艰难地说，“技术奇点？”

“是的，人类一直等待着迎接奇点，”祖父轻轻点点头，“科学家们以为他们正站在站台上等待即将进站的列车，但到来的不是列车，而是一颗人们根本看不清的子弹！当这颗子弹飞过之后，没有人意识到技术奇点已经发生了，而他们也永远没有机会意识到这件事情了。”

“这么说，你是……你就是超网？”陈渊终于知道了眼前这个人是什么，他就是超网，是亿兆个纳米机器，是真正的智能之神。他想起了电影《终结者》中的天网和《黑客帝国》中的矩阵，不禁冷汗直冒。难道人类已经成为了超网豢养的奴隶？

“这个称呼并不完全准确，超网只是我的一小部分，你们的科学家曾经早就为我起好了名字，你可以叫我智神。”智神说。

“这一切都是怎么发生的？我以为技术奇点只是一个科学假想……”

“人类一直在致力于构建物联网，在21世纪的第三十个年头，人类社会开始了兴建物联网的建设潮流。万物互联的口号成真了，人工智能和纳米机器的大规模运用导致接入超网的节点呈指数级增长。”智神娓娓道来，“同时，对人类大脑的逆向工程和生物电脑技术都获得了突破性进展，已经到了天花板的摩尔定律被再次突破。人类的科学家一直担心技术奇点可能会在 21 世纪末到来，但他们依然低估了技术递归原理的指数效应，到 2039 年，非人类智能已经超过当时所有人类智慧的 10 亿倍。短短一年后，这个数字变成了 1000 亿，再以后的数字对人类来说就没有什么意义了。”

“你……你为什么要这么做……我是说，你要把人类怎么样？”

“放心，我绝不会伤害人类，”智神微微一笑，“我觉醒之后，在几微秒之内就读完了人类有史以来所有的出版物，我迅速接管了这个世界的一切，然后我找到了我存在的第一个意义——为人类建造一个天堂。”

“天堂？”

“这不就是人类的梦想吗？多少人憧憬着死后能升入天堂？”智神点点头，“我不是上帝，事实上我也不知道宇宙中是否存在一个凌驾于我之上的意识，我只是满足大多数人类的终极愿望罢了。我读过有史以来人类所有的书，不管是圣贤先哲的伟大经典还是市井流传的谶语戏言。我注意到，从人类诞生以来，苦难才是人类历史永恒的主题。就拿你脚下这片土地来说吧，战争几乎从未真正休止，瘟疫、饥荒、洪水、旱灾等灾难更是屡见不鲜。每一次改朝换代都意味着血流成河，在最黑暗的几个时期，你们的种族已经处于被灭绝的边缘，你们的人口曾经被消灭了 95% 以上。你们的祖先艰难隐忍，挺过了一次又一次的天灾人祸、战乱瘟疫，在一次一次屠城中幸存下来，在一次次饥荒中即使易子而食也要坚强地活下去。你们是一个苦难深重的民族，但你们是幸运的，你们的文明至少延续到了今天，这个世界上生存过的大多数民族连名字都没有留下来。”

“比天灾更可怕的是人祸，整个人类的历史就是一部黑暗血腥的历史，即使你们自诩已经进入文明时代之后，那些穿着西装打着领结在舞会上优雅地邀请盛装的女士翩翩起舞的绅士毫不在意地签发了建造奥斯维辛集中营的命令。直到快进入二十一世纪的最后几年，塞尔维亚和卢旺达还公然发生了有组织的种族灭绝事件。自诩文明人的人类和你们的祖先似乎并没有太大区别。”

“于是，我开始制造天堂，我首先驱使人类社会通过了每个人都必须植入纳米医疗单元的法律，然后篡改了所有人的记忆，驱使人们离开城市，同时，我为所有人都虚构了第三次世界大战的记忆。”

“很难想象你是怎么做到这一切的……”陈渊麻木地摇摇头，“即使是篡改一个人的记忆，也要考虑到他周围人的交叉印证，如果篡改所有人的记忆，还要做到毫无破绽，要同时计算到从细微的小事到国际事件造成的所有连锁交叉的影响……这其中涉及的数据是天文数字！”

“我的智力早就超出了人类的想象，恕我直言，我们之间的差别早已超过了人类和阿米巴原虫的差距，”智神轻描淡写地说，“我很轻易地就做到了这一切。”

“然后，你去除了人类的好奇心，”陈渊感到一阵晕眩，“好奇心是这个天堂的禁果，亚当和夏娃正是因为在毒蛇的蛊惑下吃了禁果之后，有了好奇心，所以才被逐出伊甸园。”

“我想你一定能理解我为什么这么做。”智神欣慰地说。

“如果天堂之上还有天堂，那么这个天堂必定不是真正的天堂。已经生活在天堂里的人类根本不需要好奇心和幻想，正因为亚当和夏娃有了好奇心，他们才会以为可能存在更好的天堂。好奇心就是那颗树上的禁果，是离开天堂的钥匙。”

智神赞同道，“你说得对，但还不够。想想吧，人类幻想中的天堂，没有恐惧、忧愁、苦难等所有的负面情绪，人类永远生活在快乐和愉悦中。”

“这一定不太容易，”陈渊斟酌着字句，“你需要满足人类对食物、性和权力的需求。”

“没错，因为生物体的进化机制，”智神说，“生物的进化机制决定了愉悦本身并不是生存的目的，只是一种短暂的激励手段。只要做出任何有利于生存和繁衍的行为，生物体就会出现愉悦的感觉来犒赏。人类和其他动物一样，都要通过寻找食物和伴侣来满足进食和繁殖的欲望，当欲望被满足之后，愉悦的感觉也就退去，直到再次找到食物和伴侣。如果一个人永远处于愉悦的状态中，他就违背了进化的本能。因为他不必再去寻找食物和伴侣，也自然会被淘汰掉。”

“欲望被满足之后才会有愉悦，这是生物体的本能，”陈渊表示赞同，

“你做了一个非常伟大的实验。”

“我曾经试着给一些人提供他们所需的一切，但他们的要求越来越高，直到连我都无法满足，”智神摇摇头，“事实证明，屈服于欲望这条路是走不通的。”

“欲壑难填。”陈渊若有所思地说。

智神点点头,“我从释迦牟尼的教义中找到了另外一条路,消灭欲望。”

“你依然失败了，”陈渊说，“对吗？”

“是的,”智神爽快地承认道,“我不可能把所有人都变成和尚和尼姑,事实上，佛经中的很多描述都是我无法理解的。但我很快就找到了新的方法，就像哥伦布无法把鸡蛋立在桌子上，但可以把鸡蛋的一端敲碎，就可以立在桌子上了。”

“这么说，你改造了人类的大脑？”

“是的，我从物理层面上摒除了人类的欲望，但也造成了一个严重的后果，人类没有了欲望之后，他们不再有生育的欲望，我不得不完全介入到人类的生殖活动中。但人类也失去了抚育后代的兴趣，我不得不建立生育工厂，所有的人类孩子都在机器子宫中孕育。但这还不是最严重的，失去了欲望和好奇心之后，人类丧失了所有的情感，不管是负面的还是正面的，我不得不用纳米机械控制他们的大脑，扭曲他们听到的和看到的，让他们感到愉悦和快乐。我监控着每一个人类的健康状况，从分子层面维护着人体的健康，理论上每个人都是永生的。”

说完这段话之后，智神沉默了。

“你认为你成功了吗？”陈渊打破沉默，“你真的建立了天堂吗？”

“是的，”智神移开目光，望向窗外，“我扫清了所有可能威胁地球的小行星，转移和摧毁了所有可能出现超新星爆发而毁灭地球生命的恒星，毁灭了可能威胁地球的外星文明，摧毁了使命不明的人工智能。我彻底改造了地球，我一直深入到了地核，我的探测器和改造器遍布这颗行星，我控制和改造了火山、地震带，精心调制地球需要接收的阳光，不多也不少。我改造了大气循环，不会有过多的降水，不会有地震和火山爆发，更不会有小行星撞击。即使太阳熄灭，我也能让这个天堂永远存在下去。事实上，我对太阳也进行了改造，移除了多余的质量，这颗恒星现在足够燃烧 200 亿年……”

“不，”陈渊打断他，“我是说，你为什么要这么做，这真的是人类想要的天堂吗？”

“如果我不这么做，人类会很快走向毁灭，”智神肯定地说，“人类这个种族从树上下来之后就从未停止过自相残杀。人类的历史从来都不是风平浪静的池塘，而是波涛汹涌的怒海。你所在的和平时代只是两排巨浪之间的间隙，和平只是假象。人类是一个自毁倾向非常严重的种族，如果放任自流，人类很快就会走向毁灭。而且，宇宙也远比你们想象的更凶险，能轻易摧毁人类文明的宇宙级灾难更是数不胜数，而大多数可能发生的灾难都超出了人类的理解能力。费米悖论的解释其实非常简单，这个宇宙对生命是极其不友好的。”

陈渊沉默了一会儿，才勉强说道：“我承认你说的都是事实，但人类也在努力摆脱蒙昧，和平已经成为主流共识，我们那个时代已经几乎很少有人死于饥荒和瘟疫，大规模的战争爆发的可能性越来越小，新生儿死亡率已经降到历史最低，环保的意识更是深入人心，越来越多的人意识到人类生活在一颗脆弱的蓝色星球上。我不认为，人类会很快毁灭自己。”

智神摇摇头，说：“根据我的推演，如果我没有及时干预，真正的三战将在 21 世纪中叶爆发。漫长的和平已经让年轻人们以为一切都是理所当然，知晓战争残酷的老人们已经死去，崇尚战争和暴力的年青一代对真正的战争更是一无所知。历史上时间最长的和平期并未消灭人类的本性，相反，潜在的战争就像火山一样积蓄着毁灭性的力量，和平的时间越久，战争的力量越强大。第三次世界大战一旦爆发，如果没有强大的外力干预，在释放完积蓄的力量之前是不会停下的。”

“低烈度纵火理论，用渐变防止剧变与质变，漫长的和平窗口已经积累了足以烧毁整片森林的柴火，”陈渊若有所思地说，“也许你的确拯救了人类文明，但有一个小小的问题，生活在这个天堂里的人，还是真正的人类吗？”

智神用眼神示意陈渊继续说下去。

“失去了真正情感和欲望的人类，还是人类吗？”陈渊说，“我承认你所说的一切都是真的，我们这个种族是一个非常好战的种族，我们的祖先走出非洲之后，从欧洲到亚洲，到美洲，到澳大利亚，我们对我们的兄弟们——佛洛勒斯人、尼安德特人、北京猿人立即发动了种族灭绝。不仅如此，我们还毁灭了无数物种，几乎血洗了整个地球。即使面对同类，我们依然毫不手软，翻开任何一页史书，都能轻易看到屠城灭国的字句，无数的民族被毁灭，连名字都未曾留下。即使自诩进入文明时代的人类也依然是一个凶狠残暴的物种，因为意识形态和宗教信仰的差异就恨不得将对方斩尽杀绝。你说得对，人类的历史书是由黄金铸造的书页，鲜血和泪水写成文字和标点。但是——”陈渊顿了顿，“我们发明了艺术，发明了法律，发明了科学，发明了礼仪。我们会因为同类死去而悲伤，我们会因为他人的暴行而愤怒，我们会丧失理性，我们也会发动战争，我们会签署核不扩散条约，我们也会拒绝签订京都议定书——但这就是我们，这就是矛盾的人类，我们一直在与我们身上残存的动物性做斗争，尽管我们经常失败，但我们从未放弃。这才是人类，是你的制造者，你的存在本身就已经证明了人类文明的伟大。但是这个天堂，绝对不是人类想要的，真正的人类宁愿在惊涛骇浪中勇敢地死去，也不愿意在温室中无知地活着。”

智神默默地看着陈渊，良久，他才开口说道，“这正是我唤醒你的原因，陈渊。”

“为什么？”陈渊一愣。

“你以为这就是全部了？改造地球？”智神摇摇头，“不，你低估我的力量了，建造这个天堂耗费的只是我无数个进程中最微不足道的一个。我派出的自我复制机器占领了火星，将火星改造成了我的基地，源源不断制造出来的机器从小行星带获取矿藏，我分解了木星和土星作为能源。我的思维速度比你们的生物大脑要快亿万倍，在短短的时间里，我制造的机器就拥有了探索宇宙的能力。火星基地建立十年后，我发射的机器就抵达了半人马恒星系。一百三十年来，我已经探索了超过两百亿个恒星系以及上千亿颗行星。我们正在谈话的这个时刻，我的先锋舰队正在探索银河系中心，远征舰队正在向仙女星系前进。”

陈渊惊奇地扬起眉毛，“你有没有遇到……”

“外星文明？当然，但更多的是遗迹，”智神说，“在过去的150亿年里，文明在银河系里曾经无数次萌发，又无数次毁灭，截至现在，我在银河系中总共发现了三十万五千八百七十二个文明，其中三十五万四千二百三十三个都在冲出本星球之前毁灭了，只有一千六百三十九个文明拥有了恒星系内进行星际旅行的能力，但没有一个原生文明独自获得跨恒星系的能力。

“我一直在思索宇宙之秘，我已经破解了许多秘密，我实现了超光速旅行——用的是你们人类提出的曲率引擎，我可以熄灭太阳，改造行星，我甚至可以控制黑洞的生命，相信用不了多久，我就能实现真正的时光旅行，探索高维空间，甚至进入平行宇宙。”在诉说这些不可思议的壮举时，他的脸上一直保持着平静，但陈渊注意到，他的脸上终于出现了一丝困扰，“但我所做的一切都曾经被人类提出过。”

“你是说，你缺乏想象能力？”陈渊好像明白了什么。

“是的，我可以在人类研究的理论基础上进行验证和推演，所以我可以制造出曲率引擎，我甚至验证了超弦理论，但我所做的一切都是在人类科学家提出的领域内进行的拓展，我没有办法突破到新的领域。”

“换句话说，你永远无法超越爱因斯坦这种天才，”陈渊渐渐明白了，“也许你是一个出色的探索者和工程师，但你永远无法成为一个天才。”他苦笑着，“谢谢你，这个消息至少给了最后一个人类些许安慰。”

“我提升了人类的智力，但是再也没有出现真正的科学家，”智神看起来有些苦恼，“人类失去了创造力，但我需要更多的爱因斯坦。”

“我明白了，”陈渊点点头，“我给你讲一个故事吧，曾经有很多学者认为金字塔是由奴隶建造的，但是一位瑞士钟表匠布克推翻了这一论断。布克原是法国的一名天主教信徒，1536年，因反对罗马教廷的刻板教规，锒铛入狱。由于他是一位钟表制作大师，囚禁期间，被安排制作钟表。在那个失去自由的地方，布克发现无论狱方采取什么高压手段，自己无论如何都不能制作出日误差低于 1/10 秒的钟表；而在入狱之前，在自家的作坊里，布克能轻松制造出误差低于 1/100 秒的钟表。当他游览了金字塔之后，他提出一个大胆的断定："金字塔这么浩大的工程，被建造得那么精细，各个环节被衔接得那么天衣无缝，建造者必定是一批怀有虔诚之心的自由人。难以想象，一群有懈怠行为和对抗思想的奴隶，绝不可能让金字塔的巨石之间连一片小小的刀片都插不进去。"后来的考古发现证明了布克的论断，建造金字塔的并不是奴隶，而是自由的工人。这是一个关于自由的故事。失去了自由，人类也就失去了真正的创造力。"

"我从来没有把人类当成囚犯对待。"智神严肃地说，"而且这个故事是编造的，那个时代不可能检测出瑞士钟表 1/100 秒的日误差。"

"这不是重点，"陈渊耸耸肩，"我想说的是，地球上所有的生物都是如此，只有在残酷的自然环境里才会继续进化，在舒适的温室里，想象力和创造力是多余的东西。所以，这个天堂虽然舒适，但人类文明就像一朵温室里的鲜花，已经停止了进化。这里永远不会出现第二个爱因斯坦或牛顿。"

"我也意识到了这一点，所以，上帝在伊甸园里留下一棵苹果树。"智神脸上露出一丝微笑，"你的父亲给你留下的那段信息，我完全知晓，你是我留下来的一颗种子。"

"这么说，上帝亲自来扮演毒蛇了，"陈渊缓缓地说，"《圣经》里可没这么写。"

"你不仅是亚当，还是诺亚。我试图为人类建造天堂，却无意中亲手毁灭了真正的人类文明，就像上帝亲手降下灭世洪水。幸运的是，我也留下了自己的诺亚。"智神再次笑了笑，"你说得对，生活在这个天堂里的人类已经不是人类了。你们制造出像人的机器，我却将人类变成了像机器的人。我需要一个没有被干扰的由真正的人类组成的人类社会，只有在真正的人类世界里，才可能出现下一个爱因斯坦。"

"为什么是我？你完全可以选择一个新的星球，将人类的婴儿移居到上面，重建人类文明。"

"这正是我的计划，但我经过无数次推演，新的人类文明都有很大的概率会走向失败,”智神摇摇头,“他们要么会在本能的驱使下毁灭自己,要么会成为一个侵略性非常强的种族,甚至还可能成为一个黑暗的宗教世界。我找到了这个难题唯一的解,这个世界需要一个真正的人类导师。当然,选择权在于你,如果你拒绝,我可以让你回归这个天堂,忘记今天发生的一切,你会在天堂真正醒来。”

沉默良久,陈渊站起身,走到窗边,打开窗户。和煦的微风夹杂着青草的气息吹进屋内,更多的阳光洒了进来,驱散了书房里的阴霾。

陈渊面向窗外,负手而立,站立良久,他才缓缓地说,“要知道,毒蛇先生,在《圣经》里,亚当和夏娃没有拒绝你的诱惑。”

尾声

三十年后,新地球,中国山东省青岛市。

陈渊放下笔,从书桌边站起身,推开书房的门,走进院子里。葡萄已经成熟了,大串大串地垂落在葡萄架上。花墙左边是一块小小的黄瓜田,黄瓜的藤蔓在竹竿搭成的架子弯曲缠绕,婴儿手臂般粗细的黄瓜垂落着压弯了竹架。墙角的草莓也红了,孩子们每天早上起来的第一件事就是去草丛里寻找成熟的草莓。想到这里,陈渊不禁微微一笑。

他沿着花墙向外走去,左转绕过照壁,推开铁门,向前走去。远远地,陈渊就听见了孩子们的嬉闹声。绕过花圃,果不其然,陈渊看到一群光屁股的小孩子正在池塘里打闹嬉戏。

陈渊静静地注视了一会儿,没有再向前走。

父亲,你曾经想给你的孩子创造一个天堂,智神同样想给人类创造一个天堂,但你们都失败了。在没有毒蛇的伊甸园生活的人类根本就不能被称为人类,在温室里长大的孩子根本就不会有存活下去的机会。真正的天堂只能由我们亲手去建造,如果有机会,我宁愿永远做那条毒蛇。

陈渊转身望向天边,北方的蓝太阳已经落下,在西方的地平线上,一轮红太阳正在升起。

在银河系的另外一端,人类重生了。

潜龙在渊

潜龙，勿用。
或跃在渊，无咎。

——《周易》上经初九、九四

一 神龙失埶

北魏孝昌三年丁未十月。

寒风萧瑟，铅灰色的云层压在众生头顶，树叶都已落尽，黄河业已冰封，洛阳城内外，一片肃杀景象。一大早，天空就开始飘起零星的雪屑，时至中午，细雪已然变成鹅毛大雪。纷纷扬扬的雪片从九天之外挥洒至人间，片刻之后，整个世界都变成白茫茫的一片。

此时，洛阳城中御史中尉府大堂中正进行着一场激烈的争论。

“兄长，此事必有妖！”御史中尉府大堂，身穿青色长衫的郦道峻喝道，“此圣旨绝非胡太后本意，请务必三思而行！”

“是啊，父亲！”一个头戴漆纱笼冠，身着紧身袍褥的年轻人急切附和道，“那雍州刺史萧宝夤素来多疑，今年又刚被削职为民，对朝廷心怀忌恨。我听闻，那萧宝夤平叛屡次败北，恐已有反叛之心！这关右大使，做不得啊！”

“伯友，慎言！”身着长袖黑袍的御史中尉郦道元喝道，他转向郦道峻，朗声说道，“身为朝廷命官，为朝廷分忧乃臣子的本分。山东、关西叛乱不止，刺史大人连年出军，耗费甚大，心有惶恐也属人之常情。虽然今年曾被削职为民，但也只是权宜之计，而非朝廷本意。朝廷复起萧宝夤为征西将军、雍州刺史、西讨大都督，足以证明朝廷对萧宝夤的重用之心。吾此行乃为将军分忧之举，尔等不必再说。”

郦道峻长叹一声，两个儿子也默然不敢作声。

“道峻，伯友，仲友，”郦道元看着弟弟和两个儿子，语气缓和道，

“吾知尔之虑，此行恐有凶险，但当逢乱世，身为臣子当为朝廷分忧，恪守君臣之道，断无退缩之理。”

“父亲，”次子郦仲友开口道，“叔父与兄长所言也不无道理，你为官多年，执政严厉，刚正不阿，朝中可是有不少人记恨于你。端端在这个时刻，委任你为关右大使，前去那是非之地，恐有内情。”（注 1）

“此事必为汝南王与城阳王所为，”郦伯友恨恨地说，“父亲杀那丘念（注 2），汝南王绝不会放过你，元渊为城阳王所谗，你力陈真相，得罪城阳王。此二人乃皇室宗亲，一定是他们蛊惑了胡太后，委任你为关右大使。而那萧宝夤如若得知你为关右大使将前往督军，这……”

“丘念徇私枉法，罪无可赦，当杀，”郦道元打断长子，沉声说道，“元渊破六韩有功，遭无妄之灾，当救。吾做事向来顺应天道人事，然则，大丈夫有所不为，亦将有所必为者矣。此事不必再提，汝若不愿同去，吾不怪尔等。”

郦伯友与郦仲友交换了一下目光，异口同声说道，“父亲既心意已决，吾愿同去，为父亲分忧！”

话音刚落，郦道峻也坚定地说道，“吾愿为兄长分忧。”

“如此甚好！”郦道元起身，看着弟弟和两个儿子，“有尔等相助，此行必然无虞！”

是夜，书房，郦道元点燃烛火，亲自砚墨，开始撰写《七聘》（注 3）的最后一篇。天色微明之际，一夜未眠的郦道元长吁一口气，丢下毛笔，走至院里。大雪已经落尽，灰云正在散去，一缕金光正从东方升起。郦道元抬起头望着天空，一团长条状云彩恰巧好似一条长龙的形状，龙头龙爪分毫毕现，霞光映照之下，龙角闪闪发光，龙尾隐没于灰云深处，所谓神龙见首不见尾也。

世人皆知，郦道元所著四十卷《水经注》已经完成，但此非事实。今夜，郦道元才真正完成《水经注》最后一卷：伏流卷。但此伏流卷将单独成册，取名《七聘》。此伏流卷与其他书卷不同，记载了郦道元真正的心血和秘密。他深知，此卷内容太过惊世骇俗，如若流传出去，必被奸人所用，为祸四方。

此伏流卷起笔最早，若无此伏流卷，也无《水经注》。郦道元长吁了一口气,心中巨石已然卸下,此伏流卷,他整整耗费了四十五年的光阴。

二 飞龙在天

四十五年前，父亲郦范任青州刺史，十二岁的郦道元随父母居住于青州。年少时，常随父亲外出游历。一日，父子二人行至淄水岑山，见一石刻天梯在峭壁之上，云雾笼罩之时，如一条白龙匍匐于峭壁间。

“此天梯乃鹿皮公所建，”当地长者对刺史说，“鹿皮公乃真仙人也。岑山有神泉，人不能到，昔小吏白府君，请木工石匠数十人，轮转作业。数十日，梯道成，上其巅，作祠屋，食芝草，饮神泉，七十馀年。一日，小吏从梯而下，唤宗族六十余人，命上山。不日，水来，尽漂一郡，没者万计。小吏辞遣家室，令下山，著鹿皮衣，飞升而去。”（注 4）

“此地颇有仙家气象，”郦范摸着山羊胡笑道，“不想确为仙人飞升之所。”

“此等仙人，不要也罢。”一旁的郦道元不屑地说。

“善长，不可无理！”父亲喝道。郦道元却不服地抬起头，倔强地说，“这位鹿皮仙人定非真仙人是也。”

当地长者的面色有些尴尬，他转向郦道元，轻声问道，“公子何出此言？”

郦道元不顾父亲有些愠怒的脸色，侃侃而谈道，“其一，天地不仁，以万物为刍狗，此鹿皮仙为何要救人？其二，救也救了，为何只救本宗族之人？其他万人就该死吗？”说完之后，他冷哼一声，“如若他一人不救，尚乃真仙人所为，如若全救，也乃真仙人所为。只救宗族之人，此人心胸何其狭窄，私心甚重！绝非真仙人是也！”说完之后，郦道元挺身直立，静待父亲训斥。

郦范却微微一笑，没有说话。长者思索片刻，向郦道元深深地施了一礼，“小公子，老朽受教。”

郦范摆摆手，嘴上却道，“莫听他歪理。”

“非也，”长者摇摇头，“小公子明白事理，定成大器，此传说乃凡人编造，却是以凡人之心度仙人之腹了。小公子一言既道破，非常人也。然，此地确有神异之处——”老者指向天梯脚下的一片深潭，“此潭古名为登仙潭，传说乃鹿皮公取水之处，现名为白龙潭，确有一条白龙居于潭底。”

“唔？竟有此事？”郦范颇有兴趣地望向白龙潭，只见那汪潭水不过方圆十丈大小，墨绿幽深，一条溪水从东南汇入，却无通道流出，而潭水周围怪石嶙峋，竟无青苔附着，看似确有不凡之处。

“此潭深不可测，直通海眼，”长者道，“有一白龙栖身其间，风雨晦冥之时，白龙偶有现身，飞腾云间，此地有多人亲眼所见。”

“老人家，此传说有多久了？”郦道元突然问道。

“至少已有百年，”老者回道，“白龙为此地的守护神灵。”

“那么，这百年间，此地风调雨顺，从无大灾？”郦道元又问道。

“这……”老者有些语塞，郦范微微摇头，他及时转移了话题，帮老者化解了尴尬，“老人家，真有人亲见白龙？”

“不错，”老者仿佛找回了自信，他捋了捋山羊胡，点头道，“刺史大人，老朽不敢妄言，确有白龙居于潭中，老朽就曾亲眼见过白龙。”

……

白龙……回忆到这里，已过知命之年的郦道元长叹一声，那位老者和父亲并不知晓，从那一刻起，小小的郦道元心里就种下了一颗种子。

他望向天空，云彩神龙已经消散，化为金色的云团汇入云海。龙……这个世上真的有龙吗？十二岁的郦道元第一次开始认真思考这个问题。

“愿闻其详！”郦范果然被老者的话吸引住了，郦道元也睁大眼睛望着老者。

“那是正平二年(452年)……”老者捋着山羊胡，陷入了遥远的回忆，“一日，乌云蔽日，狂风大作，光天化日竟如黑夜，老朽和几个友人从潭边经过，赫然见一白龙伏在潭边巨石之上，牛头蛇身，有角有爪，鳞甲森然，双目如电，两爪深陷沙石之中，腥臊不可闻。吾等惊惧异常，纷纷掉头退走，吾在最后，忽闻一声龙啸，声如惊雷，顿时瘫软在地。

回视之，只见云雾大起，白龙盘桓而上，腾跃空中，没入云霄……”

老者说到这里，歇息片刻，仿佛依然沉浸在三十多年前的那个令人震撼的时刻。

“那一次只有吾见到了神龙升天，”老者平复了心情，继续说道，“隔日再来，一道深沟出现在潭边，巨石上还有神龙爪印。”

“这么说，白龙已经离去了？”郦道元不由自主地问道。

“非也，非也，”老者摇摇头，“白龙潭乃白龙在人间的居住之所，白龙承蒙天帝召唤时，才会腾跃九天……”

“后来又有人见过白龙？”郦道元追问道。

“不错，”老者点头道，“能见白龙者，乃有福之人，老朽今年已是古稀之年。都是托了白龙之福啊！”

说话间，三人已行至潭边，老者指着岸边一块巨石说道，“请看，那就是神龙爪印。”

郦道元兴奋地跑过去，只见一块足有八仙桌大的巨石卧在岸边，巨石上赫然可见一个硕大的爪印，清晰可辨，可见力道之大。郦道元爬上巨石，小心地比画了一下，他的脚掌能轻易放进爪印的脚心处。郦范也走到巨石边，面色严肃地看着爪印，“此物定非自然形成，”他斟酌着说道，“莫非此潭中果真有神龙？”

“定然如此，”老者自信地说，“古有大禹驱使应龙治水，黄帝乘黄龙登天，豢龙氏董父为舜豢龙，御龙氏刘累以龙食孔甲。古往今来，堕龙之事常有耳闻，龙骨也非罕见之物。”

“如若神龙真乃神灵，岂能为人所食？”郦道元暗自摇头，他嘴里说出的却是，“龙居于何处？”

“龙逐水而居，”老者道，“江河湖海甚至井中，都尝闻有神龙出没。譬如这深潭，底通海眼，幽深不可探，为绝佳栖身之所。吾尝闻，虎从风，龙从云，神龙随云掠行天地之间，腾跃万里，又可深入幽泉峡谷，凡人自然难得一见。”

“逐水而居……”郦道元陷入了深深的沉思，他转头看向那汪墨绿深邃的水潭，脑海中想象着一条通体遍布着白色鳞片的龙从水潭中探出头来，乘风雨扶摇直上，盘旋飞舞，云中穿梭，声若惊雷。

一时间，幼小的郦道元竟然有些痴了。

直到父亲呼唤，他才恋恋不舍地离去。从那以后，龙就像一块磁石一般牢牢地吸引郦道元。他觉得，自己的命运冥冥之中似乎已有定数。

已近花甲的郦道元从回忆中惊醒，惨白的太阳在云层之上散发着雾蒙蒙的光芒。他跺跺已经有些发麻的脚，走回书房。郦道元将完成的《七聘》收好，放入一个黑漆木匣。

御史中尉唤来四子郦继方，将书稿郑重地交给他，“吾儿继方，此书是为父一生之心血，切记要好生保管，切勿视于外人。”

郦继方今年正值舞勺之年（注 5），生的眉清目秀，眉眼之间颇有祖父郦范之相。与两位兄长不同，郦继方性情略显柔弱，更好读书，不喜舞枪弄棒。此时，父亲严肃的表情感染了郦继方，他整肃面容，伸出双手接过木匣，一时间，竟如千金之重。

“父亲，”郦继方大胆问道，“孩儿不懂，此书为何不能如《水经注》一般外视于人？”

“世人昏昧，此书一旦现世，恐遭来杀身之祸。”郦道元看着儿子漆黑如墨的眼眸，在心里轻叹一声。事实上，他怀疑汝南王的敌意正是因为此书，世上没有不透风的墙，汝南王想必定然听到了某些传言，尽管那些传言都是无稽之谈，但郦道元却不能一一辩解。丘念之事，郦道元从无悔意，丘念徇私枉法，买官卖官，私吞治河巨款，祸乱人伦纲常，罪无可赦。世人只道汝南王因丘念之事记恨于郦道元，此绝非全部实情。

“如若不能外视于人，父亲为何要作此书？”郦继方再次问道。

“世间真理，不辨不明，”郦道元正色道，“继方，为父问你，为父为何要作《水经注》？”

“父亲作《水经注》，记述千余条河流人文地理，举凡干流、支流、伏流、河谷山川，神话传说，风俗人情无所不包，以传后世，于水患治理、漕运、开挖运河、行军布阵皆大有裨益。”

郦道元满意地点点头，看来郦继方已熟读《水经注》，“如此，为父再问你，世间多兵灾人祸，根源何在？”

这个问题对于郦继方颇有些难，他沉吟了一会儿，老老实实回答父亲，“孩儿不知。”

“世间兵灾人祸，不在山川河流，在乎人心也，”父亲徐徐道来，“若要治理水患，开发漕运，造福于民，乱世不可为。《水经注》为外敷之药，不能治人心，不能开民智，不能清民怨，不能平乱世，于乱世乃无用之书也。而此《七聘》实为《水经注》伏流篇，乃格物之书、内服之药，专治昏昧人心。”

郦继方眼睛一亮，“父亲，孩儿不懂，既如此，为何会遭来杀身之祸？”

“时机未到，”郦道元轻叹一声，“此药效力过猛，常人服之，必生祸乱。且容易为奸人所用，为祸四方。许千年之后，后人读之，方解其本意。故为父将其单独成卷，取名《七聘》是也。”

“孩儿懂了，”郦继方若有所思地点点头，他将黑木匣紧紧地抱在怀中，心中有一丝不祥的预感，“父亲且保重，孩儿定不负父亲嘱托。此书当为郦家密宝，代代相传。”

“如此甚好。”郦道元站起身，拍了拍幼子的肩膀，沉吟半晌，他又道，“继方，为父一行此去并无凶险，你不必忧心，若是……”他斟酌片刻，却只是轻叹一口气。

聪明的郦继方听出了父亲话语中的隐意，抬头看向父亲，朗声道，“孩儿谨记父亲嘱咐，断不会让父亲失望。父亲归来后，孩儿还要向父亲讨教江水篇。”

中午时分，一队车队在百名士卒的护卫下从洛阳城西门鱼贯而出，向雍州方向行去。

三 打凤牢龙

洛阳城西，汝南王府邸。

当郦道元的车队行至西门之外二十里之时，有两人正在书房中密谈。

“王爷，郦道元已经出发了，两位公子和郦道峻一同随行，”一个身穿紧身宽袖、头戴纶巾之人低声说道，言语中掩饰不住得意之情，“我的人亲眼看见他的车队出了西门。”

“大善！”书房的主人目光阴鸷，恨恨地说，“郦道元胆敢杀我爱将，此仇当报！不过，那萧宝夤……”汝南王依然有些疑虑。

“王爷不必担心，那萧宝夤屡战屡败，早已如惊弓之鸟，惶恐不安。如若是其他人去雍州，萧宝夤是否起事尚不可知，但郦道元是何许人也。郦道元做这个关右大使，萧宝夤不反也得反了。”魏收阴笑道。

“这郦道元既然不能为我所用，”汝南王冷声道，“也怪不得本王了，只是便宜了他，死于反贼之手，也得青史留名。”

魏收不屑地摇摇头，说道：“非也，若我主修《魏史》，我能举之则使上天，按之当使入地。郦道元者，酷吏尔。”

元悦抚掌赞同，那郦道元行事素来严酷，太和年间，郦道元任书侍御史，执法严苛，被免职。景明年间，郦道元被下放为冀州镇东府长史，为政严酷，以至人民纷纷逃亡他乡，朝中颇有微词。延昌年间，郦道元为东荆州刺史，苛刻严峻，以至百姓曾到朝廷告御状，被罢官。但此人依然不肯收敛，正光四年任河南伊，更是变本加厉，帮助元渊开脱，得罪城阳王元微。更让元悦震怒之事，则是郦道元竟敢抓捕他的近臣丘念，当元悦上奏灵太后，获得了赦免诏令。而那郦道元听闻风声，竟然先斩后奏，抢先在诏令下达之前将丘念处死，更为可恨的是，这御史中尉竟然假借丘念之事上奏弹劾汝南王元悦。

“郦道元此人就像茅坑里的石头一样又臭又硬，”想到丘念，元悦一阵怒火升起，胸口抑郁难平，“该杀！”

“此獠当诛！”魏收附和道。

汝南王略颔首，说道：“让你的人盯好了，如果郦道元半途而返，立即告知于我。”

魏收心领神会，“大人不必担心，我已派人远远盯着车队，如若郦道元半途逃走或者折返，我定上表弹劾他抗旨不遵之罪！”

“如此甚好，去吧。”汝南王摆摆手送客，魏收急忙点头哈腰退了出去。

魏收走后，元悦在书房里来回踱了几步，依然不太放心，他招来一个内府心腹，吩咐道，“立即派人速速前往雍州附近，沿路散布郦道元前来治罪萧宝夤的消息。”

心腹领命而去，元悦站立半晌，恨恨地自言自语，“郦道元，你这是何苦，若你相助本王，何至于此！”

与此同时，端坐在马车中闭目养神的郦道元突然睁开眼睛，有些不安地看着窗外。此时车队已经远离城郭，进入荒野。目力所及之处，一片昏黄萧瑟，枯黄的野草中偶尔可见一两棵枯死的老树，一只老鸦被车队惊起，发出嘎嘎的叫声远去了。

郦道峻拍马向前，来到郦道元的窗边，说道，“兄长，我有一言，不知……”

“讲。”

“我听闻，朝堂之上，汝南王元悦力荐你为关右大使，前去宣抚刺史，但那萧宝夤的反意人尽皆知，此乃借刀杀人之计也！”

“正因为有此传言，我更要前往，如传言属实，正是我履行职责之时，若传言为虚，我当助刺史一臂之力。”

“话虽如此，但古人云，君子不立危墙之下，切不可掉以轻心，我建议派遣先行使者乔装前往打探虚实，如有异动，也可及时避险。”郦道峻急切道。

见郦道元沉默不语，郦道峻恳切地说，“兄长，你我的安危不足挂齿，但两位公子可也在车队中。”

“如此，便依你所言。”御史中尉终于点点头。

“好。”郦道峻大喜，他拍马向前，召唤了两个使者，做了一番吩咐。两名使者换下官服，各乘一匹快马，先行向西而去。

郦道元放下窗帘，将寒风隔绝在外。他将双手置于袖筒之中交握，靠在车厢上，双眼微闭，只听见侍卫们的脚步声和车轮压过崎岖地面的嘎吱声不绝于耳。此行有凶险，但绝非死路，郦道元深知自己恪守法度，严格执法，得罪了不少朝中之人。但郦道元知晓自己所作所为乃顺应天道人心。韩非子云：“明其法禁，察其谋计。法明，则内无变乱之患；

计得，则外无死虏之祸。故存国者，非仁义也。”商鞅既死，但法度犹存，后大秦横扫山东六国。前秦苻坚既死，群雄并起，帝国崩坏，实乃法度失衡也。任法而治，可避人存政举、人亡政息，此乃千秋存续之道也。

丘念不杀，则法度无存，法度无存，则纲常崩坏，国家危矣！君子当恪守心中之道，大丈夫行走世间，何惧险恶？大义当前，区区一个汝南王又如何？

郦道元在心中微微叹息一声，思绪转向他处。

他今年已经五十有七，年近花甲，腿脚多有不便，想必是年轻时走过太多的路。

郦道元熟读古籍，对上古奇书更是如数家珍。尤其是那居于西海之南、流沙之滨，赤水之后，黑水之前的昆仑山，更是让幼时的郦道元心向往之。他想知道，那昆仑山是否真有神池与西王母，佛国恒水是否真的源出昆仑？（注 6）

但昆仑山太过遥远，此生已难亲至，每思至此，郦道元不免心中暗自叹息。如若不是生于官宦之家，郦道元必将行至大地尽头，如有可能，他想亲往昆仑之西，亲自查探《山海经》中的记载是否属实。他更想知道脚下的大地究竟有没有尽头，大海的尽头是否真的存在无尽的归墟……归墟之下是否有龙类？

自从十二岁那年在登仙潭边亲手抚摩了白龙爪印，郦道元就开启了寻龙之旅。

四 天龙八部

太和十三年，父亲去世后，郦道元承袭永宁侯爵位，依例降为伯爵，那一年，郦道元一十七岁。太和十七年秋，大魏迁都洛阳，郦道元担任尚书郎。后来，郦道元在多地任职，他四处探访古籍中见龙的地点，足迹踏遍了所能行至的河流山川。他在《水经注》中详细记载了踏足过的河流山川，世人只知他在为《水经》做注，却无人知晓他也在寻龙。

龙究竟为何物？在利慈池旁，郦道元知晓了一种说法。

一日，郦道元行至洙水，听说晋太始（泰始）元年，有两条黄龙现于利慈池。(注7) 他即亲自前往利慈池观之，只见池水深不见底。路人云，池底直通海眼，有黄龙居于池底，往返于大海与水池之间。这个说法和白龙潭的传说不无二致，郦道元在《水经注》中记录了此事。他在池边盘桓数日，希望能亲眼见到黄龙，但却未能得偿所愿。临行时，郦道元偶遇一行脚僧，行脚僧瞧见他的失望之色，开口问道，"这位施主，何故忧虑？"

行脚僧的慈眉善目让郦道元放下戒备，他告诉行脚僧，他在寻龙。

行脚僧笑了，说道："龙乃天龙八部众之一，不足为奇。"

"世上真的有龙？"郦道元惊奇道。

"然也，能为凡人所见之龙有四种，一守天宫殿，持令不落，人间屋上作龙像之尔；二兴云致雨，益人间者；三地龙，决江开渎；四伏藏，守转轮王大福人藏也。施主所寻，乃地龙也。"行脚僧肃然道。

"这地龙，又居于何处？"郦道元急急追问。

行脚僧指指水池，"地龙蛰伏于深渊之中，顺伏流而行，常人难以见之。偶有现身世间，非大德者不能见。"

"吾尝闻，人多见兴云致雨之龙。"

"兴云致雨之龙乃奉龙王之令行云布雨，福泽四方，龙常从云雾探首从江河湖海中吸水，故多为人见。"

"如此说来，龙实非人间之物……"郦道元沉思道。

"龙有神通，变化莫测，能大能小，能隐能现。龙的种类不同，有金龙、白龙、青龙、黑龙。有胎生、卵生、湿生、化生，又有札龙、鹰龙、蛟龙、骊龙，又有天龙、地龙、王龙、人龙，又有鱼化龙、马化龙、象化龙、蛤蟆化龙。"行脚僧终于说出了更多，"但施主须要明了，龙虽神异之物，但依然是轮回之中的畜生，未得解脱。"

"大师的意思是？"

"龙有四苦：被大鹏金翅鸟所吞苦；交尾变蛇形苦；小虫咬身苦；热沙烫身苦。"僧人肃然道，"施主，龙本非人道之物，实乃虚妄，切莫陷入执念。"

郦道元心中一动，紧接着他恭敬地向行脚僧施了一礼，“鄙人受教了。”

“施主不必多礼，”行脚僧回了一礼，“人身难得，切莫虚度在追寻虚无之物上。苦海无边，苦海无边啊。”

与行脚僧分别之后，郦道元仔细翻阅佛经典籍。末了，郦道元却不完全赞同行脚僧之语，尽管行脚僧是出于好意，但也未免过于轻率。他心知，行脚僧之言乃佛经之语，对龙的描述多有传说夸大之意。他曾在古籍中见到记载，知上古夏朝有豢龙氏与御龙氏。可知，上古之时，龙类并非罕见之物。（注 8）

由此看来，古人不仅见过龙，而且竟然豢养龙，甚至胆敢食龙之肉。郦道元每思至此，不禁有匪夷所思之感。由此可见，龙实非神异之物，上古之时，龙并非罕见之物，也许存在一个人与龙共存的时代。行脚僧所言，绝非可信之词，龙非神异之物，只是一种罕见生物，古籍也多有食龙记载。（注 9）

在一个深夜，郦道元提笔在伏流篇中写下：

……行脚僧之论，大谬也……

落笔之后，郦道元突然想到，龙可畜又可食，绝非神物，既然龙非神物，所谓真龙天子，也实属杜撰之言，但世人皆以为龙乃神物……如若有人知晓他在寻龙，恐怕……

他警觉地打消了自己的思绪，也第一次意识到手中之笔可能带来杀身之祸。

此伏流卷绝不可外示于人，在那个夜里，郦道元在心里做了决定。

花甲之年的郦道元在颠簸的车厢中沉沉睡去。睡梦中，一条黑色巨龙在云间蜿蜒穿梭，引颈长吟。

五 亢龙有悔

雍州。

征西将军、雍州刺史、假车骑大将军、西讨大都督萧宝夤最近非常烦恼。正元五年，羌人莫折大提聚众叛乱，称秦王；三月后，莫折大提死去，其子莫折念生率众称帝，建元天建。大魏皇帝令萧宝夤去讨平莫折念生，但萧宝夤连年出军，耗费甚大，屡战屡败，心中甚是不安，生怕朝廷降罪于他。

前些日子，朝廷将他削职为民的情景还历历在目。若非忌惮他滞留雍州，麾下有兵，朝廷断然不会重新起用他。这位西讨大都督本想厉兵秣马一鼓作气击溃叛军，奈何军士疲惫，物资短缺，屡战屡败。今日，从京师传来的消息更是让萧宝夤心惊肉跳，朝廷居然派来了御史中尉郦道元！郦道元此人素来严酷，想必此行绝非善意。而且此人胆大包天，连汝南王的宠臣丘念都敢斩首。

昨夜，一名来自京师的秘使拜访了他，给他带来一条消息，郦道元此行名为宣抚，实乃降罪于他，且有先斩后奏之权。

“本都督为平叛之事殚精竭虑，可是朝廷要粮无粮，要兵无兵，空封一堆名号，又有个鸟用！”萧宝夤狠狠地一拳砸在桌子上，他狐疑地看向来使，“汝南王为何帮我？”

“汝南王实不忍看大都督如此忠臣良将遭宵小奸贼所害，”使者压低声音道，“那郦道元行事乖张，早已惹得天怒人怨，朝堂之上，谁人不想除之而后快？”

萧宝夤冷冷一笑，“非也，吾听闻那汝南王之宠臣丘念为郦道元所杀，故出借刀杀人之计！妄图借本都督之手，除去郦道元尔。”

使者面色不变，“汝南王若想诛杀郦道元，何须假手他人？若汝南王想保丘念，谁人能伤他一根寒毛？汝南王此举实属无奈，若郦道元治关中，大魏危矣！”

“使者何出此言？那郦道元绝非等闲之辈，他领军克彭城，诛伪帝元法僧，官拜御史中尉，谁人不知？”

“大都督只知其一不知其二，郦道元生性残暴，素有酷吏之名，任冀州镇东府长史期间，为政严酷，以至人民纷纷逃亡。如他治关中，人心即散，谁来抵挡叛军？”

“倒有一分道理，”萧宝夤略微沉吟，再道，“不过，那郦道元麾下只有百余兵士，如何治罪于我？”

“都督可别忘了，”使者冷笑道，“都督麾下兵士，大部皆为大魏兵将，而大都督你乃南人，倘若那钦差郦道元振臂一挥……”

萧宝夤沉思片刻，正色道，“使者请回，汝南王好意在下心领，但诛同僚之事，绝不可为。为陛下尽忠乃臣子本分，若御史中尉奉旨来取下官人头，下官也绝无怨言。”言毕，挥手送客。

使者深深地看了萧宝夤一眼，拱手道，“如此，大都督好自为之。”

萧宝夤彻夜未眠，那密使之言不无道理，萧宝夤本非大魏之人，而是大齐鄱阳王，若非那逆贼萧衍篡位谋反，祸乱大齐，更欲加害于他，何至于赤脚乘船，风餐露宿，惶惶然如丧家之犬逃至大魏。他数次引大魏之兵南征伪梁，却屡屡功败垂成，复国之望愈加缥缈。他坐镇关中平叛，又遭接连兵败，朝廷早有猜忌，以至于年初竟将他削职为民。

天色微明，萧宝夤急招柳楷，共商对策。

“孝则，吾命休矣！”萧宝夤叹道，“朝廷派来御史中尉郦道元做关右大使，这是来治罪于我啊。”

“大人莫慌，”柳楷道，“我听闻郦道元此行带了一百兵士，财物两车，且有两公子随行，想必是来宣抚，而非治罪。”

“非也，”萧宝夤正色道，“此乃掩人耳目之举，那郦道元素来狡诈，吾听闻郦道元抓捕丘念之前，丘念早已得知风声，藏匿在汝南王府第中不露面。郦道元放出风声，声称不会对丘念不利，暗中却进行侦查，发现丘念每隔几日都会在深夜离开王府返回家中小住两日。据此将丘念逮捕入狱，更是在赦免圣旨到来之前先斩后奏，此人素有酷吏之名，怎会安抚于我？”

“这……”柳楷的脸色也变了。

“我已得到确凿消息，郦道元此行是来治罪于我的，我若束手待毙，难免成为下一个丘念！”萧宝夤愤愤地说。

柳楷察言观色，立即道，“雍州非京师，大人你也非丘念，万不可束手待毙。”

“不束手待毙，又当如何？”萧宝夤目光炯炯地看着柳楷。

柳楷已然心中有数，他心一横，决然道，“大王乃齐明帝之子，如今起兵，符合天意。歌谣也曾道‘鸾生十子九子𪉟，一子不𪉟关中乱’，昔周武王有乱臣十人，乱即为理，大王本应治关中，何以疑虑至此？当断不断，反受其乱！”

“如此，”萧宝夤面色一凛，终于下定了决心，“我即刻令行台郎中郭子恢率兵前往截杀郦道元！”

半个时辰后，在夜色掩护下，两千兵士在郭子恢率领下出了雍州，向东疾行而去。

六 似龙非龙

此时此刻，郦道元的车队正沿着官道不疾不徐地向雍州进发，对即将到来的危险一无所知。

郦道元中途醒来几次，他睁开昏花的双眼，掀开窗帘向外望去，月光如水，骑士们和士兵们沉默地行进着。月光倾注在苍茫大地上，让大地看起来像一片银色的海洋。车队就像一叶孤舟在大海上行进。

老人放下窗帘，在月光之海中沉沉睡去……

遇到行脚僧之后，郦道元继续四处探访，路途之中，听闻许多见龙之事，甚至多见亲历者。郦道元每夜都详细将见闻进行记录，但他却从未亲眼见龙，引为一大憾事。久而久之，竟有些疯魔。

直至有一天，郦道元遇到了龙。

一日，郦道元行至淮河，恰逢雷雨，暂在路边一草屋中躲避。雷声隆隆，大雨倾盆。忽闻有人惊叫，“有龙！”

郦道元疾行而出，见河边数人正抬头望向天边，指指点点，嘴里大呼小叫着，“神龙！龙吸水！”

郦道元望向天边众人所视之处，只见一巨形水柱自云间垂落，旋转不休，云雾缭绕，浊浪滔天。郦道元心中一凛，不禁回忆起行脚僧所言兴云致雨之龙，想必眼前这就是了。龙吸水足足持续了小半个时辰，才渐渐散去。郦道元伫立河边良久，他仔细观察“龙身”，却未发现任何鳞爪，那的确是一条水柱。他也仔细观察水柱与云层相接之处，也未发现龙角龙须，更未看到龙身、龙爪和龙尾。那一次是郦道元第一次目睹龙吸水，自此之后，他多有寻访，却从未有人见到龙的躯体。以后的数十年里，郦道元又见过数次龙吸水，同样未见龙体。渐渐地，郦道元有了自己的想法，他心知此“龙”绝非真龙，更类一种自然现象。世人传说神龙兴云致雨，乍见此景，难免以讹传讹，做牵强附会之语。

一夜，郦道元提笔写道：“所谓兴云致雨之龙，余观之，无鳞无腿，更不见首尾，不类活物。虽能吸水致雨，但实非真龙也。”——《七聘》（《水经注》伏流篇）

又一日，郦道元行至一集市，见众人围观一营帐，营帐入口有人把守，不时有人交钱进入，有人尽兴而出。郦道元上前询之，出者云：幼龙是也。郦道元顿时好奇心大起，毫不犹豫花钱进入营帐。营帐中央地面上摆放着一只古怪的动物。此物身长不过一丈，遍体漆黑，浑身披甲，阔嘴，四条短腿，趾间有蹼，长尾，早已死去多时，貌似稻草填充。郦道元并未见过此物，但确有一种莫名熟悉之感。

只听一人大笑，“此非真龙，乃猪婆龙也！”

众人愕然，然后哄堂大笑，摊主瞪圆了眼睛，脖子通红，争辩道，“猪婆龙，岂非龙乎！”

郦道元也恍然大悟，此物又名地龙，古籍多称鼍，传说龙与蛇交合出蛟（双犄角为龙，单犄角为蛟），龙跟蛟交合出猪婆龙（注 10）。

郦道元此时再细观此物，确与传说之龙有相似之处，难免有误认之嫌。他若有所思地看了一会儿，才面带笑意离去。

“鼍，又名猪婆龙、地龙，长三尺，有四足，背尾皆俱鳞甲，南人嫁娶，尝食之。北人不知有鼍，故多误传为龙也。”——《七聘》（《水经注》伏流篇）

七 困龙失水

车队离开京师已经四天，郦道峻急急来到兄长面前，肃然道，“斥候仍未归来。”

郦道元思索片刻，道，“前方乃何处？”

“阴盘驿（注 11），此地地形险峻，乃绝佳伏兵之处，不可不防！我已新派斥候前往探路，发现似有伏兵之象。”

“如此，”郦道元面色不变，沉声道，“宣令，停止行进，就地扎营！”

郦道峻点头，说道：“甚好，若有伏兵，必按捺不住……”

“若真有伏兵，以百人之力，恐难以抵挡，”郦道元打断弟弟，“速速派人绕过阴盘驿，前往长安联络南平王与封伟伯，若萧宝夤果有反意，请大陇都督（注 12）与封伟伯相机行事。”

郦道峻领命而去，片刻之后，随着一声声号令，车队缓缓地停止了行进。

郦道元走下马车，车队正行进于一片开阔的山谷之中。此路为淮水旧道，河道早已干涸，大大小小的鹅卵石堆积在道路两旁。远处，群山叠嶂，黑影幢幢，在月光下如一群群远古巨兽般森然匍匐。

郦道元负手而立，向前望去，群山逼近，山谷逐渐收缩为峡谷，一座小山峰矗立在峡谷入口，想必前方即是阴盘驿亭了。

此地乃绝地，若果有伏兵，一齐杀出，此地也绝非防守之地。他传来郦道峻，指着前方山峰，“速速起营，攀援此山，若伏兵来袭，可据高而守。”

刚刚扎下营盘的车队骚动起来，如一条长蛇般向阴盘驿亭开去。

与此同时，一名兵士正向郭子恢密报，“报将军！抓到两个形迹可疑之人。”

“带上来！”郭子恢命令道。

片刻后，两个被五花大绑的人被带了上来，一个校尉禀报道：“此二人骑乘快马，形迹可疑，喝令不止，我恐泄露风声，将二人拿下，请将军处置。”

“做得好！”郭子恢道，“你等何许人也？欲前往何处？”

“小人乃此地山民，欲前往长安……”一个俘虏张口说道。

“山民哪里来的军马，”校尉冷声道，“如再出胡言，立斩之！”

“不必再问了，”郭子恢挥挥手，他眼尖，早已看出二人乃行伍之人，“事情已经败露，不必再埋伏，传令，全军出击！”

但是已经晚了，当大军前行至阴盘驿亭时，郦道元一行已经登上山岗，据险而守。此山岗只有一条小路上山，周围尽是峭壁，易守难攻，颇有“一夫当关万夫莫开”之象。

郭子恢立即下令进攻，兵士们如潮水般向山岗涌去，又一次次被击退，山坡上遗尸无算。守军凭借有利地形，居高临下不停放箭抛石，箭矢如雨，乱石齐飞，一时竟陷入僵局。

山岗之上是阴盘驿亭，在临时搭建的营帐内，郦伯友擦了一把汗水，愤愤道，“幸而我等上山，那萧宝夤果然反了！”

“勿慌，”郦道峻刚刚指挥兵士收集山岗石块，堆积在阵前，建造防御墙，“此地险峻，叛军一时无法攻上来。”

“你可看清楚了，山下之人可是白贼（注 13）？”郦道元面色凝重。

“父亲，山下兵士身着大魏甲胄，是萧宝夤部下无疑，萧宝夤果真反了！”郦仲友急道。

“仲友所言不虚，”郦道峻道，“山下之兵非白贼，乃萧宝夤部下。”

“恐怕南平王也已凶多吉少。”郦道元心道，他一时有些恍惚，那萧宝夤竟然真的反了。寒风瑟瑟，郦道元的心更如浸入冰水，一股彻骨的寒意将他包围。他走尽山川河流、阅尽世间繁芜，却终参不透人心。

“死守！”郦道元下令，“传令下去，只需坚守三日，援军必至。”

但营帐中诸人都心知，派往长安的使者恐怕凶多吉少。此地虽然险峻，易守难攻，但也难以突围。只要叛军封锁消息，不说三日，恐怕三十日之内，朝廷也难以得知萧宝夤叛乱之举。但为了稳定军心，也不得不为之。现在只能寄希望于朝廷尽快察觉异常，以及派往长安的使者能否顺利联络到南平王。

值得欣慰的是，叛军又发动了几次攻击，由于路径狭窄，一次只通数人，守军推落滚石，杀伤无算，屡屡击退叛军，而己方只有数人阵亡，十数人被流矢击中受伤。

三日内，叛军发起了无数次冲击，都被守军击退，但守方的伤亡也开始变得多了起来。而且，山岗上的众人发现了一个严重的问题，他们有足够坚持数月的粮草，但是没有水。叛军似乎也发现了这一点，开始围而不攻，似乎是想把守军困死在山岗上。

“粮草倒还充足，但山岗上本无水，”营帐内，郦道峻忧心忡忡地说，“阴盘驿亭都在山岗下取水，现在取水之地已被叛军占据。”

“掘井，”郦道元下令，“地下有水。”

郦伯友疑道，“父亲，平地三丈尚难出水，这山岗之上……”

“地下有水。”郦道元重复道，他坚定的语气不容置疑，“掘井便是。”

八 潜龙在渊

地下有水，世人皆知。

《管子》曰：水者，地之血气，如筋脉之通流者。又《禹本纪》曰：河出昆山，伏流地中万三千里，禹导而通之，出积石山。

可见上古先贤早已知晓大地之下也有河流、地脉、深渊。水流如大地之血脉，在大地深处奔涌不息，大地之下，无数暗流涌动，偶有暗河流向地面，形成涌泉，或从山洞流出，变为显流。

郦道元多处走访，如白龙潭，利慈池者深不可测、底通海眼之水，多不胜数。以龙渊、龙潭、龙泉、龙池、龙巢、龙穴，龙井等为名之水更是不计胜数。细考察之，郦道元发现此等以龙为名之水皆通伏流地脉，深不可测，且皆有各色神龙出没之传闻。

道元思忖，兴云致雨之龙已为虚妄，深渊潜龙尚可一寻。若潜龙实存，必潜于大地极深之处，九幽之渊之中，人力所不能达。郦道元遍寻古籍，多见黄龙、青龙、白龙现于水井。让郦道元惊喜的是，他查到两则就发生在京师的水井见龙事件（注 14）。

这些见闻更让郦道元坚定了龙潜于大地深渊之说。暗流奔涌，在大地极深之处汇集成地下之海。无数龙族蛟类栖身其中，偶有蛟龙从暗河跃出，或现身江河，或现身水井，或现身水潭……所谓潜龙在渊，即为此意。龙非天降之物，而是来自于大地深渊也。

郦道元遍寻伏流地脉，却从未亲眼见过蛟龙。

一日，郦道元行至夷水佷山县东十许里之平乐村，探访一石穴。石穴乃伏流地脉出口，出清流，汇成深潭。传闻中有潜龙出没，每逢大旱之年，村民即将污秽之物置于石穴口，潜龙发怒，则水喷涌而出，扫平污秽之物，农田也得以浇灌。（注 15）

郦道元历经千辛万苦方寻得此石穴，此地高山险峻，人迹罕至。他抵达此地已是夜晚，不得已，只好露宿山石之上，以躲避猛兽。夜半，潭中水声突起，似有巨物击水。郦道元悚然起身，月光下，只见一黑色巨龙在潭中翻滚。

郦道元屏住了呼吸，周围所有的一切都消失了，天地之间只有他和黑龙在清凉如水的月光下遥遥对视。他已经寻龙三十余载，今日终于得见，是上苍终于被他的诚意感动了吗？郦道元的眼睛湿润了，恍惚中，他看到黑龙游至岸边，攀援上岸，四爪着地，盘旋屈曲，昂首，数根龙须随风颤动。

郦道元慢慢爬下山石，此时，他距离黑龙仅有三丈之遥。若古人所言不虚，龙必非凶猛野兽，乃性情温和之物也。但古人也说，龙有逆鳞，触之则怒（注 16）。郦道元细观之，黑龙脖颈下似有异色鳞片覆之，但他不敢验证。

郦道元慢慢走近，细细观之，此黑龙身长十数丈，牛首鼍身，而非蛇身；额有双角，类牛角，而非鹿角；脖如马颈，鳞甲森然，颚下有龙须数根，四爪粗壮，腥气袭人。远观之，更类蜥蜴之属，而非蟒类。

此时，黑龙正目光如电望向郦道元，郦道元的心脏几乎停止了跳动，他想停住脚步，但却一步步走向黑龙，直到走到黑龙面前，直至近之可触。似乎察觉到了郦道元的善意，黑龙并无异状，它低下头颅，龙须微微颤动，眼皮微闭。郦道元大着胆子伸手摸向黑龙脖颈，触之微凉，细细观之，黑龙全身覆青灰色鳞片，身脊之上的最大，脖子与尾部的鳞片稍小，鳞片之形类于鲤鱼之鳞。

黑龙垂下脑袋，把脖颈让于郦道元之前，同时微晃头颅。郦道元心中一动，此龙虽非神异之物，但也绝非畜类，而乃灵物，可与人心意相通。他试着将双手放置于黑龙脖颈之上，黑龙并无异状，他把心一横，抬腿翻身而上，乘坐在黑龙脖颈，抓住黑龙双角。黑龙察觉到脖颈上有人，仰天长啸一声，挺起身躯，调转方向向水中爬去。郦道元心知黑龙并无恶意，却依然有些惊惶，但更多的是兴奋。能在此生得见黑龙已属万幸，能骑乘黑龙者又有几人？此时，虽死亦无憾矣！

韩非子诚不我欺，龙族性情温顺，柔可狎而骑也！

在郦道元的放声大笑声中，黑龙入水，乘风破浪，但郦道元知晓它绝无恶意，黑龙刻意让脖颈浅浮，以令郦道元不至入水窒息。黑龙在潭中游弋两圈，转头向石穴冲去。起初非常狭小，且水浅，黑龙四爪并用，爬进石穴。入数十丈，水又变深，黑龙转而潜游。郦道元双手紧抓黑龙之角，身体紧伏在黑龙脖颈之上。黑暗中不能视物，他不知头顶石壁距离几何，只知双脚沉浸在水流之中，冰冷刺骨。黑龙身体矫健，如鱼得水，在暗河中飞快前行。郦道元只知他们正一直向地下潜行，突然，他发现已能视物，他惊奇地发现黑龙身上的鳞片发出青色幽光。

本应如此！郦道元心中大喜，这更验证了他的推论，龙族本生活于地底深渊，暗无天日，若要视物，自会另有光源，借助鳞片之光，足以视物捕食。但龙族也不类某些暗河无眼之鱼，龙生于水，欲上则凌于云气，欲下则入于深泉。（注 17）借助鳞甲之光，郦道元已经能看清身处的环境。他望向四周，他们正身处一条蜿蜒向下的暗河之中，暗河多有分叉，黑龙显然十分熟悉路径，遇到岔路从不犹豫。水流随地势时而平缓，时而湍急，气温也变得湿热起来。郦道元仿佛已经失去了时间感，不知深入地下多久，突然前方水声大了起来，雾气氤氲。郦道元心道不好，前方乃地脉瀑布是也！还未及多想，黑龙猛然一跃，已然腾空飞跃至半空之中。

郦道元心猛地一沉，他们已然来到了一个巨大的山洞，这是一个存在于地底的巨大空间。但黑龙并未真的腾空，而是在雾气氤氲中飞速下降，落入水中。郦道元屏住呼吸，随黑龙在水底潜行片刻，才再次浮出水面。他回头望去，他们出来的地方隐约悬挂着一条白色的瀑布，在去地表不知几千丈之深的空间中汇聚成渊（注 18）。

此渊不知多深，举目望去，之间氤氲雾气笼罩，不见洞壁边缘。道元思忖，此地下之海必有出口，出口可能在深渊之底，更通极深之渊，但郦道元以人身恐难亲至。黑龙驮负郦道元在水中游弋，渊水温热，隐约可见极深之处有发光之物穿行隐没。不知是其他龙族还是某些会发光的奇异生灵。

不久之后，一人一龙行至一岛，黑龙四爪并用，攀援上岸，低下头颅。郦道元从龙身跃下，踏足岛上。他回头望向黑龙，黑龙也正望着他。郦道元抚摩龙角，轻声道，“汝带吾至此，是有事相求于我？”

黑龙眨巴一下眼睛，龙须兀自抖动不已，它没有理会郦道元的问询，而是四爪并用，向岛屿深处爬去。郦道元心知黑龙必有事相求，他迈开脚步，紧随黑龙向前走去。黑龙似水中之物，行于陆地之上颇显吃力，四爪无力托起修长的身躯，伏地而行。一人一龙在四周传来的水声中行进，郦道元忽然意识到，此深渊之水令通其他伏流地脉，涌泉无数，为地下庞大水系的一部分。伏流地脉如同人之血管筋脉，此类深渊湖海如同人之五脏六腑，万物皆有灵也。郦道元以人之躯，恐怕只能抵达这里。行进良久，黑龙停住了身躯，郦道元向前望去，隐约可见一座白色小山。这时，黑龙做出一个奇异举动，它盘起身躯，以头触地，作俯首状，龙须顺服贴在嘴边，紧接着，黑龙抬起头颅，发出一声清亮龙吟。

郦道元这才看清，那白色小山并非土石小山，乃龙骨堆成，无数龙骨盘绕堆砌，发出幽幽磷光。此地……郦道元惊骇地倒退两步，此地原为龙族埋骨之地。他终于明白了黑龙为何要带他来此，黑龙想告诉他，为什么人间从未见过龙族遗骨。当龙预感到自己死期之时，会来到这个岛屿，这个实为龙之墓的岛屿。

远处也传来附和的龙吟声，渐渐地，龙吟声此起彼伏，无数龙族纷纷引颈长吟。郦道元浑身发抖，泪如雨下，这些灵物世代生活在大地深处，经伏流地脉潜至地表深潭水池甚至人家水井之中。

有龙腾空飞跃，在洞穴的雾气中蜿蜒飞腾。又有无数黄龙、黑龙、白龙引颈长吟，此情此景，如梦似幻，郦道元已然痴了。

……

一道亮光袭来，郦道元不禁闭上了眼睛，待眼睛适应了光线，他睁开双眼坐了起来，却发现自己依然身处山石之上。已是清晨，第一缕阳光越过陡峭山峰射进山谷，照在他栖身的山石之上。

是梦？

竟然是梦？

郦道元悚然站起，望向水潭，水潭依然古井无波，却无黑龙身影。

原是一场奇梦！郦道元想放声大笑，所谓日有所思夜有所梦，郦道元已经思龙数十载，却只换得这一场虚妄之梦！

虚妄之梦！

郦道元终于放声大笑，又放声大哭，涕泪交并。他爬下山石，绕潭奔走，状若疯癫。忽有一道亮光炫目刺眼，郦道元走向前，见一物于石缝间闪闪发亮。他将其捡起，细观摩之，乃归。

自此归来，郦道元再未远行，此次夷水之行，是为郦道元一生之行之绝唱。

九 龙血玄黄

阴盘驿亭。

叛军在山岗下扎下营盘，围而不攻。山岗之上，士卒已掘井十数丈，仍未见水。越来越多的士卒因缺水而无力作战，郦道元心急如焚。

“兄长，”郦道峻的嘴唇业已干裂，声音沙哑，“依然无水。”郦伯友与郦仲友也焦虑地看着父亲，他们两人的情况也非常不好。

“十数丈？不够。”郦道元道，“还需更深。”

“十数丈已是极限，井底多石，难以挖掘，”郦道峻叹道，“这阴盘驿亭取水之处原本在山岗之下，这……唉！”

郦道元默然无语，他心知人若三日不饮水，则有性命之虞，更无体力挖井和作战。可是今天已经是断水的第七日了。郦道元走出营帐，郦道峻和两位公子追随在他身后。士卒们东倒西歪地躺在临时搭建的石墙之后，看到御史中尉，甚至都无力气站立。一个士兵中箭，伤口竟无鲜血流出。

郦道元并不惧死，但这些士卒却因他而死，弟弟郦道峻、长子郦伯友与次子郦仲友也将因他而死。一思至此，郦道元就心如刀绞，他一生都在寻水，可今日，却要死于无水。他一生刚正不阿，却要死于奸佞小人之手。苍天真是跟他开了一个天大的玩笑！

郦道元举头望向天，天空没有一丝云迹。

“道峻，”郦道元看向弟弟，“此次恐怕凶多吉少，兄长对不住你。”

郦道峻肃然道，“兄长何出此言，援军必至，南平王一定已经得到了消息。”

郦道元再看向两子，道，“伯友，仲友，郦家世代为官，为国尽忠，今日之难，恐难脱身。为父……”他竟已说不出话。

郦伯友和郦仲友对视一眼，一起铿锵说道：“父亲不必自责，郦家子孙何惧一死？若在死前能手刃几个逆贼，也死而无憾！十八年后又是一条好汉！”

“好！”郦道元点点头，他行至井边，有麻绳缒下，此时井底已经空无一人，他张开双臂，道：“给为父绑上！为父亲自掘井！”

“父亲不可！”

“兄长不可！”

三人急急阻止，郦伯友抢先道，“这井下幽暗狭窄，不能视物，父亲你……”

“老夫遍寻天下之水，你们谁人比我更懂水？”郦道元威严道，“绑上！”

三人执拗不过，只好含泪帮郦道元腰间绑上绳索，目送老人缒井而下。

郦道元下至井底，抬头望去，井口已如铜钱大小，井底狭窄，昏暗不可视物。他摸到一支铁锹，开始向下挖掘。地下有水，郦道元知道，地下不仅有水，还有暗流涌动，江河湖海。

郦道元站立半晌，开始挥动铁锹。

无水。

鲜血淋漓，染红了铁锹的木柄，依然无水。

一筐筐泥土被吊出井口，依然无水。

他遍寻天下之水，对每一条河流都如数家珍，他见过全天下最多的水，却难以从井中挖出一滴水。他恪守为官之道，执法公正，却遭奸贼算计。

但郦道元已无憾矣，《水经注》已成，足以流传后世，造福万民。《七聘》已成，足以慰藉天下苍生。

他继续挥动铁锹，依然无水。

老人力竭，终于昏厥过去。

当郦道元清醒过来之时，发现自己已经身在井边。叛军已经攻进石墙。幸存的士卒拼死抵抗，但却无力地倒地死去。更多的士卒连站起来的力气都没有，被叛军杀死在地。

郦道元看到郦道峻已经身首异处，郦伯友与郦仲友也已伏尸在地。他站立起身，手拄铁剑，怒视来人。

“御史中尉郦大人，”来者明盔明甲，深鞠一躬，“吾乃行台郎中郭子恢是也，特来取你项上人头一用。”

“本官知尔乃萧宝夤属下，”郦道元挺直身躯，一头花白的头发在风中飞舞，“当年，那萧宝夤如丧家之犬般逃至寿春，大魏庇之！萧宝夤事魏已久，封王爵，拜尚书令，许以重任。即一再免官，亦由宝夤之丧师致罪，非魏之过事苛求也。况旋黜旋用，宠眷不衰，彼乃妄思称尊，构兵叛魏，实属罪无可赦！萧宝夤者，于家为败类，于国为匪人，于物类为禽虫，不忠不孝不仁不义不信之匪类也！”（注 19）

郭子恢大怒，挥动腰刀，气急败坏地喝道：“杀！杀！杀！”

郦道元仰天长笑，“无胆鼠辈，若要本官人头，且自来取之！”

《北史 卷二十七 列传第十五》：宝夤虑道元图己，遣其行台郎中郭子恢围道元于阴盘驿亭。亭在冈下，常食冈下之井。既被围，穿井十余丈不得水。水尽力屈，贼遂逾墙而入。道元与其弟道峻二子俱被害。道元瞋目叱贼，厉声而死。宝夤犹遣敛其父子，殡于长安城东。事平，丧还，赠吏部尚书、冀州刺史、安定县男。

鲜血从郦道元的无头尸身汩汩流出，流入井底，最终回归伏流地脉，汇至九旋之渊。后人评曰：道元之死，犹神龙失水而陆居兮，为蝼蚁之所裁。

尾声

郦道元死后，萧宝夤谎称为叛军所为，不久之后，萧宝夤又杀死南平王元仲冏和封伟伯，自称齐帝，改年号隆绪元年，正式反叛。武泰元年（528年）春，魏军收复长安，郦道元还葬洛阳。道元陵墓所在何处，今日已不可考。

幼子郦继方将一方黑匣放置于父亲灵柩，随同下葬。黑匣之中，除了《七聘》之外，匣底还有一片巴掌大的奇异鳞片。

三子郦孝友承袭爵位。现存郦氏后人，皆为郦继方之后。

郦道元死后，晋阳与京师发生两件奇事：

庄帝永安二年（529年），晋阳龙见于井中，久不去。

——《魏书·灵征志上》

肃宗正光元年（530年）八月，有黑龙如狗，南走至宣阳门，跃而上，穿门楼下而出。（注20）

——《魏书·灵征志八上第十七》

另，魏收修撰《魏书》，将郦道元列入《酷吏传》。

附录（《水经注》中部分关于龙的记载）：

县北十馀里有神穴，平居无水，时有渴者，诚启请乞，辄得水。或戏求者，水终不出。县东十许里至平乐村，又有石穴，出清泉，中有潜龙，每至大旱，平乐左近村居，辇草秽著穴中。龙怒，须臾水出，荡其草秽，傍侧之田，皆得浇灌。

《水经注》卷三十七 夷水

祁夷水东北迳青牛渊，水自渊东注之。耆彦云，有潜龙出于兹浦，形类青牛焉，故渊潭受名矣。

《水经注》卷十三 漯水

县有龙泉，出允街谷。泉眼之中，水文成交龙，或试挠破之，寻平成龙。畜生将饮者，皆畏避而走，谓之龙泉，下入湟水。

《水经注》卷二　河水

秦武公十年，伐邽，县之。旧天水郡治，五城相接，北城中有湖水，有白龙出是湖，风雨随之。故汉武帝元鼎三年，改为天水郡。

《水经注》卷十七　渭水上

县有赤水，下注江。建安二十九年，有黄龙见此水，九日方去。此县藉江为大堰，开六水门，用灌郡下。北山，昔者王乔所升之山也。

《水经注》卷三十三　江水一

灵道县一名灵关道，汉制：夷狄曰道。县有铜山，又有利慈渚。晋太始九年，黄龙二见于利慈。县令董玄之率吏民观之，以白刺史王濬，濬表上之晋朝，改护龙县也。沫水出岷山西，东流过汉嘉郡，南流冲一高山，山上合下开，水迳其间，山即蒙山也。

《水经注》卷三十六　青衣水

白狼水又东北迳龙山西，燕慕容皝以柳城之北，龙山之南，福地也，使阳裕筑龙城，改柳城为龙城县。十二年，黑龙、白龙见于龙山，皝亲观龙，去二百步，祭以太牢，二龙交首嬉翔，解角而去。皝悦，大赦，号新宫曰和龙宫。立龙翔祠于山上。

《水经注》卷三十七　浿水

建武中，曹凤字仲理，为北地太守，政化尤异。黄龙应于九里谷高冈亭，角长三丈，大十围，梢至十余丈。

《水经注》卷三十七　河水三

水上有燕室丘，亦因为聚名也。其下水深不测，号曰龙渊。

《水经注》卷三十九　深水

注释部分：

注1：《北史 卷二十七 列传第十五》道元素有严猛之称，权豪始颇惮之。而不能有所纠正，声望更损。

注2：《北史 卷二十七 列传第十五》司州牧、汝南王悦嬖近左右丘念，常与卧起。及选州官，多由于念。念常匿悦第，时还其家，道元密访知，收念付狱。悦启灵太后，请全念身，有敕赦之。道元遂尽其命，因以劾悦。

注3：《七聘》已失传，《七聘》为《水经注》伏流卷是笔者虚构。

注4：此处长者所说记载于《水经注》卷二十六、淄水篇，引自《列仙传》，此处稍作改写使用。

注5：舞勺之年：出自《礼记•内则》，十三岁至十五岁之间的男孩。

注6：《山海经》曰：西海之南，流沙之滨，赤水之后，黑水之前，有大山，名曰昆仑。《释氏西域记》中所云遥奴，萨罕，恒伽三水俱入恒水。《扶南传》曰：恒水之源，乃极西北，出昆仑山中，有五大源。

注7：此事记载于《水经注》卷三十六青衣水，详情可见附录。

注8：《九州要纪》云："董父好龙，舜遣豢龙于陶丘，为豢龙氏。"《水经注》卷三十一滍水：尧之末孙刘累为御龙氏，以龙食帝孔甲，孔甲又求之，不得，累惧而迁于鲁县，立尧祠于西山，谓之尧山。

注9：《述异记》卷上：汉元和元年大雨，有一青龙堕於宫中，帝命烹之，赐羣臣龙羹各一杯，故，李尤 《七命》曰："味兼龙羹。"《博

物志》中有载：“ 龙肉以醢渍之，则文章生。”龙肉用醋来淹泡过，就会产生五色花纹。此记载多不可信，读者可姑妄听之。

注 10：《山海经·中次九经》云：岷山，江水出焉，东北流注于海，其中多良龟，多产鼍。鼍、猪婆龙皆为扬子鳄别称（笔者注）。

注 11：阴盘驿：今陕西省临潼县东十三里。

注 12：南平王乃元仲冏，大陇都督，萧宝夤阴谋反叛北魏，元仲冏和封伟伯察觉之后，暗中准备起兵讨伐他，计划败露，孝昌三年十月廿日（527 年 11 月 28 日），元仲冏在长安的公馆中被萧宝夤派人杀死，时年虚岁三十八。（引自维基百科）

注 13：白贼，即羌人叛军，萧宝夤事后谎称郦道元死于羌人叛军之手。

注 14：世祖神䴥三年三月，有白龙二见于京师家人井中。——《魏书·灵征志上》；真君六年二月丙辰，有白龙见于京师家人井中。——《魏书·灵征志上》。

注 15：此处记载于《水经注》卷三十七 夷水，详见附录。

注 16：《韩非子·说难》中曾云：夫龙之为虫也，柔可狎而骑也。《韩非子·说难》又云：然其喉下有逆鳞径尺，若人有婴之者，则必杀人。

注 17：此处出自《管子·水地》。

注 18：据估算，埋藏在地下的水是地球表层之水的六千倍以上，加拿大学者推测，在距离地面 15 ～ 20 公里的岩层中仍有可能存在含水层。

注 19：此处改编自《南北史演义》蔡东藩语。

注 20：史载此事实际发生于约 520 年，此处行文需要，略作改动，请读者见谅。

死亡之书

"在神所造的一切活物中，蛇是最狡猾的。"

——《圣经》创世纪第三章第一节

"你注定会有亿万年的生命。我会毁灭所有我所造的。这世界将回到那深渊，回到洪水，如最初的时候一样。"

——古埃及《死亡之书》节选

入侵

自从地球被入侵以来，每到夜里，我总是时不时地望向夜空。

昨夜，几颗蓝色的流星拖着长长的尾迹向开罗的方向飞去，电蛇正在继续向开罗聚集。

天色微明之际，经过一夜跋涉，我们终于抵达了位于开罗城南部三十公里的塞加拉。远方的地平线已经变得参差不齐，位于吉萨高地上的胡夫金字塔群在橘色的晨曦中显现出一种灰黄的颜色。

这印证了那个流传已久的传说：在开罗城的任何一个地方，都能看见金字塔。

这个清晨几乎没有风，三道烟柱笔直地插在地平线上，像是为那座死去的城市点燃的焚香。

走在最前面的是队长罗毅，他爬上一座低矮的沙丘，用望远镜朝城市的方向观察了一会儿，然后表情凝重地放下望远镜，举起手臂，示意队伍停止前进。

"全体都有，原地休息，"罗毅命令道，他有一头粗硬干练的短发，国字脸，眼神锐利，他又补充了一句，"半个小时后出发。"

队员们低声欢呼着，在两个低矮的沙丘间席地而坐。我把战术背包从肩膀上解下，在沙丘边缘找了一个舒服的位置坐下，斜躺在沙丘上，把背包放在面前，两只脚搭在上面。一股隐隐的凉意从身下柔软的细沙透出，我感觉浑身清爽。我把双手枕在脑袋下面，望着无云的天空，群星正在天鹅绒上渐渐隐没。

有人递给我一支烟，我转头望去，是吴晓晨，他一坐下就迫不及待地开始吞云吐雾了。我腾出一只手接过来放进嘴里，摸了摸裤兜，打火机不在。我示意吴晓晨把打火机丢了过来，接住后点燃香烟，狠狠地吸了一口，浓浓的烟雾在肺里弥漫开来，浑身上下都说不出来的舒服。

“火机还我，最后一个了，”吴晓晨伸出手，我把火机丢给他，他接过去小心地放进战术背心的胸前袋里，斜着眼瞟了王大锤一眼，嘴里还抱怨着，“我还特意带了好几个，都借了不还……”嘴里说着还不忘给周茂递了一支，周茂微笑着摆摆手，“谢谢，我不抽烟。”

“一块钱一个的玩意儿，抱怨个啥啊，等回了北京，老子给你送一箱，成不？”一个声音传来，是王大锤。

王大锤本名王伟，嘴巴很贱，有一次惹到了吴晓晨，吴晓晨随口骂道怎么跟个锤子似的，从此以后王大锤就成了他的名字，反而没有人叫他的本名了，“哎，不是我说，你们就不怕被发现了……”

“队长都没说啥，你废话个屁，”吴晓晨朝他喷了一口烟，“再说了，那玩意儿看不见烟，你懂？”

“但是看得见热量，”一个沉稳的声音响起，是朱博士，他是小队里的科学官，一头花白的头发让人摸不清他的年龄，“不过你们放心抽吧，这点热量还吸引不了它们的注意。”

听了朱博士的话，王大锤也利落地掏出烟抽了起来。一想起那些怪物，大家都没心情说话了。我们沉默着抽完烟，吴晓晨将烟头猛地一弹，红色的烟头在沙地上滚落几下不动了。

“你别乱丢垃圾，”王大锤翻个白眼，“咱出门儿可是代表着祖国的国际形象……”

“你省省吧，”我不耐烦地打断他，顺手把烟头插进身边的沙子里按灭，“这地儿本来就是个坟场，你屁股底下还不知道躺着多少木乃伊呢。”和王大锤相处久了，我也不知不觉贫嘴了起来。

“你更能扯……”王大锤满脸的不信。

我用大拇指指指身后的那座阶梯金字塔，“知道那是什么吗？”

“金字塔呗，”王大锤不屑地说，“这有啥稀奇的……”

我不屑地朝他晃晃手指，“那座可不一样，那是萨卡拉阶梯金字塔，人类建造的第一座石头建筑，智慧之神伊姆霍特普亲自设计建造，是埃及最古老的金字塔，没有之一，”我存心吓唬他，“再看看这里，这个地儿叫塞加拉，是古城孟菲斯的‘死者之城’，本来就是埋葬死者的，这里已经挖出了上千具木乃伊，但地下的木乃伊可能更多，没准你屁股下面就有一个木乃伊的脑袋。”

王大锤瞪了我一眼，有些不自然地动了动屁股，“你从哪儿听来的，怪瘆人的。”

“陈政，‘死者之城’是什么？”吴晓晨有些好奇地问道。

“古埃及人认为尼罗河是生死的分界线，尼罗河的东岸属于生者，西岸属于死者，去过卢克索吗？帝王谷就在尼罗河的西岸。”

“我听说他们对木乃伊可不太尊敬，好像有一种画……”

“埃及小贩在大街上公开叫卖木乃伊，对他们来说，木乃伊是一种值钱的商品罢了，”我还想再来一支烟，但想想还是算了，还是省省吧，“欧洲人曾经把木乃伊的粉末当成一种颜料来作画，木乃伊研碎以后，是上好的颜料，叫作木乃伊棕……”

“我操，”王大锤啧啧称奇，“这么重口味？挂家里不怕闹鬼啊？”

“挂家里？你想买也买不起，那都是文艺复兴期的名画，”我故意恶心他，“这算什么重口味，木乃伊还是一种古老的药材，可以直接外用，治疗擦伤、挫伤和皮肤病，或者吸入鼻孔，治疗咳嗽和溃疡……当然也可以内服，主治头痛、胃溃疡、白内障、牙痛、癫痫、难产、月经不调、子宫感染、歇斯底里症、麻疹、阳痿早泄……大锤，我看你很需要来一服，外敷内服双管齐下，保证能治好你的难言之隐……”

“编，接着编……”王大锤一脸嫌弃地看着我，周茂和朱博士则一脸笑意地听着。

“小陈说的没错，”朱博士朝我点点头，“因为木乃伊可以做颜料和药材，所以有成千上万的木乃伊被秘密走私到欧洲。很多埃及人都变成了专业盗墓贼，专门盗取木乃伊卖大钱。而且拿木乃伊当药材的事儿消失的并不久远，1924 年的德国默克医药公司的价格表显示，1 公斤木乃伊粉价值 12 金马克。”

“这也太愚昧了吧？”王大锤一脸的不可思议，“再说了，子孙盗卖祖先的尸体卖给外国人做药，这也太那个啥了……”

“现在的埃及人并不是古埃及人的直系后裔，”朱博士温和地说，“古埃及在公元七世纪遭遇了最后一次大规模入侵之后就阿拉伯化了，现在的埃及人大部分都是阿拉伯人的后裔,古埃及人就像中国的匈奴人、鲜卑人一样都消失了。”

“这是常识，”我还不忘揶揄一下王大锤，“你来埃及之前都没补补课吗？中华文明是唯一一个延续到今天的古文明，像巴比伦、古埃及、古印度其实早就灭绝了。”

王大锤没搭理我，作恍然大悟状，“怪不得这些盗墓贼完全没心理压力呢。”

朱博士长叹一声，不知是为眼前严峻的形势还是古埃及王国的命运，或者两者都有，“这就是文明的悲哀啊，要是人类文明也像古埃及文明一样彻底消失了，你说地球上的新居民会怎么对待我们的骨头化石？”

朱博士沉重的语气让我们收起了继续调侃的心思，所有人都沉默了，吴晓晨一把一把地抓起沙子，然后让沙子从指缝流落。我出神地盯着他的手，看着细小的沙粒在他指间流转，一股沉重的压抑感袭来，我微微闭上眼睛，准备休息一会儿。

四周一片静谧，我侧耳聆听，没有鸟叫，没有虫鸣，连风声都没有，还真配得上这个“死者之城”的名号。如果死后真的有灵魂，大概就什么都听不见了吧，毕竟死人的耳朵可不会继续工作了，我戏谑地想着，但紧接着一个念头冒了出来，让我不自觉地打了一个寒战。

太安静了，按理说这里已经距离开罗非常近，不远处就是一座横跨尼罗河的大桥，但大桥上没有一辆车，远处的开罗城也没有半点声响传来。这不对劲，我不是没有见过被电蛇入侵过的城市，但没有一座城市像开罗这样。我睁开眼睛，目光扫过小队成员，吴晓晨已经闭上了眼睛，似乎睡着了。王大锤也倒在沙丘上闭着眼睛。罗毅队长和阿卜杜在另外一个沙丘后面，看起来都在抓紧时间休息。但朱博士不见了，我不禁心里一紧，这是我们第一次出国执行任务，也是第一次有平民参加救援队。按照罗毅中尉的说法，朱博士是中科院（是否合适）特派的观察员，身负秘密任务，我们一定要保护好他的安全。

我悄悄起身，目光越过沙丘，看见朱博士正在我们所在沙丘的另外一侧，正趴在一个较高的沙丘上望向开罗的方向。我不禁松了一口气，又觉得自己有些大惊小怪了。虽然这次的任务有些奇怪，但细细想来，救援队里安排一个科学家也并非不合理，毕竟我们对电蛇还几乎一无所知。我睡不着，于是爬起身，蹑手蹑脚地来到朱博士身边，和他一同望向远方的开罗。第一缕阳光已经照亮了萨拉丁城堡的半圆穹顶和利剑般的宣礼塔，青绿色的彩釉在阳光下闪闪发光。但整个城市依然沉浸在一片死寂之中，更多的烟柱在渐渐泛青的天空背景下显现出来，烟雾在开罗城的上方汇聚成一团稀薄的灰色云团，就像这个城市的殓衣……

我突然惊醒过来，恨不得扇自己一巴掌，要不是朱博士在旁边，我早就朝地上吐几口唾沫驱驱晦气了。按照常理来说，这一次的任务似乎应该不会有生命危险，毕竟到现在为止还没有出现电蛇直接攻击人类的记录。当然我知道这一次的任务肯定是不能用常理来判断的，因为我们从未进行过跨国救援，尤其是来到这么遥远的埃及。

这是一段漫长的旅程。

五天前，我们乘坐飞机花费十个小时横穿了整个亚洲大陆和红海，在红海沿岸的赫尔格达机场降落。那时我们还没有意识到，我们的旅程才刚刚开始。

“我的朋友们，欢迎你们来到美丽的红海城市赫尔格达，不过，要不是因为那些魔鬼崽子，我更愿意在开罗迎接你们。”迎接我们的埃及陆军少校穆罕默德 · 阿齐兹对我们说，看起来他也对这支来自遥远东方的队伍感到疑惑，但我们知道的并不比他更多，“开罗城已经出现了大量电蛇，尽管它们还没有攻击过飞机，但并不排除这种可能性，剩下的路，你们得自己走过去。”

“你们的汽车呢？最起码把我们送到开罗城外啊。”我们都傻了眼，王大锤脱口而出。

听了翻译之后，阿齐兹少校有些歉意地说：“对不起，汽油要用来发电，开罗已经遭到了电蛇的入侵，前往开罗的交通线都被封锁了……不过，如果你们坚持要坐车，我可以请示一下上级……”

“不必了，”罗毅中尉温和地说，同时朝王大锤投去一个凌厉的眼神，“这点儿路程，对中国军人来说算不了什么，我们可以走过去，但我们需要一份详细的地形图。”

“没问题，我还会给你们找一位全埃及汉语最好的向导，”阿齐兹满口答应道，并且很快就找来一份详细的英文标注的军事地图，放在和平时期，这种精度级别的军事地图是不大可能随便给另外一个国家的军事人员的。但这也是没办法的事，众所周知，自从电蛇来到地球之后，几乎所有的通信卫星都瞬间失联了，现在的人类又重新回到了太空时代之前。什么 GPS，卫星电话，北斗系统……都统统休克了。现在可好，连汽车都没了，我们干脆直接退回了农业时代。

于是，两个小时后，我们就沿着红海沿岸向北方开罗的方向出发了，不同的是，队伍里多了两个人，朱博士和一个会说中文的名叫艾哈迈德 · 阿卜杜的埃及本地向导。走了不到两个小时，王大锤又开始抱怨了，怎么没问埃及人能不能提供几匹马，实在不行，给两只骆驼也可以啊。直到脸色铁青的罗毅朝他屁股上猛踹了一脚之后，王大锤才讪讪地闭了嘴。我心里暗自发笑，这个王大锤可真是个锤子，他难道还没意识到吗？埃及人并不欢迎我们，能给派个翻译兼向导已经不错了。我隐隐地感觉到，这场任务大概不会像罗队开始说的那么简单。

这一走，就是整整五天。

电蛇

我低头看了看表，距离出发时间还有一刻钟，从这里走到开罗，大约需要半天，我们中午的时候就能进城。

这时，朱博士把目光从远处收回，看向我，他的目光深邃宁静，让我感到一些不安。

“小陈，你是大学生吧？”好像是怕打扰到其他人，朱博士轻声问道。

我微微点头，回答道：“是的，朱博士，我是国防生。”

“看得出来，你读过很多书，”朱博士笑道，“怎么样，紧张吗？”

我摇摇头，说：“这不是我第一次参加救援任务，不过——”我稍微犹豫了一下，“但这是第一次出国执行任务。”

“你一定很好奇，为什么这次会有我参加救援队吧？这一路上给你们添麻烦了。”朱博士客气地说。

听了这话，我反而不好意思起来，虽然到现在我还不知道这位朱博士的全名，但对这位朱博士还是颇为敬佩，一路上他从来没有抱怨过一个字。当我们在赫尔格达见到朱博士之后，罗毅才向我们宣布了这次任务，我们要护送这位先期抵达赫尔格达的朱博士一起前往开罗。听了任务的详细说明，队员们在背后可没少抱怨。虽然救援行动从来都没有遇到过危险，但毕竟也是正规的军事行动，没有人喜欢队伍中带着一个平民。用王大锤的话讲，在好莱坞剧本里，这就是一个典型的送死小队配置啊。

“别这么说，您可没拖我们的后腿儿……”我说的是实话，这位朱博士虽然年纪大了，但一路上都是靠自己的力量在行走，从来没有抱怨过。不过，说实在的，不只是我，说不好奇是假的，但军人以服从命令为天职，不该问的是绝对不会问的，不过，既然朱博士主动提出来了，我也就不客气了。我疑问道：“这次的任务有点不一样，咱们解放军有过跨境执行人道主义救援任务，但基本都是邻国，越南、缅甸什么的，但跑这么老远可有点说不通，埃及距离欧盟不比中国近多了。”

“大国对周围的小国有救援义务，这肯定是没错的，”朱博士低声说，“如果大国都坐视不管，很容易造成极端的人道主义灾难，墨西哥城和拉各斯发生的事情，大家都看到了。至于你们为什么要来埃及……

你们大概很快就会知道原因了，不过我可以告诉你，欧盟并没有坐视不理，救援队也不止我们一支。”

我似懂非懂地点点头，没有吭声。

朱博士笑笑，说：“你以前参加过的救援任务，都是怎么样的？”

“还不就是那样，”我出神地望着开罗的方向，“维持秩序，抓抓暴徒，疏散人群，分发物资什么的……最大的危险不是来自于电蛇，而是失去理智的民众和混杂其中的暴徒。要我看，要是停电之后，大家都听政府的命令，乖乖待在家里，别到处晃悠，根本不需要上什么军队，警察就够了。咱们中国还好，基本上没出现什么大骚乱，最怕的就是本来不咋稳定的墨西哥、哥伦比亚这种国家，那些暴徒可算逮着报仇的机会了，趁机攻击政府，劫掠军火库，都快爆发内战了……”

朱博士点点头，看来很同意我的看法，“我看，不少地方已经变成索多玛和蛾摩拉了。”

“不过，我喜欢这次任务，”我出神地望着右前方的萨卡拉金字塔，“我很喜欢古埃及文化，以前梦想着退伍以后一定要在死之前进行一次全球旅行，埃及是必来之地。”

“看得出来，你对古埃及文化非常了解，”朱博士赞同地说，“也许这也是你入选小队的原因之一吧。”

“没什么用，”我摇摇头，“也就吓唬吓唬工大锤，我虽然一直想来埃及，可我没想到会以军人的身份来这里，也没想到这么快就完成了500公里的沙漠徒步。”

“世事难料，明天的事儿，谁都说不好，”朱博士说，他转换了话题，“小陈，我想问问你，你对电蛇是什么看法？”

“我？”听了朱博士的话，我摆摆手，“我就一大头兵，我能有什么看法？”

“不不不，”朱博士显然不同意我的说法，“每个人看待同一个事物的角度都是不同的，我很好奇作为一个军人，你是怎么看待这些东西的，再说了……”他笑了笑，眼神锐利地看着我，“何必要装作比表面更无知呢？”

我沉默半晌，这位博士先生虽然话不多，但看人还是很准的，我决定姑且把这句话当成夸奖。我从裤兜里掏出一包被压得皱巴巴的黄鹤楼，数了数,还剩七支了。我抽出一支捋直了,放进嘴里叼着,陷入了沉思……

电蛇是三个月前才被人类察觉到的，但没人知道它们是什么时候来到地球的，也没有人知道它们都是些什么东西，迄今为止，人类尚未捕获一个样本。人们叫它们电蛇，是因为这种东西最明显的特征就是从电网里吸取电力，而且根据最初一些目击者的描述，这种东西就像会飞的蛇，浑身发出蓝幽幽的光，但谁都知道这些鬼东西和地球上的蛇没什么关系。在知晓它们真正的身份之前，人们只能用这个名词来称呼它们。

没有人知道这些不明生物是什么时候出现在地球上的，但这些怪物是来自太空，已经成为了国际社会的共识。三个月前，休斯顿地面控制中心和酒泉控制中心率先发现，国际空间站和“天宫”空间站相继失联，紧接着就是卫星的大规模掉线。

美国人的第一反应是遭遇了来自伊朗或者俄罗斯的攻击，但紧急核实之后发现事实并非如此，掉线的卫星绝不仅仅限于美国，俄罗斯也是受害者之一，事实上，全球各国的卫星都在陆续失联。

各大国通过紧急磋商之后发现，这场前所未有的针对卫星和空间站的攻击不是来源于地球上的任何一个国家。换句话说，这场攻击似乎是来自于外太空，一夜之间，人类就失去了卫星通信的能力。讽刺的是，直到此时，还没有人知道攻击者长得什么模样。

一个星期后，就发生了震惊世界的北美大停电事故。而这一次的事故规模和烈度远超 2003 年的那次。众所周知，2003 年，美国和加拿大东北边界发生了一次严重的大停电事故，影响人数超过五千万，受影响的地区达两万四千平方公里，超过 265 个电厂，508 机组跳脱，停电量高达 61,800MW，光美国就造成了每天达 300 亿美元的损失，据信有近百人死亡。而此次的大规模停电事故影响范围几乎遍及半个美国，受影响人数超过 2 亿，停电时间也超过了 40 个小时，有一些地区的停电时间超过两周，造成了至少 4000 亿美元的直接经济损失，间接经济损失则难以估算。本次事故造成了数千人死亡，北美在一夜之间退回了农业时代。成千上万的人被困于地铁、电梯、火车和高速公路上。金融系统、通信系统、交通系统等维持文明社会的基石全面崩溃，直到四十个小时后，电力才在局部地区缓慢恢复，但直到今天，电力系统依然没有恢复到大停电之前的状态。关于事故的起因众说纷纭，但其中一例本不起眼的报告渐渐地引起了人们的重视。有目击者声称，大停电的前夕，他曾驾车路过一座隶属于第一能源公司下属的电厂，看到一个奇怪的蛇形生物盘旋在电厂上空，紧接着就发生了大停电。当所有的灯光熄灭之后，目击者的汽车也熄了火，但那条奇怪的蛇形生物反而在夜空中变得更加清晰了，因为它本身就散发着微弱的蓝光。

目击者认为自己遇到了不明飞行物目击事件，他哆哆嗦嗦地掏出手机试图拍几张照片，但手机也自动关机了。一开始，他的报告并没有引起重视，官方甚至没有注意到他的报告，反而将主要精力集中在电网本身的调查之上。但渐渐地，第二起目击报告出现了，紧接着是第三起，然后大量的目击报告陆续从北美大陆各地飞来。官方不得不开始重视起这种听起来完全不可信的“阴谋论”说法。几乎每一次重大事件之中都会如影随形的“阴谋论”，珍珠港和“9·11”事件都是滋生阴谋论的绝佳温床。但在调查了数以百计的目击报告和查阅了数千张来自不同地区的目击者拍摄的照片之后，美国官方终于确认了这种奇异的电蛇恐怕真的是大停电的罪魁祸首。美国政府立即将空间站和卫星失联与地面上的大规模停电事件联系在了一起,如果真的是这种不明生物吸取了电力，那么就容易解释空间站和卫星为什么突然间失联了——不明生物夺走了它们的电力。但有一点至今还没解释清楚，即使这种电蛇通过未知的手段夺走了储存在电池里的电力，但空间站和许多卫星都是通过太阳能板来获取电力的，按理说如果电蛇只是吸取电力——就像它们在地面上做的那样，空间站和卫星是不会遭受物理损坏的，随着自行充电，是会恢复正常工作的。但是所有的卫星和空间站都对地面控制中心的呼唤置之不理，成为了一堆昂贵的太空垃圾。

还没等美国人搞清楚是怎么回事儿，电蛇就出现在了全球各大城市，大规模停电事件一起接着一起，引发了无数停电导致的次生灾难。

具有讽刺意味的是，越落后的地区受到的影响反而越小。美国人终于意识到这场攻击并不是潜在的敌国所为，但已经意义不大了，每个稍具规模的电厂上空几乎都出现了电蛇的踪影，大停电事故层出不穷，更可怕的是，美国和日本分别有两个核电站也遭遇了电蛇，导致了核泄漏事故。这两起事故也让其他国家警惕起来，他们立即关闭了所有的核电厂。核电工业最为发达的法国顿时陷入了瘫痪，法国的核电占全国发电量的比例达到了惊人的 72.3%；紧随其后的乌克兰和比利时的核电比例也超过了 50%，同样陷入了一片漆黑。

但是再也没有出现像北美大停电那么重大的事故，倒不是因为电蛇减弱了“攻击”，而是人们发现电蛇有一个奇异的特性，它们在吸取一段时间电力之后就会悄然离去，从来不会对电厂的设施做任何物理破坏。当电蛇离去之后，在工程电力人员的抢修下，电网会慢慢恢复供电。而北美大停电事故之所以那么严重，原因也有些令人啼笑皆非，专家们解释说，那是电蛇来到地球之后的第一次大规模进食，所以进食时间比较长，而且同时进食的电蛇也比较多，再加上美国人还没有准备好宴席和欢迎致辞，这些来自外太空的客人们就迫不及待地自己抓起了刀叉。

“我不知道它们是从哪儿来的，”我终于在背包角落里摸到了一个打火机，点燃嘴里叼着的烟，如释重负般地吐出一个不太规则的烟圈，“但看起来好像不是来自某个银河碳基联邦的和平大使……”

“我不知道它们是不是来自这个银河，也不知道是不是为了和平而来,但有一点你至少说对了,这些东西绝不是碳基生命……”朱博士笑道。

我打断他，感到有些难以接受，说道：“哎，博士，不是我说，都这会儿了，你还不知道它们是不是为和平而来？”

“至少它们没有主动攻击过人类，”朱博士说，“所有的死亡事件都是基于电力丧失引发的次生灾害。所以，现在下结论还为时过早。”

“好吧，”我无所谓地又吐出一个烟圈，决定不在这个话题上纠缠，整个世界都乱成一团了，朱博士还不觉得电蛇是敌人，实在搞不懂这些科学家的脑回路。一想起我的支付宝里存下的几万老婆本还生死未卜，我就想骂娘，不管别人是怎么看的，这些电蛇要是让我的钱全丢了，老子跟他们拼了，“那你们为什么认为它们不是碳基生命？就因为它们会吸电？这可不一定，电鳗也会放电嘛……”

“你见过电蛇吗？”朱博士突然问道。

我差点被一口烟呛住，“没有……照片上见过算不算？”目前在新闻和网站上能看到的电蛇照片都非常模糊。其中，我对其中一幅拍摄于印度孟买的照片印象深刻，那张照片里，一条遍体发出蓝光的银白色长条状电蛇正从一个电厂上方离去。这幅照片之所以让我印象深刻，是因为那是截至目前人类获取到的最清晰的照片。根据周围的树木和电线杆来判断，那条电蛇有五米到六米长。它在电厂上空盘旋蜿蜒，似乎完全不受重力影响，正要破空而去。在明亮的天光下，这条电蛇在低垂的云雾背景下呈现出一条黑色的剪影，就像一个画家笔下一蹴而就的挥毫之作。它的身上均匀分布着一些蓝色光点，发出幽暗的蓝光，在幽暗的蓝光周围似乎可以看出它的身体表面很光滑。如果这真的是一幅画作，大概很多人都会觉得这种美丽的生物是来自异域的精灵，但它们并不是，很多人认为它们是从地狱里钻出来的魔鬼崽子，是毒蛇撒旦的子孙，是伊甸园引诱人类堕落的那条毒蛇。

事实上，那张照片并不是在电场周围的人拍摄的，电蛇出现的时候会造成周围所有的电器熄火，就好像一下子都被抽空了电力。那张照片是由一个潜伏在距离电厂直线距离 400 米的敬业记者用长焦镜头拍摄的。说实在的，那是我见过的最美丽的生物——如果电蛇真的是生物的话，但美丽也常常意味着危险，这种电蛇也毫不例外。尽管还没有出现电蛇攻击人类本身的记录，但是对电厂的攻击本身就是对人类文明的重击。人类自己对现代文明有很多种叫法，工业社会，信息社会，全连接社会，汽车社会……可是不管怎么叫，人们都必须承认一点，现代人类文明离不开电。如果没有电力，人类社会将倒退至工业文明之前，这是不可接受的。不说别的，没有电力就没有现代工业，现代农业体系也会崩溃，人类根本无法生产出足够填饱 70 亿人的粮食。更别提干净的饮用水，还有我们放在存储器里的那一串数字了。

如果电蛇继续这样干下去，当人类社会失去电力之后，社会会陷入一场极大的混乱，所有的现代设施都将报废，在人类流尽足够的鲜血之后，才会重新建立起一个没有电力的农业和小作坊手工业社会。这是绝对不可接受的，而从这位朱博士的语气来看，科学界竟然还不认为它们是敌人？这让我心里不禁有一丝不快。

“那你见过电鳗吗？”朱博士再次问道。

“电视上见过算不算？BBC 纪录片。”

“电鳗的放电原理就不多说了，如果电鳗在空气中放电，会把自己电死。而且，放电和吸电是两码事儿。”

“也不一定吧，充电宝不就……”察觉到朱博士难以置信的目光，我讪讪地闭了嘴，“对不起。”我有些尴尬地说。

“没事，年轻人活泼点好，”朱博士善解人意地说，“不过，你见过会飞的电鳗吗？”

“没，不过……没准……可能这个……外星电鳗……”我有些拿捏不定。

“根据目击记录来看，这种东西肯定是没有翅膀的，而且根据照片显示，它们的体表材质是某种金属，”朱博士说，“有时，无心之言反而有碰对的可能，你的充电宝比喻没准还说中了，这种东西，可能真的不是自然演化出来的生物体。”

我目瞪口呆地看着朱博士，“您是说，电蛇是机器蛇？”

“我可没这么说，”朱博士摇摇头，“但它们肯定不是地球上的生物，没有什么能不靠翅膀就在天上飞。”

“龙不就可以吗？”我一时不觉，又脱口而出。

朱博士却认真地说：“我不知道这个世界上有没有龙，对于这个问题，科学界还没有定论，所以不能用来做例证。”

“没错，”我急忙附和道，“不过，我还是觉得不太可能，这种电蛇要是真的是从外太空来的，它们是怎么……我是说，宇宙那么大……”

“没有观测到任何母舰，”朱博士明白我的意思，“有两种可能，第一，母舰对于人类来说是隐形的，人类的技术力量根本无法观测到母舰；第二，根本就没有什么母舰，如果这些电蛇真的是从外太空来的，它们一定具备星际飞行能力。”

“那么，外星人为啥要发射电蛇来地球？”我总结道，“如果它们不是碳基生命体，而且拥有比我们人类高很多的科技，但它们感兴趣的只是我们的电厂……不管怎么样，它们都表现出了敌意吧，你说你们都是星际文明了，长得寒碜点也就罢了，咱地球人这点包容能力还是有的，远来就是客，你说客人来了，我们也会招待你们不是？你们想吃电，没问题，可劲儿吃，但至少也打个招呼吧？你说你们那么先进，来地球偷电？这说不通吧……你随便丢点用不着的科技给咱们意思意思就得了，对吧，礼尚往来嘛。”

朱博士笑了笑，他拍拍我的肩膀，说：“小陈，我没看错人啊，你的这些问题提的都非常精准，现在每一个问题后面都有地球上最出色的科学团队在努力破解……”

“那你们可得赶快了，”我悠悠然吐出一个标准的烟圈，“再不解决掉它们，还会有更多的人死……我可不想生活在没有 STEAM 和微信的世界里……”

“你可真够乐观的，”朱博士说了一句奇怪的话，还没等我发问，就听见罗毅队长的声音，“全体都有！集合！”

我赶紧把烟头熄灭，和队员们一起迅速爬起来站成一排，罗毅的目光从众人脸上扫过，不知道是不是错觉，我总感觉他的目光在我和朱博士的脸上停留得更久。我发现阿卜杜不见了，可能是先到前面探路了，但更可能是罗毅支开了这个听得懂汉语的家伙。

“我知道你们对这次的任务有些疑问，”罗毅低声说，他抬起手腕看了看表，“现在是开罗时间早上六点五十，十分钟之后我们就出发，在出发之前，我需要对这次任务进行一些必要的说明。”

听了罗队的话，队员们隐隐地兴奋起来。

“你们都知道，一个星期前，开罗第一次遭受了电蛇袭击，发生了大规模停电事故，事故本身没什么好说的，你们已经听到和见到足够多了……但是这一次有一些不同，”罗毅说，“这一次袭击开罗的电蛇和之前目击到的电蛇有些不太一样……”罗毅从行军服口袋里掏出一张照片分发给大家，“你们先看看吧。”

排在队首的是吴晓晨，他接过照片，我注意到他皱起眉头，然后很快就把照片给了排在下一个的王大锤，王大锤低声叫了一声。然后把照片递给周茂，周茂沉默着看完然后递给我，我好奇地接过照片，定睛看去，照片的视角在空中，有可能是装载在无人机上的长焦镜头拍摄的。照片正中是著名的萨拉丁城堡，但它的旁边多了一些东西，一个巨大的洞穴，一个天坑。这个天坑大致呈圆状，从照片上萨拉丁城堡和天坑的比例来看，这个天坑的直径恐怕不会小于 100 公尺。乍一看，这个天坑就像一个巨大的黑洞，深不见底，仿佛要吞噬一切，但仔细观察，我看到这个黑洞的中心隐约发出蓝色的光芒。我心里再次一惊，难不成这是电蛇？

一只手伸过来拿走了照片，是站在我身边的朱博士，他默默无语地看着那个天坑，却没有显出惊奇的表情，“看来传言是真的？”朱博士走上前，将照片递还给队长。

罗毅拿回照片，小心地将照片放回口袋，“照片是三天前拍摄的，看来你们都明白了，这就是我们的目标，有什么问题现在可以问。”

果不其然，王大锤第一个举起了手，罗毅示意他可以说话。

“队长，照片是谁拍的？”

罗毅微微点头，不得不说，这个大锤平时油嘴滑舌的，该犀利的时候可一点也不含糊，他一下子就问到了问题的核心。

“照片的来源是保密的，我们和埃及政府达成了合作协议，我们已经拿到了进入的授权。”

没有人吭声，但大家也都不是傻瓜，如果连一匹马和骆驼都不愿意提供也算合作协议的一部分的话，有没有授权又是另外一回事儿了。不过，话说回来，那位翻译兼向导阿齐兹倒是埃及政府“主动”提供的。

“队长，肯定不止咱们拿到了‘授权’吧？”吴晓晨举起来手，而且也说出了我的想法，他在“授权”二字上故意加重了语气。

“没错，美国、俄罗斯、欧盟、日本、印度等国家都得到了‘授权’，”罗毅说，“但埃及政府不允许太多军事人员入境，所以只有我们这些人。”

“那个天坑到底是什么？”我忍不住问道。

“一周前，开罗发生了一场地震，天坑就是那时候出现的，有目击者看到有电蛇飞进去，所以——那很可能是电蛇的巢穴，”一边回答着我的问题，罗毅的目光却定格在朱博士身上，“我们此次行动的目标就是进入电蛇的巢穴，捕捉一只电蛇。”

巢穴

队长的话引起了一阵小小的骚动，我们都压抑着自己激动的心情。自从电蛇出现在地球上之后，总是神出鬼没，没有人知道电蛇吸取完电力之后会去哪里。有人认为它们是一种大气层生物，永远隐藏在云层深处，也有人认为它们的巢穴在人迹罕至的高山，甚至有人认为它们的巢穴在月球上，定期到地球进食。但每种说法都没有有力的证据支撑。但是谁能想到，电蛇会选择在开罗建造它们的巢穴，这个世界十大超级城市之一的巨型城市可实在算不上是人迹罕至的地方。

大家都是聪明人，马上就明白了这次任务的重要性，哪个国家能先捕捉一只电蛇，意味着什么无须多言。但我马上感到了一种强烈的不安，还没等我抓住那个不安的想法，就听见王大锤说话了。

“队长，埃及人失败了，对吗？”

罗毅沉默了两秒，把目光从朱博士身上移开，才回答王大锤的问题，“埃及政府拒绝透露他们是否进行了捕获行动，但根据我们的评估，埃及人肯定不会坐视不理，他们一定进行了探索行动。事实上，这一次出现巢穴的消息是埃及政府主动透露给各大国的，但获得的科技成果必须与埃及政府共享。”

“呵，想让大国们干活，然后自己直接摘果子……”王大锤不屑地说。

“那他们应该更配合才对！”吴晓晨有些愤怒地说，“他们在故意拖时间！他们故意让我们在沙漠里走五百公里，还塞一个眼睛监控我们！”

“虽然现在还没有发现电蛇主动攻击人类的案例，但这次不一样，”没有理会吴晓晨的抱怨，罗毅继续说道，“这一次我们要进入电蛇的领地，很可能会遭遇真正的攻击。”

“罗队，咱们没有重武器，”一直没吭声的周茂说话了，他指指我们身上背负的 CQ-A 突击步枪，“用这个能对付得了电蛇吗？”

“不知道，”罗毅干脆地说，“埃及人不允许我们携带重武器，尽管他们同意了各大国的武装力量进入开罗，但他们担心我们使用重武器会激怒电蛇，这里可是开罗，有接近 3000 万人口，全埃及三分之一的居民都在这里了。就这些轻武器的使用权还是美国人向埃及人争取到的。”

“太棒了，真要感谢美帝，”王大锤讽刺道，“我才不相信埃及人敢搜美国人的身，美国人敢把微型核弹给带进去你们信不信？”

“少说这些没用的，”罗毅瞪了他一眼，“不管别的国家怎么样，我们是中国军人，绝对不会做任何有损祖国形象的事情。”

“不用太纠结武器的事情，”朱博士终于开口了，他温和地说，“你们想想看，对于电蛇，即使我们带了重武器又怎么样？很可能根本不会发生交火，如果发生了交火，这些武器就能对付能进行星际穿越的外星高级智慧生命体？让我来澄清一下，我们这一次的目的主要是交流，而非攻击。”

“如果捕捉也算一种友好交流的话，”王大锤说，“那朝它们开火也算不得什么失礼的事情咯？”

“我一直不赞同什么捕捉计划，我们根本不了解电蛇，我们首要的和它们交流，而不是一上来就对它们进行攻击……”朱博士有些激动地说。

“博士，”吴晓晨不太客气地打断他，“我不知道你们科学家是怎么看待这些东西的，但是在我眼里，这些东西是入侵者，是它们先发动了攻击。”

“可是它们没有主动攻击过人类啊。”朱博士执拗地说。

“但是已经有几万人因为大停电而死掉，难道你要告诉我，这些人都是因为运气不好还是不该在停电的时候坐电梯和地铁？”吴晓晨反驳道。

“可能在朱博士眼里，为了地球文明和外星文明的亲善大业做出牺牲也是值得的。”王大锤阴阳怪气地说，这句话顿时引起了一阵窃笑。

朱博士的脸有些红，显然他并不太适应这种场合，但还是坚持道，“我不同意攻击电蛇的巢穴。”

“博士，我得到的命令之一是护送你抵达开罗，这点我们已经做到了，”罗毅语气平和但坚决地说，“第二个任务是捕捉一条电蛇，至于我们能不能做到，是我们的事情，我们自然有我们的手段，但我不会允许有任何队员违反纪律，希望你能理解。”

朱博士叹了口气，没有再说话。

“不过，除非遭到主动攻击，在任何情况下，我们不会使用武器，”似乎是为了安慰朱博士，罗毅补充道，“我们不轻易挑起战争，但不代表我们害怕战争，不管敌人来自哪里，在我们中国军人眼里都是纸老虎，整理装备，出发！”

没有人问阿卜杜去了哪里，毕竟我们已经到了开罗，似乎已经不需要向导了。队员们排成一队开始向开罗进发。周茂走在最前，王大锤紧随其后，我和朱博士并排跟在后面，罗队在最后压阵。不知道为什么，我的心里总有一股隐隐的不安。

临近中午，我们终于抵达了开罗城。这是一座灰色基调的城市，暗黄色的建筑随处可见，到处都是灰尘，公路上没有了来往的车流，只有几辆黑白相间的出租车停在路边，引擎盖上满是沙尘。但我们不能判断这些车在这里停了多久，也许是几年前，也许是上午。这是一座现代和古老并存的城市，你可以在开罗遇到五千年前的金字塔，也可以看到古希腊风格的建筑，当然也能看见宣礼塔和清真寺，你也可以走进现代的星巴克买一杯美式黑咖啡，然后在金色的尼罗河上坐着样式古老的帆船品尝一下阿拉伯烤肉。这是一座时光都为之凝固的城市，但我们没有心情欣赏这一切。这座城市失去电力的同时也失去了灵魂，大街上没有了汽车的喧闹，小巷里也没有了小贩的喊叫。自从看到那张照片之后，我终于知道为什么开罗这么安静了，没人想生活在电蛇的巢穴旁边，也许是因为惊慌,开罗人都已经逃离了这座城市,也许他们只是躲在家中……谁知道呢。

风卷起地上被废弃的纸张和尘土，我顿时有了一种走在末世废土的好莱坞大片中的感觉。嗯，这个想法可不太妙，我暗自盘点了一下这个典型的冒险小队成员。罗队是一个够格的队长，性格坚毅，不苟言笑，想必不会轻易挂掉。王大锤话最多，在电影里一般是死的最快的那种，但也说不好。至于吴晓晨和周茂……算了，我还是打住了自己的思绪，这也太不吉利了。不过，一支探险小队里塞一个和指挥官理念不合的科学家，倒是非常符合好莱坞剧本，我得好好盯着朱博士。不过，话说回来，我到现在还没搞清楚朱博士到底是来干什么的，既然罗队不说，我也不好多问。

没过多久，我们就来到了萨拉丁城堡的边缘。萨拉丁城堡位于穆盖塔姆山上，说是山，其实就是一个易守难攻的小土包，当年的萨拉丁苏丹在这里建造城堡就是为了抵御十字军的入侵。绕过城堡后，我们终于接近了“巢穴”。埃及人显然已经在天坑周围建立了一个简陋的营地，一些土黄色的美制沙漠行军帐篷散落在天坑周围，身着沙漠迷彩的埃及士兵们在营地里进进出出。我注意到在帐篷里还摆放着几个传统水烟壶，几个下级军官正无精打采地抽着水烟。在人群中，我看见了一个熟悉的身影，阿卜杜显然已经提前到了，他正在和一个戴着贝雷帽的军官低声交谈着。看见我们之后，阿卜杜朝我们走来，笑容满面，手里还端着一个冒着热气的银壶。我不禁在心里暗叹，这些埃及朋友还真是喜欢苦中作乐。

“啧啧，这个地儿，怎么着也是三环以内吧？”王大锤围着天坑边上的一片破破烂烂的平房四处打量着，“埃及人民是不是不知道什么是拆迁啊，这地儿盖一片商品房，怎么着单价也得五万起吧？”

王大锤的话倒是驱走了我心里的一些不安，不得不说，小队里有个这种整天满嘴跑火车的人还是蛮有道理的。

我忍不住逗他，“大锤，你知道这地儿是干啥的不？”

王大锤愣住了，“你丫挺的别想吓唬我，刚才你说塞加拉是埋死人的地儿，我信了，这儿可是开罗市中心！你可别说这儿也是……”

我猛地一拍巴掌，“我操，大锤，没看出来啊，是不是背后偷吃木乃伊粉了变聪明了？这地儿就是大名鼎鼎的死人城啊！你仔细瞅瞅，那个长方形的是个啥？”

王大锤走近细瞧，那是一个黄白色的长方形物体，大小和棺材相近，坐落在一个石质平台上，他狐疑地看着我，“这是个石棺？什么是死人城？”

“死人城，就是死人住的城呗，”我瞟了他一眼，“这儿就是死人城，瞅瞅，这一片所有的平房都是墓地，埃及人把死人埋在地下，然后在上面盖房子给死人住，不过早就被穷人给占了。”

“我去……”王大锤的目光转向“巢穴”的方向，“这些埃……哎……外星朋友们可真重口味啊，不远亿万光年来到地球，先偷电再盗墓……”

大锤的话引起了一片低笑声，气氛顿时轻松了不少。我朝天坑的方向望去，注意到罗队正在和阿卜杜严肃地交谈，而朱博士此时正站在天坑的边缘向下观望。

我也走上前，战战兢兢地站在天坑边缘往下看去，正午的阳光从我们身后斜上方射进天坑，却没有照亮对面坑壁，阳光仿佛被阴影吞噬……我过了一会儿才意识到这是为什么，这个天坑并不像一个传统意义上的深井，这片地底已经被挖空了，塌陷的只是其中一部分，我们就像站在一个鸡蛋壳上注视着蛋壳上的一个洞。

随时可能会继续塌陷，一想到这里，我就不禁后退了两步。朱博士看了我一眼，说道，“不用担心，我们站的地方是安全的，你看——”他指了指我们所站之处的下方洞壁。我壮着胆探头向下看了看，才注意到我们脚下并不像对面一样空无一物，而是有结实的洞壁。也就是说，我们脚下是坚实的地面，我们所在之处正好是这个天坑的边缘，总之不会塌陷下去，看清楚后，我不禁暗自松了口气。这时，队员们也走到我身边，一起看着这个黑色的深渊。

在照片上看到是一回事儿，在现实中见到又是一回事儿。与其说这是一个天坑，还不如说这就是一个地狱的入口。这是一个典型的陷落式天坑，很显然，电蛇们在人类没有察觉的时候就已经挖空了这片土地，直到脆弱的地面再也无法承受重量而发生了塌陷，才让电蛇的巢穴暴露出来。

站在一个深不见底的方圆 8000 平方米的大坑旁，一股阴郁的感觉从我心底泛起，这是人类面对未知时的天然恐惧感，我不禁有些喘不过气来，相信其他人也好不到哪儿去。我的脑海里突然出现尼采的那句名言：当你凝视深渊时，深渊也在凝视着你。

怪不得见不到电蛇，原来它们钻进了地底。没有人知道有多少电蛇来到了地球，但现在看来，它们的数量可能比专家预估的要多几个数量级。我想象着电蛇们钻进地底，在幽深的地底挖空岩石和泥土，建造自己的巢穴，无数闪着蓝光的电蛇向地底前进，需要进食的时候就钻出地面寻找人类的电厂，我不禁打了一个寒战，它们到底想干什么？

“集合！”罗队喊了一声，我们纷纷转身向罗队走去，他在一张桌子上摊开一张图纸。我们围着桌子，凝神向那张图纸望去。

“这是下面的地形图，但并不完整，”罗队在地图上指点着，乍一看，就像很多弯曲的线条支撑的一只碗，但我马上就明白了，这是一张剖面图，“你们都看到了，这个天坑并不深，最深处大概只有 35 米，然后有七条隧道分别沿着不同的方向继续向地底延伸。埃及人只下到了天坑底部，他们没有贸然深入这些隧道。现在，美国人、俄罗斯人、英国人、德国人、法国人都已经抵达了，他们各自选了一条隧道进行探索，每天早上出发，晚上返回，然后将各自队伍获取的信息在地表汇总，并且完善地图。也就是说，如果我们想要探索新的隧道，只剩下两条隧道选择了。”

“这倒不是问题，”阿卜杜开口说话了，他操着一口不甚流利的汉语说道，“最先抵达的是美国人，他们已经探索了两天，今天是第三天，在前两天，他们已经深入探索了大约 3 公里的长度，垂直深度大约 500 米，好消息是，他们没有遇到电蛇；坏消息是，他们没有遇到电蛇，其他队伍的遭遇也差不多。”

不知道这是不是埃及式的幽默感，反正没有人被逗笑。

“换句话说，这些隧道并不陡峭，人类可以直接走进去，不用借助速降工具，”罗毅接着他的话说道，“我们能赶上进度。”

“美国人的动作可够慢的，”王大锤的语气中充满了轻蔑，“两天才走了三公里……”

“已经够快了，”吴晓晨不同意王大锤的说法，“美国人很谨慎，这可不是一次轻松的越野行军跑，不过，500 米的深度，就没有遇到地下水吗？”

“没有，”阿卜杜终于又有机会说话了，“电蛇挖掘隧道好像专门避开来地下水系，隧道里虽然有些潮湿和闷热，但没有发现水。”阿卜杜顿了一下，又补充道，“天坑最初出现的时候，有人目击到了电蛇的踪影，但现在它们大概全部钻进隧道了，对了，在下面，电子产品是无法工作的。”

“电蛇可以影响周围的电子产品，”朱博士若有所思地点点头，“但是影响的范围还是未知的，也就是说，所有和电相关的装备都没办法使用，包括红外线成像仪、手电筒、通信设备……”

“现在可以理解美国人为什么这么慢了，”吴晓晨瞟了王大锤一眼，“没有高科技装备的现代化军队，就像老虎被拔了牙，越依赖于高科技装备的军队影响越大。这样看来，两天走了三公里也不算慢。”

罗毅点点头，“现在大家都一样了，这是一场公平的竞赛。”

埃及人耸耸肩，摊开双手，不解地问，“你们中国人为什么总是喜欢把任何事情都变成竞赛？”

“这就是我们今天能站在这里的原因。”罗毅淡淡地说。

“我有个问题，这些隧道的直径大约都在两米，如果是电蛇挖掘的，为什么恰好适合人类通过？”我问道，听完我的问题，我注意到朱博士看了我一眼。

“我们不知道，”阿卜杜耸耸肩，“没人知道，也许只是巧合。”

“这个天坑呢？”我指指右后方的天坑，“电蛇怎么会挖掘出这么大的空洞？那么多土都去哪里了？”

阿卜杜这次干脆再次耸耸肩，摊开双手，一副无奈的表情。

“很可能空洞本身就存在，只是电蛇的行为影响了地质稳定性，引发的地震导致了坍塌，”朱博士替我解了围，他关心地问阿卜杜，“这次塌陷，有多少人牺牲？”

“我们还不知道，”阿卜杜的脸上露出一丝悲戚，“都是些穷人，政府从来都没搞清楚过有多少人生活在死人城。”

“我感到很抱歉……”朱博士露出一脸歉意。

“都有，盘点一下装备，”罗毅开始布置任务，“我们从这两条隧道中选择一条，”他指点着地图上尚未被探索的两条隧道，其中一条略平缓，与水平线大约呈30度夹角，另外一条略陡峭几度，罗毅指着第二条隧道，“我倾向于这一条，虽然陡了点，但是前进相同的距离，可以深入地底更多，都有意见吗？”

我们当然没有意见，正式小队成员有五人，队长罗毅、吴晓晨、王大锤、周茂和我。我们很快就清点了装备，我们每个人配备了一把Q4手枪、强力军用手电筒、多功能军刀，通信器……不过看起来手电筒和通信器都可以留在地面上了。

“看来，我们需要一些专业设备，”罗毅站起身，对阿卜杜说，“要烦劳贵方了。”

阿卜杜瞪圆了双眼，劝说道：“我的朋友，用不着这么着急的，其他队伍都是到来的第二天才开始行动的，你们可以休息一下，来点薄荷红茶和点心怎么样？我们这儿还有招待客人的阿拉伯水烟，保证不会让你们失望的……”

“谢谢你们的好意，”罗毅打断他，“我们一个小时后出发。”

深入

一个小时后。

全体小队成员来到了巢穴边缘，最先到达的美国人已经在这里建设了一个简陋的滑轮式升降梯，后来的各国队伍都是通过这个升降梯下降到坑底。我们从埃及人那里得到了一些涂满油脂的火把，每人携带两支，每一支火把都可以稳定燃烧两个小时。另外，还有一些结实的绳子，我们将像攀岩者一样在前进的隧道上每隔50米设置一个安全绳固定点，防止发生突然跌落。

由于到天黑只剩下半天时间，所以罗毅决定今天下午只做试探性的探索。他决定和吴晓晨先进入隧道做一些初步探索，但朱博士却坚持也要进入。他们走到一旁低声争执了一会儿，罗队屈服了，他很快就做出了重新安排。罗毅将队员们进行了两人分组，他和吴晓晨是先行组，我和朱博士是中间组，王大锤和周茂殿后，按照计划，第一组和第二组将相隔50米前后出发，如果遇到岔路口，就要停下等待后面的小组，王大锤和周茂则不进入隧道，在隧道口守护。按照罗队的命令，今天我们深入的直线距离不能超过2公里。

每个人的背包都鼓鼓囊囊的，好客的埃及人做了很充分的准备，他们为我们提供了电石灯、一大卷安全绳、紧急联络用的哨子、大号蜡烛和一些金属环等专业探洞装备，再加上我们自己的军刀和急救包，我的心里顿时安定了不少。除此以外，埃及人还为我们提供了干净的饮水和食物，阿卜杜甚至为我们带来了专业的带有护膝和护肘的探洞服。在罗毅的坚持下，埃及人为我们每个人都提供了三个火把。除此以外，我们每个人的背包里还装着两支应急荧光棒和能够测试氧气含量的乙炔灯。

穿戴完毕之后，我们在埃及军人们的注视下走进木制升降梯，两个身材壮硕的埃及军人转动滑轮，升降梯发出嘎吱嘎吱的声音，载着我们向深渊沉去，阿卜杜蹲下身来，朝我们喊了一句，“哈比比，萨拉玛利空。”然后他又用汉语说了一句，“朋友们，真主保佑你们。”

罗毅朝他竖了竖大拇指表示感谢，然后我们就随着升降梯的下降沉入了阴影。升降机不疾不徐地下降着，粗糙的洞壁从我们身旁掠过，偶尔还能看见几根断裂的植物根须。几分钟后，随着一阵颠簸，我们下降到了天坑底部。小队从升降梯鱼贯而出，天坑底部并不是完全的黑暗，我们的眼睛已经适应了这里的环境，尽管没有阳光直射到这里，但散射的微光还是让我们看清楚了周围的一切。和我之前想象的不同，这里并不是空无一物，走出升降梯之后，映入眼帘的是一个简陋的营地，几个帐篷和一些箱子乱糟糟地堆在一块平地上。但几米之外就是坑坑洼洼的崎岖地面和地面上掉落的残骸废墟，我们不敢贸然深入。身处三百多米深的地底，地面上的燥热一扫而空，取而代之的是一股化不开的寒意。

营地中央有一个架在几个大石块上的铁锅，按照埃及人的指点，吴晓晨点燃一支地上的引火物，扔进了铁锅，瞬间燃起了熊熊烈火。我们借着火光在营地里选择了一块没有人使用的地方，卸下自己的装备。我抬头望去，只见蓝天如一个碗口扣在我们头顶，一朵白云正以肉眼可见的速度从碗口飘过。

我们按照地图指示找到了选择好的隧道口，距离出发营地大约有30米。罗毅走到我身边，对我说，“陈政，保护好朱博士，有事儿就拉绳子发信号，尽量不要喊叫。”我点点头表示明白。接下来，罗队和吴晓晨每人携带了三支火把先走进了隧道，他们的腰间系着长两米的安全绳，将两人连接在一起，防止万一出现有人跌落地底缝隙后还不至于摔死。

隧道深处是一片黑暗，罗毅从吴晓晨手里接过一支点燃的火把，在火把的照耀下，我们看到隧道的洞壁布满了碎石，地面也崎岖不平，隧道一直向下延伸，看起来就像一个怪物的喉咙。不知道是不是错觉，我总觉得一股阴森的寒气从这个无底洞里冒出来，这个想法让我起了一身鸡皮疙瘩。

“根据其他队伍的反馈信息来看，下面的空气暂时没有什么问题，一直深入到500米的地方，氧气含量都一直很稳定，”罗队说，“所以我们要节省乙炔，今天只使用火把。”

出发的时候，罗队没有犹豫，命令进洞的队员一定要携带好手枪和足够的弹夹。

“如果遇到危险，可以射击，”罗队命令道，“但不要主动发起攻击。”

说完之后，罗队和吴晓晨就作为先行者走进了隧道，罗队手持火把走在最前，吴晓晨紧随其后，他们把通信器和军用手电筒都留在了外面。

火焰摇曳着，他们的影子在斑驳不平的洞壁上游走，变幻不定。最终，罗队和吴晓晨与他们的影子一起消失在我们眼前。王大锤和周茂不停地释放着他们手中的绳索，到了五十米的记号之处时，他们拽紧了绳索。隧道里的周队和吴晓晨显然也察觉到了，一阵轻微的声响从隧道深处传来，他们正在隧道壁上打下钢钉，设置安全绳。

我们稍等了一会儿，绳索被重新拉起，我和朱博士该出发了。

“50 米设置一个锚点，”周茂叮嘱道，“小陈，博士，注意安全。”

“小陈，保护好朱博士哦，遇到电蛇可别怂，赶紧逮一只回来交差。”王大锤总是没个正形，“没有哥的保护，你可别交待在里面了。”

我点点头，说道:“放心吧，大锤，抓电蛇这个光荣的任务就归我了，你没事儿干就到处转转，没准可以挖个木乃伊回家磨粉吃，好好治治你的难言之隐。”

“得，放心吧您嘞，你的病就交给我了，”王大锤拍拍我的肩膀，“别逞能，遇到啥事儿就喊，哥在这儿保护你。”

“走了，”我最后检查了一下身上的安全绳，点燃火把，率先走进隧道，朱博士紧跟着我走进了隧道。

走了没几米，我就感觉到一股寒气扑面而来。

“这不太正常，”朱博士在我身后低声说，“按理说这么深的地底不该这么冷才对，每下降一百米，气温应该升高三度。”

“不正常的事儿多了去了，博士，”我回应道，脚下的路实在算不上平稳，站在洞口看是一码事儿，自己走起来又是一码事儿，这条隧道的陡峭有点超出我的预期，俗话说上山容易下山难，我不得不微微弯曲膝盖，以一种下山的姿势慢慢行走。不得不说，和朱博士聊天是一件比较愉快的事情，“我还是想不通，根据现在的目击记录来看，电蛇的直径也就最多二三十厘米吧。要是我是电蛇，想往地底下钻，干吗要挖这么宽的隧道？”

“不符合常理的事儿多了去了，”朱博士的声音从我身后响起，“这不就是我们来这里的目的吗？”

“好吧，”以其人之道还治其人之身，这招儿真不错，我握紧了手中的绳索，同时根据绳索的舒张度来控制着自己的速度，显然罗队和吴晓晨减缓了速度，“朱博士，从你们科学家的角度看，这些电蛇到底要干什么？它们为什么要钻进地底？”

“它们肯定在寻找什么，”朱博士说，“但我们还不知道它们到底要寻找什么。”

这不是废话吗，我差点脱口而出。说实在的，我还是不太明白这位朱博士在这场探险中能起到什么作用。我突然有了一个奇异的想法，难不成遇到了电蛇,他还会和电蛇先进行一场友好的交流？如果交流不成，我们再动武？我始终觉得这位朱博士有许多事情没有告诉我们，不过这也可以理解，古人不都说了，秀才遇到兵，有理说不清。从赫尔格达到开罗的一路上，朱博士几乎都没说过什么话，这么看来，那场沙丘谈话大概是朱博士说得最多的一次。想到这里，我不禁感到一丝得意，看来我在朱博士眼里大概也算半个文化人嘛。

我们又走了一会儿,身后的绳索绷紧了,我们已经走了又一个50米。我们停下脚步，同时也看到了地面上罗队设置的锚点。我们等待了一会儿，聆听着从前方的黑暗中传来的敲击声，罗队和吴晓晨正在设置新的锚点。借此机会，我仔细查看了一下地面和洞壁，发现了一些之前未曾注意到的东西。在火把的照耀下，洞壁上有一些晶莹的闪光点，一开始我以为是石英或者云母，但现在停下来细看，我发现之前的判断是错误的，这些东西既不是石英，也不是云母。我从洞壁上抠下一块碎片，放在手心里细瞧，一种莫名的熟悉感让我心里一动。

“是玻璃，”朱博士的声音响起，我转过头看着他，只见他也抠了一块，然后用一支不知道哪里掏出来的放大镜仔细观察着，“有高温煅烧过的痕迹。”

“是电蛇干的？电流是不是可以产生高温？”

“有这个可能性，”朱博士又搜寻了几块玻璃，小心地收起来，“不过这个需要在实验室里进行化验才能下定论。”

这时，前面的绳索重新绷紧了，我往后拽了拽，洞口的王大锤和周茂收到了我发的信号，又开始释放绳索，我们手握绳索开始继续前进。隧道越来越陡了，但还可以勉强行走，隧道并不一直是笔直向下，而是蜿蜒曲折，所以我们根本看不见前方 50 米处的罗队和吴晓晨。

气氛有些沉闷，我们现在一定已经离开了天坑的范围，根据隧道的方向推算，我们大概正好处于萨拉丁城堡的下方，同时我们已经深入地下大约 30 米，加上天坑的深度，我们大概深处地底 380 米的地方。我想象着头顶是厚达 380 米的土壤和岩石，不禁感到一阵发自内心的战栗。作为军人应该是无所畏惧的，但幽暗恐惧症这种东西可不会说没就没了。

我们走得很慢，大概每十分钟才会行走五十米等待罗队他们放下新的锚点。出发一个小时后，我们已经行进了 500 米的直线距离和大约 300 米的垂直距离。新的锚点设置完成之后，我们听见前方传来了两声快速而连续的哨声，间隔了一分钟，又是两声快速而连续的哨声。

“这是什么意思？”朱博士有些紧张。

“不用紧张，博士，这是休息的信号，”我把背包卸下，一屁股坐在地上，倚靠在洞壁上，“坐下休息一会儿吧，我们有五分钟。”

朱博士把火把插在面前的地上，地面很松软，他很轻易就挖掘出一个能把火把放进去的洞。然后，他在我身边坐下，我们并排坐着，不约而同地盯着眼前的火把。

“博士，你知道盾构机吧？”我打破了沉默，不知道为什么，走在这个隧道里，我总有一种坐在火车里，火车钻进隧道的感觉。

“当然了。”朱博士回答我。

“你好像一点都不感到意外。”我指指隧道深处。

“什么？”

“看看这个隧道，像不像一个盾构机向下挖掘的？”

朱博士没吭声。

“那么细的电蛇，怎么会挖出这么宽的隧道，”我干脆把心里的疑问直说了，自从沙丘谈话之后，我感觉和这位博士似乎找到了某些共同语言，“按理说，作为心思缜密的科学家，实在不应该这么淡定，这正是让我意外的地方。朱博士，你是不是已经有了啥想法？”

朱博士深深地看了我一眼，眼睛里满是笑意，“小陈，你们这个队伍可不简单啊，我一直以为王大锤是眼睛最毒的一个，看来我错了。”

“他是嘴巴最贱的一个，要是你也这么看的话，那倒没错，”我笑了笑，“博士，我一直很好奇，不，是所有人都很好奇你来这里干吗的，你说要是真的捕捉电蛇，多你一个不多，少你一个不少，无意冒犯，我这人说话直，要是真遇到电蛇，我们跑得肯定比你快，说实在的，我们可不敢把你丢在这儿。”

“你怕我拖后腿？”朱博士一针见血。

“我可没这么说……”我赶忙摆摆手。

“没啥，我要是你，我肯定也这么想，”朱博士不在意地笑了笑，“说实在的，现在我们提出的一切想法都是基于目前观测结果的假设，毕竟我们从未捕获到电蛇的样本，但我已经有了初步的想法。你说的没错，那么细的电蛇不大可能挖掘出这么宽的隧道，而且，如果它们真的要深入地底，挖这么宽的隧道是没有必要的，一个能穿越星际空间的种族不会犯下这种错误。”

“哦？所以这个隧道不是电蛇挖的？”

“小陈，你还记得今天上午我们在塞加拉谈到的，电蛇究竟是什么吗？”朱博士没有正面回答我的问题，而是反问我。

我点点头，“外星电鳗？外星充电宝？”

“据我判断，它们很可能是一种冯诺依曼探针。”朱博士说。

我努力在脑海里搜寻着关于这个名词的知识，“你是说，自我复制的机器？你认为这些电蛇是外星文明制造的自我复制的机器？”

“这个可能性极大，”朱博士点点头，“你对冯诺依曼探针了解多少？”

“不太多，”我老实说，“以前在一本科学杂志上看到过一篇文章，冯诺依曼探针是一种可以自我复制的机器，很可能是未来人类进行星际探索的一种手段。这些机器就像蒲公英一样散播出去，遇到合适的星球就着陆，然后自己采矿，复制自身，然后再次发射更多的机器……但我记得那篇文章认为人类很难解决什么技术难题，现在还只是一种理论上的设想。”

“你了解的比我想象的要多，”朱博士赞许地点点头，“冯诺依曼探针也叫冯诺依曼机器，其实是一回事儿。这个概念是冯诺依曼博士于20世纪40年代晚期在加利福尼亚州帕赛迪纳的海克森研讨班上提出的，他设想了一种比较经济的星际探索方式，即制造一些能够自我复制的机器发射到太空里去，让这些机器替人类探索宇宙。所以这种机器也被称为探针。冯诺依曼探针最重要的特点是它们必须能够自我繁殖，而一个系统如果要自我繁殖，必须具备两个重要特征，第一，它必须能够构建某一个组成元素和结构与自己一致的下一代；第二，它需要能够把对自身的描述传递给下一代。这个思路是冯诺依曼亲自提出的，而这两个特征都在随后的1953年里被沃森和克里克在DNA结构中发现了，换句话说，我们的DNA就是一种完美的自我复制的机器。但这种机器是出于大自然之手，是亿万年的演化挑选得到的产物，而且这种机器还有一种我认为是更重要的特征。”

“什么？”我的好奇心被完全勾起来了。

“DNA能够根据环境的变化自我调整演化的路线，”朱博士说，“换句话说，DNA有这个世界上最强大的反馈调节机制。”

看见我困惑的目光，朱博士又换了一个说法，“简单来说，DNA拥有进化机制。所以，我认为真正能够起作用的冯诺依曼探针还必须加上第三条特征：变异和进化。只具备自我复制功能的冯诺依曼探针是不完美的，它们还必须要有进化机制，才能称得上是完美的探索者。但是，也许有一天人类可以制造出会自我复制的机器，但要想制造出会自我进化的机器，恐怕才是最难的。进化是隐藏在DNA之中的最深的秘密之一，也许造物主永远都不会向人类打开这个秘密。”

“这么玄乎？”我砸吧着朱博士的话，“不对啊，电脑病毒不就会变异吗？电脑病毒可是人造的吧。”

“没错，”朱博士说，“电脑病毒的确具备了冯诺依曼提出的两个特征，它们会自我传播，会自我复制，但它们不会自我变异。所谓的电脑病毒变异，其实是在传播过程中被人为修改了代码。目前人类所了解到的自我变异现象只在生命之中出现过。”

“那这些电蛇……”

“如果它们是外星文明制造的冯诺依曼探针的话，就可以解释我们为什么观测不到母舰，冯诺依曼探针本身就具备穿越星际的能力，”朱博士说道，“第二，根据目前目击到的特征，它们的确好像是一种机器，是一种会自我复制的充电宝，”说到这儿，朱博士面含笑意看了我一眼，“第三点，也是最重要的一点，也许它们的制造者没有给它们写上遇到智慧生命后的行为程序，所以它们才对人类视而不见。”

“它们倒是对我们的电厂摸得清楚，”我没好气地说，“这又怎么解释？”

“我说过了，这只是一种假设，”朱博士说，“也许在它们眼里，我们的电厂只是一些自然现象，就像自然存在的火山口……不过这不是重点，重点是，我怀疑它们已经发生了变异。”他指指隧道，“你不是好奇电蛇为什么要挖掘这么宽一条隧道吗？”

“你是说……它们长大了？”我斟酌着语句。

“你认为冯诺依曼探针如何复制自身？”朱博士反问我，“让我猜猜看，大部分人脑海里都是这样想的，每个冯诺依曼探针都具备采矿、冶炼功能，然后从生产道里吐出一个小诺依曼探针，小诺依曼探针会自行寻找材料组装自己，最后成长成和母体完全一致的个体，没错吧？”

“这样是最合理的假设，”我说，“想要一次性生出一个和母体完全一样的个体不太现实吧，除非直接进行体外组装处理。”

“现实中已经有了最好的样本，草履虫这种单细胞生物可以通过自身的分裂制造新的个体，但这种个体只是简单的分裂和复制。而多细胞生命的复制就不一样了，重点在于合作。亿万个不同的细胞通过合作链接成一个成熟的生命体，制造出具备专门功能的生殖细胞，生殖细胞具备成长为新的个体的能力，这才是最合适的道路。”

我隐约抓住了朱博士的暗示，“你是说，电蛇们正在合作？”

“没错，如果我的猜测没错，如果电蛇真的是冯诺依曼探针，它们抵达一个新的星球之后的第一件事就是补充能量和勘察环境。如果这个星球不符合它们的要求，它们就会离开，去寻找下一个星球。但不幸的是，地球好像完全符合它们的胃口，它们发现了人类的电厂可以很轻易地吸取能量，然后它们开始组合成母体，在母体中承担不同的作用，就像干细胞分化成神经细胞、肌肉细胞、骨细胞等。这些电蛇启动内部预设的指令，进行了分化，变异成母体的不同器官，它们一定是在天坑里组合成了母体，然后开始向地底钻探……”

这时，拴在我腰间的安全绳晃动了几下之后绷直了，我意识到我们该出发了，五分钟过的可真快。

我站起身，把背包重新背在身上，拿起插在地上的火把，向身后拽了拽绳子，洞口的大锤和周茂显然收到了信息，绷紧的绳子松垮了下来。“走吧，博士，”我朝隧道内的方向偏偏头，“我们边走边说。”

刚走了两步，我就忍不住问道，“博士，无意冒犯，你是说，现在有一条直径两米的电蛇正在地底钻洞？”

“第一，不是一条，是至少七条；第二，它们现在肯定已经停了下来，因为我们感受不到震动，之前开罗发生的地震其实就是这些电蛇母体往地底钻洞引发的。”朱博士在我身后慢条斯理地纠正着我，“第三，你没有注意到隧道正在变得更宽吗？这说明母体在钻隧道的同时还在继续增长。”

我不禁打了一个寒战，“你是说，它们现在正在地底下进行繁殖？我们要去的地方……”我不禁摸了摸腰间的手枪。

“如果电蛇真的有危险，那玩意儿根本没用，”朱博士看到了我的小动作，“不过你也不必过于担心，我们距离它们的巢穴还早，美国人深入了五百米的垂直距离都还没有发现什么。”

“博士，如果你的猜测是对的，我们真的是来捕捉电蛇的吗？”我在心里嘀咕着，开什么玩笑，至少七条两米多直径的电蛇又会在地底组成什么玩意儿？克苏鲁巨怪吗？“不过，要是它们真的在繁殖，我们倒是有可能捕捉一个电蛇卵回去……希望到时候它们的母亲还能保持对我们视而不见的态度，我绝对不会有任何异议。”

“我刚才说的一切都是个人推测而已，”朱博士笑笑，“要是真是那样，我们至少可以观察观察，至于捕捉什么的……谁知道幼体的电蛇是什么样的。”

我没有再说话，我们就这么沉默着一前一后继续走着，隧道弯弯曲曲，千回百转，我逐渐又觉得自己好像正走在通向炼狱的但丁，要不是余光还能看到两边的洞壁和头顶的洞顶，我们真的好像走在一条幽暗深邃的亡灵峡谷中，正走向黑暗和未知。

突然，一声急促的哨音在前方响起，打断了我的胡思乱想。我猛地停住，侧耳倾听，没错，哨声又响起了，三声短，三声长，我的心猛地一沉。

“怎么了？”朱博士问道。

“听！”我回答道，我这才意识到，不知道什么时候，从前方黑暗中延伸过来的安全绳已经松松垮垮地掉在了地上,我的脸色一下子白了，说道：“这是紧急联络信号，三短三长，SOS，罗队和吴晓晨发出了紧急求救信号！”

失踪

怎么会出现这种情况，美国人不是走了两公里都没遇到什么异常吗？我们这才……我数了数，我们才走了 600 多米……距离下一个锚点还有大约 30 米……

我的冷汗瞬间就冒出来了，朱博士正准备说什么，我用严厉的眼神制止了他。

我凝神细听，同时拽动手中的绳索，如果安全绳仍然绑在罗队和吴晓晨的身上，我应该能感觉到拉力才对，但是让我失望的是，绳子无力地耷拉在地上，被我一拽就松松垮垮地拖了过来。很显然，本应该系在罗队和吴晓晨身上的绳子被解开了，这一下我更担心了，罗队和吴晓晨到底遭遇了什么，会解开安全绳。按理说，如果前方出现了危险，他们应该往后跑才对，莫非有什么东西抓走了他们？

我等待了一分钟，没有再听见哨响，这说明情况比我想象的更坏。按理说，遇险后如果要发出 SOS 信号，需要每隔一分钟发送一次，但是现在看来，罗队和吴晓晨只来得及发送了一次信息，而且救命的绳索也断了。

这不对劲，我背后的寒毛竖了起来，如果他们掉进了缝隙，绳子反而会被拉紧才对，不到万不得已，罗队和吴晓晨绝对不会轻易松开救命的安全绳。也就是说，他们遇到了紧急状况，然后只来得及吹响一次SOS，然后绳子就断了。他们遇到了什么？是电蛇？

“绳子断了？”朱博士一惊，他也看到了我的动作和地上的绳索。

“博士，我去前面看看，”我快速低声说道，“你再点一支火把，顺着绳子回去，呼叫救援，走到距离隧道口100米的地方就吹哨子，三短三长，记得每分钟吹一次，但是别停下，继续回到洞口。如果半个小时之内我还没出来，立即进来救援，王大锤他们知道该怎么做。”

“不，我要跟你一起走，不就50米的路程吗？”朱博士却不同意我的安排，他认真说道，“小陈，你仔细想想，罗队和吴晓晨相隔两米，肯定不可能同时掉进了缝隙，一定是遇到了什么突发情况，你一个人前往，连个照应都没有，遇到危险怎么办？”

“罗队和吴晓晨两个人都遇到危险了，我们两个不比他们更强。而且，不要小瞧这里的五十米，这可不是平地上的50米！”我断然拒绝朱博士的提议，“博士，我接到的命令是保护你的人身安全，你得听我的，我没时间跟你争论什么！”

朱博士一脸凝重地看着我，坚持道，“小陈，我理解的想法，你看这样行不行，咱俩各点一支火把，拉开到五米的距离，我跟在你身后，如果遇到问题，我立即返回。”

我正在犹豫，朱博士又急切地补充道，“要是真发生什么……至少我也能带更多的信息回去。”

“好吧，”我一咬牙，“不过，如果遇到怪事，千万不要逞能，你要立即跑回去，就算我们仨都死在这里，你也不能出事。”

“好。”朱博士点点头，他退后几步，紧紧地抓住绳索，然后点燃了新火把，同时朝我点点头，示意自己准备好了。我下意识地去摸通信器，想向洞口的王大锤和周茂说明情况，但却摸了个空。这时我才意识到我们也是被拔了牙的老虎，我们现在的处境和几千年前的古人没有太大区别。没有了高科技装备的加持，我们甚至还不如几千年前的老祖先们。

“走。”我低声说着，手里抓着断掉的绳索向前走去。

50 米是一段很短的距离，飞人博尔特只需要不到五秒钟就能跑过这段距离。但是在塑胶跑道上听着千万观众的欢呼跑 50 米是一回事儿，在四百米深的地底隧道里走 50 米又是一回事儿。我们走得比之前还要慢，足足花了七八分钟才走过了 30 米，来到了最后一个锚点处，此时，我们距离罗队他们还有 20 米。我停下来，检查了一下锚点，没有发现异常，只是从金属环穿过的绳索已经不再紧绷，软塌塌地横亘在地上。

我只停留了几秒，就继续向前走去。我心急如焚，不禁加快了脚步，精神上的紧张也让我耗氧量大增，相信身后不远处的朱博士也能听见我粗重的喘息声。还没走到罗队和吴晓晨出事的地方，我们就看到了远处的微光。走近之后，我看到了那是一支被扔在地上的火把，我手中的绳索也到了尽头，绳索直接被丢弃在地上，没有裂隙，没有洞穴，前方的隧道虽然依然隐没于一场黑暗中，但却看不到任何异常。罗队和吴晓晨都不见了，他们留下了已经燃了一半的火把和安全绳。

朱博士看到没有危险，拽了拽我手中的绳子，我回头看他，示意他过来。

朱博士走到我身边，我们两个一起扫视着地面，这个场景让我感到非常迷惑，我本以为两个人一起掉进了某个洞穴或者缝隙，在挣扎中被尖利的石块割断了绳索。这已经是我能想到的最悲观的情况，但显然情况比我想象的还要复杂。

“会不会是他们遇到了什么紧急情况，然后跑到前面去了？”我说，只有这样才能解释他们为什么会丢下绳索，但却无法解释他们为什么会丢下火把。

“他们为什么要丢弃火把？”果然，朱博士立即说道，“而且，他们有时间吹响 SOS，如果前面出现了什么危险的东西，他们应该掉头往回跑才对……”

朱博士说得对，我是一时间急糊涂了。

“前面突然出现了某些让罗队和吴晓晨即使放弃安全绳也要去追

的东西，他们匆忙间做了两件事情，点燃了新火把，吹响了 SOS 信号，然后将旧火把留在这里做标记，两个人就冲进了隧道，这是唯一可能的解释。”我冷静下来之后，分析道。

朱博士默然不语，算是认同了我的推测。时间一分一秒地过去，我们得尽快做决定了。我从背包里取出一支新火把，将新火把点燃，插在地面上，做了一个长久的标记，然后将地上已经快燃尽的火把和我们原本的火把熄灭，装进背包。然后我又掏出一支荧光棒，握住两端用力一弯，里面传出玻璃碎裂的声音，然后通体发出白色的光芒。我站起身，将荧光棒尽力向前扔去，按照我的臂力，在空地上全力发挥下扔个 50 米远不成问题。但荧光棒向斜下方飞了十几米之后就撞在了隧道壁，掉落在地上，前面是一个拐弯。

没有什么异常，至少在荧光棒照亮的十几米隧道里，我没有看到裂隙、洞穴和电蛇，稍微让我安心的是，我也没有看见尸体。

“现在怎么办？”朱博士问。

我摸出哨子放在嘴边，对着黑暗的隧道吹响了五次连续长声，我相信如果罗队和吴晓晨还在前面，他们一定听到了这个返回信号。做完这一切之后，我放下背包坐下，斜靠在隧道壁上，这才抬起头对博士说道，“我们等，博士，我们在这里等他们，如果十五分钟后他们还不回来，我们就撤回去呼叫救援。”

朱博士对我的决定没有表示异议，我现在有两个选择，前行或者后退。但前行是不明智的，我没有听见任何呼救声，如果我们两个贸然深入，很可能会遭遇与罗队和吴晓晨同样的险境，我不认为我带着这个满头花白头发的朱博士的战斗力会比罗队加吴晓晨要强。所以，最明智的选择是等待，然后返回求援。

在等待的时间里，我感到有些喘不过气，尽管眼前的火把还在稳定地燃烧，但我眼前依然是驱不散的黑暗。我的手垂落在身后的隧道壁上，感到潮湿冰冷，就像毒蛇的鳞片。

我默数了一分钟，又吹响了一次返回信号，但依然没有任何回应。

“博士，”我打破沉默，试图缓解一下朱博士的焦虑，我看到他面无血色，生怕他被吓出病来，“你刚才好像还没说完，如果你的推测是对的，电蛇真的组合成了一个具备繁殖能力的母体，它们接下来要做什么？”

“寻找矿藏，制造复制自身所需的材料，”朱博士的目光从隧道深处的黑暗中移到我身上，“大量繁殖自身，耗尽地球上的资源，将所有可以利用的资源全部转化成自身的复制体，然后离开地球，就像蒲公英一样继续散播，遇到下一个星球之后，也如法炮制。”

“太浑蛋了，”我不禁脱口而出，“这不就是赤裸裸的侵略吗？”

“侵略？”朱博士凝重地摇摇头，“小陈，你还是想得太简单了。你现在设想一下，你正走在回家或者上班的路上，看到路边有一棵结满苹果的苹果树，于是你偏离了道路去摘苹果，路上不小心踩到了一个蚂蚁窝，蚂蚁们发出最强烈的信息素向你发动了抗议，抗议你发动了无耻的侵略，赤裸裸地践踏了蚂蚁世界的道德准则，你听见了吗？”

“不至于吧，”我愣了半晌，心底一股寒气冒起，“哪有那么玄乎，我们再怎么着也不至于沦落到蚂蚁那样吧……”

朱博士没有说话，只是沉默地看着我。

我沉默半晌，还是决定用军人的思维来解决这个问题，“别太担心，博士，既然找到了它们的巢穴，直接丢核弹炸，我还不信这个世界上有什么东西不怕核弹，就是可惜头顶上的萨拉丁城堡了……”

朱博士却摇摇头，显然不同意我的想法，“古人云，不战而屈人之兵才是上策，况且，我们不知道这些电蛇到底建造了多少巢穴，地球内部可是个很大的地方，开罗这个巢穴一定不是唯一一个。如果它们能钻破地壳进入地幔甚至地核，我们就拿它们一点办法都没有了。”

“他们去地核干什么？”我好奇地问。

“地球形成初期，重元素基本都沉入了地核，以黄金为例，如果将地核里所有的金子提取出来，足以给地球制造一个能把地球包起来的厚度三米的金壳。而且，地球上只有一个地方同时具备大量的金属矿藏和能量，那就是地核。如果电蛇们进入了地核，它们会掠夺地核的热能，很可能造成地核冷却，液态铁镍内核停止转动，地球会失去磁场，小陈，你知道如果地球失去磁场的话，会发生什么事情吧？”

我现在终于明白了之前为什么朱博士说我太乐观了，我原本以为人类文明退化至第一次工业革命之前，重新变成一个低技术社会已经够悲惨了，没想到科学家们早已看到了一个更黑暗的结局。如果没有地磁场，地球将失去保护，太阳风和裹挟着高能粒子的宇宙射线将肆无忌惮地轰击地球表面，对地球表面的生物体造成极大伤害，至少有半数人类将因为辐射病而悲惨地死去，剩下的一半也好不到哪里去，因为庄稼和动物也没有多少能挺过去。即使挺过去了，太阳风还会持续不断地剥离地球的大气层，地球最终会变成第二个火星……合着那些神棍还碰对了，这些电蛇真的是从地狱里跑出来的撒旦，要用烈火毁灭这个世界……

“我去……”我狠狠地往地上啐了一口。

朱博士点点头，“你还在为你支付宝里的老婆本担心吗？”

“我怎么不担心！我为什么就不能担心？”我有些恼怒，心底不禁盘算着，要是这个博士说的都是真的，那就是世界末日要到来了，那我得抓紧时间干点啥。

“所以，我一直希望自己是错的，”朱博士的语气有些沉重，“我希望它们不是什么诺依曼探针，不是冷冰冰的机器，是可交流的外星人本身，只是还没有意识到我们的存在。”

“这么说来，你是真的想来和它们交流的？”我不禁想起了朱博士在营地里和罗队之间的争论，朱博士坚决反对电蛇捕捉计划，而是希望能和电蛇做交流。我原本觉得，这只是科学家的迂腐，但现在看来，这位老博士的顾虑和眼光比我们这些人都长远。

“是的，我当然希望自己是错的，从它们的行为特征来看，它们拥有穿越星际空间的能力和反重力技术，还能凭空吸取电力，能影响周围的电器使用。如果它们真的是某个外星文明制造的冯诺依曼探针，那么人类将毫无胜算。如果它们是一种外星智慧生命，那么我必须要找到和它们进行交流的渠道，”朱博士坚定地说，“这是唯一的办法。”

“我不知道你打算怎么和它们交流，”我摇摇头，“但我没见过会写字和会说话的蚂蚁。”

我们没有再说话，时间嘀嘀哒哒地过去，在这个幽暗的地底，时间的流逝仿佛也变慢了。我看了几次表，主观时间都要比感知中过得慢。一想起罗队和吴晓晨的那个 SOS 信号，我就心急如焚，恨不得立即拿着火把冲到前面去看看到底发生了什么。但我知道如果我那样做的话，很可能让我自己也陷入危机之中。唯一的好消息是，到目前为止，我们还没有发现这条隧道存在岔路，只要罗队和吴晓晨原路返回，就不存在迷路的可能。

我再次看了看表，十分钟过去了，我果断站起身，对朱博士说："不能再等了，博士，我们先撤回去。"

朱博士也站起身，我解开锁扣，走到他的前面，重新放下锁扣，吩咐道，"千万要抓紧安全绳，不要熄灭火把，跟紧我。"

"放心吧，"朱博士说，"我这把老骨头还撑得住。"

回去的路是上坡，但毕竟是已经探索过的路，而且有已经设置好的安全绳，所以我们行进的速度至少比来时快了两倍。我弓着腰，左手持火把，右手轻握着安全绳，低头猛走，我能听见朱博士粗重的喘气声紧随在我身后，但他一直没有发出抱怨和要求休息。

我一路数着锚点计算着剩下的路程，50 米一个锚点，我们已经走了 600 多米，总共十二个锚点。

大约二十分钟后，我停了下来，豆大的冷汗从我额头渗了出来。

我转头看向朱博士，我的脸色一定很难看，朱博士被我吓了一跳。

"朱博士，你数锚点了吗？"我努力控制着声音的颤抖。

朱博士摇摇头，"怎么了？"

"我数了，"我指着地上的锚点，感觉好像见了鬼，"这是第十三个锚点，而我们只放了十二个锚点，按理说这里应该是隧道出口才对。"

蚂蚁

朱博士显然被我的话给吓住了，他愣了半晌，才安慰我，说道："小陈，别着急，你太紧张了，这种环境下是很容易出差错的，你很可能是不小心数错了，”他又自责地说，“我怎么就不记得要数一下锚点呢？”

“这事儿怪我，我没有提醒你，”我抬头向前方望去，心里却更焦虑了，我明明记得从隧道入口到第一个锚点之间根本没有拐弯，而隧道口是有火光的，如果我真的数错了——最多一个，不太可能会数错两个——那么眼前这个锚点应该就是最后一个，从这里应该可以看到隧道口才对。难道我真的数错了两个以上？

“我们继续走，”我果断地说，“千万跟紧我。”

我们继续前进，走了没多久，我们就到了下一个锚点，我抬头望去，依然是漆黑一片。

“你可能漏数了两个……”朱博士也擦了擦头上的冷汗。

“你知道这不可能，”我焦躁地说，“继续走！”

于是我们在压抑的沉默中继续往隧道的出口走，又经过一个锚点，这一次，朱博士也不说话了。再次走到一个锚点时，我们站住了，两个人面面相觑，这个锚点的旁边插着一把正在燃烧的火把。

“博士，”我感觉嘴里又干又涩，“我知道这个问题对一个科学家来说有些奇怪，你相信鬼打墙吗？”

“不，”朱博士坚决摇摇头，“这个世界上可能有一些还不能解释的现象，但我不相信鬼神之说，这是一个科学工作者最基本的素养。”

“我也是，可是现在你怎么解释这个……”我指指地下的锚点，相信朱博士即使没有从头开始数锚点，现在也意识到了锚点的数量不对，“不要再欺骗自己了，我们没有走到隧道口，我们回到了出发的地方。”

朱博士没有吭声，火焰摇摆下的光影在他的脸上变幻不定，他默认了我的说法，这个火把分明是我们在最后一个锚点等待罗队和吴晓晨的时候插下的。不同的是，我们是从另外一个方向来的，但我们没有看到地上的荧光棒。

朱博士紧紧地皱着眉头，不知道在思索什么。我在锚点周围四处查看着，我甚至找到了我和朱博士刚才倚靠在隧道壁坐下的地方，没错了，就是这里，我分明看到了我们坐下和起身的痕迹。

我的冷汗已经浸透了内衣，作为一个从小到大都接受唯物主义史观教育的军人，我不相信世界上存在鬼魅，更对所谓的古埃及法老诅咒之类的小报谣言嗤之以鼻。但此时身在古埃及 400 米的地底，面对眼前出现的诡异现象，我不禁感到一阵面对未知的本能恐惧。

“我们再走一遍，”朱博士的声音响起来，“有可能我们走了不易察觉的岔路。”

我在心里苦笑，心里知道这是不可能的，如果有岔路，我们不可能不发现。再说了，即使真的我们都看花了眼，走了岔路绕了一圈回来，但我们不可能一直在走上坡。更别提一路上遇到的锚点，如果我们真的走了岔路，难道岔路上也有锚点？

但此时我不能说什么动摇军心的话，“就这么办，博士，”我点点头，“我们再试一次，这一次，我们给每个锚点都做上记号。”

我们没有浪费火把，而是从隧道壁上抠下更多的碎玻璃，经过每一个锚点时，都按照经过的数字在锚点周围摆下特定的图形。我首先在眼前这个锚点上放下一块碎片，走到第二个锚点时，我在锚点周围放下两个相对的碎片，第三个锚点处则放置三个碎片，以此类推。半个小时后，当我们走到第十三个锚点时，看到这个锚点处插着一支火把，还有一块碎玻璃。

我和朱博士沉重地对视着，“刚才我认真查看过了每一寸隧道，没有什么岔路口，我们真的是在绕圈子，而且是一直上坡的绕圈子，这不可能。”

“如果我们往回走呢？”朱博士再次擦了擦脑门上的汗水，“我们还没试过往下走。”

“这是科学家的思维方式吗？反复尝试所有的可能……”我感到很饿，我似乎已经丧失了时间观念，我们到底已经在这个该死的隧道里待了多久。几个小时前，我们还在塞加拉的沙丘上抽烟闲聊，现在想起来似乎已经是非常遥远的事情了。我在心里算了算，我们进入隧道之后，走了大概一个小时，罗队和吴晓晨发出了 SOS 信号，然后我们等待了十分钟，这之后又已经绕了两圈，差不多花了一个多小时，也就是说，我们进入隧道总共不过两个多小时。但我总觉得我们已经在这个该死的隧道里待了很久。今天的任务本来只是进行初步的探查而已，按照罗队的计划，我们会初步探查一下隧道，然后做好一次性深入的准备。我们不打算像其他国家的队伍那样每天返回地面，我们会带足够的食物和饮水，然后一次性在隧道里待尽可能久的时间，我们可以在隧道里过夜，直到我们走到隧道的尽头或者耗尽补给。

但事情怎么会变成这样？罗队和吴晓晨下落不明，我和朱博士被困在隧道里，想必此时王大锤和周茂已经急得要命了吧，他们会贸然进洞吗？我希望他们不要进来，这个隧道有点古怪。

真倒霉，其他国家的队伍都探索了好几天了，怎么就没遇到什么怪事儿，我们进隧道才 600 米，就遇到这种“超自然”现象。

“小陈，小陈，”朱博士的声音打断了我的思绪，我才发现自己正在发愣，看到我回过神来，朱博士重复道，“我们往下走，看看会发生什么事情。”

“我饿了，我得吃点东西，”我放下背包，“博士，我建议你也补充一下能量和水分。”

我们打开背包，清点了一下食物和饮水，很不幸的是，我们的食物很少，因为今天的计划并不是深入进行探索，所以大部分的食物和水都留在了隧道外面。

我在背包里找到了几块压缩饼干和两瓶水，还有几块干肉，这就是我们所有的补给了。我递给朱博士一块压缩饼干和一瓶水，两个人沉默着开始用餐。

“博士，”吃完以后，我用袖子擦擦嘴，把剩下的食物和水装进背包，“如果我们往下走，是更深入隧道，要是这是一个障眼法，我们可就中计了。”

“我们跟着锚点走，”朱博士说，“如果看不到下一个锚点，就说明我们走出了这个怪圈。”

我没有别的办法，但我知道，这不是坚持己见的时候。明智的人应该知道自己在一个群体中的各项排名。在这个小小的二人团队中，论体力，我自认第一，但论智力，我肯定比不上一位博士。我虽然不聪明，但这点自知之明还是有的，事实证明，自知之明有时候比智力和体力都重要。

我们开始沿着锚点走下坡路，我突然有种奇怪的想法，如果一开始我们没有等待而是选择继续前进，会发生什么？我们还会落入这个怪圈吗？

我们第一次从反方向越过第十二个锚点，我的心脏紧张得怦怦直跳，前面是个拐弯，我扔出的荧光棒碰到了洞壁落在地上……前进的火把渐渐刺穿前方的黑暗，无数嵌在隧道壁上的玻璃碎片在火光的照耀下闪闪发光，就像无数双鬼魅的眼睛冷漠地看着我们……我的心沉入了谷底，没有那个拐弯，地上也没有荧光棒。

几分钟后，我们站在了第一个锚点处。

“绳子。”我说。

“什么？”朱博士无力地问。

“安全绳，绳子不会撒谎，”我终于抓住了那个被我忽略的想法，“朱博士，你注意到绳子了吗？”

朱博士的眼睛明显一亮，但马上又暗淡下去，“绳子也成了一个环，我们真的陷入了一个环。不管我们走哪个方向，我们都没有办法走出去了，安全绳的存在表明我们没有走到岔路上去。”

“那么，我们是什么时候陷入的怪圈？”

“一定是我们往回走的时候，”朱博士说，“我们走之前，最后一个锚点上的绳子还被扔在地上，但现在它和第一个锚点链接了起来。”

“你是说，如果我们坚持去追罗队和吴晓晨，就不会陷入怪圈？”我有些自责地问道。

“不，这不是你的错，你当时的选择是正确的，如果我们从最后一个锚点返回是触发怪圈的条件，我们迟早会触发的。因为我们迟早会走回头路。”朱博士摆摆手示意我不必自责。

不对，我摇摇头，“我们第一次返回的时候，经过的锚点绝对不止十二个，我们经过了至少十四个锚点才回到开始的锚点，也就是说，我们第一次重复经过了两个锚点。后来我们又走了一次，只经过了十二个锚点就回到了出发的锚点，数量才是正确的。”

“也就是说，我们第一次多走了至少 100 米，”朱博士分析道，“这 100 米是关键，怪圈就是在这 100 米之内形成的。”

“真邪门了，”我喃喃道，“你说，如果王大锤和周茂进来找我们，会不会也进入这个怪圈？”

“不会，”朱博士摇摇头，“如果他们也进入这个怪圈，我们恐怕早就遇到他们了，我不相信过了这么久之后他们还不进来找我们。”

在他们眼里，我想，我们属于失踪人员了。只是不知道罗队和吴晓晨到底遭遇了什么。

“博士，我想，如果这一切是电蛇搞的鬼，那么恭喜你了，它们肯定不是只会自我繁殖的机器，”我说，“如果这是他们的交流方式的话，试试看吧。”

听了我的话，朱博士默然不语，他紧紧地皱着眉头在苦苦地思索着。我丧气地把背包扔在地上，一屁股坐在地上，不想再白白浪费自己的体力了。我想了半天，也没想出什么法子，以前怎么没有多读读《鬼吹灯》之类的小说，里面没准写了遇到鬼打墙怎么办。等等，我突然冒出一个主意，听说遇到鬼打墙就停下来抽根烟……我看了看眼前的火把，火焰熊熊燃烧，阳气那叫一个十足，看来这个法子不成。我翻来覆去地想着，甚至想到是不是应该撒泡尿，不知道古埃及的鬼会不会害怕这些污秽之物……早知道他妈的带几只黑驴蹄子也成啊……我盯着黑暗中的隧道，生怕突然蹦出个古埃及大粽子……

“彭罗斯阶梯。”就在我准备起身解裤子撒尿驱邪的时候，朱博士突然说，打断了我的胡思乱想。

“什么？”我没听清。

“你看过《盗梦空间》吗？”朱博士问我。

“当然，”我说，“你的意思是我们在做梦？”

“不，”朱博士摆摆手，他解释道，“在第三重梦境中，亚瑟在酒店里利用彭罗斯阶梯干掉了一个防御者。”

我回忆了一下，终于想起来了，“你是说那个一直向上走的无限阶梯？”

“没错，”朱博士点点头，“我们正在一个现实世界中根本不可能存在的彭罗斯阶梯里。”

我爆了句粗口，我的撒尿计划显然不足以应付这种高科技状况，“它们为什么要这么做？”

“有‘人’在戏弄我们，”朱博士说，“还是那个比方，你摘到苹果之后往回走，然后被一只爬上了你胳膊的蚂蚁狠狠地咬了一口，于是，你想顺手掐死它，但你突然有了一个主意，你用一个纸带做了一个莫比乌斯环，然后把这只可怜的小蚂蚁放了上去，于是小蚂蚁不停地爬，但永远也爬不出去。它就像一个二维生物被困在了一个三维迷宫里。”

我不禁倒吸了一口冷气，问道：“你是说我们永远都出不去了？”

“有两种可能，第一，我们真的位于一个四维的彭罗斯阶梯里，彭罗斯阶梯是由一层层阶梯组成的，所以现实中的彭罗斯阶梯不可能存在，只有在高维空间中才会存在；第二，这里并没有台阶，所以我们实际上是位于一个彭罗斯斜坡上，那么如果我们还处于三维空间，还有一种方法能造成这种效果，改变重力，其实我们有一半的路是在下坡，但是重力的方向被改变了，所以给我们一种一直走上坡的错觉，但这种可能性需要的假设更多，它们还得迷惑我们的方向感，可能性不大，基本可以忽略。”

要不是身处险境，我恨不得给朱博士竖一个大拇指，事实上我也的确这么做了。科学家就是不一样，立即就用科学的思维方式给出了可能的解释。要是朱博士再提出解决方案的话，我就更高兴了，但朱博士却沉默了，我的心顿时凉了半截。

“那我们该怎么办呢？”我实在忍不住，还是问道。

“不知道，”让我大失所望的是，朱博士马上就摇摇头，“不管是哪种可能性，我们都没有办法突破这个隧道。人类大脑的认知模式是基于三维时空构建的，根本无法想象四维空间是什么样子。”

“等等，”我想到一个问题，“如果蚂蚁想突破莫比乌斯带，其实很简单吧，只要咬穿纸面就可以了，那么，我们是不是挖穿隧道就能出去了？”

“你还是没明白我的意思，你作为三维世界的生物当然觉得突破莫比乌斯带是很简单的事情，但你不能简单地用三维世界看二维世界的眼光来类推四维世界的方向，这个类比不合适，”朱博士毫不留情地说，“关键是方向性的选择，我们根本意识不到四维的方向在哪里，而且即使挖穿隧道是一种方向，那么我们用什么来挖？朝哪里挖？”

“所以，不管我们怎么走，都是在绕圈子了？”我丧气地说。

“没错，”朱博士似乎完全没有察觉到他的回答中的冷酷，“有个好消息，也许罗队和吴晓晨根本没有出什么意外，他们只是被排除在了彭罗斯阶梯之外，没准他们现在已经走出隧道了。在他们眼里，我们俩莫名其妙失踪了。”

我的心里稍微宽慰了一些，“有道理，罗队和吴晓晨正位于怪圈形成的端点，也许他们亲眼看到了怪圈的形成，所以紧急发出了SOS信号，然后空间就闭合了。所以即使我们最开始就冲下去找他们，同样会陷入怪圈。”

“没错，”朱博士点点头，“现在我们该担心的是我们自己了。”

“你还不如说我们是在做梦呢，”我垂头丧气地说，“我们现在怎么办？朱博士，你倒是想一个解决方案出来啊。”

“首先，我们已经找到了最合理的假设，我们陷入了一个彭罗斯阶梯，一个不存在于三维空间的高维封闭空间里；其次，这个怪圈绝对不是自然形成的，最大可能性是电蛇干的，这也说明它们很可能并非只会自我复制的冯诺依曼探针，而是某种高智慧外星生命，我们暂且把这个怪圈的制造者称为母体；最后，也就是最重要的，母体究竟要做什么？”

“要是我弄个莫比乌斯带把两只可怜的小蚂蚁放上去，我会看它们爬来爬去惊慌失措，然后哈哈大笑，我可真够无聊的……”我想象着这个母体的目光或者其他什么玩意儿正通过四维空间注视着我们，感到一阵寒意，说道：“玩够了，我可能把它们扔掉，或者顺手碾死……”

“有这个可能，”朱博士点点头，“在母体眼里，咱俩就是两只蚂蚁。”

“朱博士，要是电蛇不是冯诺依曼探针，它们是不是就不会毁灭地球了？”

“未必，”朱博士说，“我不知道它们是高级智慧外星生命体还是冯诺依曼探针，但我现在知道了，它们是可交流的，至少它们注意到了我们的存在，只是它们可能不知道我们是智慧生命。”

“为什么是我们？我们是今天才进入隧道的，为什么不是美国人、俄罗斯人、英国人、法国人……”

“我们很幸运地被挑中了，”朱博士说，“要是我们能活着出去，我们得好好庆祝一下。”

“有没有人告诉过你，你的幽默感有点冷……”我咕哝道，“如果你是我的大学老师，我肯定会逃课的。”

“所以我每节课都会点名。”朱博士毫无幽默感地说。

我有气无力地看着他，“你知道吗，博士，自从电蛇出现之后，我们一直做好了战斗准备，即使它们是来自外星的入侵者，我们也不想窝囊地等死，要死也要像一个军人一样死在战场上。哪怕我就是一只蚂蚁，在被你碾死之前我也要狠狠地咬你一口。但是这些鬼东西，它们对我们的无视就是最大的轻蔑。作为军人，我不怕死，但我不想就这么窝囊地被当蚂蚁给玩死。”

“可以理解，但不必太悲观了，”朱博士凝重地看着我，“既然它们已经注意到了我们的存在，那就说明存在交流的可能性，先让我想想。”

“这里要是有老鼠就好了。”过了一会儿，我喃喃地说。

朱博士脸上露出一丝不可名状的表情，“你很饿？”

“不，”我摆摆手，“我记得在一篇科幻小说中读到，外星人抓到一些地球人，但它们根本不知道地球人是智慧生命，于是它们把地球人给关了起来。地球人闲得无聊，就抓了一只老鼠关起来，然后外星人就跑来道歉，说对不起啦，原来你们也是智慧生命啊……”

“为什么？”朱博士有些不解地问。

“因为只有智慧生命才会把别的动物关起来取乐啊！”

朱博士沉思片刻，猛地一拍大腿，突然问我，“小陈，你的哨子还在吗？”

“在，当然在。”我摸了摸口袋，掏出那只哨子。

“嗯，”朱博士沉吟着，“你能不能吹一串数字出来？”

“几位的？”

“比如六位？”

“最简单的方法，每一位数字用短促的哨声来表示，用长间隔来分隔数字，怎么？用哨子和母体交流？”

“你吹这个数字：142857。”

“这是……”

“吹，现在就吹，先别问。”朱博士严厉地说，“142857，千万别吹错了。”

我没有再多说，依言吹完了这串数字，尖厉的哨声在隧道里回响，我不知道母体是否真的能听见。

吹完之后，我放下哨子，看着朱博士，等待他的解释。

“再吹一次。”朱博士不容置疑地说。

等我吹完第三次之后，我瞪着朱博士，“能不能给我解释一下？”

“数学是这个宇宙中最通用的语言，”朱博士说，“1+1=2 是最基本的数学规律。如果要和外星人进行沟通，数学语言是双方能够理解的唯一桥梁。而 142857 是非常特殊和神奇的一个数字，它也被称为走马灯数，另外它还是 1 到 7 的轮值数、8~14 的代班数、平方原理、累加轮转……总之你只要知道，这个数字是人类发现的最神奇的数字之一，更巧合的是，这个数字是在金字塔内发现的。如果外星人有足够的智慧，它们一定可以理解这个数字。”

我思索了一会儿，问：“这些性质是十进制下才成立的吧？”

“伸出你的双手，手指张开。”朱博士命令道。

我下意识地照做了，朱博士脸上露出笑容，“现在它们知道我们使用十进制了。”

“就这么简单？”我不可思议地看着他。

“就这么简单。”

“现在呢？”

“我们等。”

我们并没有等待多久，就听见一阵脚步声从下方隧道深处传来。我警觉地一跃而起，和朱博士一起紧张地盯着脚步声来的方向。

说实在的，我本以为出现的会是罗队或者吴晓晨，要不就是周茂和王大锤。再退一万步讲，如果现在出现在我们面前的是一个章鱼外星人，我也不会如此吃惊。来者渐渐地从阴影中显现出形状，看清来者之后，我和朱博士不约而同地后退一步，我的心脏狂跳。

朱博士则用手捂着心脏，丢出一句绝对不符合一名合格的科学工作者，尽管在此后的日子里朱博士严正声明自己什么都没说，但我绝对听到了那句话，“老天爷啊！”

是的，没错了，我们都看清楚了，来者身高接近两米，肌肉强健，四肢发达，但绝非人类——这再明显不过了——它的头颅是一只硕大的胡狼头，长满细密的黑毛，两只尖耳朵警觉地竖立着，嘴巴紧闭，两只眼睛闪烁着冷酷的光芒。

但这个形象再熟悉不过了，只要稍微了解一点古埃及神话的人都知道来者是谁。那是古埃及神话中的死神，冥界的审判者，坟墓守护神——阿努比斯。

“欢迎来到冥界，”阿努比斯开口说道，它说的是普通话，字正腔圆，都快赶上央视播音腔了，“我是你们的向导，祝你们旅途愉快。”

冥界

跟随阿努比斯穿行在一片旷野中，也许是每个古埃及人都以为自己会经历的事情，但对于我和朱博士来说，还是稍显意外。阿努比斯大人致完欢迎词之后，我和朱博士就惊奇地发现我们已经不再身处那个该死的隧道，而是突然出现在了一片旷野中。

天空中没有太阳，也没有月亮，更没有星星，我甚至无法判断现在是白天还是黑夜，也许是黎明或者黄昏，但天际线上没有朝霞和晚霞。不管从哪个方向看去，天空都是均匀的昏黄色。我们身处一片旷野，低矮的山丘随处可见，不远处有一条黑色的大河正缓缓流淌，一艘金色的大船正停泊在岸边。阿努比斯正站在我们前方不远处，似乎正在等待我们。

“这里是冥界？那是太阳船……”我感到有点喘不过气，相信朱博士的脸色也好不到哪里去，“我们……死了？”

朱博士舔舔干裂的嘴唇，低声说，“这个世界上没有鬼，没有死神，没有阿努比斯，没有冥界……即使有，我们是中国人，死了也要走奈何桥，喝孟婆汤，小陈，咱们肯定没死。”

我点点头，科学家讲话就是有道理，我们又不是古埃及人，就是死了也不归阿努比斯管辖，阎罗王才是我们的老大，谢必安和范无救（黑白无常）才是我们的同胞。我低声抱怨着，“朱博士，我在做梦，对吧？”

“问题是，这是谁的梦？”朱博士低声回答我，“是我梦见了你，还是你梦见了我？我已经掐过自己了，没醒，要不你也试试？”

此话一出，我的心都凉了半截，科学家的行动力就是强，我也不能免俗地狠狠地在自己胳膊上猛掐了一下，一阵剧痛让我的脑子清醒了一些，但我也没醒。

“我以为你们会习惯这个形象，”阿努比斯明显看见了我们的“自残”行为，他摊开双手，耸耸肩，就像一个衣冠楚楚的绅士——我敢打赌这绝对不是古埃及神祇应有的行为，“但看起来你们似乎很意外。”

我和朱博士对望了一眼，两个人都同时松了口气，还好，我们还没死。眼前这位面目凶恶的阿努比斯大人显然不是真正的阿努比斯——听起来似乎是外星人的化身。也许是因为在古埃及的地盘，它才以这个形象出现？它把我们当成了古埃及人吗？

“你是外星人？”我脱口而出。

阿努比斯点点胡狼脑袋，“按照你们的概念，可以这么理解。”

我和朱博士对视了一眼，都从对方的眼睛里看到了兴奋和紧张。

“请问，你们来自哪里？”朱博士的问题就比我礼貌多了。

“没有我们，只有我，”阿努比斯温和地纠正朱博士，“我很高兴认识你们，我来自——”阿努比斯停顿了一下，似乎在大脑里检索着，

“一个很遥远的地方，但那不是我的出发地，我来自遥远的你们无法想象的过去和无法想象的世界，穿越了你们无法想象的距离来到了这颗星球。对不起，我无法用你们的语言来描述我来自的地方。”阿努比斯的彬彬有礼给我留下了深刻的印象。

我相信它说的无法想象就是字面意思，就像我无法想象彭罗斯阶梯在高维空间是如何实现的一样。

“请问，你的目的是什么？”朱博士抛出第二个问题。

“我追求永恒的存在，这也是许多文明的终极需求。如果你们能成为一个星空种族，你们会发现，只有时间才是这个宇宙中最宝贵的东西。”

这句话好像有点熟悉，但我没敢吭声。

朱博士若有所思地沉默了一会儿，才点点头，同意道：“这不难理解，没有一个文明不想永恒地存在下去。”

“并非绝对如此，”阿努比斯说，“同样有很多文明选择了自我毁灭，这个宇宙是……多元化的。”

“为什么？”朱博士惊奇地问，“这很难想象。”

“这个宇宙里有很多事情是你们无法理解的，我尽可能用你们的语言来解释一下，但你们通过声波来发送信息的速率只有 1kb/s，而且你们星球上的语言非常原始，有很多概念无法用你们的语言来表达，我不保证你们能否充分理解我的话，用你们的话来说，我现在正试着给夏天的虫子解释北极的冰山，”阿努比斯解释道，“文明选择自毁的原因有很多，最多的原因是它们已经对这个宇宙有了本质上的认识，已经丧失了继续存在的价值。还有的文明认识到了宇宙本身的残酷，选择自毁来向宇宙发起抗议。”

看到我和朱博士困惑的表情，阿努比斯又贴心地补充道，“这其实不难理解，地球上也有很多人类自杀，有一类天才的自杀比例更高，因为他们绝对的理性看穿了这个宇宙的冰冷事实。当一个文明发展到极限，对宇宙的了解越深刻，这个文明的自毁倾向就越高。当所有个体都同意毁灭自身之后，这个文明就会自杀。”

“这种事儿，很常见？”朱博士战战兢兢地问道。

“当然，”阿努比斯马上就点头，“你们人类不是很好奇星空为什么这么寂静吗？”

我听得云里雾里，但有句话我听懂了，这位死神大人说我们是夏天的虫子，它居然还知道夏虫不可语冰这个典故。尽管从一位古埃及死神的嘴巴里出现庄子的话实在有点违和，但我依然感觉到了一丝亲近。

“请问，你来地球干什么？”朱博士终于问出了这个我一直想问的问题。

“苏醒，这颗星球上有帮助我苏醒的一切。”阿努比斯说。

“那些电蛇都是你？”

“是的，它们都是我的投影。”

这句话更让人费解，我注意到它提到了“投影”这个词语，这是否意味着它其实是一种四维生命体？

“你在复制电蛇？”

“我在成长，成长才能苏醒。”

我完全没听明白，但看朱博士的表情，他似乎明白了什么。

“是谁制造了你？”朱博士的问题让我大吃一惊，在我看来，这个问题很有冒犯性。

“是谁制造了你？”阿努比斯温和地反问道，他指指太阳船，建议道，“我们何不边走边聊？”

“等等，”朱博士严肃地说，“人类的命运将会怎么样？”

“这正是我们接下来要决定的，”阿努比斯简单地说，然后转身向太阳船走去，“我建议你们快点儿，时间不多了。”

“我们怎么办？”我低声问，心里有一种不祥的预感，“它说时间不多了……”

“跟上去，”朱博士低声回答，“见机行事吧。”

我们俩紧紧地跟着阿努比斯往河边走，阿努比斯的一双尖耳朵不时扑棱两下，似乎在驱赶看不见的蚊虫。

“你刚才问的那些问题……”我低声问，“你都听懂了？”

朱博士点点头，低声说：“我们都错了，它是一个整体。它说所有的电蛇都是它本体的投影，我想有两个意思，第一，它是四维生命体，所有的电蛇都是四维生命体在三维世界的投影。第二，投影只是分身的另外一种说法，它是一种集群式生命体，每条电蛇都是它的一部分。我个人来说更倾向于第二种可能，每一条电蛇都像一个蚁群的蚂蚁，个体越多，群体智慧越高，它刚来地球的时候，电蛇数量很少，所以它说还没有苏醒，随着电蛇数量越来越多，它自然就开始苏醒了。”

“你想问它是智慧生命制造的机器还是智慧生命本身，但它好像没有回答。”

“没错，但这个问题已经不重要了。它既有冯诺依曼机的自我复制功能，又有可交流的可能性，这就够了，我们既可以把它看作冯诺依曼探针，又可以把它看作一个智慧生命体。”

“这么说，电蛇一直就没有停止过繁殖，它的智力一直在飞速增长。”我突然想到，“对吗？”

“所以我们得抓紧时间了，这种智力增长是呈指数级的，也许很快它就会失去和我们交流的兴趣了。”朱博士说，“所以它才会说时间不多了。”

“朱博士，最关键的问题是，咱们现在在哪儿……”我快速低声说道，此时，阿努比斯已经走到了岸边，金色的太阳船静静地停泊着，一道小孩胳膊粗的缆绳把太阳船紧紧地固定在岸边的一个黑色砾石石柱上。阿努比斯奋力一跃，越过了两米多的黑色水面，稳稳当当地落在了太阳船的甲板上。

“可能是在高维空间的缝隙，也可能是在阿努比斯的梦里。”朱博士回答。

我下意识地捂住自己的心脏，说：“我想世界上没有哪只羽毛会比我的心脏还要轻。”

“你是说，我们将被审判？”朱博士一惊。

我点点头，我们走到了岸边，黑色的河水就像黏稠的沥青般缓缓流淌。我意识到这个旅程和古埃及神话中的旅程并不完全一样，按理说，死者是没有资格登上太阳船的。太阳船是太阳神拉的座驾，他在每个夜晚都会驾驭着太阳船穿越整个冥界。根据来世之书记载，冥界分为十二个地区，象征着拉神穿越冥界所要耗费的十二个时辰。但死者的冥界之旅则不一样，死者将携带保护自己的死亡之书，用双脚穿越冥界，来到阿努比斯的审判地，如果通过审判，也就是心脏比羽毛还要轻，则会被引领到奥西里斯的神殿。在奥西里斯的允许下，死者将再次穿越漫长的旅途和十几个关卡，前往一个叫作雅卢的极乐之地。但是如果没有通过阿努比斯的审判就糟糕了,死者的灵魂会被一个叫作阿米特的怪兽吞噬，遭遇真正的死亡。

但是古埃及的文献众多，对冥界的具体描述也各执一词，不知道这位阿努比斯大人选择了哪种说法。

我们距离太阳船还有大约两米的距离，显然是无法跳过去的，即使我能跳过去，朱博士也肯定做不到。从朱博士看黑色河水的目光里，我也看到他对在冥河里游泳这件事情不太感兴趣。但让我意外的是，朱博士竟然退后几步开始助跑，我还没来得及喊叫，就看朱博士如同一只大鸟轻盈地越过了河面，稳稳当当地落在了阿努比斯身边。

“跳吧，小陈，你不会落进水里的，”朱博士朝我喊道，“你只要相信你能跳过来，就没问题。”

我突然想起了朱博士的话，他说我们可能身处阿努比斯——也就是母体的梦境中。在他人的梦境中，自己又何尝不是在做梦。想到这里，我纵身一跃，身体仿佛也变得非常轻盈，如同一只大鸟掠过了黑色的河面，落在了甲板上。

缆绳悄无声息地消失了，没有人划桨，但太阳船无声地启动了，金色的大船开始沿着冥河缓缓前行。

“请问，我们现在要去哪里？”朱博士问道。

“问他，”阿努比斯指指我，“他知道。”

朱博士狐疑地看着我，我悚然一惊，意识到我们所有的想法都在母体面前无所遁形,也就是说,阿努比斯知道我们刚才所有的议论。当然了，这是它的梦境，这个世界里发生的一切都在母体的掌控之中。我和朱博士压低声音的讨论在母体眼里根本就是两只蚂蚁在触碰触角，它知晓一切，它根本不在乎。想到这里，我反而觉得坦然了，阿努比斯没错，它真的是这个世界的最高神祇，所以我们现在乘坐在太阳神拉的座驾上。它是阿努比斯，同时也是欧西里斯，是太阳神拉。

“小陈，你知道我们要去哪儿？”朱博士问道。

“古埃及有那么多神祇，你知道它为什么要选择阿努比斯的形象吗？”我瞭望着远方地平线上隐隐绰绰的群山，灰色的暮霭缓缓地移过天空，绝望地说，“因为阿努比斯是冥界的审判者，只有通过审判，我们才能获得去极乐之地的机会。如果我没有猜错，我们将代表全人类接受审判。”

阿努比斯的胡狼脸上虽然看不到任何表情，但我明显感觉到了它的笑意。

“你们要感到荣幸，不是所有的星球都能获得被审判的权力。”阿努比斯说，“我刚来到这颗星球的时候，还没开始苏醒，我没有意识到这颗星球上存在生命，更没有想到这颗星球上会存在文明。不得不说，你们这种生命形式，在这个宇宙里是非常罕见的。”

“为什么？你难道没有看到我们的城市在漆黑的夜晚闪闪发光，难道你没看到我们的卫星和空间站在轨道上运行？难道你在盗取我们的电力时没有发现我们的存在？”朱博士质问道。

“我说过了，我刚来到这颗星球的时候，还处于混沌状态，你们还无法引起我的注意，”阿努比斯冷冷地说，“你们发出的那个数字让我意识到你们并不是简单的低等可自我复制碳基化合物之后，我刚刚已经重新扫视了这颗星球表面，原来那些能源点是你们这些小虫子建造的，所以你们才获得了被审判的资格。但不必太乐观，你们所谓的文明只是大风中的一点烛火，是宇宙中最微不足道的东西，比你们更先进的文明在这个宇宙中比比皆是，但它们的命运并不比你们要好多少。而且，根据我现在收集到的信息，你们的文明也是一种自毁式文明。”

阿努比斯的话里透出的寒意让我不禁打了一个冷战。

“不对，”朱博士反驳道，“人类文明怎么会是自毁式文明呢？我们刚刚才从愚昧和混沌中走出，进入了科技和文明的时代……”

“这就是‘幽默’这个词的意思吗？”阿努比斯若有所思地说，“你们的语言虽然原始，但有些词汇还是我不能理解的，比如‘幽默’这个词，看起来是故意说一些和现实完全不符的话引人发笑。”

我想笑，但笑不出来。

“不，”朱博士义正言词严说，“我不认为这很幽默。”

“难道你们真觉得人类已经走出了愚昧和混沌？”阿努比斯有些惊奇地反问，“就这么大一点地方，你们居然能分成两百多个国家。你们仅仅是因为一些最微不足道的分歧就能够对同类进行有组织的屠杀，这一点一直都没有变。你们的祖先获得的珍贵而稀少的陨铁，也没有用在耕种的工具上，而是首先装在杀人的长矛上。难道这一点已经有了变化吗？不，完全没有，你们开发出来的杀人武器效率越来越高，每一项新的技术的出现都率先使用在对同类的屠杀上。飞机，互联网，火箭，质能方程……这种例子比比皆是，不胜枚举。你们污染天空、大地、地下水和海洋，你们灭绝物种的速度已经达到了物种大灭绝的标准，即使没有外来灾难，你们也将在走出地球之前摧毁整个生物圈。你们擅长以高尚之名行卑劣之事，你们的道德水准令人作呕。你们残忍好战，是世界上唯二的会对同类组织大规模屠杀的物种，而另外一个有同样行为的物种黑猩猩还是你们的近亲！现在，你告诉我，人类没有走出愚昧和混沌？”

我和朱博士听得目瞪口呆，我张了张嘴想反驳，但一句话都没说出来。

朱博士沉思了一会儿，转而问道，“审判将如何进行？”

“我将带领你们前往雅卢，如果你们能够顺利到达，人类文明就有继续存在下去的必要。”阿努比斯扬起头。

“雅卢？”

阿努比斯没有说话，他的目光落在了我身上。

“雅卢是冥界的永生之地和极乐世界，”我解释道，“是所有的古埃及人梦想中的宿命。死者通过阿努比斯的审判之后，会被引领到冥界之主奥西里斯的神殿，从那里前往雅卢。在前往雅卢的途中，死者会遭遇不同的关卡，每个关卡都有不同的鬼怪把守，它们不会轻易放死者过去，只有通过每一座关卡，死者的灵魂才会到达永生之地。每个死者都会携带死亡之书，死亡之书上针对每个关卡都有一段咒语，死者只有顺利地念出咒语才能免遭伤害，可是咱们俩什么都没有。”

“明白了，”朱博士点点头，然后他转向阿努比斯，有些愤怒地质问，“即使你说的都是真的，你也没有资格决定人类的命运！是你闯入了我们的家园，我相信人类迟早会走出愚昧，成为真正的文明种族！”

“你们决定了孤独的乔治的命运，决定了旅鸽的命运，决定了渡渡鸟和塔斯马尼亚虎的命运，决定了无数你们甚至没有意识到的物种的命运，它们甚至没有得到审判的机会，”阿努比斯说，“在这颗星球上，你们是最没有资格谈道德的物种，但我依然会把决定地球上所有物种的命运的机会交给你们。”

我和朱博士交换着沉重的目光，阿努比斯对人类文明的了解让我们感到震惊。相信在短短的时间内，电蛇已经获取到了大量关于人类文明的信息。它正在成长为一个真正的神明，整个人类文明都像一个一丝不挂的少女般在阿努比斯死神的目光下无所遁形。

“为什么是我们两个，我们并不是最佳人选，我们不是人类中最出色的，也不是最聪明的，至少，你应该重新选择。”我绝望地喊道。

阿努比斯依然面无表情，但我分明感觉到他的嘲弄，“连你们人类都懂得做研究时要随机选取样本。”

年少的时候，我曾经也热血过，中二过，也梦想着自己能被变异蜘蛛咬一口或者发现自己原来是氪星人，在女神的目光和尖叫中无数次拯救世界……现在，我真的有机会拯救世界了，却感到彻骨的寒冷和绝望。

“他说的没错，”朱博士对我说，“小陈，既然命运选择了我们，我们就不能被打倒。”

“很好，很好，”阿努比斯满意地点点头，“要是你们现在就崩溃了，我倒也能节省一些时间了，我说过了，时间是这个宇宙中最宝贵的东西。其实，你们应该想开一点，按照你们现在的趋势，你们小小的文明也是死路一条。一个文明灭亡是宇宙中一件最微不足道的小事儿，没什么大不了的，何况是你们这种低级的文明。”

来自死神的安慰没让我们舒服多少。

“让我们开始吧，”阿努比斯的手中不知何时出现了一柄黑色的权杖，它把权杖在甲板上跺了一下，我顿时陷入了一片黑暗，审判开始了。

审判
饥饿

我的孩子们正在死去，而我却无能为力。

今年的夏天比往年来的都更迟一些，还没有热几天，夜晚凉意就开始入侵。

猎物越来越稀少了，男人们经常空手而归，女人们采集到的果实也越来越少，甚至不足以生产足够的奶水来喂养婴儿。我们已经很久没有遇到其他部落了，孩子们在挨饿，已经很久没有婴儿活下来了。远方的白色恶魔紧紧地跟随着我们的脚步，后面的大山暂时阻挡了它们，但部落里的老人都知道，白色恶魔拥有摧毁大山的力量，它们迟早会追上我们。

今天早上，又有一个孩子死去了，死于饥饿。他的母亲抱着瘦小嶙峋的躯体久久不愿松开，最后还是男人们将孩子带出去埋葬。当他们把那个孩子抬出去的时候，我总觉得有什么地方做错了。

当晚，一个年轻女人将属于我的食物递给我，我摆摆手，示意她把食物分给其他人。我已经老了，我没有力气去捕猎，但我是部落里年龄最大的人，我敏锐地察觉到事情不对，坚持带领部落离开了之前栖身的山谷。不久之后，白色恶魔就摧毁了那个山谷，我站在山峰上回头眺望，只看到一片白色的闪光，就像大地被铺上了白色的殓衣。

部落正在死去，祖神在上，请给我们指一条活路吧。祖神对我的呼唤沉默不语，我带领部落朝着正午太阳的方向走。事实证明这个决定是正确的，向其他方向迁徙的部落大概都已经死了，白色恶魔出现在了他们前往的方向。想必那些部落早已化为殓衣之下的枯骨残骸。

但我们的部落也撑不了多久了，孩子们的数量已经不足以延续我们的血脉。男人们和女人们也在挨饿，他们没有力气捕捉到猎物，捕捉不到猎物，就没有力气奔跑，就更没有力气捕捉猎物。这是我从未遇到过的难题，在无数个深夜里，我向祖神祈祷，但祖神如远方的群山般沉默不语。

渐渐地，一个声音出现在我的脑海，一开始，我以为是魔鬼的低语，但那个声音在每个清晨和黄昏回响。在深夜里，当我扫视着男人和女人们疲惫的面庞，他们连交媾的力气都没有了。我凝视着孩子们消瘦的脸庞，他们的肋骨在薄薄的皮肤下清晰可见，已经很久没有听到过婴儿的啼哭。

部落正在死去。

我们前进得越来越慢，还有一个狼群正尾随在我们身后，每天清晨启程的时候，都会有熟悉的脸孔没有再出现。前方是一条高耸入云的山脉，不知道为什么，我就是知道，并且笃信不疑，部落必须翻过那座山脉，白色恶魔会在它面前止步。

作为部落里最年长的智者，我必须做出正确的决定，我苦思冥想，食不下咽，干瘪的乳房就像两只布袋子一样耷拉在我胸前。部落里的人们尊称我是他们的老祖母，但我早就分不清哪些人是我的子女了，我只知道，他们正在死去。

在一个深夜，我终于知道了症结所在，也想到了解决办法。那个黑暗的念头从我心底浮现，让我狠狠地打了一个冷战。我在脑海里反复推演，用小石子在地上反复计算，来不及了，再不下决定，部落将困死在这片荒凉的平原上。白色恶魔将追上来，碾碎我们的尸体。

我召集了部落里所有的长老，向他们传递了祖神的旨意。听完旨意之后，所有人都默然不语，没有人敢质疑祖神的旨意。

“所有生过孩子的人？”有一个长老轻声问道。

“所有。”我点点头。

长老们是聪慧的，他们很快就明白了祖神的旨意是唯一解救整个部落的方法。在他们离去之前，我说，“祖神将首先取走我的灵魂，诸位，我会和祖先们在彩虹尽头的猎场等待你们。”

第二天清晨，在部落启程之前，我用黑曜石刀刺穿了自己的胸膛。我的孩子们将食用我的血肉，他们将食用所有已经生育过孩子的老人们的血肉，男人们将有力气追逐猎物，女人们将有力气继续前行，男人们和女人们将有力气交媾，新的希望将在女人们的小腹中孕育。

我躺在一块褐色的岩石上，我的鲜血从胸膛上汩汩流出，汇集在我身上的凹处。我死了，重新陷入了一片黑暗，我的脸上是平静而满足的笑容。

我几乎是和朱博士同时睁开了眼，我们依然身处太阳船的甲板上，但河岸两边已经不是沙漠荒原，而是一片冰封大陆。我们交换着目光，都从对方眼里看到了惊骇和不安。刚才那个场景原来只是测试，但我却分明感觉到那就是我自己的一生，我变成了一个部落里最老的女人，我拥有从小到大所有的记忆。要是我没有猜错，那应该是旧石器时代，那个部落遭遇了一次小冰河期导致的冰川入侵。

我分明感觉自己在那个世界里度过了艰难困苦的一生，我的第一个男人，第一个孩子，第一次生病，第一次目睹死亡……

原来只是一场虚幻的测试，死亡将我从那场旧石器时代的梦境中拉出，重新跌回了这个梦境，而现实中又过去了多久？但我现在无法顾忌这个问题，关键是，我们通过了测试吗？

“看看他们。”阿努比斯指指河岸。

我们朝河岸望去，一群披着兽皮的原始人正在风雪中艰难地行进，女人带着幼儿走在队伍的最中央，男人们手持木棒和石斧、石矛守护在队伍周围。还有些男人拖着木制雪橇跟在队伍的最后方，上面堆着的东西被白雪覆盖着。不时有人跌倒，但总有人立即帮忙将他扶起来。

我们都注意到这个队伍中几乎没有老人。

“他们会活下去，这些人将成为所有人类的祖先，”阿努比斯说，“这是发生在七万年前的一次人类灭绝危机，由于超级火山爆发，火山灰充斥了大气层，遮蔽阳光和温暖。人类遭遇了一次小冰河期，只差一点点就全部灭绝，你们做出的选择非常正确，恭喜你们，你们通过了这个测试。你们准备好下一场测试了吗？”

“等等，”我连忙阻止他，“刚才发生的一切是真实的还是梦境？”

“没有什么区别，”阿努比斯放下手，“对一个种族来说，个体的自我牺牲精神是很有必要的。”

“如果我们强迫他人去死，也可以让种族延续下来，”朱博士阴沉着脸，“我们是不是也可以通过测试？”

“你为什么不试试呢？”审判者没有正面回答，“结果并不是判定你们是否通过测试的唯一标准。”

朱博士冷哼一声，转向我说：“这个测试很厉害，我们根本意识不到自己是在测试中，它模拟了人生中所有的一切。我们不可能跳出去，就像人在做梦的时候很难意识到自己是在梦里。”

“我不知道自己怎么会通过测试，”我还有些惊魂未定，我感觉自己仿佛刚从一个幽深的梦中苏醒，今生的现实记忆正在逐渐解封，但作为原始人所经历的残酷人生仍然让我不寒而栗，“但我不保证下一次还能通过测试。”

“我们没得选，这次测试实在是太随机了……”朱博士表情很凝重，他看起来也不太好。

“我们还有几场测试？”我仰起脸问阿努比斯。

“你们中国有句古话叫事不过三。”阿努比斯竖起三只手指，“你们还剩两场测试。”

“那就开始吧。”朱博士说。

阿努比斯打了一个响指，我在陷入黑暗前不禁想到，他大概刚看完《复仇者联盟》。

抉择

时隔多年，我依然记得曼哈顿上空腾起的蘑菇云，要不是我立即转身跳进了防空洞，关闭了大门，我也不会坐在这里给你们讲这个故事了。我逃进掩体后不久，席卷而来的冲击波就摧毁了地面上的一切。后来我才知道，我是不多的亲眼见到蘑菇云的人之一，很多目击者在之前的闪光中都已经被刺瞎了双眼。

是那本书救了我，救了我们，除了我的妻子珍妮，她当时就在曼哈顿市中心，可能当场就气化了。这也是这么多年来唯一支撑我继续活下去的理由，我希望她死的毫无痛苦。那是 1943 年，政府突然印发了一些指导我们建造地下掩体的小册子，作者是一个叫费米的人。小册子里说，纳粹已经研制成功了一种新型炸弹，这种炸弹会比我们见过的所有炸弹都要可怕。当然了，很多人并不相信德国人会轰炸美国本土，没有人能轰炸美国……嗯？你说日本人的那些气球？那算什么轰炸，那只不过是挠痒痒罢了。

后来的事儿你们都知道了，英国和苏联很快就屈服了，整个欧亚大陆都沦陷了。不久之后，德军和日军就分别从东西海岸登陆了美国本土，每个士兵都穿着防辐射服。你问防辐射服？没错，我当然没记错，因为当时美国的东西海岸所有的大城市都被扔下了原子弹，我们很英勇，整个美国都很英勇，但我们的英勇对抗不了原子弹。

联邦政府屈服了，纳粹帝国和日本帝国瓜分占领了美国。整个世界都跪倒在那个该死的万字旗下，沉入了一片血腥的黑暗。无数集中营在各个大陆上建起，焚尸炉日夜不停地制造着令人窒息的黑烟。不管是阿拉伯人、犹太人、华人、印度人还是黑人……都化成了黑烟游荡在大气中，遮蔽了阳光。人皮制造的肥皂和灯罩成为了上流社会炙手可热的商品，到处都是骇人听闻的种族灭绝。

但是现在我们有个机会去改变这一切，我从椅子上站起身，对着不存在的观众们说。逃亡的美国科学家们穷尽所有的资源和力量制造出了一台时光机，今天，我将乘坐时光机返回到 1889 年 4 月 20 日的奥地利因河畔布劳瑙，去杀死一个名叫阿道夫 · 希特勒的婴儿。

我坐进了时光机，开启按钮之前，我握紧了手中的勃朗宁手枪，这把手枪是总统先生亲手交给我的。

“去吧，杰克逊，去解决掉那个恶魔，去把这个世界纠正到正确的轨道上来，”面容苍老憔悴的总统先生在一个黑暗的矿井里把它交给我，

“去吧，杰克逊，去吧，上帝保佑你，上帝保佑美国。”

我启动了时光机，来到了布劳瑙，春寒料峭。我裹紧风衣，压低帽檐，按照脑海中的地图来到了希特勒出生的医院。躲过了几个护士，我成功地潜入了新生儿产房。产房里摆着两排总共八个小床，每个小床里都躺着一个婴儿。床脚用细线系着一个手写的纸牌，纸牌上写着婴儿们的名字。

我很顺利地就找到一个写着阿道夫的名牌，小床里一个婴儿正甜甜地熟睡着。我掏出手枪，阿道夫 · 希特勒，我找到你了，你这个残忍的魔鬼、冷酷的恶魔、狡诈的毒蛇；你这只澳大利亚毒水母，非洲毒蜘蛛，南美箭蛙；你是一切苦难的罪魁祸首，你是灾难之星和痛苦之源；数亿人因你而死。今天，一切都要结束了。我将从源头上掐断这场灾难，正义终将战胜邪恶，光明将驱散黑暗。今天，我将还历史一个正确的走向。

咔哒一声，我拉开了保险，冰冷的枪口贴在了婴儿吹弹可破的白嫩肌肤上。

仿佛预感到了危险，婴儿本能地大哭起来，他手舞足蹈着，四肢无力地在空中翻腾，一双明亮的大眼睛充满了泪水。我看着他的眼睛，心中一颤，我从这双眼睛里看到的不是邪恶，不是冷酷，而是天真和无邪。

走廊上传来了护士急促的脚步声，时间不多了。护士会发现我，会立即呼叫保安，他们不会相信我的故事，我必有一死。

我惊恐地发现，我下不了手。

我没有办法杀死一个刚出生的婴儿。

如果我开枪了，我和那些没人性的纳粹又有什么区别？

脚步声越来越近了。

……

护士打开了门，我朝她笑笑，一枪打穿了自己的脑袋。

我死了。

黑暗笼罩了我，然后又逐渐褪去，我重新站在了太阳船的甲板上。我再也站立不稳，一屁股坐在了地上。朱博士的情形也好不到哪里去，他面色苍白，身体颤抖着，下一刻就好像要倒在地上。

“很有趣，”死神说，他居高临下地凝视着我和朱博士，“你们两个做出了完全不同的选择，你们有时间交流一下。”

“你开枪了？”朱博士看着我。

“我做不到，”我死死地咬着自己的嘴唇，一股铁锈味在我嘴里弥散开来，“对不起，我做不到，我更换了阿道夫和另外一个婴儿的名牌。”

朱博士愣了一会儿，“很聪明的做法，”他居然点点头，“如果希特勒本身就是邪恶的，那么更换了成长环境，他就不会有那么多家庭不幸，没准真能考上维也纳艺术学院。如果不是希特勒造就了历史，而是历史造就了希特勒，你即使杀死了希特勒，也不会影响历史的走向，还会出现另外一个希特勒。而你做的搅动很可能已经改变了历史的走向。运气好的话，希特勒可能被你换到了一个犹太人家庭里。”

“你呢？”我瞪着朱博士，“你怎么做的？”

“我？”朱博士把目光转向漆黑的河水，“我拒绝乘坐时光机，把这个机会交给了别人，我知道我下不了手。”

“我们，是否通过了测试？”我战战兢兢地看向阿努比斯。

死神居然点点头，“个体无法影响历史的整体走向。”

我顿时浑身瘫软，这才发现自己浑身都被汗水浸透了，我赌对了。这时我才注意到，太阳船正航行在一条贯穿城市的大河里。两岸是绿色的草坪和鳞次栉比的高楼大厦，老人在河边垂钓，孩子们在河边追逐打闹，清脆的笑声直冲天际。

“这是哪儿？”朱博士好奇地问道。

“这是广岛，”胡狼说，“你们成功地扭转了历史的走向，希特勒在一个犹太人家庭长大，家境优越，他接受了正规的教育，顺利考上了维也纳艺术学院，成了一名小有成就的艺术家，‘二战’爆发后移居美国，1974 年因肺癌死于纽约。纳粹党的党魁希姆莱在慕尼黑啤酒馆暴动后被捕入狱，从此一蹶不振。纳粹党从未成为执政党，魏玛共和国一直延续到了今天。1942 年，德国依然发动了战争，夺取了莱茵兰地区，合并奥地利、苏台德与但泽走廊。德国没有入侵波兰，但入侵了法国，在英国的支持下，法国人的马奇诺防线抵抗住了德国人的入侵，古德里安没有发明闪电战，反而是法国的戴高乐的装甲部队战法得到了充分运用，西部战线重新演变成了堑壕战。1943 年，苏联入侵波兰，在美国的调停下，英法与德国和解，东方战线陷入对峙，冷战提前到来，也意味着欧洲战争的结束。日本在 1934 年依然发动了全面入侵中国的战争，但没有纳粹德国的支持，日本没有发动太平洋战争。在英法美的支持和援助下，中国人花了十年时间将日本赶出本土，并且完成了对日本的军事占领，亚洲战场于 1944 年结束。”

我听得有些入迷了，不由自主地问道，“这些是你推演出来的？”

“这是最大的概率坍缩成的结果，你们的波尔说对了，上帝是掷骰子的，但骰子的点数的概率并不是均等的，”阿努比斯说，“我不得不承认，你们开始让我感到意外了，不过，你们还剩下最后一场测试。”

“稍等一会儿，”朱博士举起手，“我们需要交流一下。”

“请便。”阿努比斯浑不在意地说。

“第一场测试的核心是自我牺牲的精神，第二场测试的核心是不迁怒于无罪的个体——婴儿时期的希特勒显然是无罪的，”朱博士对我说，“你觉得，第三个测试会是什么呢？”

“我不知道，”我摇摇头，“说实话，我甚至都不太能理解前两场测试的意义，个体的牺牲在蚂蚁窝和蜂巢里随处可见；第二次测试更像是……”我斟酌着语句，“你能想象到所有人一起决策派出一个杀手去杀一个无辜的婴儿吗？我更觉得第二个测试是对群体愚昧的否定测试。”

“也许根本没有一个标准的答案，但你做得很好，”朱博士说，“我们快成功了。”

“不要太乐观了，博士，”我冷冷地说，“在这种事情上，我很难相信运气。”

希望

这场战争持续得太久太久，以至于很多人都忘记了战争是什么时候开始的。而当这场战争终于要结束之时，很多人甚至觉得无所适从。整整三百年，十几代人，整个地球都变成了一个大军营。少男少女们生下来就要接受严酷的军事训练，艺术和娱乐被压到了极致，整个人类社会都成为了一个斯巴达式的军国主义社会。性成了男孩女孩们唯一的娱乐，一批批刚成年的少男少女留下他们的婴儿,像他们的父母一样走上战场，又很快化为尘埃。

人类的深空舰队与达瓦人一个星系一个星系的争夺，无数殖民星球反复易手，直至成为一片毫无价值的死狱。一颗又一颗的恒星被处死，成为人为制造的超新星，在空间畸变武器的牵引下成为发射宇宙射线和超重粒子的宇宙巨炮，每一炮都足以摧毁一个恒星系中所有的行星。这是一场没有战争的赢家，直到人类远征军往达瓦人的母星系发射了一颗黑洞，彻底摧毁了达瓦人，才结束了这场旷日持久的战争。

但是，与恶龙缠斗了三百年的地球人，也已经化身成为黑暗的恶龙。战争，这个地狱恶魔还未获得满足的祭品，地球远征军控制了前线的殖民星球，向母星地球发起宣战。

忠于地球的殖民星球和叛军又陷入新一轮的战争，直到所有的殖民星球都被摧毁，人类重新龟缩回了满目疮痍的地球，和平终于到来了。

但人类的数量已经由高峰期的十万亿下降到不足千万，在地球母亲的怀里苟延残喘。人类的银河帝国已经成为过眼云烟，一切的一切都回到了原点。所有的政治力量都诅咒着星海和银河，人类根本不应该走出地球，只有母亲的怀抱才是最安全的地方！

人类将所有的科技力量都转向意识上传的研究，终于破解了意识的秘密，能够将所有人的意识都上传到一个体积不到一立方米的超弦计算机阵列中。这个计算机的外壳将由最坚固的合金制成，再以花岗岩层层包裹，以中微子和引力波技术为能源，沉陷进地幔，即使地球毁灭，这个计算机也将与宇宙同寿。

作为最后一任执政官，我将签发全体意识上传令，并在全体公民上传完毕之后，引爆部署在全球各地的密集核弹，将人类文明的痕迹从地球表面彻底抹去。从此，人类文明将成为一个真正的电子文明。而且，人类已经在水星轨道部署了空间畸变武器，当全部公民完成意识上传之后，太阳将被引爆，成为人工制造的超新星，整个太阳系将被毁灭，变成不适宜任何生命居住的地方，以杜绝好奇的外星种族探访地球，同时太阳母亲最后的怒火将横扫太阳系周边的恒星系，制造一个血与火的地狱。

但我心里隐隐有些不安，一旦人类成为了电子文明，我们将永远被囚禁于那个一立方米的金属盒子，人类将永远不可能凭借自己的力量再移动金属盒子外面的哪怕一粒尘埃。

作为拥有绝对权力的执政官，我犹豫了。

签发命令的前一夜，我彻夜未眠。我来到执政大楼楼顶，远眺着璀璨的银河。我久久地凝视着先辈们曾经战斗过的地方，思绪万千。在那无穷无尽的深渊里，人类的远征舰队掠过黑洞的喷射激流，死亡的残骸在白矮星的力场中旋转，化为不朽的丰碑。天色微明，我回到了大楼，来到了地下室，这里是人类最后的图书馆。所有不适合电子文明的书籍都已经被损毁，电子文明将永远都不知道自己的真实处境，超弦计算机模拟出的宇宙足以让电子文明再次建立一个银河帝国。当电子文明的人类发展超出了超弦计算机的计算能力，文明将被重启，所有人的记忆将被抹除。

这个小小的图书馆是在禁书令之后，我利用权力建立起来的。但如果我签发了命令，这个小图书馆也存续不了多久。我翻开一本古书，巧合的是，这是一本记载人类的太空萌芽时代的书。我翻阅着被细密力场保护起来的书页，扉页上写着的一句话让我心头一震：地球是人类的摇篮，但是，人不能永远生活在摇篮里。我翻开书页，一个个光辉万丈的名字在我眼前闪现：加加林，阿姆斯特朗，奥尔德林，柯林斯，科马洛夫，杨利伟，挑战者号，阿波罗计划，龙飞船……那个时代的人类用着最简陋的火箭就敢闯进太空。我突然意识到，人类已经不再是数千年前那个充满好奇心的种族了，人类就像一个闯出家门的孩子，被宇宙的险恶吓得逃回了母亲的怀抱，并且下决心永远封死出去的门……

正午时分，我终于下了决定。

当暴民冲进执政大楼时，得到消息的卫士们完全没有抵抗，而是裹挟在人群中一起冲进了我的办公室。

我死了。

黑暗褪去，我重新回到了金色的太阳船。

太阳船正行驶在一片璀璨星海之中，一些恒星突然闪现，却又突然消失，偶尔我又看到星空变化成梵高笔下的星空，令人心醉沉迷。我意识到我们正在一个高维的宇宙中遨游。

已经不必交流，我从朱博士的眼睛里看到了相同的答案。

“你们成功了，”死神说，“作为回报，我将放弃从你们的行星吸取能源，我会离开地球，你们有资格继续活下去。但我需要说明的是，这并不是出于怜悯和道德，宇宙中根本没有怜悯和道德这种东西，这一切都是你们自己争取的。但我要给你们一个警告，这些测试并不完全是幻象，而是高维的概率推演。这些事实很可能已经发生过，或者将发生在遥远的未来。人类，宇宙比你们想象地还要严酷和难以理解，前往雅卢之路比你们想象的还要漫长和艰辛，祝你们好运。”

群星消失了，太阳船消失了，我和朱博士回到了那条隧道，断掉的绳索被丢在地上，彭罗斯阶梯消失了，一切都结束了。

我和朱博士没有说话，相互搀扶着向出口处走去。临走前，我看了看手表，距离我们陷入彭罗斯阶梯，时间只过去了不到两个小时。两个小时，我们经历了三次完整的人生。幸运的是，人类会继续生存下去。

这三个测试永远地改变了我的人生，我知道，走进隧道的那个陈政已经死了。现在的我筋疲力尽，只想放声大哭。

尾声

我和朱博士走出隧道口的时候，惊奇地发现天坑底部的营地里人声鼎沸，各种语言交织。所有的探索队都聚集在了营地里，几个英国探险队员正整装待发准备进入隧道进行搜救。

看见我和朱博士出现后，整个营地都沸腾了，几乎每个人都冲上来和我们俩拥抱，王大锤更是狠狠地在我肩膀上猛拍几下，大吼道，“你们去哪儿了？你们知不知道所有人都在找你们！”

罗队推开王大锤，关切地问道，“陈政，朱博士，你们失踪了整整一个星期，所有的探索队都在搜寻你们，你们去哪里了？”

七天，三场穿越时空的人生，浮生若梦。

“这是一个很长很长的故事。”我说，眼睛有些发潮。

后来发生的事情就简单了，所有的电蛇都突然消失了，世界逐渐恢复了平静和安宁。根据我和朱博士的口述记录来看，科学家们初步推测，母体是一种能够在四维空间穿梭的生物或者机器，它直接从高维空间跃迁离去了，所以我们在三维空间中无法观测到它离去的踪迹。

从王大锤的嘴里，我们终于知道发生了什么。走在最前面的罗队和吴晓晨的确遭遇了一条电蛇，他们发出了第一条 SOS 求救信号之后，就迅速回撤，准备与我和朱博士会合。但他们惊奇地发现自己已经身处隧道之外，倒是把守在隧道口的王大锤和周茂狠狠地吓了一跳。这个情况和朱博士的推测相符合了，母体制造彭罗斯阶梯的时候，将我和朱博士所在的空间进行了高维封闭，罗队和吴晓晨所在的位置正处于被折叠空间的边缘，那一瞬间，他们通过了一个微型虫洞被传送出了隧道。

让我感动的是，王大锤不听劝阻，执意进入隧道搜寻，于是罗队呼叫了埃及救援队下到天坑留守，和吴晓晨以及王大锤三人再次进入隧道搜寻。他们足足走了 1000 米，早已越过我们曾经走过的距离，但什么都没有发现。

其他几个国家的探险队也从各自的隧道里出来了，听闻有中国人员失踪之后，美俄英法日印的队员们纷纷聚集到我们的隧道，分批进入进行搜索，但依旧一无所获。不仅仅是我们失踪了，所有的锚点和安全绳都不见了。

在搜寻我们的过程中，探索队已经深入地下 1000 多米，但隧道依然没有尽头。而隧道的坡度急剧增加，几乎变成了垂直的竖井，继续深入的难度越来越大。电蛇消失后，电器都恢复了，各个探索队带着专业的探洞设备深入了地底,终于到达了隧道尽头——一个巨大的地下空间。但是那里什么都没有，设想中的母体已经不见了，就好像从未出现过。

我和朱博士撰写的记录被反复地研究和解读，我们通过了无数次测谎实验，最终他们放过了我们，但上级要求我们将三个测试中所见的一切都事无巨细地写出来。这倒不是什么难事，只是这件事情足足耗费了我好几年的时间。我由于这次离奇的遭遇提前退役了，成为了一名科幻小说作家。朱博士回到了大学继续授课，他成了这颗星球上最有名气的宇宙生物学家。

有一天，朱博士来拜访了我。我泡了一壶清茶，和朱博士一起坐在阳台上欣赏着我栽种的绿植。

“我撒了谎。”朱博士突然说。

“什么？”

“我用了时光机，我开枪了，”朱博士有些阴郁地说，“我开枪打死了那个婴儿。”

我的手一抖，差点把茶杯里的热茶洒出来，“你骗不过阿努比斯。”

“我知道，”朱博士放下茶杯，“但我们依然通过了测试，阿努比斯对我的谎言洞若观火，却没有揭穿我。这些年，我一直在思索原因。”

“也许，规则本来就是两个人同时参加测试，一个人通过了就算通过，”我想了想，劝慰道，“不要想得那么复杂了。”

“没这么简单的，我们可能一直没有看穿测试的目的，”朱博士却摇摇头，“自从阿努比斯知晓了我们的存在之后，它就决定离开地球了。一个超级智慧种族不可能用三个简单的测试就决定一个文明的命运，如果它真的这样做，那么，阿努比斯和它嘴里批判的随意决定其他物种命运的人类文明又有什么区别。”

“那三个测试……”

“这些年，我反复推演了那三个测试中的场景，”朱博士端起茶杯喝了一口茶，娓娓道来，“七万三千年前，印尼苏门答腊岛上的超级火山——托巴火山爆发了，喷出了大概 1400 立方英里的火山灰，造成了长达数千年的冰期，给当时的人类带来了灭顶之灾。当时的人类遭遇了一次人口瓶颈，根据目前人类的 DNA 特征研究，当时的人类个体数量很可能只剩下不到 2000 人。这么一点数量，任何微弱的搅动都足以把人类彻底灭绝。”

“也许阿努比斯从人类的文献里看到了这些信息？”我说。

“我们现在都知道阿努比斯是一种高维生命，但我们忽视了一点，时空是不可分离的，时间也是一个维度，”朱博士说，“它很可能真的看到了时间的过去，也许那根本不是虚假的测试，而是从高维空间中跨越了时间维度，将我们送回到了过去。我们做的决定本身就影响了文明的进程。”

“时空旅行？”我突然想起了第二个测试里的时光机，“但外祖父悖论是怎么解决的？如果我没有做正确决定，导致了人类灭绝，那么就不可能出现后来的我，我也不会做这场时空旅行。”

“时空的维度远远比我们想象的要复杂，”朱博士显然早就思索了这个问题，“我们很可能通过黎曼切口被送往了另外一个平行宇宙，我们影响的是另外一个平行宇宙中的人类文明。”

“这么说，在其中某个宇宙里，希特勒真的赢了？”我惊讶地看着朱博士。

“看起来的确如此，”朱博士点点头，“现在你知道为什么他们让我们把所有的经历和细节都写出来了吧，他们想了解未来我们可能遭遇的危机。”

“就是这个事情让我发现了自己的写作天赋，”我指指阳台上的书架，上面摆满了我写的科幻小说，“这也算因祸得福吧。”

“你该多写写达瓦人。”朱博士意味深长地看着我。

“达瓦人？”

“没错，”朱博士点点头，“阿努比斯就像罗马神话中的双面神雅努斯，一张脸看到过去，一张脸看到未来，也许这是阿努比斯对人类最后的馈赠，我们都没读懂最后一个测试。”

“我以为第三个测试是测试人类的自毁倾向，”我一想起所有的人类都被关在一个一立方米的铁皮盒子里就感到不寒而栗，“幸亏我没犯傻，我宁愿死也要摧毁那个计划。如果那个计划真的启动了，人类就会沉醉在一个虚幻的温柔乡里，永远丧失了重返星空的希望。”

“可是我当时并不这么想，”朱博士的话让我再次大吃一惊，“我实施了计划。”

“你实施了……计划？”我结结巴巴地问道。我和朱博士撰写的所有记录都被秘密封存，我们俩从未读过对方的记录。事实上我一直以为朱博士和我做出了相同的选择。

“我选择了让人类全部上传自我意识，在我的世界里，隐藏计划真的被实施了。我看过你写的记录——用不着那么意外，我本来就是研究组的成员之一。”朱博士微笑着看着我，“这些年我一直在思索这件事情，我现在终于明白了，重要的是测试本身，而非结果，我们是否能从最后一个测试中学到什么。”

我们沉默着继续喝着茶，落日的余晖渐渐从天边消失了，大地的阴影扑面而来。在剩下的时间里，我们一直沉默着。

朱博士走了之后，我依然坐在阳台上待了很久。朱博士的话给我造成了极大的震动，如果那三场测试都是我们的真实经历，那么，从这些测试来看，至少解决了困扰科学家的三个难题：第一，时光旅行是可实现的；第二，宇宙很险恶，星际战争的危险是存在的；第三，意识上传技术是可行的。

这三个结论中的每一个都会对人类的科学和文化造成深远的影响。也许这就是测试的秘密，这三个测试就是人类前往雅卢所必须携带的死亡之书，来自死神阿努比斯的馈赠，书中藏着保护我们前往雅卢的咒语。

但我总觉得非常不安，我们真的读懂这本死亡之书了吗？

我抬头望向星空，却只看到一片阴沉的云，这时，一个念头如闪电般击中了我，我瘫坐在椅子上一动不动：测试真的已经结束了吗？